笔龙胆——著

执掌风云
山青水长 ①·

海峡出版发行集团
THE STRAITS PUBLISHING & DISTRIBUTING GROUP

海峡文艺出版社

图书在版编目（CIP）数据

执掌风云 1·山青水长／笔龙胆著. -- 福州：海峡文艺出版
社，2024.12
ISBN 978-7-5550-3938-9

Ⅰ. I247.5

中国国家版本馆 CIP 数据核字第 2024MW7965 号

执掌风云 1·山青水长

笔龙胆　著

出 版 人　林　滨
责任编辑　林　颖
出版发行　海峡文艺出版社
经　　销　福建新华发行（集团）有限责任公司
社　　址　福州市东水路 76 号 14 层
发 行 部　0591—87536797
印　　刷　四川科德彩色数码科技有限公司
厂　　址　成都市郫都区成都现代工业港北片区港北二路 551 号
开　　本　880 毫米×1230 毫米　1/32
字　　数　265 千字
印　　张　12.75
版　　次　2024 年 12 月第 1 版
印　　次　2025 年 1 月第 1 次印刷
书　　号　ISBN 978-7-5550-3938-9
定　　价　68.00 元

如发现印装质量问题，请寄承印厂调换

目录

CONTENTS

第 1 章　下村检查

本来分管副镇长会跟萧峥一起下村检查矿山安全，可计划赶不上变化，县里一个副县长临时要到一企业调研，副镇长被叫去陪同。

萧峥只好一个人赶往村里。

没有分管领导前来，村里的书记和村主任，就没把萧峥当干部。非但没陪他上矿山，而且当萧峥一个人检查完回到村里指出问题的时候，村支书说有事先走了。村主任跟一个水泥厂老板谈事情，让萧峥到外面等。

这一等就等了两个多小时，天色都已经暗下来了。

萧峥心想，村里的人都是势利眼，自己要是有个一官半职，看他们还敢这么冷落我？

可惜的是，在镇上整整干了七年，萧峥还是一般干部，也难怪人家不把他当根葱。

萧峥从村委楼里往外看，空气中已经飘着一丝水汽，自己是开摩托来的，没带雨衣，再不办完事往回赶，就走不了了。

萧峥忍无可忍，走到村主任办公室门外，打算敲门。

没想到，门从里面打开了。村主任和那个水泥厂老板，有说有笑地走出来。

村主任瞧见门外的萧峥，一愣，故作惊讶地问道："萧干部，你还没回镇上？"

萧峥心里不快，但嘴上还是道："刘主任，你让我在外面等着的。"

"这样啊？"刘主任应付道，"今天时间晚了，你先回镇上吧。"

萧峥说："刘主任，我本来也不想留在这里，可今天我在矿山上发现好几处安全隐患，必须跟你们讲清楚啊。"

凤栖村的石矿，前段时间连续发生安全事故，造成惨剧，县里安全部门已经注意到村里矿山的安全问题，万一要是发生死人情况，别说萧峥，就是分管副镇长也要吃处分，甚至有可能被开除。

还有今天来的路上，他发现公路上一处山体，因为矿山开采植被破坏，很容易出现塌方。

这都不是闹着玩的事。所以，今天没有副镇长，萧峥也必须赶来。

可旁边那个水泥厂老板却道："萧干部，现在都五点多了，我们都饿了，我现在要请刘主任吃晚饭去，你有事情明天再来谈。"

这个水泥厂老板也是一个势利的人，吃晚饭也不邀请萧峥，无非是觉得他是个小干部，请了也白请。

萧峥不理这个水泥厂老板，对村主任说："刘主任，这事情真不开玩笑。万一石矿再出安全事故，我们可能都要被问责，搞不好要吃官司！"

水泥厂老板却说："萧干部，你这种吓唬人的话，说给谁听啊？隔壁镇上的石矿，前不久死了人，还不是一样好好地开着？开石矿，哪有不出点事的？吃官司？吓唬谁啊！"

这水泥厂老板的安全意识完全不行，还在自作聪明。萧峥想要再对刘主任讲，没想到刘主任说："萧干部，你也别尽拉着我了。你这些话，应该拉着你们金副镇长讲，拉着我们余支书讲。我们两个在这里皇帝不急急太监，有啥子用嘛！"

水泥厂老板竖起大拇指说："刘主任说得对。这事情，今天就这样了。萧干部，你别耽搁我和刘主任去吃晚饭，有客人等着我们呢！再见，再见。"

说着水泥厂长护着刘主任往外走去。

萧峥知道，在村里，矿山和水泥厂关系密切，水泥厂老板请村干部吃吃喝喝也是正常的事情。

刘主任话都这么说了，萧峥再要拦着他们也拦不住，这只能怪自己没职务没地位，人家根本不理你。

萧峥来到了村委楼房外面，天已经开始弹落雨点来，萧峥一想到自己没有带雨衣，赶紧朝刘主任喊，想跟他借一件。

然而，刘主任却像躲瘟神一样，一听他的声音，马上钻入了水泥厂老板的桑塔纳，车子一溜烟地开走了。

雨猝不及防而来，这一下就是瓢泼大雨。萧峥只能等着，雨水太大了，将矿山上的泥沙冲下来，在村委楼房前汇成了黄泥汤。

这雨竟然下了一个多小时，雨点才稍微小了点。手机突然响了起来，一看是女朋友陈虹。

萧峥一下子就想到了一件重要的事情，今天是陈虹母亲的生日，说好了去给孙阿姨过生日的，他还在县城订了蛋糕，可因为安全生产的事情，都给忙忘了。

萧峥忙接起了手机，解释："陈虹，对不起啊，我还在村里，今天事情太多了。"

陈虹的声音冷冰冰的："没关系，我妈说了，让你不要来了。"

萧峥忙道："不行啊，不行啊，我已经订好蛋糕了。"

陈虹道："真的不用来了，蛋糕你自己吃。你就是来了，我妈也不会开门的。她听人说，你在镇上混得很不好，被领导安排到安监站工作，风险很大，如果矿山上出个事故，说不定就要砸饭碗。"

"谁说的啊？"萧峥还是很珍惜陈虹的，"只要管得严管得好，就没什么大事的。"萧峥只能自己骗自己。

陈虹却道："好了，我们家要开始吃饭了，你在村里的话，再过来也来不及了，今天就这样吧。"

说完，陈虹就挂了电话。

萧峥默默看着简陋的按键手机，心想，陈虹的老妈对自己有些误会，自己还是要去争取一下。首先，得去县城拿蛋糕，然后送上门去，对方或许会因为自己的一片真心，原谅自己迟到，并对自己重新认识。

萧峥骑上了被雨水淋湿的摩托，上了从村里到县城的公路。

下过雨的路面很滑，但萧峥也不敢开慢，怕彻底错过了阿姨的生日会。

天色是黑透了，路面也是湿透了，萧峥小心地盯着前方，忽然他看到前方空中一道巨大的闪电，犹如一头蓝色电光凤凰。

萧峥想到一个传说，这个凤栖村传说有凤凰来过。刚才的闪电，还真像凤凰神鸟！难道今天有凤凰降落村里？

正这么胡思乱想，那闪电坠落下来，打在了一个山体上，接着就是震耳欲聋的雷声，响彻寰宇，差点把萧峥从摩托车上震了下来。

好在他本来就小心翼翼，稳住了摩托的龙头，没有坠落。随之他又听到前面有什么重物砸落的声音。前面发生什么事？山体塌方？

等萧峥放慢速度，骑着摩托转过一片山脚，忽然看到前面两道灯光照射过来，刺眼，定睛一看，地面上都是碎石，一辆省城牌照的奥迪A6，抛锚在山体下，好像被塌方的山石砸中了，车顶都陷下了一半。这是省城来的车子，萧峥更加重视起来。

会不会有伤亡？

萧峥赶紧停下摩托，一边留意着山体，一边跑过去。如果有石头砸下来，恐怕自己也要被压成肉饼！可前面那辆车子里肯定有人，萧峥是一名镇干部，不能不管。

他一边跑一边喊："有人吗？有人吗？"

"有。"一个柔软的女声，回应中却带着痛苦，"我的车子被山石砸了，动不了。"果然是出了塌方事故，伤到女司机了。

萧峥跑上去，模模糊糊中，也看不清车中人的伤势。萧峥便问："你还好吗？能动吗？这里太危险了，我们得尽快离开！"

这个时候，生命是第一重要的。

女子回应道："我被卡住了，动不了。"

就在这时，山体上又一阵石粉掉落下来，显然二次塌方随时有可能发生。

萧峥忽然想到自己要去女朋友家，还要去取蛋糕，自己在这里耽搁，后果也很严重。但他不能丢下车里的人不管。

他赶紧跑到有人的一侧，用力拉车门，却怎么也拉不开，车体被压得扭曲变形，车门卡住了。

又是几块石头掉落，砸在车顶，里面的女子喊道："可能又要塌方了，你别管我了。死两个，还不如死一个。"

萧峥心里也着急，但他冲里面喊道："扯淡，我是镇干部，哪能见死不救。"说着，一声大喝，使出了蛮力，竟然一把将车门扯开了。

里面，女子被安全带缠着，萧峥一阵狠扯，也扯不开，这时候，山体上方发出了咔嚓咔嚓的声音。

萧峥脑袋一阵冷静，借着车灯，查看了下女子，然后道："我要把你转个身，你要配合我，我抱你出来。"

女子听到一个"抱"字，微微有些羞涩，可如今生命攸关，这些小节还管他干吗。女子点了点头。

萧峥搬动女子的身子，给她在车里转身，手碰到了她的身子，但他却完全没有任何杂念。此刻，在他面前的，只是一条生命而已。女子的身体终于被转了过来，安全带不再缠着她了。萧峥赶紧抱住了女子，将她从车里拖了出来。

在他们刚刚离开车子的时候，"哐当哐当"的巨响随之而来，女子的车子被砸扁了，并很快被"活埋"了。

萧峥将女子带到了安全地带，才发现女子的小腿受伤了，正在流血。萧峥道："我要送你去县医院。但是，你得坐我的摩托车。你不会掉下来吧?"

女子看了看萧峥的脸，点了下头说："应该不会。"

萧峥上了摩托车，让女子也上来，她紧紧抱着他。

此刻，远离了生死危险，萧峥忽然感觉到了女孩温热而柔软的身体，这让萧峥的脸微微有些发烫。还好，风一吹，他便也不觉得了。

到了医院，女子被安置在一辆板车上，送到了急诊。一阵忙乱之后，医生说女子并没骨折，只是皮外伤，打了破伤风，做好包扎，明天就可以出院。

萧峥终于松了一口气，说道："你没事了。"

灯光下，他终于看清了女子的长相，瓷白的皮肤，精致的五官，竟是极其漂亮，虽然一番折腾，衣服有些地方脏了、破了，但整个人依然显得很优雅，应该是职业女性。

萧峥是有女朋友的人，他懂得分寸，不会多看。他说："你现在没事了，休息一下吧。我要去我女朋友家，今天她妈妈过生日。"

女子看着他，说："那太不好意思了，耽误你了。今天谢谢你，你快去吧。"

萧峥挥挥手，便出了医院，赶往蛋糕店。

萧峥离开不久，女子就在护士的帮助下，去护士台打了个电话："陆部长，您好，我今天运气不好，报到的路上遭遇塌方了，车子被砸了，我向组织报告一下。不过，现在已经没事了……是这里一个镇上干部救了我。"

那边陆部长听了很着急："省里派你到安县担任书记，是委以重任，也是重点培养，不能出一点点意外！我现在要求你，以后出入都要坐专车，不能再开私家车了！"

陆部长的语气虽然严厉，但女子听到的更多是关心，道："陆部长，我知道了。"

"你在哪个医院，我立刻让市里派人去接你，到市医院好好检查检查，我要确保你安全无事！"

"谢谢陆部长。"女子报了医院的名字，回到了床上，脑海里不禁回想起当时被卡在车上的场景，那轰隆轰隆的巨响，还有那被砸扁的车子。

要是没有那个镇干部，她大概就那样被"活埋"在上任的路上了。

她靠在病床枕垫上，那个镇干部果敢又英俊的脸在她的眼前放大，他的眼睛黑亮之中还保存着一份单纯。

第 2 章　现实骨感

萧峥离开医院之后，就直奔县城的那家蛋糕店。然而，蛋糕店却已经打烊了。

萧峥一看蛋糕店的门把手上，挂着一块黑板告示"本小店营业时间：上午 8：00—晚上 8：00"。

萧峥看了下手表，确实已经是晚上八点半了。他才猛然想起来，当时订蛋糕的时候，蛋糕店的小姑娘就提醒过他，提蛋糕要在晚上八点前。的确是自己来晚了。

事已至此也没有办法，若再去买别的东西，就更耽搁时间了，还是先去女朋友家再说，等会儿见了孙阿姨解释一下情况，毕竟自己是因为救人才迟到的，自己做的也是好事，应该能得到谅解。

夏天的雨来得快，去得也快，此刻雨已经彻底停了。萧峥骑着摩托急行了二十多分钟，终于赶到了陈虹家。他匆匆跑上楼梯，敲响了门。

出来开门的是陈虹，看到萧峥，神色带着惊慌："萧峥，你怎么来了？不是让你别来了吗?"萧峥之前在塌方路段救人，又冒雨骑着摩托赶医院，衣服大多湿了，裤子上还沾着一些黄泥，此刻看起来，很有些狼狈。陈虹看到他这个样子，不悦地皱了皱眉。

萧峥忙解释道："陈虹，今天我不是故意来晚的，是因为村里有事。"

陈虹瞧了眼萧峥手上，竟是空空如也，神色更是暗了一分。萧峥意识到了，马上解释道："我是提前订了蛋糕的，因为晚了，蛋糕店打烊了，所以暂时拿不到，明天再拿。"

"明天就不是我妈生日，不需要了。"陈虹不悦道，"你快点回去吧，我们生日也快过好了。"

萧峥心想就这么走，肯定不好，坚持道："陈虹，让我进去一下吧，我跟阿姨说一句'生日快乐'。"

陈虹道："真不用，没这个必要。"

"谁啊?"陈虹父亲陈光明的声音在里面响起来。

因为客厅是有玄关的，萧峥看不到里面，他忙说道："叔叔、阿姨，我是萧峥啊。我是来祝贺阿姨生日快乐的。"

陈光明没有回答他，反而是陈虹的母亲孙文敏道："我已经听到了。萧峥，我们晚饭也结束了，你回去吧。"

萧峥很是奇怪，陈虹的父母竟然都不邀请自己进去坐坐，这不符合他们平时为人的那份客套劲。看来是真的对自己不满意了。

萧峥想，越是这样，自己越不能就这么走了。而且，他今天的确是特殊情况，救人毕竟是大事，陈虹的父亲陈光明也是领导干部，他肯定能理解，能原谅他。

萧峥坚持说："陈虹，让我进去一下吧，我见见叔叔、阿姨，说几句话就走。"

陈虹忽然急了："真不用了。"但是，萧峥却脱掉了鞋，从陈虹身边挤入了客厅，他觉得这种场合还是有必要解释一下。

陈虹想拦也拦不住他，很不高兴地道："萧峥，你怎么回事啊!"

此时，萧峥已经进了客厅，眼前的一切，却让萧峥愣住了。

餐厅里，除了陈光明和孙文敏之外，还坐着一个人。

这人萧峥很熟悉，他就是镇上的党政办主任蔡少华。

蔡少华怎么会在自己女朋友家里?而且，陈光明和蔡少华的酒杯里都是白酒，孙文敏和陈虹的杯子中都是红酒，桌子中间还放着已经吃了一半的蛋糕。

在陈光明身后的酒柜上，还有两条熊猫香烟，一条都是一千元以上，是萧峥一个月的工资。

傻瓜都能猜出来，蔡少华今天来给孙文敏过生日了！

萧峥隐隐约约地就感觉出了什么，他转身看向身后的陈虹道："这就是你让我别来的原因？"

陈虹不知该如何回答，微微愣了下。蔡少华却上前，递上了一支熊猫香烟，笑着说："萧峥啊，来，抽烟，这是熊猫烟，你平时还不一定抽得到。"

毫无疑问，这是在向萧峥暗示，酒柜上的熊猫烟就是他蔡少华送的。

"不用！"萧峥平时也抽烟，可他自然不会接这支烟。他再次看向女朋友陈虹，又问："陈虹，这就是你让我别来的原因吗？"

陈虹神情略显尴尬，求助似的看向自己的父母。陈光明从椅子中站了起来，望向萧峥道："既然你来了，也好，咱们索性就把话说明白吧。我和你孙阿姨，都认为你和陈虹继续交往下去，不太合适。所以，我们觉得，你们还是好聚好散吧。"

孙文敏也道："我也是这个意思。本来我是想让陈虹找个时间单独和你说的，可今天既然你来了，我们就一起把话说清楚吧。"

"为什么？"萧峥不敢置信，也很受伤，"我是真心对陈虹好的，而且我们已经交往九年了！"他和陈虹从大二就开始交往了，难道她父母忍心就让他们这么说算就算了？！

孙文敏道："萧峥，你也知道已经九年了！一个女孩子，能有几个九年？而这九年，你有什么进步吗？读大学的时候不算，工作也已经七年了，你是买了房？还是买了车？还是提干当领导了？陈虹已经二十八了，她不能再等了！"

原来都是为钱和地位，萧峥看向陈虹："就因为这些物质的东西？"

孙文敏没等女儿回答，就插话道："现在不是流行一句话吗？理想很丰满，现实很骨感。萧峥，你要让一个女人幸福，物质是基础。你可能会觉得，有水饮水都饱，可是，你难道就想让陈虹一辈子只喝水？"

萧峥："阿姨，你要相信我，这些以后我都会有的，我说过一定会让陈虹幸福，就肯定能让她幸福的。"

孙文敏不由哼了一声道："以后？以后是什么时候？难道你想让陈虹再等十年吗？"

萧峥辩解道："阿姨，我发誓，至多再等两年，我就会让陈虹拥有这一切。"

"萧峥，你这话说得有点大了。"一旁的蔡少华突然插话进来，"你发誓说两年之内，想要有房、有车、又提干，这就有点骗人的味道了！镇上现在谁不知道，你这个安全站岗位，搞不好哪天矿山上一出人命，你的饭碗就丢了！安全生产的追责，绝对不开玩笑。"

萧峥一下子就听出来了，陈虹父母说他的工作风险很大，原来是蔡少华在嚼舌根啊！

蔡少华为什么要这么做？萧峥猛然想起来，陈虹的父亲陈光明，最近被提拔为县农业局局长了，这是一个重要岗位。蔡少华在镇上是党政办主任，只要再蹬下腿，就能进入副科级领导的序列。陈光明在县里的关系，对蔡少华来说至关重要。

蔡少华是不是因为这个，才接近陈虹？要真是如此，就太卑鄙了。

萧峥想到自己和陈虹有九年的感情，肯定不能因为受点委屈，就拱手相让，他马上说："陈虹，要是因为工作岗位的风险问题，我明天就去镇上提，要求调一个工作岗位！"

蔡少华嘿地笑了一声："调一个工作岗位？萧峥，我不得不说，凭你和镇领导的关系，你想得也太简单了！"

萧峥道："不管多困难，为了陈虹，我都会努力去办。"

陈虹的神情微微动了一下，毕竟她和萧峥交往了九年。这九年间，萧峥除了生活条件不好之外，对她是真的疼。她心里其实也不是很确定，换成是蔡少华，是否会一直对自己这么好。

蔡少华注意到陈虹表情柔和下来，担心陈虹对萧峥心软，赶忙道："萧峥，承诺不是你这样随便做的。你说你能调工作，你什么时候调好？调不了，又怎么办？"

萧峥道："一个月，我保证一个月就从安全生产岗位上调走！"

蔡少华道："一个月，太久了吧？"

"就一个月吧。"陈光明毕竟也是领导干部，他知道自己女儿和萧峥还是有感情的，要让他们彻底了断这份感情，还是得给萧峥一点时间。到时候，萧峥办不到，让他们分开也就有了充分的理由，以后也不至于闹大。如何以最小的代价，解决一些历史遗留问题，也是陈光明最拿手的。

孙文敏跟着道："萧峥，一个月，我们也算是给你充裕的时间了。到时候，如果你调不了工作，希望你说话算话，别再打扰陈虹了，给她寻找幸福生活的机会吧！"

萧峥朝陈虹看看，只见陈虹神情黯然。一看到陈虹这样，萧峥内心不舍。他心道，如果我调不了工作，处在随时都可能失业的状态，恐怕是真的无法给陈虹幸福生活。自己跟她在一起，不就是为了让她幸福和快乐吗？

这个社会太现实，没票子、没车子、没房子、没位子，是不可能让心爱的女人幸福的。

萧峥咬咬牙道："好，如果一个月我调不了工作，我不会再找陈虹！"

蔡少华心头一喜，道："萧峥，你说话可得算话。"

陈光明和孙文敏也互看了一眼，道："萧峥，这件事不是开玩笑。你说了，可得做到。"

萧峥看着陈虹道："如果我不能给你幸福，我不会缠着你。"说完，萧峥转身，从陈虹家里走了出去。

陈虹忽然感觉自己家人做得有点过分了，她想追出来，可孙文敏挽住了陈虹的手臂："你别去。今天是妈妈的生日，而且，少华还在这里呢，他拿来的蛋糕，还没吃完呢，我们继续吃吧。"

在孙文敏看来，萧峥这次一去，估计以后是不大会来了。

萧峥从陈虹家跑出来，深深地吸了一口这潮湿夜晚的空气，一时有些怅然若失，竟然不知去哪里。

他骑上摩托，胡乱开了一阵，没想竟然又开回了医院。

之前他救的那个女子应该还在医院里，不知现在情况如何了？还是进去看看吧，虽然人家是省城人，还是开豪车的，但在这里毕竟人生地不熟，又受了伤。

萧峥跑进医院，找到先前的那个病房，可那张床上已经没人了。

萧峥问了护士，护士说："哦，那位年轻美女啊？她已经被人接走了。"

"哦，谢谢。"看来，人家在这边也有熟人，不用自己操心。

萧峥正打算转身离开，护士忽然问："对了，你就是之前送那个美女来医院的人吧？"

萧峥点点头："是的。"

护士从抽屉里找出一张纸，说道："她留了张纸条给你。"

萧峥接过纸条，瞄了一眼，上面写着："我已经没事了。明天晚上七点，安县国际大酒店，我请你吃个饭，以示感谢。不见不散。小月。"

萧峥收起了纸条，对护士说了一句谢谢，走出了医院。

第3章　第一转变

回镇上宿舍的路上，萧峥心想，那个小月是知恩图报的，还记得要感谢自己，请自己去吃大餐。

其实，萧峥也没有心情吃吃喝喝，最重要的还是要把调工作的事情办妥，否则自己和陈虹就得分道扬镳了。九年的感情，哪能说分就分了？不管多困难，萧峥也要争取一下。

第二天萧峥上班之后，就去找了自己的分管领导金辉。

金辉是副镇长，分管安全生产。昨天，金辉本来要跟萧峥一起下村的，可临时要陪一个副县长，就没去。

见到萧峥之后，金辉就问昨天检查凤栖村石矿发现了什么问题。萧峥记录得非常仔细，还将发现的问题罗列好并打印出来。金辉一看，不由得表扬了一句："萧峥，不错，工作做得很细致，这个问题清单列得也很清楚，不错。跟村上沟通得怎么样？他们打算什么时候整改？"

"他们还没空听我反馈这些问题，整改就更别提了。"萧峥把昨天下午在村里的遭遇，村支书直接走了，村主任让他等了两个多小时等等，都说了。

副镇长一听，脸色不好了："凤栖村的老油条们，我不去，他们就不把你当干部了！等会儿我跟你一起下村！他们凤栖村的问题不解决，后患无穷。"

萧峥想到了昨晚的事情，就把看到省城奥迪车被塌方石块砸扁的事情说了，当然他如何救了女子小月的事情，他没说，他不想故意炫耀自己见义勇为。金辉一听说省城的轿车被塌方"活埋"，一下子就着急了，立刻给村里打电话，问情况。

村里的反馈是，的确有一处地方发生塌方，可并没有什么省城的车子被砸的事。金辉让他们去查清楚，村里第二次来反馈，还是坚持没有什么省城车子的事故。金辉这才放心了，对萧峥说："可能是你昨天在村里忙了一天，太累了，看岔眼了？"

萧峥坚持说："这不可能，我还把受伤的人送医院了！"金辉将信将疑地道："不管怎么样，既然村里说没这事，我们就先不管了，没死人就好。我先处理点手头的事，等会儿喊你一起下村，一定要督促凤栖村整改矿山。"

"好。"萧峥答应了一句，可没有马上走。

副镇长金辉抬眼瞧了瞧萧峥，问道："还有什么事吗？"

萧峥尴尬笑了笑说："金镇长，我有个现实困难，想要跟您汇报一下。"金辉在椅子里动了动身体，问："什么事？"萧峥道："金镇长，我想换个工作岗位。"金辉一愣，道："换岗位？怎么可能！"

萧峥请求道："金镇长，我真是遇到实际困难了。我女朋友家里，因为我在安监站的工作，担心我要承担安全生产责任丢饭碗，要我和女朋友分手。"

金辉瞅着萧峥看了一会儿，说："萧峥，你的情况我很同情。可是，我帮不了你。你看，我不是也分管着安全生产工作吗？要是我有办法，我也早离开这个岗位了。我们的情况其实差不多，我在县里，资历浅、人脉薄，所以才会轮到分管这个吃力不讨好的活儿，你呢也一样，你在镇领导班子里关系不够硬，才会把你安排到安监站工作。咱们都是泥菩萨过河，自身难保，谁也帮不了谁，唯一能做的，就是把工作干好，防止出事。好了，去做做你女朋友的工作，让她和她家人多体谅一下吧。"

萧峥道："可他们不能谅解啊。"金辉叹了一口气："那我也没办法。人事问题我说了不算，除非你自己去找宋书记。宋书记同意了，你就能换岗位了。"

金辉说的"宋书记"是镇党委书记宋国明。想到宋国明，萧峥心头就是一紧。宋国明是镇上的一把手，平时不苟言笑，习惯性板着一张脸，给人不怒自威的感觉。萧峥知道，自己在镇上的遭遇，跟宋国明其实很有关系。

正因为宋国明对自己不待见，所以萧峥四年前从党政办调到了安监站。他在党政办的岗位被蔡少华接任，不久蔡少华还提了党政办主任。

这种情况下，自己找宋国明，能有好结果吗？但如今事情涉及自己的终身大事，已经没有退路了。萧峥只能硬着头皮上，他对金辉说："那我去找宋书记。"

金辉看着萧峥走出办公室，摇了摇头，心道，萧峥是不撞南墙不回头啊。

萧峥来到了宋国明办公室的门口，感觉自己的胸口有些发悸，但他还是深吸一口气，敲响了门。

"进来。"里面传出一个沉厚的声音。萧峥迟疑了下，还是推门进去了。

宋书记的办公室很阔气，都是高档桌椅。宋国明正在喝茶、看报纸，抬头看到萧峥，有些意外，放下了报纸，也不叫萧峥坐，神情冷漠地道："小萧，有什么事情？"

萧峥身体有些僵硬，表情也有些紧张，可还是把自己想要调岗位的事情对宋国明汇报了。

宋国明听后，没有说话，看着萧峥，拿起了手边的电话，拨了一个号码说："你来一下。"

萧峥有些奇怪，宋书记是要让谁来一下呢？

没一会儿，跑进来的正是党政办主任蔡少华。萧峥吃了一惊，宋书记把蔡少华叫来做什么？

只听宋国明道："把小萧领出去。"

萧峥又是一惊，宋国明对自己提出的要求竟然视而不见，根本不予理会，还让蔡少华把自己领走。萧峥壮着胆，微微提高了声音，说道："宋书记，我在安监站岗位上也干了四年了。镇上总也应该轮轮岗吧，这样对我太不公平了！"

蔡少华拉了一下他，说："萧峥，宋书记让你出去，你就出去，别在这里胡闹！"萧峥道："我不是胡闹！我是来提合理要求的！"宋国明对他的诉求如此视而不见，把萧峥心里的不甘和不服给激发出来了。

宋国明抬起头来，望着萧峥道："小萧同志，你别忘了，谭小杰是怎么进去的，就是因为你，他才会进去！"

萧峥当然知道谭小杰的事，他解释说："谭小杰是因为他自己接受了人家的好处……"

"我不要听你辩解！"宋国明不给他说话的机会，"我现在实话告诉你，只要我还在这个位置上，你萧峥休想离开安监站，除非两种情况。"

萧峥还抱着一丝希望，问道："哪两种情况？"为了调动岗位，就算让他认错、道歉，他恐怕也会做的。

宋国明道："第一种情况，就是你自己主动辞职；第二种情况，就是安监上出问题，你被开除！"

萧峥终于彻底感受到了宋国明对他的极度不满，再说下去，恐怕也毫无意义。这时，蔡少华又在旁边催促："萧峥，你再不走，我让纪委书记和组织委员过来了！"

萧峥真想跟宋国明吵一架，可他想到自己的女友陈虹，吵了之后，自己调动岗位的事情，肯定更加无望了。萧峥努力克制着内心的愤怒，从宋国明的办公室走了出来。

刚到走廊上，发现副镇长金辉正等在外面，一见萧峥就问："怎么样？宋书记同意了？"

萧峥内心无比苦闷，也有些不耐烦，但还是摇摇头道："没。"

金辉终于轻松地笑了："我就说，宋书记怎么可能同意。要是让你调了岗位，我手下可就没人了！"这话很现实，人都是为自己考虑的，就算萧峥没女朋友，金辉也不想看到自己手下没兵。

萧峥心里有气，也不理会自己的分管领导，朝自己办公室的方向走去。副镇长金辉在后面喊："萧峥，等会儿跟我下村。"

"我不去。"萧峥扔下一句。

副镇长金辉看萧峥正在气头上，也不强迫他，道："昨天是你一个人下村，今天我也一个人下去算了，明天我们一起下村。"金辉在所有镇领导班子成员里，算是"和顺"的一个人，他不敢跟主要领导争，也不敢对手下太凶，怕手下狗急跳墙不干事。

哎，好人总是被欺负啊。萧峥不想"欺负"金辉，最终还是转过身来，道："走吧，我陪你下村。"

金辉脸上露出了笑来，过来拍了拍萧峥的肩膀："这才对嘛。你女朋友那边，多哄一哄，她肯定还是能接受你的。"

萧峥道："没你想得这么简单。"

萧峥陪着副镇长金辉下村，村支书和村主任都见了，但说到要让村里整改矿山，他们就开始倒苦水，说没钱，除非镇上给钱。镇上哪里有钱？磨了半天，中午村支书和村主任请他们吃饭，给金辉灌了半斤白酒，金辉也就不缠着矿山整改的事了。

萧峥看在眼里，为什么工作做不下去，就是因为金辉跟村支书和村主任混得太熟了，都没法拉下脸来。这样下去肯定是要出事的。

下班之后，萧峥想到与小月之约，本来是不想去的。可今天受了一天的气，萧峥莫名地想换个环境、换个心情。

萧峥骑上了摩托车，到了县城。

安县国际大酒店是今年新开的大酒店，萧峥只是一介镇干部，小饭店经常去，安县国际大酒店这种地方跟他不太有缘。

到了酒店，被高挑漂亮的女服务员引到了包厢之中。这是一间装潢典雅大气的包厢，可以坐十个人，结果包厢中却只有小月一个人等着他。

今天的小月身穿简单的白衬衫和蓝色休闲裤，束着干净利落的马尾，还真看不出她到底有几岁，初看比他大，再看似乎跟他差不多，细看又觉得比自己年龄还小。这个女人，让萧峥有点看不懂。

小月让萧峥落座，服务员忙着给萧峥上茶，斟酒，菜也就上来了。两人相互自我介绍了下，女子让萧峥称呼自己小月，萧峥也把自己的名字和工作单位告诉了她。

萧峥看了看这包厢的环境，道："你很有钱啊？"

小月笑笑说："一般般，不能算有钱。"

萧峥审视了她一眼，又问："你是做什么的？"

小月道："差不过就是开公司的吧，不过是个分公司，我差不多就是个分公司老总吧。"小月说得轻描淡写。

萧峥回想她那辆被"活埋"的奥迪，再看看这包厢的排场，说她是公司"老总"倒也蛮符合的，萧峥点点头："怪不得。既然你是老板，请我在这么好的酒店吃饭，那我就不客气了。"

小月说："是不用客气。"上了一瓶红酒，萧峥对红酒的好坏没有概念，只是感觉这酒的口感很紧，应该不会差了。

两人喝了一杯之后，小月切入正题："今天请你吃这个饭，主要还是感谢你。现在，你说吧，需要我怎么感谢你。我尽量满足你。"

萧峥听小月这么说，目光不由得落在她的身上。尽管看不出她的年龄，但她的身材和容貌可以说比自己的女友陈虹是略胜一筹的，特别是一双眼睛，格外黑亮，仿佛暗夜里的星星似的。

萧峥笑了笑说："不管我提什么要求，真的都能满足我吗?"

第4章　小月承诺

萧峥看自己的目光，小月不是感觉不到，那里面包含着男人那种强烈的意愿，小月怎么可能不懂? 但她还是很镇定，微笑着点点头："是啊，只要你提，我都会尽量满足。"

萧峥瞧着小月的眼眸，说："那你就做我女朋友吧! 有你这么漂亮又有钱的女朋友，我这辈子也值了。"

小月一笑道："我本来是可以答应你的，只不过我已经结婚了。"萧峥故意面露失望之色，苦笑一下道："我就知道你不会答应的。我这种人，就是典型的失败者。我跟你说实话吧，我是有女朋友的，不过我在乡镇的安监站工作，安监工作就是个定时炸弹，我随时都有丢工作的风险，所以我女朋友父母对我很不满意，大概还有一个月的时间吧，我和女朋友就要分手了。"

带着点酒意，又是面对自己救过的陌生女子，萧峥感觉自己没什么好隐藏的。他的失落感，在小月看来，是真情实感，装是装不出来的。

小月在上层接触的人，都是衣冠楚楚、端着架子的，把自己包裹得很好，轻易不会把自身的弱点暴露给任何人，更不会把情感的失意主动告诉别人。可眼前这个镇干部，就很不同，很坦率，对她不设防。

小月好奇地问道："为什么你们要一个月之后才分手？"萧峥憨憨一笑，端起了酒杯，自顾自一口喝了，对服务员说："麻烦给我再倒一杯酒。"

女服务员来给他倒酒的时候，萧峥很客气地对女服务员说了感谢。

在小月看来，萧峥这个人的心地其实很善良，对服务员这样的人也注重礼节。很多人，自身没什么本事，但对服务人员却会呼来唤去，以显示自己高人一等。这种情况在萧峥身上却是没有。

正在小月观察萧峥的时候，萧峥兀自将自己在女朋友家的遭遇，以及在镇党委书记宋国明那里的遭遇，都对小月说了。

小月听后，道："我已经结婚了，所以我不能做你的女朋友。不过，你要调个工作岗位的事情，或许我能帮忙。"

萧峥抬起眼，有些吃惊地瞧着她："你能帮我？你跟我们镇上的领导熟悉？就算熟悉，恐怕还是不行。我现在知道，我们宋书记对我很有意见。"

小月道："我跟你们镇领导不熟悉，但因为我们办企业嘛，跟县里的领导熟悉。有些事情，在你这个层面可能很难办，但对高层次的人来说，可以办到。"

"真的？"萧峥看小月说得如此轻描淡写，或许真能帮到自己，不由得生出了一丝希望，"如果真能办到，我也就不需要你做我的女朋友了。"

小月笑着道："看来，你在乎的还是你的女朋友。"萧峥道："我跟我女朋友，已经谈了九年了。"

小月听后莫名问了一句："所以说，在你的心里，我比不上你的女朋友？"问了之后，她自己都有些奇怪，为何要这么问？好似自己吃醋一般，不过，她都摸不清自己到底是什么心态。

萧峥道："其实，之前我让你做我女朋友的事情，是开玩笑的。你这样的女孩，这么优秀，我们根本不是一个世界的。你是开奥迪的，我是骑摩托的，怎么能走到一起嘛！我这点工资，给你加油都不够。"

小月说："你找女朋友，一定要给对方很多钱吗？我看不见得吧。女人也可以赚钱，也可以当领……"小月本想说"当领导"，可担心暴露自己的身份，就没再说。萧峥却道："你不知道，男人没钱，没地位，就不能对女人负责，也无法让女人过上好日子。"

小月审视萧峥一眼："我看你各方面条件都不错，应该也是大学毕业吧。工作了几年，本来钱和地位都该有了。"

萧峥摇摇头道："我啊，要是早点知道现实的残酷性就好了。我的大学其实是名牌大学，杭城大学。当初之所以回来考乡镇公务员，其实就是想为家乡建设做点贡献。可没想到，几年混下来，却把自己混成了这样……现在，后悔已经来不及了。"

杭城大学，的确是国内位列前三名的名牌大学，萧峥现在的状况，对他个人而言是惨了点，对组织来说是人才埋没。小月心里就记了一笔，然后说："今天，我们也喝了不少，聊了不少。不管如何，你救了我一命，我肯定是要报答你的。你想要调动工作岗位的事情，我会去找熟悉的人帮忙。当然，成与不成还说不好，但我保证尽力。"

萧峥笑了笑说："我先谢谢你啦。"萧峥主动举杯敬酒，小月浅浅喝了一口，并没喝完。

或许是因为酒好，萧峥第二天醒来的时候，倒也不觉得头疼啥的。他想，小月真是有钱，吃饭能到国际大酒店那种高档地方去。假如自己也能这么有钱，经常请陈虹和她父母去这种地方吃饭，就算自己岗位不好，他们应该也能接受自己吧？

可自己要和小月一样有钱，那根本是痴心妄想。

当初大学毕业的时候，因为他的专业优势，杭城的机关和企事业单位都向他伸出了橄榄枝。可当时单纯得可以，一心想为家乡做点事情，同时陈虹也回了县城，他没多想就回来了，心想基层肯定也有自己的用武之地。现在匆匆七年过去，自己曾经的优势也都已经消失殆尽了，走仕途没路子，想发财的话更别想了。

在去单位的路上，萧峥不由得想起昨天小月承诺会帮自己调动工作。这事会不会真能成？

人都是如此，只要还有点希望，都盼着它能成真，尽管这希望其实渺茫得可怜。

到了镇政府，萧峥去水房打水。水房相当简陋，就是在楼梯间安放了个热水炉，大家都拿着热水瓶到龙头上取水。

萧峥忽然听到有人走上楼梯，还在说话。这声音，萧峥很熟悉，就是镇党委书记宋国明的声音："章委员，今天早上我要去县里参加领导干部大会。"章委员道："宋书记，听说新的县委书记到了。今天您参加的领导干部大会，跟县委书记到任有关系吧？"

宋国明道："章委员不愧是组织委员，政治敏锐性还是可以的。今天的领导干部大会，就是来宣布县委书记任命的。上午会议之后，有可能的话，我想去新书记那里转转，所以今天应该就不回来了。"

组织委员章清马上道："要的，要的。宋书记，您这个才是大事，镇上的事情您就放心吧，我们都在。"宋国明道："好。另外，昨天那个萧峥，嚣张得很！跑到我办公室来要求调工作，态度很不好，被我吼出去了！"章清道："有这种事情？他有什么资格跑到书记这里提要求！我要找他，好好教训教训！"

宋国明却道："那倒是不用了，我跟你说这个事情，也不是让你教训他。他这种人，你教训他也是浪费口舌。就让他在安监站待着吧……"章清道："宋书记，我明白你的意思了。这种人合该一辈子待在安监站。"

热水瓶里的水都满溢了出来，溅到了萧峥的裤子上，烫得萧峥条件反射地跳开了。

无意中听到这席对话，萧峥非常寒心。

宋国明对自己有意见那是他知道的，但没想到，组织委员章清竟说要让他"一辈子待在安监站"。平时，章清有时候见到自己会笑呵呵地问一句"最近怎么样啊"，有时候还鼓励一句"你是大学生，要好好干"。可没想到，今天他在宋国明面前，竟这么说话。

人心隔肚皮，你永远猜不到人家是怎么想的。

一个党委书记、一个组织委员，竟然都如此对待自己，那自己在镇上的处境想要有所改善，恐怕是难于上青天了。

萧峥不由得又想起了小月对自己的承诺，会在他调动岗位的事情上帮助他。今天意外听到了宋国明和章清的谈话之后，他是真心希望小月能够帮助自己。

可是天荒镇是宋国明的地盘，小月能动员县里哪位领导替自己说话呢？难，真的很难。

但萧峥还是抱着希望的，毕竟有希望会让人感觉好受些。

上午，萧峥去了副镇长金辉的办公室，他问金辉要不要去凤栖村，石矿安全隐患还存在着，事故随时都可能发生，萧峥认为必须提醒金辉。可金辉的答复是，今天不下村了。

萧峥说："金镇长，我们不能因为昨天吃了他们一顿饭，这个事情就这么过去了。问题不整改，就永远是问题。"

金辉道："这我知道。"萧峥又道："金镇长，既然你知道，我们就得想办法督促他们整改啊！如果他们不整改，我们甚至可以让他们停矿！这是事关矿工生命安全的事情，我们不能马虎啊。"

抛开自己的岗位和金辉的乌纱帽不提，这凤栖村的矿山问题，直接危及矿工的人身安全，还会造成公路旁的山体塌方，这些都不是小问题。萧峥无法坐视不理。

可金辉道："你说的我都明白，可有些事情急是急不来的。我们明天再下村吧。"萧峥还是坚持道："金镇长，你今天有什么特别的事情吗？没有的话，我们还是今天就去吧。"

金辉有些不耐烦了，抬头看着萧峥道："哎，我说了今天不去了，你还唠叨个啥？到底你是领导，还是我是领导？"

萧峥无奈，只能道："你是领导。"金辉道："那就听我的!"

第5章　没有召见

凭良心说，金辉平时不怎么在萧峥面前摆架子，今天却把"领导"的架子端出来了，萧峥很诧异，他不想跟金辉急，便不再多说，就从金辉办公室走了出来。

这几天来，除成功救了小月一命，其他真没什么事是顺利的。萧峥心情郁闷，不想回安监站办公室，就从镇政府那扇生锈的铁门出去，绕着围墙，来到了后面的山坡上。

初夏的阳光有些晃眼，他爬上山坡，在一株老茶树的阴影里躺了下来，上方就是蓝蓝的天空和一朵朵飘过的白云。

这老茶树是一株野茶树，每年清明前会长出鲜嫩的茶叶，虽然也没多少量，不过做了茶，泡出来的味道却是清新润口。镇上的女同志，每到明前，都会跑来摘茶叶，拿回家去炒制，再拿回办公室当饮料喝，有时候萧峥也能喝到一杯，茶汤美不可言。

只可惜现在没有茶喝，萧峥便摘了一片茶叶，放在嘴巴里咀嚼着，一种又苦又涩又清爽的味道，在嘴里弥散开来。头顶的蓝天白云，从茶树间吹来的一丝清风，让萧峥心里的郁闷被吹散了不少。

这个地方不由得让萧峥想起了老家屋后的山坡，可现在老家凤栖村绿水自然村，已经因为开矿而烟尘蔽日、噪音满山，绿水青山不知去向。萧峥心里很不认可这种生产方式，开矿赚了点钱，可把村子赖以生存的自然环境给破坏了，这是得不偿失的事情。当然，他的这种想法，没有人当回事。

人微言轻，在系统里，没有位置，你什么都干不成，也没人把你当回事。

一路走来，七年过去了，萧峥才终于醒悟了，在系统里生存，一定的位置是必须的。他也开始想要获得一个位置，来做一些事情，同时也可以让陈虹父母放下对自己的担忧和怀疑。然而，事已至此，想要改变又谈何容易！

正在萧峥看着蓝天如此感慨之时，他那台简陋的诺基亚响了起来。谁找自己来了？

萧峥瞧了一眼狭窄的手机屏幕，微蓝屏幕上显示着"宝贝陈虹"四个字。萧峥整个人都跳了起来，忙接起了电话："陈虹！"

陈虹的声音却是淡淡的、冷冷的："你要调动工作岗位的事情，怎么样了？"陈虹是来问这个事情的！萧峥想起昨天在宋国明办公室的遭遇，很心塞。但他不想告诉她这些，就道："还在努力呢！"

"还在努力吗？你是不是去你们宋书记办公室，被赶出来了？"陈虹问道。

"你怎么知道……"萧峥忽然觉得这样回答不妥，忙改口，"我去是去了，但没有被赶出来。"陈虹道："还没有被赶出来？宋书记都说让蔡少华把你'领出去'呢！"

萧峥一下子明白了，陈虹之所以了解这些情况，又是蔡少华在嚼舌根了。萧峥道："陈虹，我希望你别听蔡少华胡说。蔡少华这个人，人品有问题，他对你的那份心思也未必是单纯的！"

陈虹却道："萧峥，我不想听你说别人的坏话！"萧峥有些不服气了："到底是我在说他的坏话，还是他在说我的坏话啊？我可以告诉你，蔡少华之所以接近你们家，是因为你父亲最近提了农业局局长，对他以后提干有好处，蔡少华才会接近你的。"

陈虹道："你看，你又在说人家坏话了。蔡少华就说过，你肯定会这么说他。"

萧峥愣了下，蔡少华这人果然够阴险，已经在陈虹面前说了这些话，让自己完全处于被动。

萧峥也不想多扯跟蔡少华有关的话题，就道："陈虹，不管怎么样，我还会努力的，不到最后一刻，我是不会放弃的。"

陈虹道："随你便吧。"说完就挂了电话。

萧峥看着已经暗下去的手机屏幕出神，他相信陈虹对自己还是有感情的，只是她这个人有些没主见，有时候在她父母的说教下，会茫然，不知道自己到底要什么。

萧峥几乎可以肯定，如果她真跟蔡少华在一起，只要蔡少华提干了，以后肯定不会对陈虹好到哪里去。萧峥和陈虹是九年的感情了，他一方面不想就这么放弃这段感情，另外一方面他也不想她以后过上郁郁寡欢的日子。可惜，陈虹并不清楚他的心意。

都怪自己不够强，都怪自己没实力啊！打完了这个电话，萧峥也没有心情在山坡上待下去了。他回到了镇政府前面的小街上，在一家烟酒铺里买了一盒巧克力，一共六块，花了二十块钱。

萧峥心想，这钱一定得花。

这个时候已经是中饭时间了。萧峥走入了熟悉的政府办，里面只有一个女生在，这个女生名叫李海燕。萧峥知道她为了减肥，一般都不吃中饭。所以，这个时间段，应该就她一个人在办公室，正好可以说话。

萧峥将那盒巧克力在李海燕面前一放，说："今天又不吃饭？"

李海燕一看巧克力，皱了皱眉头，说："师父，你这是在引诱我啊?！你明知道我为了减肥，都不吃饭了，你还拿巧克力给我？"萧峥说："给人送东西，当然要送她最喜欢的东西啦。不吃饭，不就是为了能吃喜欢的东西吗？"

李海燕眯着眼睛想了想，道："好像还真有点道理。"她忍不住打开包装盒，拿出了一块巧克力，放进嘴里，很是享受地咬了一口："真好吃啊！"

萧峥在旁边看她享受地吃巧克力，也不说话。

李海燕过了巧克力的瘾，才看向萧峥问道："师父，你已经好久没来政府办了，今天不但来了，还给我送巧克力，肯定有什么事情吧？"

萧峥笑笑说："也没什么重要的事情，就希望你能帮我留意一个事情。你在政府办，从这窗口看出去，来来往往的人，你都看得到。"李海燕朝窗外看看，说："师父，你要我帮你看什么？"萧峥道："帮我注意一下，这两天县里有没有人来我们镇上？如果有的话，是什么级别的领导，以及我们镇上是什么领导接待？"

萧峥心想，小月既然答应了会找县领导调动工作岗位，或许就会从县里派人来协调这个事情。李海燕道："就这个事情吗？"

萧峥想想又道："你再帮我注意下，县里来的传真或者电话，有没有组织部或者人事局来的？"李海燕点点头说："没问题。我会帮你留意的。"李海燕管收发，要关注一下这些事情并不难。

李海燕比萧峥小，她来镇上工作的时候，萧峥是党政办的副主任，对初来乍到的她颇为关心照顾，所以李海燕就认他做

"师父"。后来党政办出了事，萧峥被调到了安监站没了职务，但是李海燕还是念着萧峥的情。其实，李海燕一直觉得萧峥蛮帅的，尽管镇上的人都不大看得起现在的萧峥，可李海燕总是觉得萧峥还是蛮有优点，她认这个"师父"。

萧峥一听李海燕爽快答应，就伸手在李海燕的肩膀上拍了下，道："好徒弟，太谢谢你了。"说着，萧峥就离开了李海燕的办公室。

拍者无心，但李海燕只穿了薄薄的裙子，当萧峥离开之后，她感觉肩头的皮肤上还留着萧峥的温度，脸上微微泛红。

萧峥刚走到镇政府的大堂，竟然碰上了蔡少华。两人对视一眼，也不打招呼，就交叉而过。

蔡少华瞧萧峥是从政府办走出来的，心中便存了疑惑，直接跑入了政府办，问李海燕："刚才萧峥来过了？"

李海燕瞧瞧蔡少华道："是啊。怎么了？"李海燕其实有些小个性，并不怕蔡少华，有时候甚至敢给蔡少华脸色看。

因为李海燕做很多杂事，蔡少华还是得给她点面子，否则杂事就得自己干了。蔡少华道："萧峥这个人，很晦气，你以后少跟他接触。"李海燕不以为然地道："我们政府办，谁都可以进进出出，他要来拿报纸什么的，我也没办法。"

蔡少华道："反正你少搭理他就是了。他女朋友都看不起他，马上要把他甩了。"

李海燕一听，心头莫名多了一分想法，今天萧峥特意来给自己送巧克力，或许就跟他和女朋友分手有关系？假如某天，萧峥来向自己表白，自己该接受吗？这么一想，李海燕的双颊，一瞬间灿若桃花，红得好看。

可一旁的蔡少华很不理解，奇怪地瞧着李海燕："你怎么了？脸这么红？"李海燕忽然一怔，然后用手扇扇风，说："房间里太热了！"蔡少华道："热，你就打空调啊！"李海燕道："你蔡主任不发话，我怎么敢打空调？"

蔡少华一听李海燕把自己当回事，顿时嘚瑟了，就说："打吧，把空调打起来吧。"

接下去的几天，萧峥都在等着李海燕给自己打电话，送来好消息。

只要县里有领导下来，对萧峥来说就是希望！然而，李海燕那边却一直没有消息。有一次，萧峥还专门打电话问李海燕，李海燕说，这两天县里都没人来。

李海燕说："这很反常，要是在以前，每个星期，总有三四天县里是有人来的。这两天，很奇怪，好像县里的工作停摆了，文件啥的都少了。"

萧峥有些失望，自己希望小月能帮到自己，恐怕还是想多了。这天下班，萧峥又到了政府办，想再问问李海燕有没新动静。

可李海燕已经走了。萧峥想走出去的时候，忽然听到外面又响起了熟悉的对话声，又是党委书记宋国明和组织委员章清。

萧峥不想跟他们碰面，就躲入了政府办的小仓库里。纸杯、茶叶和办公用具等都是塞在里面的。

萧峥刚躲入里面，就听到宋国明和章清进了政府办。只听章清道："宋书记，县里新来的肖书记，您见到了吗？"宋国明道："还没有。那天会议之后，我本想去见，可县委办说肖书记有另外的安排。这两天我都在约，可县委办不是说肖书记忙，就是说她去市里、省里了，唉，到现在都没见到。"

章清略有抱怨："县委办也真是的，其实应该早点安排您见肖书记啊！"宋国明道："谁说不是呢！不过，肖书记是个女人，总归难弄一些。"章清却笑笑说："宋书记这么有魅力，肖书记肯定也会对您留下好印象的。"宋国明笑了两声，然后说："车子到了，晚上我和县委办的人吃饭，你也一起吧。"

章清声音欢快地说："好，谢谢宋书记。"

第 6 章　前来推荐

宋国明和章清在政府办等车，车子一到他们也就走了出去，萧峥这才从小仓库里出来。

萧峥回想宋国明和章清的对话，里面提到了肖书记，应该就是新的县委书记了。令萧峥奇怪的是，镇党委书记宋国明想要见肖书记，竟然没被召见。

作为一名普普通通的基层干部，镇党委书记在萧峥眼中，已经是非常强势的存在了，他没想到，宋国明想去见新县委书记，结果竟然被拒了。

刚才宋国明说，他等会儿要跟县委办的人吃饭，恐怕是去疏通关系。等到他见了新县委书记，恐怕还真能很快得到新县委书记的认可。连萧峥都觉得，宋国明非但能力强，气场足，而且很会搞关系，这样的人很容易得到领导的赏识。

萧峥又想起了小月以及她承诺的要替自己调动工作岗位的事情，不知小月认识的是什么人。萧峥真希望，小月能早点帮自己办这个事情，晚了，等宋国明和新县委书记熟识了，恐怕到时候小月找了其他领导来说话，宋国明也不一定会给面子。

然而，又过了一天，还是没有任何自己的工作岗位将得到调整的苗头。

萧峥很想给小月打个电话问问，然后，才发现自己竟然没要她的联系方式。这时候，他才明白，其实他当时对她的承诺是不抱希望的，也没想到以后要打电话问，所以联系方式也没留。

可现在，萧峥的心态却发生了变化。在这个镇上，靠自己是真的办不成调动这个事情，靠别人，没有一个人能够帮助他。他剩下唯一的一张牌，也就是小月了。

可现在，他没有小月的电话，也不知道小月住在哪里，要找也不知去哪里找。

萧峥无奈，只能悻悻然地回到了宿舍。

如果他无法调动工作，那么，他只能跟陈虹分手，九年的感情付之东流。如果这段感情失败了，萧峥都不知道接下去该怎么办。

可很明显，他现在除了等待，根本无能为力。

到了下班时间，萧峥的手机忽然响了起来，一看是李海燕的电话，萧峥一阵激动，难道有什么好消息吗？萧峥立刻接起了电话，问道："海燕，有情报？"李海燕却道："不是啊，我想问你，晚上有人给我安排了相亲，师父，你说我该不该去？"

萧峥一听是这档子事情，跟自己需要的"好消息"没半毛钱关系，心头黯然。但是，相亲的事情，又事关李海燕的婚姻大事，作为"师父"，萧峥不得不关心，他就问："对方什么条件？"

李海燕道："也是公务员，据说是县财政局的。"

萧峥想想道："单位是不错，不过还是要看人的。"李海燕听萧峥没有敷衍自己，似乎还真为自己在考虑，脸上微微笑了笑："师父，那你说我该不该去？"萧峥道："既然没见过，见一见也无妨，但第一次见面，吃饭的时候不要喝酒，不要一起去看电影，不要去黑灯瞎火的小巷……"李海燕道："为什么？"萧峥道："容易被人占便宜的地方，都不能去。"

李海燕的脸上笑容更明显了，可见"师父"还是很在乎自己的。她说："好吧。不过，你放心吧，今天我去不了了。"萧峥一愣："为什么？"

李海燕道："刚刚接到县委组织部的一个通知，明天要来推荐干部。今天晚上要打电话通知所有镇机关事业单位和村干部来参加明天的会议。"

推荐干部？萧峥心头一怔，这跟自己没有太大关系。自己需要小月帮忙的只是调整一个工作岗位而已，从安监站调到企业服务中心、农业办乃至收发室都无所谓，只要工作岗位风险不大，能祛除陈虹父母对自己的担忧，就成了。

至于提干，萧峥以前是想过的。当时他在党政办担任副主任，因为他是名牌大学毕业，待人接物也比较谦虚，还经常跑跑村里，所以群众基础还是不错的。有一次推荐出来，推荐票甚至超过了当时的党政办主任谭小杰。那次，宋国明的意图都是要推谭小杰的，结果谭小杰没推上，却把萧峥给推上了。

这个结果明显不符合宋国明意图，为此宋国明说这次的推荐，参加人员的范围通知有问题。于是，那次组织推荐的结果作废。宋国明发现萧峥的群众基础，特别是在一般干部和村干部中的得票数会比较多，于是就缩小了范围，将参与推荐人员范围，局限在中层以上干部，同时村干部只准村书记参加。

参与推荐的范围一变，再加上组织委员在宋国明的授意下做了一些动员工作，第二次的推荐，党政办主任谭小杰的得票终于超过了萧峥，被列为考察人选。宋国明这才满意了，谭小杰何许人？是上面某领导干部的儿子，是放在镇上培养的。

然而，有些事情就是这么事与愿违。

谭小杰被列入考察人选，在考察公示的时候，却被多人举报，最后查实，竟然就那么进去了。

到底是谁举报的，无从知晓，反正宋国明和镇上许多人都认为是萧峥干的。可事实上，萧峥真的没干。后来上级调查谭小杰，把萧峥叫去核实情况，他是去了，也把知道的事情如实向组织报告了。

事后，宋国明就将萧峥视为眼中钉，并将他调到了安监站。以后的推荐中，参加人员的范围也都局限在了中层以上镇干部和村支部书记，以减少萧峥的得票数，所以近年来的民主推荐中，萧峥的得票率在镇年轻干部中只能排到五名左右，其实是没太大竞争力的。

经历了这些之后，萧峥对提干真没太大的期待了。所以，这次的干部推荐跟自己应该没关系，反而蔡少华却很有希望。

萧峥对李海燕道："那么，你要加晚班了吗？"李海燕说："是啊，所以相亲是去不了了。"李海燕的声音中竟然还带着一份喜悦。萧峥道："加班，不能去相亲，你怎么反而高兴？"李海燕道："我希望明天能把师父推荐上去，这样一来以后师父就可以罩着我了。"

萧峥在电话里苦笑一下，在这个镇上，认为萧峥能被推荐上去的，恐怕也就李海燕一个人了吧。这也正是李海燕的单纯之处。尽管明明知道自己不可能被推荐上去，但萧峥也不想说丧气话给李海燕，就道："万一师父真被推上了，师父一定罩着你。"李海燕在那头笑道："那就一言为定了。"萧峥道："一言为定。"不过，这承诺兑现的可能性几乎为零。

李海燕道："好了，不跟师父多说了，我得去食堂吃个晚饭，然后开始打电话通知了。"萧峥道："好，你去吧。"

这天晚上，萧峥竟然又接到了陈虹的电话，她在电话中问："你们镇上明天要推荐干部了？"萧峥道："听说是有这回事，你怎么这么快就知道了？"陈虹道："我爸爸说，是蔡少华告诉他的。蔡少华说，镇上培养他很久了，明天百分之九十以上就是他了。"

内心里，萧峥却不这么希望，他说："蔡少华会不会太乐观了？民主推荐的结果没出来，什么事都可能发生。"陈虹却道："你啊，就是看不得人家好。萧峥，你要是跟蔡少华一样，能够多用心在跟领导搞好关系上，能够多为自己的前途考虑考虑，我们也不会走到今天这一步了。"

萧峥心里也有点气了，他说："你说是蔡少华，那就是蔡少华吧。"说完，萧峥一下子就挂了电话。

次日一早，萧峥来到了镇上。

他现在是安监站的一般干部，而参加民主推荐的干部，一如往日，局限在中层以上，为此萧峥没有资格参加推荐会议。

这么看来，萧峥更不可能被推荐上了。

但是萧峥还是站在走廊上，看着镇政府的大门。八点半，县里一辆黑色轿车进来，镇党委书记宋国明和组织委员亲自在下面等，引导县组织部领导到了会议室。

萧峥这才返回了办公室，心情莫名有些沮丧。

他大大地喝了一口茶，还从烟盒里抽出一根烟来，点上了。香烟抽到半根，忽然办公室电话响了起来，萧峥接了起来，"喂，什么事？"

只听李海燕的声音道："师父，通知你到会议室参加民主推荐。"

萧峥愕然："我？我没资格啊。"

李海燕道："民主推荐的范围扩大了。"

第 7 章　提拔在即

民主推荐的范围扩大了？要让萧峥相信这一点，实在有点难。他忍不住问：“海燕，你跟我开玩笑的吧？咱们民主推荐的范围，自从几年前缩减之后，就从来没有扩大过。”

李海燕却道：“这次是真的，听说是县委组织部要求扩大的。但是，我只负责通知，具体情况我也不清楚。好了，你赶紧到会议室吧，我等会儿也去参加。”

“哦。”看来这次还真能参加推荐会了，萧峥说了一句“一会儿见”，就挂了电话，带上门，就朝会议室的方向走去。

萧峥所在的安监站，是在镇政府新建的副楼，会议室是在主楼。副楼虽然是新建的，但谁都知道镇上真正有权者可都在主楼。

萧峥走上楼梯的时候，还碰上了好些个跟他一样被临时通知去参加会议的人。

“今天真是太阳从西边出来了，让我们这些平民百姓也去参加推荐会了。”“是啊，我们这些人，几年前不是被剥夺资格了吗，今天怎么又有资格参加了？”“什么资格不资格，你以为有什么好事吗？还不是为他人作嫁衣裳？我还是宁可像以前一样，这种会议就干脆让我们别参加了，也好清静半个小时。”

大部分被临时通知参会的人，心里并不痛快。

萧峥其实也不痛快，这么多年了，都被剥夺了参加会议的资格，今天突然又通知要求参加，这无异于让你来你就得来，让你走你就得走。人被任意摆布，心里总会有说不出的不爽。

不过他跟边上的人稍有不同之处，他还是有些好奇，今天为什么突然扩大参会范围？今天要推荐的职务到底是什么？

毕竟，前些天小月就向他承诺，会帮他调动工作岗位。难道今天扩大参会，与自己岗位的调动也有关系？会不会镇上要对某些人的岗位也进行调整，所以才会把他们这些一般干部也都叫去开会？

不过，镇上一般干部的岗位调整，县委组织部是不会管的。今天县委组织部领导来了，不大会涉及一般干部的调整啊！想不好到底是怎么回事。萧峥就加快了脚步，三步并作两步地往楼梯上跑。

"萧峥，你跑这么快干吗！难道今天要推荐你当领导了？"在身后，传来一个中年镇干部的声音。

萧峥不用看，都能从这个声音中，听出此人名叫辛阿四，目前是企服中心的副主任，五十多岁了，提拔是不可能了，因而人也很超然，什么话都敢说，什么玩笑都敢开。他人不坏，但就是贪图嘴上的一时之快，镇上很多人也不大喜欢他。

他这么一说，旁边一起上楼的镇干部也就笑了起来。毫无疑问，就是在笑萧峥。

萧峥这些年来，遭人嘲弄、被人玩笑得还少吗？这点嘲弄，他还是能忍受的。萧峥就自嘲道："阿四主任，谁跑得快，谁就能被推荐。你也加把劲吧！"

萧峥的这一回答，还算机灵，也有点幽默感，巧妙地将辛阿四的嘲弄给化解了。

镇上的人，其实都是要面子的，没必要的时候也从不撕破脸皮，听到萧峥这么回答，先前的尴尬被化解，就都道："那我们也要加把劲了，赶紧跑，说不定我们也能被推荐当领导。"

众人一边笑着，一边还真加快了脚步，楼梯上噼噼啪啪的，也嘻嘻哈哈的。

到了四楼会议室门口，组织委员章清就站在那里，他似乎预感到这些人会大声说话，在门口提醒道："大家小声点，领导都在了。"经他这么提醒，大家的声音才低了下去。

萧峥走入会议室，只见主席台上坐着两位领导，一位自然是镇党委书记宋国明，另一位萧峥不太熟悉，脑袋有些地中海，圆脸，在灯光的照射下竟然熠熠生辉，萧峥猜测这应该就是组织部的领导了。

其他班子成员都坐在第一排，然后就是镇上的中层，也已经挨个坐得整整齐齐了。在中层后面，又加了一些椅子凳子，是给后面来的人坐的。

党政办主任蔡少华在里面招呼："大家轻声点，找个凳子赶紧坐吧。你坐后面，你坐前面……"有几个年纪稍大的一般干部还管不住自己的嘴，蔡少华上前拍拍他们说，"行了，会议以后我请大家抽烟聊啊！"

毫无疑问，蔡少华这么做，一方面是他这个党政办主任的职责所在，另一方面他要在镇党委书记宋国明和组织部领导面前表现一下，同时用"等会请大家抽烟"拉拉这些一般干部的关系。这些人既然来了，就是有投票权的。

在这种场合，萧峥还算是配合的，他因为先进来，就在靠前的一把椅子上坐了下来。没想到，他刚刚坐稳，蔡少华就上来对萧峥说："萧峥，你坐后面去。"萧峥听到他的声音，心里就不爽，压低了声音问道："为什么?"蔡少华冷冷地道："你不知道吗? 你们安监站本来就坐在最后的。"

安监站在镇上的确是没什么地位，一般性的工作会议，安监站的人也都是坐最后。可是今天不同，今天萧峥心里有气，是对蔡少华有气。

这个蔡少华为了提拔靠近自己的女友，昨天又在陈虹面前吹嘘他自己要提拔，今天在座位上又跟自己过不去，萧峥感觉自己忍不了，也不想忍。大不了自己的工作调不了，大不了自己的女朋友没了!

萧峥霍地站了起来，冲蔡少华大声道："这个位置上贴着名字吗? 我们安监站就非得坐在后面? 而且，照理说，我们都没资格来参加这个推荐会议，为什么又通知我们来参加! 既然看我们不爽，我们不参加就是了!"

萧峥倔劲儿上来了，说完，就离开那把椅子，朝会议室门口走。其他几个上了年纪的镇干部，在门口被组织委员要求别说话，到了会议室里面又被蔡少华呼来唤去，心里也很不痛快，一见到萧峥站起来要走，也跟着要走。

"不开了，不开了。""我们走好了!""谁稀罕参加这种推荐会!"本来就是为他人作嫁衣裳，这些上年纪的干部又没什么好失去的，大家根本有恃无恐，一下子五六人就朝外面走，一副要散伙的架势。

台上宋国明一瞧，脸色难看，但是他也不好直接喝止，这些镇上的老干部有些是看着宋国明成长起来的，有些是无欲则刚的，就算你是党委书记，你要摆架子还真能不给你面子。

旁边组织部的领导，也注意到了下面发生了什么喧闹，就转向宋国明："宋书记，还是先让大家坐下来吧，位置前后无所谓，关键还是要及时把票投好。"

宋国明也有点怪蔡少华多此一举，一定要让某些人坐到后面去。现在是什么场合？重点是什么？搞得清楚吗？"好！"宋国明朝组织部的领导低声说了一句，就对着话筒道："大家先坐下来了，座位不分前后，都坐下来。"

组织委员章清站在门口，忙拦住了萧峥，说："萧峥，你去坐。到前面去坐吧。"

萧峥朝旁边蔡少华瞧了一眼，转身走到之前的位置，坐下了。他只是对蔡少华有气，现在既然领导都出来说话，让他们随便坐，至少自己不用听蔡少华的。

蔡少华朝萧峥的背影瞪了一眼，拿萧峥没有办法。但是，蔡少华心里想：今天推荐之后老子就能上位了，等我当了领导，萧峥，哼，我有的是机会来整你！

组织委员章清在门口劝大家赶紧坐下，那些老同志还是给组织委员面子的，再加上镇党委书记也在台上说话了，大家也就勉为其难地坐下来。

宋国明也不浪费时间，就开腔了："好了，大家都到了。

现在，我向大家说明一下今天会议的主题，就是进行民主推荐。按照我们镇上以前的做法，民主推荐都是中层以上干部来参加，这次应组织部要求，同时我们镇党委也同意，在民主推荐中进一步扩大民主，将参加会议的人员扩大到全体机关干部和事业人员。这一情况就说明到这里，下面我们邀请县委组织部副部长、人社局局长邵卫星给大家做推荐说明，大家欢迎。"

掌声显得不温不火，可见大家对这种事情并没有发自内心的热情。

当然，宋国明、章清、蔡少华等人例外。宋国明鼓掌是给邵卫星面子；章清鼓掌是因为干部推荐涉及他本职工作；蔡少华用劲鼓掌，是因为自己飞黄腾达就要从今天开始。

邵卫星拿着稿子，抬起头，说了开场白，说民主推荐是干部培养使用中的重要环节，有多么重要等，还感谢了大家在忙碌之中配合这次民主推荐。

然后开始说明这次民主推荐的条件。

萧峥感觉有些不耐烦，希望这个会议早点结束。恐怕与己无关的许多人，也是这么想的。

然而，坐在前面的蔡少华却是一脸的期待，昨天晚上，组织委员章清就对他说过了，这次推荐一位党委委员，他是很有希望的。为此，蔡少华心里满怀期待，眼睛放光地瞧着邵卫星副部长，感觉邵部长的地中海也是如此顺眼。

然而，当邵部长在人选条件说明中，说完了前面政治素质要求、年龄要求之后，开始说第三个条件的时候，蔡少华就感觉不对劲了。

因为这个条件是学历要求，"大学本科以上，且 985 高校毕业"。

蔡少华是镜州师范学院毕业的，还是专科，跟 985 高校的要求，相去甚远啊。

众所周知，镇上 985 大学毕业的干部只有一个，那就是萧峥。

第 8 章　推荐上了

组织部副部长、人社局局长邵卫星说明的这个学历条件，让镇党委书记宋国明都倍感意外。

宋国明前段时间，为蔡少华的事跑过县委组织部，并向组织部部长做了汇报，当时组织部部长答应会给予考虑。

这两天宋国明虽然没有见到新县委书记的面，但县委办也跑了，让相关领导帮忙多向新书记引荐一下。所以，昨天晚上通知说要来推荐干部，宋国明理所当然地以为，这是跟自己前段时间的活动有关，得知推荐的岗位是党委委员，这跟之前去县委组织部提出的完全一致。

因而宋国明对推荐条件也没有多问，今天就陪同邵卫星直接上台来推荐了。

可宋国明怎么都没想到，今天邵卫星所做的说明，跟自己的预期大相径庭。"大学本科以上，且 985 高校毕业"，这是怎么回事？

镇上符合这个条件的人，除了萧峥，还有谁？宋国明忍不住就小声在邵卫星副部长耳边道："邵部长，这个推荐条件没有问题吗？"

"没有问题。"邵卫星都没有转头，继续宣读推荐条件，又提出了明确的推荐要求。随后，对县委组织部的工作人员道："好了，现在可以发推荐票了。大家拿到推荐票之后，请不要立即填写。等我做一下简要的填表说明，再进行填写。"

县委组织部的工作人员，就开始忙碌了起来，给大家发放推荐表。尽管邵卫星要求大家不要马上填写，但是大部分镇干部拿到了推荐表，还是唰唰开始填起来了。

每次填推荐表，总是有人没耐心听填表说明，自己先填好了，就折起来，干等着投票。

这个时候邵卫星才开始做填表说明，等他说完，大家都已经填完了。宋国明对今天的这次推荐，非常不满意，但是他却也不敢打断县委组织部副部长邵卫星主持的民主推荐。因为干部推荐是极其严肃的问题，是组织纪律重点保护的环节，就算你是镇党委书记，一旦开始推荐也不能阻止，否则是要承担组织责任的。

因而宋国明纵然心里极其不舒服，他也没办法打断邵卫星，只能等待整个程序走完。

宋国明自然不会投萧峥的票，他在票上写了"蔡少华"这个名字，蔡少华才是他要提携的人。章清作为组织委员，自然也明白宋国明要提拔谁，当然也填了蔡少华这个名字。尽管这么写，基本就是废票。

在场最郁闷的，自然是蔡少华了。他满以为，今天这场民主推荐，是为自己私人订制的。谁会料到，县委组织部的推荐说明中，竟然明确了"大学本科以上，且985高校毕业"的要求，这分明跟自己没什么关系！

这到底是怎么回事？昨天晚上，组织委员章清还跟自己说，他蔡少华这次希望非常的大。可今天却闹出了这种幺蛾子，到底什么情况？

蔡少华心里茫然若失，可他还是在"推荐人选"一栏中，写上了自己"蔡少华"的名字。

最为震惊的，还是萧峥。他非常清楚，镇上符合"大学本科以上，且985高校毕业"这一必要条件的，就他萧峥一个人而已。

萧峥想，难道这就是小月的能量吗？萧峥回想了一下，自己跟小月在国际大酒店吃饭的时候，还真提到过自己是"985"杭城大学毕业的事。可自己只是要求调一个工作岗位而已，怎么忽然就变成推荐领导干部了？

"好了，我看大家也填得差不多了。"台上邵部长提醒道，"请大家把推荐票投入到设在前面、后面和门口的票箱，投入任一票箱都可以！今天的民主推荐会议，就到此结束了。"

前面的班子成员开始投票，后面的干部也开始投票。萧峥的票还没写呢。以前他写的都是别人的名字，就算在民主推荐中自己是有资格的，他往往都不会写自己。

自己推荐自己，有点不好意思。以前，萧峥和很多心地善良的人一样，面对毛遂自荐总是不免羞涩。

　　但现在情况有些稍稍地不同了。碰到了陈虹父母看不起自己，碰到陈虹也对自己不满意，碰到了蔡少华使坏，碰到了宋国明和章清要让自己一辈子待在安监站。萧峥太需要一个机会，能跳出现在这种尴尬境地了！

　　眼前就有一个机会，自己是抓住，还是放弃？

　　萧峥瞧着"推荐人选"那个空格，提起水笔，在上面唰唰写上了"萧峥"这个名字！"我不装了，就是想当领导了！能当领导，就一定要当领导。当了领导，可以解决自己的问题，还能帮助身边的人，自己的徒弟李海燕还需要自己去把她救出火海呢！"

　　有这样的机会，为何不拼一把？萧峥填好了名字，就朝后面的投票箱走去。途中组织委员章清，站在旁边，问了他一句："填好了？"萧峥的推荐表都没有折起来，在章清面前晃了下，道："章委员，填好了。"他没有说写的是自己的名字，但是他可以百分之百肯定，章清看到了。

　　会议结束了，萧峥出了会议室，下到了主楼的大门口，有些人看他的目光似乎都有些不同。

　　有的人离他远远的，有的人却朝他点头，还有的班子成员装作没有看到他。萧峥也不去在意，走向自己办公室所在的副楼。

　　"萧峥，萧峥！"从身后又响起了一个声音，熟悉的，就是之前企服中心的副主任辛阿四。

之前在上楼梯的时候，辛阿四还嘲弄他，问萧峥跑这么快干吗，难道今天要推荐你当领导！

不知他现在有什么事，萧峥转过身来，"阿四主任，有啥事?"辛阿四的老脸上却挤出了笑来："萧主任，今天晚上，有没有空吃个晚饭?"

萧峥很吃惊，辛阿四这个大嘴巴，这些年来见到自己，总是会说上两句不痛不痒、刺激人的话。

没想到，今天破天荒地要请自己吃饭了。可萧峥也不傻，辛阿四肯定是今天民主推荐的条件设置问题，认为他萧峥有戏，来主动接近自己了。

于是，萧峥就对辛阿四说："阿四主任，你叫我萧主任，我可不敢当。我就是一个一般干部，平民百姓，哪里来的主任啊?"辛阿四却一副认真的表情道："萧主任，你这就不对了，你以前在党政办不就是副主任吗? 经过这次的民主推荐，说不定你就当领导了呢!"

萧峥挥挥手说："没可能，没可能。晚饭的事，谢谢了，我今天还有事。"辛阿四见萧峥态度比较坚决，就说："那好，等下次。萧主任要是推荐上了，我再请萧主任吃饭。"

萧峥觉得这很悬，就道："到时候再说吧。"

萧峥回到了办公室，又给金辉打了一个电话，问道："金镇长，今天下村不?"

萧峥还是想着凤栖村的矿山安全问题和容易塌方的山体问题，真出了问题，事关老百姓的生命，还有他自己的饭碗。

金辉却道："今天又下不了村了。"萧峥奇怪："怎么了?"

金辉道："今天不是民主推荐了吗？组织办通知说让我们班子成员都等一等，要谈话。"萧峥道："今天，就要谈话吗？"金辉道："是啊，让我们班子成员上午都在办公室等着。对了，萧峥，你上面到底有没有关系？"

萧峥一愣道："我有什么关系？"金辉顿了下道："如果你没有关系，今天的推荐条件里那个关于学历的，怎么好像是给你量身定做的！"萧峥回答说："这个我不清楚，我也很纳闷，可能是凑巧吧。"金辉道："萧峥，我可是你的分管领导啊，你上面有关系，可得给我如实说。"萧峥道："我要是有关系，还会在你手下干？还会在安监站吗？"金辉想想道："那倒也是……你等等，组织办有人来找我。"

萧峥就在电话这头候着，只听电话那头，金辉确实跟某人在说什么。

没一会儿，好像是说完了，只听金辉又回到了电话旁边，冲萧峥这边道："我也不知道你走狗屎运了，还是背后有关系却不告诉我，你被推荐上了！"

萧峥心头一震，这次的震惊是真有些大！自己真的被推荐上了？他还不敢相信。

萧峥在办公室里转了两个圈子，还是有些怀疑金辉在跟自己开玩笑，又一个电话打进来，萧峥接起来，是"徒弟"李海燕，声音里充满了喜悦："师父，你真的被推荐上了！你真的被推荐上了！以后，你可得罩着我啊！"

这高兴劲儿，好像比她自己被推荐上还高兴。

看来这个事情是真的了。

萧峥手机又响了，一看，是组织委员章清的电话。

第 9 章　工作到位

萧峥对李海燕道："海燕，章委员打电话进来了，我先接他的电话。"李海燕道："好，你先接电话，我们晚点再说。"

萧峥挂了李海燕的电话，接起了章清的电话，只听章清的声音传来："萧峥，今天不要出门。午饭之前，考察组要找你谈话。"萧峥故作惊讶地问道："谈话？有什么好谈话的？"章清道："今天的民主推荐，你被推荐上了，等会儿就要进行考察，最后要找你本人谈话。"萧峥道："这样啊？真没想到，我会被推荐上。"章清顿了下道："我也没想到，反正你在办公室等着就是了。"

放下章清的电话，萧峥才肯定这次自己是真的被推荐上了。

在镇政府四楼的小会议室内，考察谈话已经开始了。

第一位找的，自然是镇党委书记宋国明。

县委组织部副部长、人社局局长邵卫星和其他两位组织部的干部，就坐在宋国明的对面，他们每人面前都摊开着一本黑色的笔记本，旁边白色陶瓷杯中，飘起一丝丝茶香。天荒镇以前就是产茶的，高山上的茶叶，就算不是高档货，香味依然让人产生喝上一口的强烈冲动。

只是现在茶汤还烫，副部长邵卫星端起茶杯吹了吹浮在面上的茶叶，微微喝了点，放下杯子开口道："宋书记，那就麻烦你，帮我们介绍介绍萧峥这位同志吧？"

宋国明看着邵卫星，没有开始评价萧峥，而是道："邵部长，今天你是组织部的领导，还有其他两位组织部的同志都在。我想问个问题，这次的推荐条件，设置了'大学本科以上，且985高校毕业'，这个学历条件是不是太狭窄了？我们镇上，说白了就只有一个人具备这个条件。而且，现在推荐上来的这个人，并不是我们镇上最优秀的。"

宋国明都不说"萧峥"的名字，而是用"这个人"来替代。组织部另外两位干部相互瞧了一眼，也都感觉出来了，宋书记对萧峥的不待见。

邵部长解释道："宋书记，关于这次的干部条件设置，我在这里向您说明一下。这些年来，我们县从重点大学招录了一批优秀毕业生到基层工作，这是吸引年轻优秀人才回乡参加建设、发挥作用的重大举措。可组织部也做过一次调研，这些优秀毕业生到了基层之后，因为我们县委组织部和乡镇街道的培养问题，好大一部分都没用起来，没有培养好。

"这些大学毕业生，在校的时候都是很优秀的，但到了基层之后，既有自身的适应问题，也有我们用人单位不够重视培养的问题。这对下一步吸引优秀人才返乡是不利的，因而去年年底，县委组织部就向县委提议，加大重点大学毕业生地提拔使用，最先考虑的就是985大学毕业生。

"这项工作本来几个月前就要推进了。可遇上了县委书记变动，这项工作就停了下来。现在新书记上任了，我们常部长去汇报情况时，提到了这个情况，新书记立刻就拍板，说这项工作很重要，马上就启动。

"所以，县委组织部才会立刻启动推荐工作。第一批就面向这几年来的 985 大学毕业生，全县涉及十二人，县委组织部共派出了三个推荐考察组，天荒镇是由我们这个组负责。

"具体的情况就是如此，我在这里向宋书记说明一下，也请宋书记能够理解，并支持我们的工作。"

宋国明听了之后，嘴巴抿了抿，喝了一口茶，道："要使用大学毕业生中的优秀分子，是对的，我们也支持。但并不是读书好的，到了乡镇工作就能干得好！你们现在设置了这么狭窄的条件，就只能推荐这个人了。但这个人，工作如何？群众认可度如何？这些问题也都是需要考虑的。"

宋国明还是非常不赞同考察萧峥。

邵部长道："宋书记，你的担忧，县委组织部也都考虑到了。所以，我们的民主推荐环节就发挥作用了。今天的这次民主推荐，一共八十六个人参加，你知道萧峥的得票数多少吗？"宋国明摇了摇头，问："有没有过半啊？如果没有过半，我建议都不用考察了。"

邵部长笑笑说："宋书记，你可能低估萧峥了，他的得票是七十九票，也就是说占到了百分之九十一点八，这个得票率虽然不能算最好，但也可以说是蛮优秀的了。正因为如此，我们才会将他列入考察对象。"

"他的得票率有这么高？"宋国明难以置信。按照宋国明的预估，萧峥得票能过半就已经是大出意料，没想到他的得票率高于百分之九十一，这让宋国明不能接受。难道他真的低估了萧峥这个人？

邵部长笑着道："如果宋书记不相信的话，我们可以把推荐票拿给宋书记看。"

宋国明朝邵卫星瞅了瞅，又看看旁边两位组织部的干部，心想，这种事情肯定不能做，搞得他好像对一般干部意见特别大，显得他这个党委书记心胸狭窄。

提拔使用985的大学毕业生既然是县委和县委组织部的意思，恐怕自己阻止不了，也只能算萧峥走了狗屎运。宋国明说："看推荐票就不必了，有邵部长坐镇，还有组织部的干部在，推荐票肯定是数得再准确不过了。"

"谢谢宋书记的认可。"邵卫星见宋国明情绪缓和，就笑着道，"那就麻烦宋书记给我们介绍介绍萧峥同志吧，优缺点都讲讲。"

宋国明道："好吧，我只能简单讲讲。这位萧峥同志，在镇上其实没有什么影响力，所以我也不太了解。"

这话，邵卫星是不相信的。从今天的种种表现来看，镇党委书记宋国明对萧峥的意见相当大。一个人不会莫名其妙对另外一个人有意见，只有两人有了交集，有了利益冲突的时候，才会对另外一人有意见，有仇恨。

所以，宋国明说不了解萧峥，无非是托词，说明他不想面对萧峥被考察的现实。邵卫星干组织人事工作许多年了，对干部心理很了解。但，宋国明是党委书记，而且，考察嘛，主要还是看谈话对象自己意愿，邵卫星也就没勉强宋国明多说。

但宋国明还是谈了萧峥的一些不足，其中之一就是大局意识不太强。这看起来只是简单的一点，但这个"大局意识"却是极为重要的一点。一般考察中，如果普遍反映干部大局意识不强，是得不到提拔的。

邵卫星意识到，宋国明对萧峥的意见不是一般的大，而是到了要毁了萧峥前途的地步。

邵卫星拿起了手机，走到窗前，望着外面的水杉树，拨通了组织部部长常国梁的电话："常部长，现在有个情况，想要向您汇报一下。"

邵卫星就将跟宋国明谈话的情况汇报了，特别是涉及其中宋国明说萧峥"大局意识不强"的问题。常部长明确表示，培养使用好优秀大学毕业生，让更多高校人才返乡工作、回乡创业，是县委、县政府的重要决策部署。镇上这几年对大学生的培养已经落后了，今天的推荐考察，其实是一个很好的弥补机会，同时更是一个政治任务。

接下去参与谈话的，是按照镇长管文伟、人大主席高正平这样的顺序开展的。

管文伟的谈话，跟镇党委书记宋国明就颇为不同了。

管文伟在谈话中，首先肯定了萧峥政治素质好，服从意识强。曾经是党政办副主任，在当时党政办主任谭小杰出事"双开"之后，他其实没有什么问题，但当组织上把他调到安监站当一般干部，他也服从了，没有怨言。而且这些年工作也很不错，认真负责，又接地气，深受基层群众认可。

人大主席高正平也对萧峥表示认可，说，他这样有能力、有学历，还能忍辱负重的年轻干部，早就该提拔了……

第 10 章　已成定局

与班子成员和中层干部的谈话到了中午时分才结束。十一点十五分左右，组织委员章清又给萧峥打了电话："萧峥啊，你还在办公室吗？请你过来一下吧。"

章清竟然说了"请"，这倒是这两年来的头一遭。之前是辛阿四邀请自己吃晚饭，现在章清竟对自己说了"请"。萧峥想，都还没有当领导呢，大家的态度就开始转变了，要是真当了领导，肯定有更多的人，在对待自己的态度上会发生根本性的改变。

萧峥说："章委员，我这就过来。"

到了镇政府主楼门厅，在公示栏上，萧峥被一张白色的 A4 纸张所吸引。萧峥走近一看，纸上赫然写着"干部考察公示"。

大体内容是为了进一步落实群众对干部选拔任用的知情权、参与权、选择权和监督权，根据《党政领导干部选拔任用工作条例》和县委有关规定，对拟提拔担任乡镇党委委员人选考察对象萧峥同志进行公示。下面就是萧峥的个人情况，包括姓名、性别、年龄和毕业院校及其专业。后面就是考察组的举报电话和联系人等。

自从到镇上工作之后，七年之内，萧峥看到过无数这样的考察公示，可没有一张是事关自己的。今天，自己的名字如此光明正大地出现在了公示栏里，萧峥的心情复杂，鼻子都有些发酸，眼眶有些潮湿。

萧峥今年二十九岁，在这个年纪被提拔担任副科领导，不能说早，但也不能说晚。相比乡镇许多人一辈子都到不了副科，萧峥还是踩在点儿上了。

当然考察归考察，到底会不会使用，其实现在也没定论。事情到了这个分儿上，萧峥还真有点想当这个领导了。毕竟，推荐都推荐了，考察也考察了，如果没上，那么他将会成为镇上一段时间内最大的笑话。

萧峥又朝公示栏瞧了一眼，就上了四楼。章清正在四楼的小会议室外等他，还嘱咐了一句："好好谈谈自己的工作和成绩，关于自己的缺点，尽量说点'学习还不够'之类，就可以了。"

章清竟然善意提醒自己，这让萧峥更有些意外，他说："谢谢章委员。"章清却笑笑说："客气啥？不过，等事情成了，要请我喝酒。"什么是"等事情成了"？章清这分明是在暗示自己能够提拔嘛！

萧峥道："这还用说！"章清用手在他右背上轻轻推了推说："快进去吧，领导在等你。"

萧峥走入了里面，看到之前在台上的地中海头顶领导，这会儿和其他几个工作人员一起坐在椅子里，萧峥略微有些拘谨地称呼了一声："各位领导好。"

萧峥尽管是名牌大学的毕业生，又在乡镇工作了七年时间，可是在基层时间长了，视野未免受到影响，还一直受到打压，面对领导总是有些拘束。

反而是邵部长见到萧峥进去，主动从位置上站了起来，走向萧峥，并跟萧峥握手。其他两位工作人员，看到邵部长对萧峥如此客气，都有些意外，但心想，邵部长这样做，肯定有其原因，跟着领导做总没有错。于是，也都站了起来，跟萧峥握手。

邵部长洒脱地朝对面的位置伸伸手，说："来，萧峥同志，坐下来吧。我们聊聊。"

接下来，就是例行程序的考察谈话。让萧峥谈谈这几年的学习情况、工作情况和成绩，以及优缺点等等。

萧峥都按照要求谈了，其实这七年来，萧峥也换了三个工作岗位，在每个岗位上也干了不少事情，特别是最近在安监站的工作，尽管他只是一般干部，其实也给金辉出了不少主意，有些也取得了明显成效。

但是，这些萧峥都谈得较为简洁，反而重点谈了当前有些村正在进行的矿山开采，给生态环境造成的压力，给生产安全带来的隐患等等。

萧峥倒也不是要在领导面前显示自己对工作有多么尽责。其实，还是因为这种考察谈话参加得不多，在谈话的节奏和详略上把控有些不到位。说到自己特别想说的事上，有些扯开去收不住。

幸好，萧峥谈的这个凤栖村矿山安全问题，是个非常实际的问题，矿山不仅造成了很多安全事故，还严重破坏了水体环境，也是"镜湖零点行动"中要着力解决的问题。大会、小会上，安县是要走生态恢复之路还是继续走环境破坏之路，已经成为一个重点议题了。然而，世纪之初，政府考核还是以GDP考核为纲，此外安县的老百姓除了开矿还有什么发展致富之路实在不好说，是否彻底解决矿山问题，这两届的县领导都没有最终下决心。

按照邵部长的想法，走绿色可持续发展，才是安县的正道。但他一直管的都是组织人事工作，并非经济工作，无法施展拳脚。

但是，萧峥这个基层一般干部，却发现了矿山的隐患，还提出了必须休矿、停矿，给安县山林以休养生息的机会，然后发现和发展新经济增长点的建议。

这些想法，邵部长听了心有戚戚焉。原本，他接到上面的任务来考察萧峥，以为萧峥在上面有过硬的背景，并不觉得他有什么能力水平，他来推荐考察也不过是走过场而已。可现在听了萧峥汇报的这些想法，邵部长对萧峥的看法有了变化。

他觉得萧峥这个年轻人，有自己的想法，对基层的工作也比较熟悉，不仅是名牌大学毕业素质好，而且还真有想要干一番事业的想法，这都非常好。

要不是旁边考察组成员提醒邵部长时间差不多了，邵卫星还想跟萧峥继续聊下去。

这次考察组的时间安排还是比较紧张，于是邵卫星道：

"萧峥同志，今天你介绍了自己的学习、工作和成效，还有对解决矿山问题的想法。我个人认为，这些想法都非常好，难能可贵。我本来还想听你多聊聊建设性意见，可这次时间有限，我们马上要回县里了。今天就只能这样了，下次有机会我们再聊。"

组织部的副部长、人社局局长说要跟自己再聊，萧峥还从未有过这样的待遇。当然，邵部长很有可能也只是说说而已，但这也让一名基层干部心里倍感受用了。今天，真是发生了太多让萧峥意外的事情。

这次，萧峥主动走到了桌子另一边，跟邵部长握手，也跟其他两位组织部的干部握手。

两个干部也挺客气，和萧峥握了握手，随邵部长一起走出去。组织委员章清马上陪同他们又去党委书记宋国明那里转了一圈，然后坐着公务车，离开了天荒镇。

宋国明也表示邀请考察组在镇上吃饭，但不太热情，邵卫星自然能感受出来，就推托说时间紧张，回县里去了。

萧峥在副楼的阳台上，瞧着他们离开之后，才打算回自己的办公室。猛然之间，他瞥见在主楼的阳台上，也有两个人正在看那辆公务车。这两人是镇党委书记宋国明和党政办主任蔡少华。

组织部的公务车驶出大门之后，宋国明和蔡少华也就回了书记办公室。

萧峥不知道，宋国明和蔡少华回到办公室去干吗了，但应该对自己不会有什么好处。

当天下午，萧峥又去找了副镇长金辉，问他下不下村。金辉很奇怪地瞧着萧峥："你不是已经在考察期了吗？说不定还真能提拔呢，你还惦记安监站的事情干吗？这两天就休息休息，等结果出来再说吧。"

其实，金辉也是好意，是为萧峥考虑。平时很多时候，工作都是萧峥在干，不管人家能不能提拔，这两天就想让萧峥休息一下。

可萧峥道："金镇长，我们还是下村吧。闲着也是闲着，关键是凤栖村的安全隐患一直在那里，这就跟定时炸弹一样，不知道什么时候会爆。我们还是谨慎一些吧。"

金辉看看萧峥，笑着道："你也太敬业了，看来你提拔是有道理的。"

午饭之后，两人就下了凤栖村。这次下去，两人都去矿山上走了，安全隐患还是那些，很明显，可村里也没有整改的意思，金辉和萧峥只能在村里跟村支书、村主任磨嘴皮子。到了晚上，村支书和村主任又留金辉和萧峥吃饭。

萧峥不想留下来，可金辉却愿意吃村里的晚饭，萧峥也没有办法。

晚饭时村支书和村主任对萧峥的态度明显好转，还恭喜他被列入考察对象。但萧峥并不受用，这些态度的转变不过是这些村里老油条的技术性调整。萧峥希望他们能拿出点实际动作来，把矿山安全问题解决了。

然而，一喝酒，金辉又变得你好，我好，大家好了。实际问题还是没有得到解决。

晚上回镇的路上，喝了一些酒的萧峥，忽然想给陈虹打个电话，告诉她自己被考察的事情。

在车上不方便，萧峥直到回了宿舍，才拨了陈虹的号码。

第 11 章　难道陪榜

但是，陈虹并没有接电话。可能在忙吧?

萧峥酒意未消，感觉浑身燥热，再加上这宿舍是 20 世纪八九十年代的砖房，年代久远，甚是闷热。

萧峥索性打开了门窗，拿上了一个拖把，去公共卫生间提了一桶水，将水泥地板拖了一遍，又用抹布将房间里的桌椅擦了一遍。整个房间整洁了许多。萧峥又洗了一个澡，酒意消失了大半，可他的情绪却有些黯然。

回想起刚刚上班那会儿，虽然从一开始也是住在简易的宿舍楼里，可女朋友陈虹却时常从县城里来，帮自己整理一下房间，洗洗衣服，让他倍感温馨。毕竟，陈虹家住县城，在家里又是独生女，也算是大家闺秀了，在家根本不用动手，可她能为他做点事情，多少无所谓，那妥妥地就是对他的关心和喜欢。

被人关心，被人喜欢，特别是像被陈虹这样漂亮聪明、出身又不错的女孩子关心和喜欢，谁不高兴?

可最近，有一年多时间了，陈虹都没来过这个小旧楼看萧峰了。

萧峰问过她，为什么不来了？陈虹有两种说法，一种是学校的事情比较多，县一中提拔她担任办公室主任了，所以平时忙了许多；还有一种说法，是她父母不让她下镇上了，她还转达了她父母的意见，让萧峰尽快赚钱在县城买一套房子，否则房价可能要涨。

萧峰想，后一种说法更靠谱一些，六七年下来，萧峰还没在县城买房子，陈虹的父母恐怕有些不悦了，以让女人不下镇上的方式，逼迫萧峰尽快买房。

萧峰觉得这也无可厚非，两人以后要走在一起，有一个属于自己的房子也是必需的。所以，这几年萧峰也积攒了一些钱，七年下来也有七八万了，贷款买个五六十平方米的小套间已经不成问题。萧峰也跟陈虹说起过这个事情。

陈虹起初也很开心，去跟自己父母报告了，可陈光明和孙文敏非但没有为他们感到高兴，还说："五六十平方米，也太小了，怎么住啊？陈虹，你从小住过最小的房子也是八九十平方米的，我们现在这房子有一百二十平方米，以后你到五六十平方米的房子怎么能适应？以后还要小孩的，岂不是要活活憋死？买房子还是要一步到位，至少一百平方米以上、三室两厅的。"

这就把萧峰给难住了。

萧峰的父母，也表示过，如果他想买房子，会拿出八九万支持他。

可萧峰不想拿父母的钱，两老一直在矿山上干活，把他养大，送他读书念完大学已经很不容易了。再加上两老整天喝风吸尘，对身体不好，小病小灾不断，老爸支气管炎经常发作，平常也经常去医院。这种情况下，萧峥可不能拿了他们的钱，去县城买大房子，他们的钱还是要给他们养老用。

所以，自己父母的那几万块钱，萧峥是真的不想动。因而，在县城买房子的事情就这么搁置了。

萧峥环顾自己这个宿舍小房间，打扫过了，其实他就挺满意。萧峥对物质没有太大的追求，能住、舒适就行。可很多人，跟他的想法不一样，包括陈虹和她的父母。

正想着这些糟心事，萧峥的手机倒是响了。萧峥一看是陈虹，心头还是一喜，就接起了电话："喂，陈虹，刚才我给你打电话了，可你没接。"

陈虹的声音今天有些温度，她说："哦，我刚在外面吃饭回来，之前没看到。"萧峥问："今天跟谁吃饭啊？"陈虹道："我爸爸同事组的饭局，今天安排在安县国际大酒店。你没有去过吧？我也是第一次去，很不错的一座酒店。"

安县国际大酒店？上周小月就是请萧峥在那里吃饭的，而且上的都是好菜、好酒，两个人一个大包厢。萧峥想说自己去过，可是跟小月一起吃，怎么解释呢？萧峥怕陈虹吃醋，就说："哦，很不错吗？"

"是很不错，可惜这是一座高档酒店，平时不是有人请客，我也不会去那里。"陈虹道，"你们镇上可能更没有机会去了。"

萧峥道："没关系，也就吃个环境而已。如果有你在身边，哪里吃都一样。"

　　这是一句讨好陈虹的话，萧峥以为陈虹会高兴，没想陈虹听了之后，非但不高兴，还着急了："萧峥，你怎么什么都没关系呢！在你们镇上的小饭馆吃晚饭和在安县国际大酒店吃晚饭，能一样吗？你说，只是'吃个环境'而已，可这真的只是环境的区别吗？不是的，这是身份的区别，也是地位的区别。萧峥，今天在回家的路上，我爸妈很感慨，说你身上就是缺少了冲劲，对什么东西都一样，对什么都没关系。我还替你说话了呢，可是你要是自己不改变，我们都没有办法帮到你！"

　　在电话这头，萧峥有些吃惊，自己只是随口说了一句"没关系"，可陈虹却能说出这么多来。

　　当然，从这话里，萧峥也能体会到，陈虹还是对自己关心的，她说这些话，无非也是为了激发自己的上进心。

　　萧峥觉得，有必要将今天民主推荐的情况，对陈虹说一下，就道："陈虹，我也在努力，我想跟你说一个好消息。今天镇上来民主推荐了，我被推荐为党委委员考察人选了。"

　　"什么？民主推荐？你被推荐上了？"陈虹有点吃惊，"你不是要讨我开心，故意骗我吧？"

　　萧峥道："我什么时候骗过你吗？陈虹，我可能还有点不求上进，可是以前我没骗过你，今后我也不会骗你的。"

　　陈虹还是有些怀疑："为什么是你？不是蔡少华？"

　　蔡少华昨天还给她打电话，信誓旦旦说他要提拔了。陈虹也认为，蔡少华是党政办主任，跟镇党委书记的关系又搞得非常好，所以她也理所当然地认为，蔡少华会被推荐上。可没想到，结果出来，竟然是萧峥！这真有些出乎陈虹的意料之外。

萧峥解释道："这次推荐，有一项学历条件，必须是'大学本科以上，且 985 高校毕业'，我们镇上只有我是符合条件的。"陈虹就更奇怪了："有这样的事？那考察的时候顺利吗？"陈虹不免关心起萧峥的考察情况来了。

据她所知，镇上的人并不待见他。

萧峥道："还算顺利，组织部的邵部长对我还蛮客气的，我们镇上不少人对我态度好像也变好了。"萧峥跟陈虹向来无话不说，只是最近陈虹对自己变冷淡了，他跟陈虹无话不聊的机会也变少了。今天，萧峥似乎又找到了那种感觉。

陈虹道："顺利就好。这个好消息，我也去跟我爸妈说一下，他们可能也会高兴，对你的态度也会变好呢。"陈虹毕竟跟萧峥已经谈了九年了，不管怎样对这段感情还是有牵绊的，只要父母同意，她还是会跟萧峥在一起。

萧峥道："好啊，让叔叔、阿姨知道一下也好。"

萧峥以为陈虹去跟她父母说之后，又会给自己电话或者短信。可晚上他没有等到，也不知道陈虹去跟她父母说了之后，陈光明和孙文敏是什么反应。

到了第二天上午，陈虹也一直没有给自己回音，中午休息时间，萧峥又给陈虹打了电话。陈虹倒是很快就接起了电话，声音似乎又比昨天晚上淡了一些："萧峥，什么事啊？"

萧峥忙问："昨天晚上，你把我的消息告诉叔叔、阿姨了吗？""嗯，"陈虹淡淡地道，"我对爸妈说了呢。"萧峥问："他们怎么说？"

陈虹道："我爸爸开始听到这个消息，还蛮高兴，可后来他去问了组织部认识的人。组织部的人说，这次的考察人选，并不是每个人都会用，大概能用的不超过百分之六十，其余推荐票不高和考察出来情况不好的，还是不会用。"

百分之六十？只有百分之六十！萧峥心里也咯噔了一下。

只听陈虹又道："我爸爸说，组织部的人说了，这次考察的985高校毕业的干部中，绝大部分都是在乡镇、部门中层正职的岗位上，再不济也是中层副职，像你这样的一般干部真是'凤毛麟角'，所以他们说，你的机会不大，很有可能是陪榜的。"

陪榜？听到这个说法，萧峥差点就晕过去。本来自己是抱着很大期望，可没想到最终也只是陪榜的命吗？萧峥也有点泄气，他说："我不知道是这个情况。"

陈虹道："你啊，就是以前太不会做人，得罪了宋书记。又不上进，又太老实。混了七年都还是一般干部。现在机会到了眼前，却也只能眼睁睁看着溜走。"

萧峥是喜欢陈虹，但是不喜欢她批评自己的样子，忍不住就回了一句："既然考察了，说不定还是有希望的呢！也不应该那么悲观，认为只用百分之六十，自己就完全没有希望了！我看也不见得。"

"好吧，你既然觉得自己有希望，那你就觉得有希望吧。"陈虹也不想跟萧峥争吵，"我要去上课了。"说完，就挂了电话。

尽管萧峥在电话中对陈虹说自己也有希望。可真静下来想想，他自己也觉得这种可能性小得可怜。百分之六十，其他人都是中层以上，就自己这个一般干部，怎么可能轮得到自己？

萧峥感觉自己在办公室待下去，只会胡思乱想，就又去了副镇长金辉那里。金辉一见到他，就爽快地道："走，咱们下村去。"

萧峥有些奇怪，平时都要自己催着副镇长金辉下村，好久没见他有这么主动过了。

第12章　终于提拔

今天金辉还让镇上的公务车送他们下村去。说是"下村"，其实是"上山"。

安县是三面环山、一面临湖的境域，天眼群峰自西南入境，分东西两支如巨人长臂，环抱县境两侧，如婴孩般呵护。《诗经》有云"安且吉兮"，这安县就取了其中一个"安"字来立县。

以前，远古时期，这里曾是覆盖丘陵的原始森林，溪流瀑布、山湖映日，宛若人间仙境。在萧峥年少之时，萧峥在邻家爷爷和白狗的陪伴下，在这山石林间，奔来跑去，尽管干的就是捡柴火、打野鸡等俗事，但好不自在。

后来，镇上鼓励山村集体开矿，山林开始被破坏，到处能看到的就是浓烟滚滚、土炮震天，野兽逃离，溪流阻断。萧峥是从心底里不喜欢这么搞！上过大学，念了不少环境治理方面的书，萧峥认为，破坏环境赚的钱，赚不长久，也赚不安稳。未来山区要发展，必须把宁静还给山林，把绿色还给自然，人与自然和谐相处、相互依存、互添福祉。

然而，到了镇上，他才发现现实生活中人们考虑问题，并非从正确与否来考虑，而是从有利与否来考虑。这个有利，不是对自然有利、对未来有利，而是对自己有利、对当前有利。萧峥一介科员，又能施加多少影响？想要改变大家的行为，更是无能为力。

他能做的，就是不断地劝说副镇长金辉，加强对村里矿山的安全管理，寻找机会看能否关停矿山。到目前来看，还是收效甚微。

然而，今天金辉主动叫萧峥一起下村，让萧峥不由得想，难道金辉终于认识到了问题的严重性，所以打算有所行动了吗？

桑塔纳 2000 接近凤栖村，萧峥偶然间朝车窗外一望，却发现了那个塌方的山体。当时，小月的车子就是在这里被塌方的山石压扁。

目前，山石已经被清理到了路边，可是山体上并没有其他防护措施，万一什么时候又下起了大雨，塌方事件极有可能再次发生。

萧峥就转向后座的金辉道："金镇长，这路边的山体，还是很有危险性的，必须让村里采取措施防护啊，就算村里没钱，我们镇上也得出钱，去解决这个安全隐患啊。"

金辉叹道："我也想解决。村上肯定是不肯出钱的，镇上我也向管镇长争取过了，可管镇长也说，今年财政紧张，镇上干部吃饭都不够。"萧峥道："金镇长，可这安全隐患就摆在那里总不行啊！万一发生像上次那样，将省城的奥迪车给压扁的事情怎么办？上次没出人命，不等于下次能有这么幸运。"

"萧峥，你老是说什么塌方压扁了省城的奥迪车，可除了你，根本没人看到这个事情！"金辉说，"我看你是看花眼了，或是做梦做到的。以后，这个事情不准再说了，给人感觉，好像我们镇上的安全真成问题一样。存在隐患和出现大事故，可是两码事！你不能对外说，我们的隐患就是事故，这不是给自己脸上抹黑吗？"

这是真的事故，而且是已经发生的！怎么就没其他人发现呢！

要不是那天自己真的救了小月，她又怎么会请自己吃饭，又怎么会让人帮助自己？

难道是小月让人把压毁的奥迪车给处理了？而且没有报案，也没有向当地反映情况？这倒是有可能的。

小月是做生意的。做生意的人，能用钱解决的，他们都不太在乎。

萧峥也没法跟金辉多解释，只能说："我还是觉得，这条路上的山体隐患，得尽快解决。"金辉不耐烦地道："关键还是钱的问题嘛。有钱，谁不想多做点好事？如果你能弄到钱，我绝对不反对。"

"我去弄到钱？"萧峥想，那还要你这个副镇长干什么？但他又想，这么说未免太伤金辉了，就不作声了。心里想的是，什么时候有机会自己去跟管镇长提提，说不定，管镇长能同意呢？

当然，这种可能性很小。很小也得尝试。

到了凤栖村里，空气里就充满了烟尘，呼吸都困难。沿途，村民房子的门户都是紧闭的，因为害怕烟尘会进屋子，凤栖村村民，如果把衣服晾在外面，晚上收进来的时候，就能抖落一层灰尘来。

萧峥知道，自己家所在的绿水自然村也已经好不到哪里去，一天只开两次门，一次是早上去上工，另外一次就是回家的时候，其他时候家里门都是关着的。

因此，萧峥大学毕业参加工作之后，虽然从镇上到村子里也就十多里路，开摩托车不到半小时，但萧峥的父母都不让他回村上住，宁可让他住在镇上的老宿舍里，到底空气要干净一些。

可父母还是生活在这么糟糕的环境中，还有很多村上的亲戚朋友都生活在那样污染的空气之中，自己这个大学生、这个镇干部，时至今日，却一点都帮不上忙。萧峥想到这事情，就心塞。

萧峥本来以为金辉会带着他去检查矿山，再次提出整改要求，督促村里整改。可到了凤栖村部，村主任刘建明已经等在楼下，见到金辉和萧峥，就上前来招呼："金镇长，萧主任，到我办公室喝茶。"

村主任刘建明的一声"萧主任"，让萧峥很是不适。就在几天前，萧峥还在刘建明的办公室外等了两个半小时，到了吃晚饭时间，刘建明只管自己跟水泥厂老板去吃饭了，根本没管萧峥有没吃饭。

萧峥道："刘主任，我不是什么'萧主任'，我是萧峥，叫我小萧也可以。"看到萧峥有些较劲，副镇长金辉笑道："对，现在萧峥已经不是'萧主任'了，过几天恐怕要叫'萧委员'了。"刘主任马上接口道："没错，没错，是我说错了，是'萧委员'。"

萧峥懒得再去纠正了，但他心里明镜般的清楚，要是自己最终没有提拔，刘建明的称呼，立刻会变成"萧峥"或者"小萧"。

一边往里走，金辉一边问："马书记在不在啊？"刘主任道："马书记今天有事，不在呢。"金辉道："那也没事，村主任在也一样。"刘主任道："金镇长，今天马书记不在，中午我来招待你，以前马书记在都是他做东，好不容易他不在，今天总算可以让我做一回东了！"金镇长朝刘主任看了一眼，笑了笑说："怪不得，今天刘主任强烈要求我来村里，原来想要做回东啊！"

萧峥一听，才明白了，今天金辉为何主动要来下村，原来刘主任给金辉打了电话，中午要做东请金辉吃饭。萧峥心里略有不满，整天吃吃喝喝干什么？有这钱，为何不去加固山体，为何不去解决石矿的安全问题？

民以食为天是没错，但是萧峥认为，作为一名干部，不论是镇干部，还是村干部，首先还是要解决问题。你手头的问题都解决了，偶然喝杯酒放松一下，也不是不可以，可要是问题悬在那里，吃喝也是提心吊胆，能舒心吗！

但金辉明显不是这么想，他似乎很是喜欢这种感觉。到了刘主任办公室不久，金辉也对村里的石矿安全问题提出了意见，刘主任说："等会儿吃午饭的时候，水泥厂的王贵龙厂长也来，到时候金镇长关心的石矿安全问题，说不定还真能解决。"

萧峥听了就纳闷，石矿安全问题，靠水泥厂的王贵龙来解决？这靠谱吗？就问道："怎么解决？"刘主任笑笑说："王贵龙厂长，有钱。"萧峥问："难道他愿意捐钱？"刘主任摇头道："那倒不是，等会儿吃饭就知道了。"

十点半，刘主任就带着金镇长、萧峥往小饭馆走去。这饭吃得是真得早了点。但是，萧峥很想知道，王贵龙怎么帮助解决矿山的安全问题，也就跟着去了。

这饭是王贵龙请客，上了竹鸡、甲鱼、老鸭等硬菜，还上了竹笋、地衣等时蔬，这些菜都是来自村外面的，开矿为主的凤栖村是没有这种菜了，还上了南山特曲，每人发了华烟。

酒过三巡，萧峥就问刘主任，怎么解决矿山安全问题。王贵龙插嘴说，自己的水泥厂现在接了上海一个建筑企业的大单子，需要大量的水泥，所以希望村里能再开一个山头的矿，都提供给他的水泥厂，他再卖给上海。他钱赚多了，可以每年给点钱给村里，进行矿山安全整改。

萧峥一听，就恼了："这村里的矿山，已经严重破坏了生态环境，产量只能减，不能增！"

萧峥说得掷地有声。

王贵龙一听，就着急了，转向金辉副镇长："金镇长，这事情，应该是您说了算吧？怎么好像是这位萧主任说了算一般?"金辉朝萧峥看了一眼道:"萧峥,别激动,有话慢慢说。"

萧峥却不想再吃这顿饭,道:"凤栖村我们已经来这么多次,也提了很多整改建议,可是村里非但不解决问题,还要增开矿山、提升产量,这与安全生产、控制矿山的要求是背道而驰的。金镇长,饭我已经吃饱了,就先走了!"

说完,萧峥还真站起来就从包厢出来了。

包厢里一阵默然。

但刘主任马上道:"萧峥,还是太年轻。金镇长,我们继续喝酒。"王厂长也附和道:"金镇长,我们不去管他,继续喝。我们今天人少,我这里还有烟,金镇长你抽。"说着又将三包烟,放到了金辉的面前。

萧峥从饭店出来,让驾驶员先送自己回镇上,再来接金镇长。

在路上,萧峥忽然接到了电话,是县里的。

"是萧峥同志吗?今天下午一点半,请到县委组织部谈话。"

萧峥一愣:"谈话?什么谈话?"他想问问清楚。

对方说:"是干部谈话。今天上午召开了县委常委会,所以请你来谈个话。你来了,就知道了。"

第 13 章　干部谈话

　　萧峥跟这位打电话来的干部并不认识，对方说得含糊，他也不好再问。就算再问，对方恐怕也不会多说。

　　萧峥心里是忐忑的，这次自己到底是提拔了，还是被淘汰了？不得而知。萧峥想找人问问，可找谁问？萧峥回想起自己回乡工作已经七年多了，可至今在县委组织部一个认识的人也没有，活该自己这些年都得不到提拔！

　　"那我回去接金镇长了。"驾驶员将萧峥放在了镇政府门口，隔着窗子对萧峥说。萧峥道："对，对，你去接金镇长。"

　　在凤栖村的中饭只吃了几口，萧峥感觉现在肚子还没饱，就往食堂方向走。镇上的大部分干部都已经吃过午饭了，但也有干部才刚吃完，正从镇政府食堂那边走过来。看到萧峥之后，有两位计生办的小女生，还朝萧峥打了个招呼。

　　"现在才吃饭啊？""吃饭太晚，容易伤胃。"这两个计生办的小女生，长得其实挺不错，两人挽着走路，有种可人的忸怩之态。但是，萧峥却很清楚，她们跟镇上的其他人都没什么区别。

　　之前她们碰到萧峥，大多数时候都视而不见，或者扭头走过。今天主动跟自己打招呼，完全是因为自己被推荐考察。接下去，假如自己没被提拔，在背后嘲笑他的，她们应该也会有份儿。

萧峥继续往食堂方向走，在门口竟然迎头碰上了镇党委书记宋国明。宋国明正一边走出来，一边用牙签剔着牙，瞥见萧峥之后，他微微愣了下，将牙签从嘴里取出来，但没跟萧峥说话，继续往前走去。

萧峥感觉，还是宋国明够真实。以前对他就有意见，现在也是一如既往这种态度。

萧峥心头又想，会不会宋国明已经私下了解到，他萧峥没有被提拔，而是被淘汰了！萧峥又想到早上陈虹对自己说的，这次的考察人选中只有百分之六十将会被使用，剩余百分之四十将被淘汰。那自己恐怕就是那个被淘汰的吧？

食堂里剩下的菜不多了，萧峥要了一份竹笋烧肉、茶叶蛋和炖菜梗，就开始吃了起来。

这个时候，从外面匆匆跑进来一个人影，喊道："还有没有菜？还有没有菜？今天又晚了。"

此人的声音太熟悉了，萧峥都不用抬头，就知道是党政办主任蔡少华。在镇上，蔡少华是出了名的，吃饭比谁都晚，他总是在别人面前显得忙忙碌碌，在领导那里博一个勤奋工作的印象。一般干部都知道蔡少华在玩哪一套，可领导方面却很吃他的这一套。

萧峥都没去看他，只管自己吃。等会儿还得去县里，时间其实也不多了。

然而，没想到打了饭菜的蔡少华，竟然在萧峥的桌子旁边坐了下来，还主动打招呼："萧主任啊，一个人吃饭啊？"

萧峥这才抬头，笑了笑说："你来了，不就是两个人了吗？"蔡少华用力点着头说："那是。对了，萧主任啊，你不是被考察了吗？怎么样，今天县委组织部有没有叫你去谈话？"

原来蔡少华坐自己身边，就是为打听这个事，萧峥道："刚刚通知的，下午让我过去谈话。"蔡少华若有所思地点点头，说："哦，这样啊。我有好几个朋友，是其他乡镇和部门的，他们都在这次提拔了，都是上午就谈话了。他们说了，下午就是留给没提拔的、被淘汰的干部，安慰安慰，鼓励鼓励。"

蔡少华还是没安好心啊，他坐在自己旁边，就是来刺激自己的。

可就算自己没有被提拔，又如何？你蔡少华不是连考察都没被考察吗？萧峥无所谓地道："哦，原来这样。不过去组织部走走，喝个茶、聊个天也不错。我吃好了，你慢慢吃。"

蔡少华瞧着萧峥走出食堂的背影，脸上挤出一丝恨意。他刚才说的话，并不是有意骗人，他的确向两个乡镇的人都打听了，他们都说，提拔的，都安排在上午谈话了。

蔡少华心想，前面搞得轰轰烈烈，结果还是被淘汰，到时候看你怎么有脸回镇上？

午饭之后，萧峥没有再回副楼，一看时间差不多，他就骑上了自己的摩托车，向着县城进发了。到那里还得半个多小时。

无论是从陈虹的反馈，还是从宋国明的态度，以及蔡少华的话里，萧峥都知道，自己这次基本是被淘汰了。但既然已经答应了组织部去参与谈话，那还是得去。在萧峥心里，对信用看得很重，做人不能不讲信用，没信用了，就没了主心骨。

到了县委县政府大楼，后面是山，前面是水，县政府不是很大，也不新，但县里就是县里，这气派是乡镇不能比的。不过，萧峥倒也不羡慕，并没想什么时候能到这里工作。因为对现在的自己来说，想了也是白想。

县委组织部，萧峥还是来过几次的，一次是刚参加工作的时候，来办理党组织关系转接；后来，有几次是帮助组织办带几份材料到部里。但那都是公事公办，办完事情就走。

萧峥到了部里，根据通知，来到了干部科。干部科的一个小年轻就把萧峥领到了一个会议室，里面竟然已经坐了四五个人，也都是跟萧峥年纪相仿或是比萧峥还年轻的男女，他们都穿着正装。相比较而言，萧峥穿的是 T 恤和休闲裤，显得有些随意。

萧峥进去之后，这些人朝他瞧了瞧，也就不再理会他。

有两个男子显得比较活跃，其中一个抱怨道："我们这些陪榜的人，只要通知我们一声不就得了，何必又让我们过来呢。"另外一个人道："虽然我们是陪榜，可至少也是进入组织视野了，下次指不定就有机会了呢！我看你一定也是这么想的，否则为何衣冠楚楚来参加谈话呢？"先前的人笑着道："那倒也是，这次没机会，那就等下次嘛。我们在座的人，也都别泄气哦！"

其他人中，有的认真点头，有的尴尬低头，大家心里想的显然很不同。

到了这时，萧峥才算彻底清楚了，自己是被淘汰者中的一员，萧峥忍不住叹了一口气。

第一个说话的男子，听出了萧峥的叹息，就挪动了下椅子，靠近萧峥道："兄弟，你是哪个单位的？"

萧峥瞅了他一眼，见他也没什么恶意，就道："天荒镇的。"那人点头道："哦，天荒镇啊？有点偏远啊，可环境不错。"萧峥想说，现在的天荒镇四处开矿，环境还不错到哪里去？但想想，不能给自己的镇上抹黑，就笑笑点了下头。

那人说："我叫张岳，县委宣传部的。我们'同是天涯沦落人'，留个电话，加个'QQ'吧？以后方便联系。"

萧峥也没拒绝，加好了之后，张岳又说："别泄气，好歹我们也是 985 毕业，曾经有过人生辉煌。"旁边那个人说："就怕 985 是我们高光时刻了，接下去就走下坡路了。"张岳斥责道："别瞎扯，我们都还年轻，肯定还有希望。我们这些人，以后要多联系，争取以后比那些今天提拔的人，混得更好！只要我们不放弃，就有机会！"

萧峥感觉，这个张岳还挺能扯的，也挺能鼓动人的。

这时候，组织部的工作人员进来了，开口道："哪位是萧峥？跟我来吧。"

没想到自己第一个被叫到，萧峥说："我是。"然后就跟着那个工作人员走出去了，他还听到背后有人说："还好我不是第一个。"也有人说："第一个听到噩耗，和最后一个听到噩耗，有区别吗？我宁可跟这个萧峥一样，现在就去，长痛不如短痛。"也有人笑了。

萧峥跟那个工作人员来到了一间小办公室，然后就带上了门。

这个办公室是两张小办公桌，井然有序，窗台上还有小仙人掌、吊兰等绿植来净化办公室的空气。

坐在一张办公桌后面的，是一位三十六七岁的女领导，脸蛋秀美，短发黑亮，一件白色开领的衬衣，脖颈皮肤白皙，胸前隆起有度，左侧脸颊上似略有点雀斑，但并不影响美观，反而增添了一丝味道，她眉宇之中还带着严肃。

带萧峥进来的男同志就介绍道："这位是我们分管干部的李部长。"萧峥不敢多看她，只是称呼了一句："李部长好。"

李部长朝萧峥微微一笑道："萧峥同志，你好，我是李小晴，副部长。今天叫你过来，你应该知道是什么事情了吧？"

萧峥有些低落地点了点头，说："知道。"李小晴又是一笑："你知道？那是为了什么？"萧峥一愣，心想，这位李部长何必一定要让自己说呢，直接告诉自己不就行了？可有时候女人说话，应该就是这样吧？萧峥就爽快地道："是来通知我被淘汰了。领导，应该是要安慰安慰我们这些陪榜的年轻干部吧？"

萧峥这么一说，李小晴和工作人员互相看了一眼，颇有些惊讶："谁说你被淘汰了？"萧峥也是一怔，"难道不是吗？"

李小晴又笑了："今天把你叫来，是通知你，经县委常委会研究，决定你担任天荒镇党委委员的。组织上安排我跟你谈一个话。是这样的……"

接下去，萧峥听着李小晴跟自己谈话，也做了些笔记，可他感觉自己整个人有些云里雾里，不敢相信这一切。

第 14 章　工作调动

这个事情从一开始的突如其来，到后来说百分之四十将被淘汰，到说今天下午谈话的都是陪榜的，可如今突然又告诉自己真的被任命了。这真是一波三折，太不容易了。

等李小晴谈完之后，萧峥最后又问道："李部长，我听说，今天下午来谈话的，都是被淘汰的。我也是今天下午谈话，为什么我却提了？"

李小晴恍然道："哦，怪不得你以为自己也是被淘汰的了。的确，下午除了你之外，其他人这次都没有提拔。本来，我是早上要跟你谈的，可上午我还有一个会议，时间上实在排不过来了，所以放到了下午。如果是因为这个事情，让你有些误解和困惑，我还要跟你说声抱歉呢。"

让副部长向自己说抱歉，哪里成？萧峥忙道："不用，不用，李部长，您太客气了。你跟我谈话，其实已经让我很高兴。"

李小晴朝萧峥伸出了手来，道："没有其他事情的话，那今天就这样吧。"萧峥看到这个女副部长竟然跟自己握手，他有些意外，稍稍迟疑，也就伸出手去，跟李小晴握手。李小晴的手，温暖且柔软。萧峥也就虚握下，就放开了。

他朝门口走去，忽然又记起心中的一个疑惑，转过身来问：

"李部长，我能否再问一个问题？"旁边的工作人员，正要去叫外面的其他人，有些着急，就道："萧峥同志，李部长的谈话排得很紧。"萧峥道："哦，那不好意思，我不问……"

"没关系。"李小晴却道，"你问吧，后面的谈话我可以简单一些。"

萧峥朝那个工作人员看了眼，工作人员无奈地摊了下手，示意他问吧。

萧峥就又问道："李部长，我还听说，这次考察的人选中，大部分都是中层正职，再不济也是中层副职，我只是安监站的一般干部，组织上为什么会提拔我？""哦，这个问题啊。"李小晴并不遮遮掩掩，解释得很清楚："我们是综合了推荐票数、考察情况和考察组的意见等多方面来确定的。你们组的组长是邵卫星副部长，他极力推荐你，将你放在了他们这一组的第一名来推荐，加上你的推荐票数和考察情况都不错，自然要用你啊。我这么说，你明白了吗？"

原来是邵部长极力推荐啊！萧峥想起了在镇上谈话的时候，邵部长就跟自己聊了许久，对自己表现出很大的好感。由此可见，邵部长还真是自己的伯乐啊。

"我明白了。谢谢。"萧峥心里带着对邵部长的感激之情，离开了李小晴的办公室。

萧峥开着摩托车，回去了。

到了镇上，萧峥刚停好摩托车，政府办的李海燕就跑过来："师父，恭喜你啊，你终于提拔了。"萧峥道："谢谢。"此刻，萧峥的心情已经平静了许多。人逢喜事都是这样，开始的时候很激动，但过一会儿之后也就平静了。

李海燕又道："师父，刚才你的提拔公示一贴出来，蔡少华就在政府办闹情绪了，他说组织上不知怎么回事，竟然提拔一个一般干部！还说了你的许多毛病。"萧峥道："让他说吧。"李海燕又道："师父，我看到那个提拔公示上写着，公示期是七天，其间接受举报。我担心蔡少华会无理取闹，去举报你呢！"

萧峥道："我无所谓，我一没贪污受贿，二没生活作风问题，我不怕。"李海燕道："那倒也是，我师父坐得直、行得正。师父，要不今晚我请你吃个饭，给你庆祝一下？"萧峥道："不行啊，这个事情还没最后成，等公示期结束之后，我请你吃。"

李海燕见萧峥如此谨慎，也不勉强了。

接下去的几天，萧峥按部就班，显得很低调，能不出办公室就不出办公室。就算是午饭，他几乎都用泡面解决了。有两次实在吃不下泡面，也很晚才去食堂，甚至比蔡少华都晚。

萧峥以前会催着副镇长金辉去村里检查石矿，这两天他都没去催。事到如今，萧峥已经不想惹出幺蛾子，只想平稳过渡。

七天终于过去，有没有人向县委组织部去举报，萧峥并不清楚。可有一点却成了现实。

公示期满之后第二天，县委组织部就派了一位副部长来宣布了干部。这位副部长，既不是邵部长，也不是李部长，萧峥倒是希望他们两位能来。但不管怎么样，宣布干部的工作是顺利完成了。

镇党委书记宋国明主持了会议，尽管在他脸上看不到什么笑容，但他也表示了服从组织决定。相关班子成员也参加了会议。组织部的副部长，对萧峥提出了几点要求，同时要求镇上尽快合理分工，帮助萧峥同志尽快进入工作角色。

镇党委书记宋国明表示，最近就将召开一次班子会议，对班子成员的分工进行一次调整，也给萧峥这位新委员安排工作分工。

会议结束之后，组织委员就来找了萧峥，给他说了两个事情：第一个是工资待遇的问题，近日将会让组织办的人去办，工资水平将会有一个上浮，年终奖到时候肯定也会涨，今年担任副科几个月就相应算上几个月。

第二个，就是办公室的调整，组织委员章清解释说，这个实在是有点不好意思。目前主楼二楼的领导办公室都满了，所以希望萧峥能在副楼再坚持一段时间。

镇上的机关干部都知道，主楼才是正楼，副楼就是将一些没钱没地位的办公室和人员安排在那里。他萧峥目前已经是正儿八经的镇党委委员了，可章清却让他在副楼坚持坚持。这不知是宋国明的意思，还是真的办公室有困难？

萧峥想发火，但觉得章清还行，于是说："章委员，这个没事，我坚持几个月没问题的。"章清笑着道："那就好。"

萧峥道："不过，章委员，我有个要求。"章清眉眼微皱道："什么要求？"萧峥道："我在安监站的工作，能不能立刻停掉？从今天起，我不想是安监站的一员了。"

还以为是什么要求呢，这个要求还不简单，章清道："萧委员，你现在是党委委员了，自然也不用从事安监站的工作。"

但萧峥却道："话不能这么说，只要没有白纸黑字，我就还是安监站的一员。我希望镇上给我出个证明。"

章清想了想道："那今天我就让组织办，将干部名册做一下调整，将你的名字从安监站取消，这样你看可以了不？"萧峥道："这样可以，麻烦给我盖一个党委的章，就行。"

章清就答应了。在下班之前，他也就帮萧峥给搞定了。

这些事情结束之后，萧峥给女朋友陈虹打了电话。他还没有开口，就听陈虹说："萧峥，我正等你的电话呢，晚上到我家里去吃晚饭吧。"

第 15 章　变化无常

陈虹的态度让萧峥有些意外。他本来还想解释一番，说自己虽然已经超过约定的一个月，但最终还是调了工作等。没想到陈虹直接让他去吃晚饭，根本不需要他有什么解释。

萧峥问道："我提拔的事情，你已经知道了？"陈虹道："嗯，我知道了。我爸妈说，请你来家里吃个晚饭，给你庆祝一下。"

萧峥心里不由得高兴，这许多年来，陈虹的父母还是头一次主动提出请自己吃晚饭呢。

萧峥道："谢谢叔叔、阿姨了，下班后，我早点过去。"

陈虹道："嗯，我也早点回家。我们到时候在楼下碰面，一起上去。"陈虹言语之中表现出的温柔，真是久违了，那是萧峥远在大学期间才享受过的，工作之后，特别是被调到安监站之后，陈虹对自己的态度可以说一年比一年冷淡，现在终于是恢复过来了。

萧峥对陈虹的感情是发自心底的。陈虹不仅长得漂亮，身材也特别好，就算是穿着简单的汗衫、牛仔裤站在你的面前，你都能感受到那种掩藏不住的青春活力。在大学期间萧峥为追陈虹也很拼，他知道自己没有什么背景，也没太多的钱，所以他只有在学习上拼命，每年都是一等奖学金，他还打工赚钱，给陈虹买衣服和化妆品。

同时，他用多出来的钱，学了一门散打。他想，有个漂亮的女朋友，自己总要有两下子，关键时候说不定就能派上用场。尽管到目前为止，他都没有用上散打，但他有空的时候，还是会经常练习。

当时教他的师父，对他说过，功夫这东西，一天不练自己知道，两天不练师父知道，三天不练大家知道。所以，他还是一有空就会倒腾几招，只是没有让陈虹知道而已，因为陈虹明确告诉他，不许打打杀杀的，这个社会不靠打架，而靠头脑和人脉。

总之，萧峥为陈虹做了许多事，有些事情陈虹都不知道。陈虹之所以在大学的众多追求者中选了他，也是看中了萧峥是一个潜力股，他在大学期间不仅能拿奖学金，还在系、院的学生会中都干过，最后还因为她要回县里父母身边，毅然放弃了省机关和大企业的工作机会，跟着她一起回来了。

这样的萧峥，尽管出身农村，可还是前途无量的。其实，陈虹的父亲陈光明也是农民出身，1977 年恢复高考之后，不吃不睡、借着蜡烛光读书，考上了农学院，毕业之后就分配到县里工作，目前当到了县农业局局长这样的正科级领导。所以，陈光明对肯拼命奋斗的青年还是看好的，为此，也同意陈虹跟大学期间表现出色的萧峥谈恋爱。

可后来，没想到参加工作之后的萧峥，跟主要领导关系处不好，所在办公室还出了问题，萧峥被调到了安监站坐冷板凳，陈光明夫妇才对萧峥不太看好了。他们担忧女儿的终身幸福问题，因而动员女儿和萧峥分手。

萧峥不是一个自私的人，他也能理解陈光明和孙文敏为人父母的难处。反正那些对自己的不认可也都已经过去了，今天陈光明和孙文敏主动邀请自己到他们家吃饭，就足以说明他们已经改变想法了。

下班之后，萧峥立刻离开了镇上，骑着摩托车前往县城。夏日傍晚，山道虽然有些颠簸与曲折，山中的空气也被开矿的粉尘弄得发黄，可萧峥心情好，一切都显得很美妙。

到了县城，在距离陈家不远一家新开的超市前，萧峥停了下来，他到里面转了一圈，拿了两瓶三百五十元的茅酒、两盒脑金口服液和一瓶紧肤水、一盒面膜。茅酒送陈父，保健品送阿姨，还有化妆品送陈虹。

上次，萧峥在陈家看到了蔡少华送的东西是熊猫烟，可见干部家庭的陈虹家，对收礼的档次也是讲究的，一般的东西送不进。这些东西，花了萧峥大半个月的工资，可送准丈人丈母，再多也得花、再花也值得。

萧峥将东西放在摩托车上，刚开进陈家所在的小区，萧峥的电话就响了，一看是陈虹，忙接起来，就听陈虹说："我在楼下等你呢。"萧峥道："我马上到。"

萧峥加快了速度，很快就蹿到了陈虹家楼下。只见陈虹身穿一件白色连衣裙，踩着闪烁蓝宝石光缀饰的高跟鞋，在小区楼下等着，亭亭玉立，美不可言。

萧峥赶紧上去，将东西从车上拿了下来，说："走，我们上楼。"陈虹看到他手里的东西，神色有些惊讶，但也颇为高兴，嘴上说："你怎么买了这么多东西？"萧峥道："来看你爸爸、妈妈，总要买点东西，否则我岂不是成了香蕉手？"陈虹朝萧峥甜甜一笑道："什么时候这么懂事了？"

萧峥随口说："经历多了，就懂事了。"萧峥只是随口一说，可陈虹的神情却微微变了变，道："你是不是怪我爸妈，之前对你态度不好啊？"萧峥不想惹陈虹生气，就说："怎么会呢？以前都是我自己不够努力。"陈虹看了看萧峥，道："你真的不会生他们的气？"萧峥很肯定地点头说："放心吧，我不会，不管怎么样，他们都是你爸妈，就像我不会真的生你的气一样，我肯定也不会生他们的气。"

陈虹一听，这才笑了，说："那好，我们上去吧。我爸爸也已经回来了，我妈都已经准备好晚饭了。你有没有闻到煲本鸡的香味？"萧峥嗅了嗅，道："还真有啊！"

于是，陈虹背着她的小挎包，萧峥提着东西往上走。

陈虹家在三楼。走到两楼转角的时候，萧峥忽然道："帮我把这东西提一下。"左手里，萧峥只提着给陈虹的化妆品，不重。

陈虹有些奇怪地问："怎么了？"萧峥装出一副痛苦的样子："手有点抽筋。"

陈虹还以为萧峥是真的手不舒服，"那给我吧"，就把化妆品的袋子给接了过去。然而，她刚刚接过去，萧峥空出的左手，就绕到了陈虹的腰间，将她往自己身边拉了拉。

两人靠在一起，萧峥的左手感受着陈虹腰间的柔韧，美妙的感觉真是无法形容。陈虹的身躯对萧峥来说一直都有一种莫名的吸引力，只不过在大学期间，陈虹就说过，两人除非结婚，否则不能提前发生关系，萧峥也是答应的，他从来不会强迫陈虹做什么。

尽管如此，两人偶然的肢体接触，还是多多少少会有。萧峥是年轻人，也是血性方刚，他除了陈虹也从不随便跟其他女孩接触，因而偶然的触碰总是让萧峥感觉美妙至极。再加上前面好长一段时间，陈虹都没来看他，特意疏远了他，现在情况终于好转，萧峥忍不住就想拥抱一下。

陈虹被萧峥这么一抱，整张脸都红了："你太坏了，你怎么可以这样！你还说你手抽筋了呢，没想到是打这种主意！"说着，陈虹就想挣脱萧峥的手，可萧峥却紧了紧，陈虹挣扎一下也就不挣扎了，可见她其实心里也是喜欢的。

两人就这样搂着往楼上走，屋子里，可能孙文敏是听到了他们的响动，竟然开了门，在门口问道："陈虹，是你和萧峥吗？"陈虹道："老妈，你耳朵真灵，萧峥跟我一起来的。"

萧峥只好惋惜地将手从陈虹的腰间拿开，接过了陈虹手中的东西，说："阿姨，你好，我来了。"孙文敏的态度显然比上次好了许多："那就好，你们来了，我们就可以开饭了。"

孙文敏给他们准备换穿的拖鞋，看到萧峥手中提着的东西，还都是高档的东西，脸上一边笑，一边说："萧峥，你还买东西来干什么？"萧峥道："这是孝敬叔叔和阿姨的，也没什么好东西。"说着，就递给了孙文敏。

孙文敏就接了过去，放进小储藏室去了。

陈光明也从书房走出来，朝萧峥和陈虹看看，面色慈祥，说："来了，那我们可以开饭了。"这语气，跟两周之前，大相径庭。

第 16 章　小月来电

萧峥对陈虹是喜欢的，也舍不得这九年的感情，因此曾经的屈辱，就被他当作一杯苦酒一饮而下。

"来，萧峥，坐。"陈光明招呼萧峥坐下。随即，孙文敏和陈虹母女也都一起坐了下来。

萧峥坐下来的时候，又是一怔。他不由得想起，孙文敏生日那次，闯入客厅的时候，看到蔡少华在。当时，蔡少华就坐在萧峥现在所坐的位置。这让萧峥有种如鲠在喉的感觉。

这种感觉很不好，萧峥想要极力抹去那次的记忆，却没那么容易。

一股酒香，在桌面上飘了开来。萧峥看到陈光明手中拿着一瓶五粮酒，斟入了萧峥的杯子中。萧峥从不舒服的回忆中，清醒了过来，用手稳住杯柄，道："谢谢陈叔叔。"

"不用客气，不用客气。"陈光明给萧峥斟了大半杯酒，又给自己的杯子里斟了酒，问孙文敏："这酒很好的，你和陈虹要不要也来点？"

孙文敏看看陈虹，说："今天是萧峥的好日子，要不我们也一起喝一点？"陈虹朝萧峥看了一眼，爽快答应道："好啊。"

陈光明也笑了笑说："那我给你们斟酒。"萧峥马上从陈光明的手中接过了酒瓶，说："让我来吧。"陈光明也不坚持，将酒瓶顺势递给了萧峥，说："让萧峥倒酒也好，今天他倒的酒喜气。"

萧峥感觉陈光明的话，稍微有那么一点夸张。萧峥给孙文敏和陈虹都倒了小半杯酒。

陈光明道："好，咱们一起举杯，祝贺萧峥。"萧峥道："谢谢叔叔、阿姨，谢谢陈虹。"陈虹朝他嫣然一笑，意思是你还谢我干什么，萧峥也朝她笑笑。

四个人喝了一口酒，然后开始吃菜。

今天的家常菜还是很不错的，有竹园土鸡、笋干炖肉、镜湖白鱼、基围虾等。萧峥小的时候，家里条件不太好，吃虾也是用筷子夹起来，放到嘴里就咬。可县城里有讲究的人家，吃基围虾，都是用手剥去了壳，沾一点醋料，才放进嘴里。今天陈光明一家都是如此。

萧峥吃了一个，也就不再吃了。他拿起了杯子，来敬陈光明和孙文敏："叔叔、阿姨，我敬敬你们，谢谢你们今天请我吃饭。"孙文敏说："以后有空可以多来。"

陈光明瞧着萧峥道："萧峥，这次你的提拔，得益于县里的好政策啊。县里专门针对你们985大学毕业生提拔领导干部，你才获得了这次机会。"萧峥点头道："是啊，陈叔叔，要是没有这个机会，我还在安监站呢。"

陈光明若有所思地点点头，然后又问："不过，有一点我很好奇，我想问问你。"

萧峥抬起头来，道："陈叔叔，你有什么事，尽管问。"陈光明脸上露出了一丝笑意道："我听组织部的人说，这次考察的人选中，基本都是中层以上的干部，还得淘汰百分之四十以上。可你是一般干部，县里为什么会用你呢？萧峥，你别嫌我问得直接，你是不是有什么亲戚朋友，是在上层的？"

陈虹一听，就开口了："老爸，你怎么能这么问呢？萧峥是名牌大学毕业，在镇上其实工作也不错，只是被他们党委书记压着，这次组织上肯定发现了他的才能，所以提拔了他，也是理所当然啊。"

陈光明却微微一笑，摇头道："陈虹，这个问题，其实不是老爸我一个人的问题，连组织部有关领导，也挺纳闷哪。所以，我才会这么问。如果萧峥上面有人，你们关系又这么好，也就没有必要瞒着我们的，是吧？这样更便于用好资源，也更便于规划你们的职业和家庭啊。"

萧峥猛然发觉，今天陈光明请自己来吃饭，是不是就因为想弄清楚自己上面有没有人，而不是真的想替自己庆祝？自己如果上面有人，能轻松影响县里的干部任用，那么对他陈光明肯定也会有所帮助。

萧峥忽然感觉这顿饭有些索然无味了。自己这次提拔，对自己有帮助的也就两个人：一个是小月，但小月是请人帮忙；另外一个是邵卫星邵部长。

小月的存在，对萧峥来说是一个秘密，他不会随便告诉别人。萧峥就道："陈叔叔，其实我当时也很诧异，我一个一般干部，和许多乡镇、部门的中层竞争，为什么会使用我？后来在干部谈话的时候，组织部分管干部的李部长对我说，我们考察组的邵卫星部长，对我评价很好，极力推荐了我，甚至把我放在他考察人选中的第一名，在他的极力推荐下，最终才用了我。"

"邵卫星？"陈光明若有所思地点了点头，"原来如此，那邵部长算是你的伯乐了。"

萧峥点头说："没错，邵部长是我的伯乐。"

陈光明和孙文敏互看了一眼，似在交换什么意思。萧峥也不去多想，又跟陈光明喝了一点酒。

这也是许久以来，萧峥第一次来陈家吃饭，萧峥不敢多喝，喝了二两就说自己喝不下了。陈光明也不勉强。

在晚饭结束之前，陈光明又问了一个问题："萧峥，你现在是党委委员了，新的办公室安排了吗？以前你是在副楼的吧？现在是不是要搬到主楼了？"

萧峥略为尴尬地道："现在还在副楼呢，我们镇上班子成员办公室有些紧张，镇党委让我再坚持几个月。""哦，是这样啊？"陈光明若有所思地点点头，"不过，你最好还是催催镇上，毕竟当领导，最重要的就是位置，班子成员该在主楼的就该在主楼。你当了领导之后，不能再像在安监站那么好糊弄，该提出来的就提出来，该要求的就要求，否则其他班子成员也不会把你当回事的，班子成员不把你当回事，下面的人就不会把你当回事。"

陈光明的这话，听起来很现实，但却也是实话，萧峥点头说："陈叔叔，谢谢您的建议，我记住了。"

晚饭之后，又喝了些茶，感觉该说的话，也说完了，再待下去萧峥也不自在了，就提出了告辞，陈虹的父母也不挽留，陈虹说要送送萧峥。

在楼梯上的时候，萧峥又去搂陈虹，还在她的脸上亲了一口，喝了点酒，碰到陈虹身体的任何部位感觉都十分美妙。尽管跟陈虹的父母，萧峥感觉不怎么合得来，也没太多可谈的，但是跟陈虹在一起，萧峥身心都是愉悦的。

当萧峥亲近陈虹的时候，陈虹总是推开他，往楼下跑，这也让萧峥更加心痒难搔。到了下面小区里，萧峥没办法搂着陈虹了，因为这个小区非常热闹，大部分也都是县机关事业单位的领导、干部和家属，很多人都认识陈虹。陈虹说，不准再把手放在她身上，否则那些人一准会告诉她父母，到时候父母就会批评她。

萧峥也不想陈虹被父母批评，就克制了自己。等送到小区门口，萧峥说："要不，再陪我走走？"陈虹也没拒绝，可她的手机却响了起来，一看，是母亲孙文敏。

陈虹叹了一口气，接起了手机。打完电话之后，陈虹说："我妈妈让我回去，帮她洗碗。"洗碗是假，让陈虹回家是真。萧峥道："那好吧，你先回去吧。有空的时候，到镇上来看我。"

陈虹道："镇上，我就不去了。你什么时候想想办法，在县里买一套房子吧。你现在当党委委员了，要借钱应该也方便了，你再用上公积金，买个一百平方米以上的房子，应该不成问题了吧？"

看来，陈虹和她父母并没有因为他当了领导，在住房上放宽要求，还是必须一百平方米以上的房子啊。萧峥想，自己或许真该想想办法，先把房子买了，反正迟早是要买的。

萧峥说："好吧，我会去想办法的。""乖！"陈虹在他的手上拉了下，然后就往小区里走去，一边走，一边还回头，朝他挥手。陈虹身上，有着世俗的一面，也有清纯可爱的一面，特别是外表清新漂亮，这才是真正让萧峥纠结的地方。

萧峥的手机响了起来，他想，难道是陈虹又可以出来陪自己走走了？掏出手机，竟然是一个陌生号码。

"喂？您是谁？"萧峥担心对方打错了。

然而，只听一个略显熟悉、同时又非常动听的声音传来："萧峥，我是小月。你在哪里呢？"

第 17 章　相谈甚欢

萧峥没有想到，小月竟突然打电话过来了。

之前，萧峥也多次想跟小月联系，可惜没有小月的联系方式。

萧峥道："我目前在县城，要回镇上去。"小月在电话那头问道："晚点回去，行不行？能不能一起喝个茶。"

"晚点回去？现在也不早了。"此时也快晚上九点了，萧峥道，"你找我有什么特别的事吗？"小月道："也就是随便聊聊，如果你实在没空就算了。"萧峥一想，明天是周六，正好休息，今天晚点回去也没什么大事，就道："还是喝茶吧。"

小月一笑道："那好，到上次安县国际大酒店旁边，有一家离光茶铺，我在五号包厢等你。"萧峥不知道离光茶铺在哪里，但安县国际大酒店是清楚的，他想到了附近肯定能找到，就说："我这就过去。"

萧峥坐在摩托车上掉了个头，往安县国际大酒店驶去。绕着开了一圈，竟然没有发现离光茶铺的招牌。会不会是搞错了？萧峥又开了一圈，经过安县国际大酒店西侧的小公园时，忽然发现在翠竹掩映之中，藏着一笼灯火。

萧峥将摩托车停在了路边，朝翠竹林中走去，竟然发现这里有一条鹅卵石路，在细小的鹅卵石中间铺就了一个个长条形的青石，人走进去，迈一步，正好就能迈在青石上面。

这片翠竹小林，曲径通幽，到了里面，夏日的气温好似都低了一些，抬眼就见一盏亮黄色的灯光，写着"离光茶铺"。看来就是这里了。萧峥走入了古色古香的门内，能嗅到一丝幽香迎面飘来，随即就有身穿素色旗袍、身材玲珑的服务员上前，问道："先生，您是喝茶吗?"

萧峥环顾一下四周，奇怪安县城内竟然还有如此静雅的去处，走到里面，身上的烦恼之气、空气中的浮泛之尘，似都被挡在了外面。看来，安县还真有许多地方是自己没有去过，也从未接触过的，只因自己还太底层、太基层。

萧峥收回了目光，道："我来找人，五号包厢。"女服务员立刻面露惊喜的目光，道："原来您就是五号包厢等待的客人，她已经等您许久了，我带您过去。"

从女服务员的神情和话语之中，萧峥能感觉出来，小月对离光茶铺许是一位贵客。萧峥跟着服务员来到了五号包厢。

小月果然在里面，今天她是一袭黑色无袖裙。裙子质地看起来很柔软，像丝又像绸，一头青丝挽在脑后，整个人看起来有些素雅，还好，双耳上戴着两颗细小的耳钉，如星星一般给她增添了不少光彩。今天的小月看上去很有诗书味，也很有精气神。

萧峥朝这个舒适的包厢瞧了一眼，在小月的对面坐了下来，道："上次吃饭的时候，我忘记跟你要电话了，今天要不是你打电话给我，我还找不到你呢。对了，你是怎么知道我电话号码的?"小月微微一笑:"我说过,我在安县政府系统,朋友不少,要找你的电话并不难。"说着,她微微一笑,问道:"你喝普洱茶吗?"萧峥笑了笑说:"我无所谓,只要是茶就可以了。普洱茶,我以前没怎么喝过。"萧峥喝得最多的也就是安县产的本地绿茶,还有就是天荒镇政府后山上那棵老茶树的茶叶子。

小月问:"为什么?"萧峥道:"因为穷,没钱喝普洱,听说普洱茶挺贵的,被誉为'茶中瑰宝'。"小月朝萧峥瞧了一眼:"看来,你对茶也有些了解嘛。"萧峥说:"不了解,只是报纸上随便瞄到一眼这种说法。"

小月微微点头,给萧峥倒了一杯普洱:"这'茶中瑰宝',你也尝一下吧。"萧峥喝了一口,感觉茶汤柔滑细腻、清香润泽,鼻息之中暗香涌起,萧峥不太懂茶,但也知道这是好货,不由得叹道:"这茶真不错,好喝。"

小月也端起了茶杯,抿了一口,微微点头说:"这茶一斤估计得两千来块。"

萧峥有点惊讶,说道:"这么贵?你怎么知道?"小月道:"喝普洱的话,这里人均消费是一百五十元一位。所以,这熟普应该有两千元以上的价格。"萧峥若有所思,说:"如果我们安县的茶也能卖到这个价格就好了。"

小月瞅着萧峥:"安县也产茶吗?"萧峥笑笑:"安县当然产茶,不过是绿茶,口感也都比较糙。但是,我们镇政府后山上有一株老茶树,清明前的茶叶炒制之后,虽然口感与普洱不同,但可以说不输普洱。"小月也被吊起了兴趣:"是吗?那我什么时候也尝一尝。"萧峥说:"是镇上一些女干部采回去炒的，今年我也只是喝到了几杯。回去后，我去问问我们镇上的大妈们办公室还有没有剩下的？"

小月笑笑说："你叫她们大妈，估计拿不到，你得叫她们姐姐才行。"萧峥笑了笑，吐吐舌头："大妈就是大妈。"小月道："不过，你已经提拔为党委委员，我相信她们愿意给你。"

"可能吧，说起这个事情，我正要问你呢。"萧峥道，"我提拔为党委委员的事情，是不是跟你有关系？你是不是叫你的朋友去帮忙了？"小月也不隐瞒，道："是啊。"萧峥点头，然后又道："可是，我只要调动一个工作岗位，你却直接帮助将我提拔了，这动作有点大了！"小月却微微摇头道："你不觉得，提拔是最好的工作岗位调动吗？"

萧峥完全无法反驳这样的说法，他道："只是，这样会让你的朋友为难，还专门设定学历得是 985 大学毕业生这样的条件。"小月纠正道："那倒不是。我朋友说了，提拔重用 985 大学毕业的干部，是这几年县里一直想要做的事情，这样更便于优秀大学生回乡当干部，为当地发展做贡献。正好，你也在其中，就提拔了，这样也就不用特意给你调动岗位了。"

"原来县里真的有这个决定啊，那就好。"看来提拔 985 大学毕业生的条件并非为他特定，这样萧峥的心里也好过一些，否则他会觉得这个后门走得有些过分。

萧峥又问："小月，你认识的朋友，是不是邵部长？"

"邵部长？哪个邵部长？"小月有些诧异。

萧峥道："县委组织部的邵部长，邵卫星。在所有考察对象中，我的职务是最低的，其他人都是中层以上，就我是一般干部，但是他把我放在组内第一名来推荐提拔。所以，我才问，他是不是就是你的朋友？"

小月心道，邵卫星恐怕还办不成这个事情呢。她摇头说："不是邵卫星。"

小月没说出具体是哪个人，萧峥也不好多问。人家是帮自己，自己没有权利要求她必须说出是哪个人。萧峥道："总之，我要谢谢你。今天，只能以茶代酒，而且是借你的茶。"

小月说："你救了我的命，我帮你一个忙，算不了什么。对了，我今天找你来，是想问问，你还有什么需要我帮忙的吗？"萧峥想想道："你已经帮了我这么大的忙了，我没有任何需要你帮忙的了。"

小月抬眼朝萧峥瞧了瞧，又问："真的没有了？如果你缺钱，也可以跟我说。"

小月跟家人谈起过萧峥救了她的事，当时她家人说，让她再跟萧峥见一面，最好是问他还有没有其他要求？就算是需要几十、上百万的钱，能一次性解决，就解决了。所以，才有了这次叫萧峥出来，才有了这样的对话。

"钱？"萧峥突然就想到了房子的事，陈虹和她家人都要求他买一个百来平方米的房子，就他目前的情况来看，首付还少五六万呢。萧峥的确是缺钱的。如果能从小月那里拿到一些钱，就能解燃眉之急，这房子就能买了，他和陈虹就能早日修成正果了。

可向一个女人开口要钱？这是不是太不要脸了？况且他当初救她，完全是出于一个正常人解危救困的本能，根本没想到她要报恩，更不会想到要钱。

所以，他现在也不能向她要钱，就笑了笑说："真没有其他什么需要你帮忙的了。"

小月稍稍有些意外，大部分人面对钱和权，都没有自控力。而且，她的家人认为，一个基层小干部，哪怕心地单纯，肯定也会有些贪心的，他们认定只要谈到钱，萧峥肯定会开口。

可是他却没有。小月又问："真没有了？你可别后悔哦。"

萧峥喝了一口普洱，道："后悔啥啊。让你帮助换个工作岗位，结果却提拔了，已经让我很过意不去，估计要成心结了。我可不想有太多的心结。"

萧峥的话多少还是让小月有些震惊的，他不仅表现得不贪心，还为她给他工作上的帮助心存感激，单这一点，就让她对他颇有好感。当然，这也只是习惯性的领导思维，并不涉及什么男女感情。她看着他，说道："提拔的事，我倒是觉得你没有必要多想，只要你到了新的位置上，能多为当地发展、多为老百姓做事，不就没有问题了？我就是老百姓，你以后多为我们企业做事哈。"

萧峥知道小月后半句是玩笑，她有大企业，他这个镇干部能帮什么？但想想她说的前半句，觉得没错，道："你说的也是。我现在条件比以前好一点，我能多做一些实事了。"

小月瞧着萧峥："那你想做什么实事？"

第 18 章　小月心迹

这个问题让萧峥怔了一下，当初参加工作的时候，萧峥想做的事情是很明确的，想为家乡做点事。可后来，他发现自己非但做不成，而且工作都可能不保，才知道自己其实想得太简单了，在这乡镇里，不是你想做什么就能做什么的。

所以，这些年来，他都不敢多想了。

现在小月的问题，唤醒了萧峥内心的想法，他说："我想改变凤栖村开矿卖石头、破坏生态环境的现状。"

小月浅浅地喝了一口普洱，问道："为什么？矿山有这么不好？"

萧峥道："你的车子上次被山体滑坡砸坏的地方，就跟石矿开采有关系，山上的植物被破坏，水土流失，极容易再次造成山体滑坡和塌方。另外，不仅是凤栖村，全镇其他开矿的村子也一样，经常发生安全事故，村民断胳膊断腿的事也时有发生，以后说不定还会发生死人事件，到时候后悔就晚了。不仅如此，因为开矿，造成的空气污染、水污染，让所有开矿的村都烟尘蔽日，从青山绿水变成了秃山恶水，好多老百姓都得了肺病，村子里肺癌发病率比以前高了数倍。"

小月黑亮的眸子微微动了下，她道："我只听说，开矿是县里的支柱产业，没听人说开矿还有这么多的负面影响。"

这两天，小月召见过经济部门的领导，他们一致的说法是，像安县这样的县，除了竹子、竹笋等，也没什么拿得出手的农副产品，有的乡镇也搞了几年旅游，可也没什么大的收入，甚至出现亏损的情况。因而大家都认为，靠山吃山，只能靠开矿卖石头，大家才能赚点钱。

然而，今天萧峥却告诉她，开矿存在这么多问题，危及百姓安全、健康和生命。小月有些奇怪，既然存在那么多的问题，为何上几任县领导班子都视而不见？

只听萧峥道："因为你是来安县做生意的嘛，安县领导肯定只会对你介绍安县的好，而不会向你介绍安县经济发展模式中存在的问题。对了，小月，你们公司做什么生意？该不会也是想投资矿山吧？"

萧峥张口闭口称小月是做生意的，让小月总觉得很有些不适。可谁让她自己告诉萧峥，她是一个分公司的老总？同在安县政府系统，很快，萧峥肯定会发现她便是县委书记。到时候不知他会作何感想？会不会说她骗了他这么久？

本来此刻应该散席了，可萧峥说起了石矿的事情，小月才多问了一句。如果各镇的石矿开采，真的存在那么多问题，倒是应该引起高度关注。她现在主政一县，对重要的问题都比较敏感。

当然，小月也知道，萧峥只是一名乡镇干部，他看问题的高度和全局性，或许存在缺陷。当县领导和当小干部，看问题的角度和视野肯定是不一样的，所以肯定不能只是听萧峥的一面之词，小月想，得进行更深入地调研，再做研判。

小月道："我们公司，不做石矿生意。"萧峥似乎颇感兴趣，追问道："那你们公司做什么生意啊？"小月想想道："我们公司跟老百姓做生意，给老百姓带去更好的、便捷的生活，我们公司也随之发展壮大。"

萧峥微微皱眉，随后笑着道："你让我猜谜啊？让我想想……你们公司，是不是做超市的？跟老百姓做生意，给老百姓带去更好的、便捷的生活，那不是做超市的吗？我听说，县城里最近就开了一家大超市，是不是你们公司开的？"

小月不由得失笑，道："我们不是开超市的。所以你去那个超市，我也没法给你打折。"萧峥也笑了："我也不是为了打折的事情。好了，你不愿意说，我就不问了。"小月道："当你该知道的时候，你自然就知道了。好了，今天时间也不早了，我们就聊到这里吧！"

萧峥一看手表，已经十一点半多了。"没想到已经这么晚了，不知不觉时间过得这么快！"小月也有些诧异，时间过得太快了。

小月站起身来道："好，那我们走吧。"

两人到了外面，到了路边的小型停车场，小月说："这么晚了，你住哪里？要不，我送你回去吧。"萧峥无意中瞥见了一辆奥迪车，就是上次被砸扁的车子，现在却完好如初，就跟新的没什么区别。

"车子修好了？"萧峥诧异地问道，在车身上摸了下，的确看不出曾经被砸过的痕迹。

小月点头道："嗯，4S 店修得很快。"萧峥道："你没有报案，也没跟镇上和村里说？"小月道："我车子有保险，自己处理一下很方便，就不麻烦镇上和村里了。"萧峥苦笑道："所以，镇上和村里没有人知道有省城奥迪车被山体塌方造成损毁的事情，我跟他们说，他们还认为我是做梦呢！"

小月朝萧峥看看，道："反正事情已经解决了，你也就当是做梦吧。"萧峥忽然有种奇怪的感觉，小月似乎是话里有话，但他也没有多想，道："我自己有摩托车，我可以自己回去。"小月道："时间不早了，你回镇上路也不好走吧？要不，你可以住在县城，比如安县国际大酒店，我可以帮你订房间。"

萧峥朝不远处的安县国际大酒店望去，那是整个安县最高的建筑，招牌在几十层的楼顶上闪烁，萧峥还从没住过这么高档的酒店呢。但他还是摇摇头说："算了，我还是回镇上的宿舍吧，金窝银窝不如自家的狗窝。"

小月一笑，也没多说什么，甚至都没有跟他说再见，就钻入了自己的车内，启动车子，驶出了停车场。

萧峥瞧着那辆奥迪远去，才骑上了摩托车，回了镇上的宿舍。

周末休息，萧峥回了一趟绿水自然村。萧峥是傍晚才到的，他也知道父母白天都在矿山干活，父亲是拖拉机手，母亲干做饭、熬茶等杂活，到五点多才下班。

因为村里无处不在的尘烟，家里不能开门、开窗，没有通风的屋子总是泛着奇怪的味道。萧峥在外面久了，回到家里反而有些住不惯了。

今天的晚饭，萧峥从镇上菜市场带了一些排骨、鲫鱼、虎皮青椒回来，还带了四瓶泰酒和两包华烟。其中泰酒是在超市买的，华烟是平时跟着金辉下村的时候，村里塞的，现在可以用来孝敬老爸。

爸妈回来的时候，萧峥已经将晚饭做了一半，老妈费青妹马上将锅铲抢了过去，说："萧峥，你去休息，你去休息。"萧峥想把晚饭做完，费青妹说什么都不肯，萧峥也就没再坚持。

萧荣荣和费青妹都是普通老百姓，他们认为儿子能当上镇干部，就已经很不错了，至于能不能更上一层楼，倒也没有明确的期盼。

可是，村里的人，就是势利眼，看不起在镇上没前途的萧峥，还在他老爸面前说那种难听的话。

萧峥不想让老爸老妈受委屈，就道："爸、妈，你们儿子已经提拔了，我现在是镇上的党委委员了。"

第 19 章　家庭隐患

自己被提拔为党委委员以来，今天能对父母说出"我现在是镇上的党委委员"时，是萧峥最开心的时刻。

村支书马福来，敢当面刺激老爸，那就是因为他是一般干部。在镇上的一般干部，的确是没有一个村支书有分量。可从现在开始，完全不同了。

萧荣荣和费青妹听后，眼睛都瞪得大大的："真的吗？"萧峥淡淡地笑了笑说："老爸老妈，我不会为了让你们高兴而骗你们的。提拔了，就是提拔了。"

的确，这个儿子从来没有骗过他们。萧荣荣站起身来，到碗柜中拿了两个小盅子出来，说："今天一定要喝一杯。"费青妹朝他瞪了一眼，道："你怎么只拿两个酒盅，也给我拿一个来，今天我也要喝一杯。"

萧荣荣笑了，机灵地说："这两个盅子，给你和萧峥，我自己再去拿一个。"

一张老式的八仙桌上，三菜一汤，酒也斟好了，三人的酒盅里都倒了三十八度的泰酒，捏着盅子。萧荣荣说："青妹，儿子提拔了，今天我们一起来敬儿子一杯，祝贺他。"

费青妹眼中隐隐地有些潮湿："儿子，不容易啊。老妈和老爸都敬你，祝你从今以后，步步高升。"

萧峥一听就笑了："老妈，你还想我继续往上升啊？"费青妹笑着说："那是当然啊，我儿子可是名牌大学生，前面七年被人压着，现在人家压不住你了，你肯定时来运转了，一定还能一路高升。"

萧荣荣说："青妹，你不要给儿子那么大的压力，我们家里能出一个镇领导，就已经是祖坟冒青烟了，我已经很满意了。"费青妹说："我不是不满意。但是，我相信我儿子肯定还能升，因为我儿子优秀。"

费青妹对儿子的信心，有时候只能算是盲目。可哪个母亲不盲目？有时候也正是这种盲目给了儿子信心和底气。

喝了两盅酒，费青妹问："儿子，你现在当领导了，陈家对你好点了没有？"陈虹和她家里人这些年，对萧峥的态度不怎么样，费青妹也是有所了解的。之前，尽管村道还要小，陈虹也来过他家里几次，可这两年是一次都没来过了。

费青妹也就起疑，问过儿子相关情况，萧峥也没隐瞒，如实说了。这番，费青妹还想再问问清楚。

萧峥道："妈，已经好多了，前几天还请我去吃了晚饭。"费青妹道："这就好。"

萧荣荣却道："萧峥，要我看，陈家的人太势利，我们农民都是实在人，跟他们交往太累了。"费青妹说："谁让你跟他们接触？是萧峥和陈虹的事情，只要他们年轻人喜欢，我们不要管太多。"

萧荣荣道："现在是他们两人接触，以后他们要是结婚了，免不了，我们都要接触。就算我们不接触，他们家对萧峥的态度，总是看萧峥个人发展好不好，萧峥好的时候，他们就对他好点，萧峥工作中要是出现点问题，他们就不理他，这怎么行？人总是有起起落落，我们对待人，特别是身边最亲的人，总不能这样啊。你说是不是？"

费青妹说："你说的都没错。但最终，还是看我们萧峥的，让他自己做决定吧。而且，我也蛮喜欢陈虹这个姑娘的。"萧荣荣道："萧峥，你自己怎么想……咳咳……"

说着话，萧荣荣忽然咳嗽起来，而且咳得还很厉害。费青妹忙放下了筷子，帮助萧荣荣拍着后背。

萧峥也放下了筷子,忙道:"老爸怎么咳嗽得这么严重啊?"费青妹一边给丈夫拍着后背,一边说:"也就是这一个多月来的事。"

萧荣荣咳嗽了许久,嘴里唾液都淋到了地上,才稍稍缓过劲儿来。萧峥有些心疼,也有些不放心,便道:"老爸,明天你跟我到县城医院去看看,你这么咳嗽,太可怕了。"萧荣荣道:"明天还要上工呢,去不了。"萧峥道:"磨刀不误砍柴工,你得先把咳嗽治好。"

萧荣荣不以为意:"咱们村上,哪个爷们没点咳嗽?很正常的,不用大惊小怪。"

村上自从开矿以来,咳嗽的人越来越多。大家也不太当回事。很多人都只管赚钱,不太关心自己的身体。萧峥说:"老爸,你赚这钱,是为了什么?还不是为了生活能改善一些吗?为了能过上好日子吗?要想过上好日子,没有好身体怎么行?身体是 1,其他都是 0,这个 1 若是不好了,那些 0 还有什么用?"

萧荣荣听着,觉得也有道理,沉默片刻,说:"明天是星期天,恐怕没医生吧?我又上工。这样吧,明天我去请个假,后天去县城医院看看。"萧峥说:"这样也行。但你要提前给我打电话,我陪你去。"

萧荣荣说:"好,就这么说定了。"接下去,萧峥陪萧荣荣把最后一口酒喝了,就不再喝了。

当天晚上,费青妹本来要让萧峥回镇上宿舍睡觉,以前也都是这样。可今天萧峥不肯走,他要观察一下萧荣荣晚上的情况。也不知道萧峥是喝了点酒，所以睡得沉，还是因为萧荣荣真没咳嗽，总之这天晚上，萧峥几乎没有再听到什么咳嗽声。

次日一早，萧荣荣和费青妹在桌上给萧峥留了一碗粥、一个油煎鸡蛋和一碗炒青菜，他们自己已经早早去上工了。

萧峥吃过早饭之后，也就回了镇上。

到了周一，萧峥没有接到老爸和老妈的电话，有些担心，就给家里打电话，结果家里没人接。这两个人，到底怎么回事？萧峥心里有些抱怨，这两个老的肯定又去上工了。

到了晚上六点多，萧峥又给家里打了电话，是老妈费青妹接的电话。萧峥便问，到底怎么回事，老爸为什么没去县城看医生？

费青妹说："你爸爸这两天咳嗽好了，白天和晚上也都没有咳，所以他说不用去医院了。"萧峥道："可是，前两天不是还咳嗽得很厉害吗？就算现在没症状了，最好还是到医院检查一下，才放心不是？"

这时，萧荣荣接过了电话："萧峥，你不用担心我了。这两天我都好得很，没有一点问题，你就放心吧。有任何症状，我就打电话给你。你新当领导，镇上事情肯定也不少，你就忙你的吧。"

萧峥是真的拿老爸没办法，对自己的身体一点都不重视。但这也不是萧荣荣一个人如此，其实，村上的人普遍都是如此。萧峥也不可能将爸爸捆绑到县城医院，就道："老爸，我跟你说好了，如果你再咳嗽。必须马上给我打电话，这事情，不开玩笑的。"萧荣荣说："好，我答应你，如果再咳嗽，就给你打电话。"

第二天中午之前，副镇长金辉给萧峥打了电话："萧委员啊，当领导了，我就没见你的踪影了。"萧峥听出了金辉的声音里，带着点微微的不满。

毕竟跟着金辉也好长一段时间，平时金辉也算是镇上对自己最关心的领导，萧峥抹不开面子，就说："金镇长，肯赏脸的话，中午我请你去吃个饭。"金辉道："可以，你提拔后，还没请客吃过饭呢。"

金辉是真心喜欢吃饭，听到萧峥要请他吃饭，金辉就高兴了，话语中的怨气也都消失得无影无踪。

中午时分，当其他镇干部都奔向食堂的时候，金辉和萧峥来到了安县土菜馆，这里最硬的菜，便是安县土鸡。这用竹林鸡、蘑菇片，再加上干辣椒、大蒜头煲出来的土鸡，翻滚着浓浓的香味，上桌了。

"这鸡真是香啊！"

萧峥道："那你就多吃点。我们再来四瓶啤酒，怎么样？"金辉理所当然地道："吃土鸡，没有酒怎么行？当然得上啤酒。"

两人喝了一会儿，金辉将一个玻璃杯注满了啤酒，端起来，对萧峥说："祝贺你啊，终于从安监站的岗位上溜走了！现在，只剩下我一个人孤军奋战了。"

关于这个事情，萧峥其实有话要说，他道："金镇长，凤栖村的矿山问题，是一个不定时炸弹。我认为，真的应该下决心，给予彻底解决。你是分管副镇长，这点你应该比我更加清楚才是啊!"

金辉瞧着萧峥:"没错,我比你更清楚。但是,更清楚又有什么用?"

萧峥诧异地道:"怎么就没用了!既然知道这是不定时炸弹,那就解决它呀。你副镇长解决不了,就借助镇长的力量。镇长解决不了,就借助镇党委书记的力量。金镇长,我跟着你干了这么久,我们俩是有感情的,如果你真想干,我肯定支持你!"

金辉瞧着萧峥,神色之中不免洋溢着些微的感动,可好一会儿之后,他似对自己摇了摇头,说:"萧峥,我们胳膊拗不过大腿的。"

萧峥眉头微皱:"你说胳膊拗不过大腿,那谁是'胳膊'?谁又是'大腿'呢?"

金辉盯着萧峥道:"你说谁是胳膊,谁是大腿?萧峥,宋书记在我们镇上根深蒂固,我们能做的就是顺从、配合、支持。如果你能早点明白这个道理,你可能也早就提拔了。"

第 20 章　自我主张

萧峥从未后悔过自己做出的选择。萧峥虽然人微言轻,可他一直觉得,一个人是应该有些主见的,也得有些正义感。他说："金镇长，你说得没错，在我们镇上确实是宋书记说了算，可是我们每个班子成员，都有各自的岗位，不是就该有自己的工作职责吗？既然你分管的是安全生产工作，就得负起责任来啊，对村上那些石矿，他们在生产操作中不符合要求的，该整改就整改，该关停就关停！这是你可以做到的啊！"

"我真的能做到吗？"金辉一边给面前的杯子注满啤酒，一边说，"我以前手下就你一个兵，现在你提拔了，我手下连一个兵都没了，我还能做什么？我去勒令村上关停石矿？村上不听我的，我能怎么办？"

萧峥不解："你是分管副镇长，村里怎么敢不听你的？"金辉道："萧峥，你还是没明白。村里开石矿的事情，是宋书记许可的，宋书记有亲戚就在石矿上投资了。我本来是不能跟你说这些的，可你现在是班子成员了，也不在安监站工作了，我跟你说了也无所谓。"

原来是这样！怪不得村里能这么牛，怪不得金辉每次下去都是喝顿酒、拿包烟就返回了，因为金辉也没有办法！

"可是，金镇长，这样也不是个办法啊！"萧峥道，"万一真出了什么重特大安全事故，你是分管副镇长，肯定难辞其咎！"

金辉无奈一笑道："重特大安全事故会不会发生，是一个未知数，运气好的话，可能就轮不到我了。但我跟村里对着干，也等于是跟宋书记对着干，恐怕在你所谓的'重特大安全事故'发生之前，我就得降职了。"

萧峥有些不太相信宋书记会这么不讲道理。在这个年代，镇领导的亲属入股矿山的事情，也不是宋书记一家。可不管怎么样，安全第一嘛，要是金辉要求村里整改，宋书记恐怕也能明白问题的严重性吧。萧峥道："金镇长，你是不是太悲观了？"

金辉一边喝啤酒，一边摇摇头说："萧委员，恐怕不是我太悲观，是你太乐观了。你不在我的岗位上，你不会知道。假如哪一天，你到了我的岗位，恐怕就能明白了。"

"到你的岗位？"萧峥摇摇头，"我可不想到你的岗位上去。"萧峥刚刚从安监站离开，他可不想回到分管安全生产的位置上去。做了四年的安监工作，萧峥每天都如履薄冰，说实话，能不接触，他再也不想接触了。

金辉看着他，笑着道："你看，你有多虚伪，一方面让我去勒令村里整改、停矿；一方面自己却不想到这个岗位上来干。"

萧峥道："谁都知道你这个岗位是个烫手山芋，能不干最好别干，但组织上万一真把我安排到安监岗位上，我也没有办法，真有那么一天，我保证我会让他们整改，要求他们停矿！"

金辉道："你这些都是风凉话，站着说话不腰疼！算了，不说这些了，这土鸡煲还有不少鸡肉呢，再来两瓶啤酒，我们把这些鸡肉干掉，不能浪费了。"

萧峥又去拿了两瓶啤酒来，跟金辉两人每人一瓶，把土鸡都吃了，才返回镇上。

中午，萧峥就在安监站的办公室里打了个盹。

分工还没下来，萧峥这段时间就出现了"空窗期"，简直没什么事做。午饭过后，萧峥就在那套皮革都有些破的沙发上舒舒服服睡了一个午觉。

起来之后，萧峥觉得太无聊，就去政府办转了转，跟"徒弟"李海燕要了不少报纸、杂志和内参来学习。萧峥不知道，接下去镇上会给自己怎么分工？作为党委委员，无非就组、纪、宣那么几块工作，如果还兼副镇长，那就会多工、农等几块工作的选择。

为此，萧峥打算趁这段空暇时间，熟悉一下镇上方方面面的工作，同时加强一下大政方针的学习，提升自己的理论水平和政治修养，本领学着，以后都会用得到。

到了快下班的时候，萧峥从副楼来到了主楼，找了组织委员章清，问了他两个问题：第一个是镇上什么时候给自己分工；第二个是什么时候他能到主楼来办公。这两块工作都是组织上管的，所以萧峥才会来找章清。

章清道："萧委员，不趁现在这个时间多休息休息？以后可有得忙喽。"萧峥却道："迟迟没有分工，我担心县里组织部还以为我不想干活呢！"章清道："这个不会，萧委员你放心好了，县委组织部是以镇上班子会议研究分工的时间为准的，不会怪到萧委员你的头上。而且，这个分工会议，我相信很快就要开了。至于办公室，我们也在抓紧调剂，争取早日让萧委员到主楼来办公。"

萧峥道："那就麻烦章委员了，我在副楼等您的通知。"萧峥还特意强调了"副楼"两个字。

等萧峥走了之后，章清朝萧峥站立的地方看了一会儿，点着了一根烟，考虑起什么事情来了。

这两天，陈虹和萧峥的联系还是颇为密切的，有空的时候，陈虹就会飞个电话或者发条短信过来。

有一次问萧峥办公室搬了没有，如果搬了新办公室，她想过来给他送一些绿植，装点一下办公室。萧峥笑着说："我又不是女的，放什么绿植。"陈虹道："绿色植物防辐射，今后大家用电脑的时间越来越多，身体接受辐射也会多起来，办公室里要放点绿植的。你的办公室什么时候能换好？"

陈虹来问办公室的事情，有很大一部分原因恐怕是陈光明也在关心这个事。萧峥就道："我前两天就跟镇上组织委员提过了，让他早点安排，他也答应了尽快腾出办公室来。"陈虹还是替萧峥抱不平："他们怎么搞的，你不是已经提拔了吗？为什么不给你安排新的办公室？这没道理啊。"

萧峥道："估计他们是分工和办公室安排，一起考虑了。据说，镇党委班子会议马上要开了。"陈虹道："萧峥，我老爸说得对，在一个班子里都是那样，不是东风压西风，就是西风压东风。如果你不拿出点态度，不拿出点气势来，人家就会当你不存在。"

萧峥道："我知道这个意思，我会去争取早日搞定办公室和分工的。"陈虹说："搞定了之后，第一时间告诉我，我给你送绿植。"

看来，陈虹是一定要给自己送绿植来了。尽管他不需要，也不太喜欢摆弄绿色植物，但是陈虹坚持要给他送，他也挺高兴，至少说明自己在陈虹心里的分量变重了。

等她来的时候，再请她到自己的宿舍坐坐，萧峥单单想一想，就感觉血流有些加速，心跳有些加快。

然而，又过了差不多一周的时间，镇上班子会议还是没有开，既没有给萧峥分工，也没有给萧峥安排主楼的办公室。组织委员章清那边，也无声无息，好像根本没有把他的事情当回事。

萧峥想，得想个办法，让章清意识到问题的严重性。

这天午饭时间，萧峥就在副楼走廊上，瞧着主楼的二楼，其他班子成员都在那里的办公室工作。瞧见组织委员从办公室出来要去食堂的时候，萧峥也从副楼出来。到了食堂，只见组织委员章清打好了饭菜，跟其他几个副职领导坐在一起吃饭。

萧峥也打了饭菜，坐到了章清的旁边，说："章委员好。"

章清瞧见是萧峥，表情微微有些尴尬，但还是说："萧委员好啊。"萧峥说："前两天，我碰上了县里某位大领导，他问我分管哪块工作，哪个办公室。他说要来看看我。我说，因为我们镇上章委员太忙，我的办公室还没解决，工作分工也还没有落实呢。领导问，章清是谁，是组织委员吗？我说是的。"

萧峥这么一说，其他几位副职的目光都瞧向了萧峥这边。他们关心的不是分工问题，而是关心萧峥嘴里说的"县里某位大领导"，到底是哪一位？和萧峥又是什么关系？

第 21 章　情况改善

章清也抬起头来，看着萧峥，神情之中带着些许的不安。

萧峥说："这食堂里怎么这么热呢？难道是因为人多吗？我还是到办公室吃吧。"萧峥说着就离开了章清所在的桌子，让食堂用饭盒打个包，回自己的办公室去了。章清惴惴不安了许久。

当天下午，章清来到了萧峥在副楼的办公室，还主动给萧峥递了一根烟，说："不好意思啊，萧委员，你提拔之后，我还没来你办公室看过你呢。"萧峥用一次性杯子给章清倒了一杯茶水，说："没什么，这个地方是安监站，也算不得是我的办公室。"

"那倒是。"章清转了一圈，道："这个办公室宽敞是宽敞，就是不在主楼。萧委员，你今天午饭时在食堂提到的'县里某位大领导'，到底是谁啊？"这就是今天章清想要打听清楚的消息。

萧峥看着章清，他在食堂里抛出一个"县里某位大领导"，实在也是没办法。他背后哪有什么"大领导"？根本没有啊。小月是找人帮了他的忙，可小月到底找的是哪个人，萧峥也不知道。小月找的人，任务已经完成了，更不会关心萧峥的办公室和分工是否安排了。

所以，这个所谓的"县里某位大领导"纯粹就是子虚乌有，萧峥自然也叫不出这个大领导的名字。

但这并不妨碍。萧峥点着章清给自己的香烟，又给章清也点上，说："章委员，你不用担心那位大领导，我和大领导都解释了，我的分工没落实以及办公室没安排好的事，也不能完全怪章委员。只要镇党委政府重视，章委员办事还是非常认真的。"

"那是，只要党委政府主要领导吩咐了，我肯定照办呀。我们都是一个班子的，我又不会故意为难萧委员！"

萧峥没有直接回答他"县里某位大领导"是谁，章清还有些惴惴不安，他旁敲侧击地问道："不知，这位大领导，是新来的，还是早就在县里了？"

萧峥想，如果说是县里的老领导，恐怕容易露馅，就笑着说："新来的，新来的。"

章清心头一震，新来的？县里新来的县领导，就只有新任县委书记了！

难不成，萧峥跟新任县委书记有非同一般的关系？章清看萧峥的神情，都有些变化了。

章清不会就这么相信萧峥，但在事情没搞清楚之前，他也不愿意再得罪萧峥，于是就道："萧委员，今天我过来，其实也是要跟你说一声'抱歉'，毕竟你的办公室本来就该早点安排好的。我今天再向宋书记去汇报一下，看能不能尽快开班子会议，把你的分工和办公室落实好。"

萧峥见自己的小小诡计竟然起了一些作用，心里有些好笑，可他绝对不会让自己笑出声来。他说："那就麻烦章委员了。"萧峥掏出了华烟，给章清敬了一支。

章清马上接了过去，说："等我电话。"

等章清离开安监站之后，萧峥心头感叹良久。

下班之后，萧峥在镇上找了家面馆，解决了晚饭问题，然后给家里打了一个电话。是老妈费青妹接的电话，萧峥问了老爸的咳嗽怎么样了，费青妹说，偶尔有一两声咳嗽，应该没问题。

萧峥道："又偶尔有咳嗽了吗？那还是有问题，定个时间到县城医院去检查检查。"老爸萧荣荣将电话接了过去，说："萧峥，这点咳嗽，我知道没问题的。这几天矿上太忙了，走不开，以后再说。就这样了。"

萧峥还想再劝一劝，萧荣荣已经把电话挂了。萧峥看着自己的老款手机，心里对老爸还是有些恼火，他们只想赚钱，都不管自己的身体。但萧峥毕竟是儿子，又不能跟他争、跟他吵。目前也只能先这样了，等周末再回去看看老爸的情况，如果咳嗽得厉害，就是拖也要把他拖去县城医院。

萧峥刚回到宿舍，手机响了起来。一看是组织委员章清，萧峥马上接了起来，问道："章委员好啊，怎么这个时候打电话过来？"

章清道："萧委员，我今天下午去宋书记那里汇报了，向他极力争取了早点给你落实分工和安排办公室。宋书记终于答应，明天一早就开班子会议。八点半在四楼会议室开会，我就这么通知你了，其他人由党政办通知。"

萧峥语气平静地道："好啊，谢谢章委员，辛苦你了。"章清道："能帮助萧委员早点安排，我们肯定早点安排。好了，明天早上见。"萧峥也道："明天早上见。"

这个晚上，萧峥睡得挺舒坦。

第二天上午，萧峥想到镇上包子铺去吃小笼包，然后再去上班。这家包子铺还有一些山民会过来喝早茶。这里的茶是比较糙的陈茶，但是山民不讲究这个，只要能喝上茶，吃上包子，一早上就有了干活的力气。

萧峥也不讲究，要了一屉小笼包和一壶茶，开始吃了起来。小笼包子蘸上醋，很快被一个个塞入了嘴里消灭光了，当萧峥想要喝几碗茶的时候，手机响了起来。一看是"徒弟"李海燕，难不成是来催自己开会的吗？

再一看时间，才七点四十五，会议是八点半啊，时间没到。

萧峥接起了电话，对李海燕说："海燕，不是通知我开会吧？我看时间还早呢。"

李海燕的声音明显有些着急："师父，你在哪里啊？"萧峥道："我在包子铺，刚吃了一屉小笼包，正要喝早茶，要不要给你带一笼过来？"

李海燕道："今天没口福吃了，你先欠着吧。师父，镇上出事了，你马上来镇上吧。"

萧峥很诧异："出什么事了，不是说早上八点半开班子会议吗？其他还有什么事？"李海燕道："班子会议暂时不开了，凤栖村的石矿发生矿难，据说死人了。管镇长要求，全体机关干部立刻到镇上，要下村去工作。"

矿难？死人？萧峥的耳边轰隆了一声，没想到"可能发生"的事情，这么快就真的发生了。

萧峥道："我马上过来。"

萧峥骑着摩托车到了镇政府，并没超过五分钟，镇政府大楼前，已经站了一些机关干部，都是住在镇上、离镇政府比较近的一批人。

萧峥没看到镇党委书记宋国明，但却见到了正在大厅中打电话的镇长管文伟，旁边还有副镇长金辉。

此时，金辉的脸色非常难看，神色也很低落。但挂了电话的管文伟，也不管不远处站着其他机关干部，便开始训金辉："怎么搞的！你们平时到底有没有在抓安全生产，竟然发生了矿难，已经明确死了一个年轻矿工，还有几个人生死不明呢！你这个分管副镇长是怎么当的?!"

金辉解释道："管镇长，这段时间，我也是经常下村的……"

管文伟没让他继续往下说："你经常下村？那你都干什么去了？你都管到哪里去了？是不是管到人家的饭馆去了?"

看来，管文伟对金辉下村的情况，也是有所了解的。金辉被骂得无地自容，抬不起头来。

萧峥其实知道金辉的难处。萧峥上前道："管镇长，我看，我们得第一时间赶到现场，到了现场才能真正掌握情况，解决问题。"

管文伟本来是想等党委书记宋国明到了，商量之后再去现场，现在经萧峥一提醒，觉得还蛮有道理。他说："好，我们不等其他人了，现在就出发!"

第 22 章　很有意味

管文伟的专车，就停在大门口，他招呼金辉和萧峥："你们都上我的车吧。"

除了镇长管文伟的车，镇上还有一辆越野车，拉上了几个经验老到的镇干部，一同奔赴凤栖村。

管文伟因为已经批评过金辉，这会儿坐在车里闷声不响，要么是在生气，要么是在想办法。

萧峥已经了解，这次发生死亡事故的矿山，就在凤栖村主村的矿山上，而不是在绿水村的矿山，内心悄悄地松了一口气。绿水村有他的父母，他不想听到绿水村出事。

尽管管文伟没说话，萧峥还是问了金辉几个问题，一是是否向县安监局汇报了？二是事故原因村里弄清楚了没？副镇长金辉说，发生人命事故的事情，本来是想先汇报安监局，再汇报县政府的。可县安监局一时联系不到人，就先向县政府值班室报告了。萧峥说，最好还是要继续跟县安监局长打电话，如果安监局长打不通，就给副局长打。

金辉说，他之前给安监局相关科室负责人联了，打不通，又给分管副局长打，也没通，所以就缓了缓。镇长管文伟听不下去了："都死人了，你还要缓什么？我都已给分管副县长、县长打了电话，你还担心打扰安监局局长？"

金辉有时候就是太谨小慎微，生怕打扰上级领导，让领导不高兴。金辉再次被管镇长批评后，只好拿出手机给县安监局局长打了电话。这次安监局局长马上接了起来，了解到情况后，安监局局长说马上向县领导汇报，他自己也会马上赶赴现场。

至于事故发生的原因，金辉说，根据村里的说法，可能是爆炸中发生了意外。萧峥问，是炸药的问题，还是防护不到位的缘故？这里面是存在很大区别的。金辉一时也说不上来，毕竟也只是听村主任刘建明在电话那头糊里糊涂地一说。

萧峥道："金镇长，这个事故原因很重要啊。如果是炸药本身的问题，那责任可能就是第三方民爆公司的；如果是村上安全措施防护不到位，那就是镇上监管不力的问题了。"

在安监站四年时间，又没换岗的机会，为了保住工作，萧峥不得不深入研究如何避免责任的问题，因而有些细节他能脱口而出。

镇长管文伟感觉，萧峥对安监工作的了解，比金辉要深入许多。管文伟心道，萧峥是名牌大学毕业生，头脑还是清楚的。

可金辉听到萧峥说了这么多，感到很头疼，忍不住就道："萧峥，你现在问我这么多，我怎么能搞得清楚，等会儿到了现场不就都清楚了吗？"金辉就差说，你萧峥又不是分管领导，我才是分管领导，别给我在这里多嘴多舌！

可管文伟却在一旁说："金镇长，你要知道，萧委员问的这些问题，都是在替你理清思路啊，难道你不知道？万一有领导打电话过来或到了现场，问你事故原因，你能讲得清楚吗？"

管文伟感觉在处事上，刚刚提拔不久的萧峥，要比金辉老练得多，也严谨得多。看到金辉不情不愿的样子，管文伟自己拿起了手机，给村支部书记马福来打了电话，问事故原因。

马福来掌握的情况，比刘主任要全面一些，对事故原因也说得更清楚。

管文伟就转述给了副镇长金辉，这次的事故原因非常特殊，炸药是定点定时爆炸的，矿工们也隐藏在指定的地点，可没想到除了爆破点之外，另外一个山头也崩裂了，大山石砸了下来，导致一个年轻矿工当场死亡，还有几名矿工严重受伤，目前生死未卜。当然，这也只是村支书的说法，需要进一步核实，但至少有了大概情况。

金辉刚听管镇长说完，手机就响了起来。金辉一看是县安监局局长，眉头紧锁着接了电话。安监局局长的电话就是来询问事故原因的，金辉就将管镇长所说的，转述给了安监局局长。随后，分管副县长也来电，询问的同样是事故原因。

金辉心头暗暗心惊，假如自己跟之前一样含含糊糊，现在恐怕已经被骂得狗血喷头了。金辉看向管镇长："谢谢管镇长，替我把事故原因问清楚了。"他又说："也谢谢萧峥，先前是我不对。"

管镇长道："感谢的话，就别说了，现在最重要的，还是要解决问题！事故发生了，现在如何亡羊补牢。这次，不管上面如何批评，我们态度一定要好。"

金辉和萧峥都点头，其实，萧峥已经不是安监条线上的人了，可他想既然发生了事故，自己也是班子成员，理应助一臂之力，这也是自己的义务。

镇长的车子在山道上飞奔，距离目的地也越来越近了。萧峥给余小康打了电话，让他帮助带路。余小康是村委副主任、治保委员，年龄比萧峥大三岁，萧峥是一般干部的时候，余小康就待萧峥很热情，几次都请萧峥去家里吃饭，他说自己没怎么好好念书，很佩服萧峥这样的大学生，希望能从萧峥这里多学一点。

当车子开到村部的时候，余小康已经骑着摩托车等在那里，一看到车子，跟萧峥他们打了招呼，就带着他们往矿山上走。如果没有余小康带路，他们要找到那个矿山的山头，还得颇费时间。

到了矿山脚下，余小康下了摩托车，跑过来替管镇长他们开车门，还给他们透露了一个消息："宋书记已经在上面了。"

"宋书记？宋国明书记？"镇长管文伟有些不相信。

余小康很肯定地道："是啊，是宋书记，已经到了十五分钟左右了，正在跟我们村马书记、刘主任看现场，也在做老百姓的工作。"

金辉和萧峥互换了下眼神，感觉这个事情很有可以玩味的地方了。就萧峥所知，管镇长是跟宋书记电话汇报了村里的事情，宋书记让管镇长在镇上等他的。

要不是萧峥对管镇长说还是先到现场，管镇长此刻还在镇上等宋书记呢。

谁会想到宋书记已经到了矿上，竟比管镇长早？管文伟心头一沉，朝金辉、萧峥看了看，道："我们赶紧上去。"三人跑上碎石东一块、西一块的山头，有几次管镇长、金辉和萧峥都差点摔个狗啃泥。三人跑到事发地点，手上和裤腿上都沾满了白灰。

他们爬一次矿上就成这个样了，可见日日夜夜在矿山作业的村民，每天要喝多少粉尘，要沾上多少石灰？这活，真不是人干的！萧峥不由得想起也同样在矿山谋生的父母，心里真的很希望把这些矿山早点给停了！

前面的石矿山坡上，围满了矿工、村民，吵闹之声不绝于耳，隐隐地就能听到："你们赔我儿子啊！""我儿才二十二岁啊，还没娶媳妇，人就没了啊！""矿上必须得赔钱，不赔够钱，我是不会让我外甥下山的！"

管镇长、萧峥、金辉来到了人群旁边，看到了党委书记宋国明、工业副镇长蒋节春、党政办主任蔡少华等人。

管镇长上前道："宋书记，你早就已经到了啊？我还在镇上等你呢！"管镇长的声音有些生硬，明显带着点不快。

宋国明看了管文伟一眼，又看看萧峥、金辉，说："哦，因为急着赶到现场来，我忘了让小蔡跟管镇长报告一声。你来了就好。现在有五个受伤的矿工已经送县医院了，但那个遇难的年轻人家属，不让搬动尸体，还有四个受伤矿工的家属也不让动伤员，在吵赔偿的事情！"

管文伟朝那边瞧了一眼，不仅仅是矿工，还有许多村民，这时候如果强行带走尸体和伤员，恐怕会引发村民的不满。也许正因如此，宋国明等人到了之后都没有轻举妄动吧？

这时候，宋国明的手机响了起来，他接起来听了下道："陆县长他们到了。"

陆县长就是县里分管工业和安监的副县长陆群超。

宋国明放下电话，放眼朝山下看去，为首身穿白短袖衬衫和黑裤子的男人，就是陆群超，他身后跟着几个部门领导和工作人员，都在爬山上来。

"我去接一下。"宋国明说完就朝山下小步跑去，并没有叫镇长管文伟一起。

管文伟也不管宋国明什么意思，也跟了下去。金辉和萧峥也跟上了。

会合之后，陆县长表情严肃地道："今天一早，我接到的第一个电话，就是你们天荒镇跟我说矿山死人了。这可真是个好消息啊！"

陆县长的话，显然是反话。宋国明和管文伟的脸色都不好看，宋国明道："陆县长，让您辛苦了！我一直三令五申强调矿山安全，但工作还是没到位，我们接受批评。"

"现在批评有用吗？"陆县长扫了他们一眼，"还好，你们现在都已经到现场了！如果你们两个主要领导当中，这会儿谁要是还没到，我肯定要向书记、县长去汇报！现在，你们既然都在现场了，我相信局面还是能控得住的。走，带我先去看看现场，及时处理问题！"

管文伟跟着陆县长往上面爬，内心里却反复想着陆县长刚才的话，宋国明让他等在镇上，自己却先来了现场。还好自己及时赶来了，否则，就得被陆县长直接汇报给书记、县长了。

这个时候，萧峥已经挤入了人群，来到了死者的面前。他想在领导看到死者之前，先看一看情况。

第 23 章　挑拨离间

　　几个中年人正围着一具躺在碎石粉尘中的尸体，应该没有人看到尸体之后会舒服。萧峥强忍着内心的不适，又走近了一步，看清楚了那具血肉模糊的身体，脑袋已经被石块砸得凹陷了进去，右肩膀和胸骨的地方也都陷了进去。矿山上的粉尘已经附着在了伤口处，血迹也开始发黑。

　　萧峥的内心一阵痛，活着，在这种矿山上日晒雨淋、吃灰喝土；死了，还会被当作多赔点钱的工具，得不到安息。凤栖村的老百姓，难道就只能这样吗？

　　此时，镇党委书记宋国明、镇长管文伟已经陪着副县长陆群超来到了现场。宋国明朝村支部书记马福来说："你跟大家说一下，先把人都弄下山。然后，再谈别的。"

　　村支书马福来就喊了起来："大家听我说，我们今天矿山上出了事，镇上领导很重视，镇党委宋书记、管镇长都来了，还有我们县里的陆县长也来了，都是来给大家解决问题的。你们赶紧起来吧，把死者弄下山去，把受伤的弄到医院去！"

　　但是，一个死者的家属站出来喊道："要解决问题，就在这里解决，没有赔到一百万，我们不会下山。"

　　"根山老二，你外甥一个月赚多少？一年赚多少？"村支书道，"一百万，他的工资要多少年！我们村里的集体经济也就两百万，都给你们家了吧，够不够？"

根山老二道："村集体经济，放着干吗？还不是给你们村干部、给上面下来的当官的吃吃喝喝？就该赔给大家。"

村支书马福来一听根山老二揭村里的短，就恼怒地道："根山老二，你在乱说什么！村集体经济收入是为村里谋发展的，全赔给你们村里以后怎么办？"旁边有村民听不惯了："为村里谋发展？这几年，村里为大家谋了什么发展？大家不都是在矿山上暗无天日地干活吗？赚的钱也多不到那里去，可咱们村民喝尘吃土、灰头土脸，过得不是人过的日子！你倒说说看，村里谋了什么发展？如果村里真为大家谋发展，今天也不会有年轻人横死了，也不会有那么多人断胳膊断腿了！"

村主任刘建明听到村民在领导面前数落村里的不是，也觉得很没面子，就加入与村民的争吵："你们这些没良心的家伙，如果没有村里的石矿，你们连现在这点钱也赚不到！现在出事了，全赖村里吗？"

"不赖村里赖谁？"另有村民也加入了争吵，"要不是当时村里要开矿，我们的山还是绿的，水还是清的，更不会像这几年一样，经常出现断胳膊断腿这种作孽的事，更不会出现惨死的情况！村里要负责！镇上也要负责！"

"村里要负责！""镇上也要负责！"矿工和村民都开始吆喝。可见村支书和村主任，都无法说服矿工和村民下山。

副县长陆群超有些着急了，他此次是受了新县委书记和县长的委托，前来处理事故的。他本打算在一两个小时之内，将事故处理完毕，然后给县委书记和县长汇报情况，可就目前的情况来看，事情非常的棘手。

"宋书记，现在这个情况，你看怎么处理?"陆群超问宋国明。

这个时候，镇党政办主任蔡少华，来到宋国明的耳边道："宋书记，派出所钦所长，已经带了二十个民警过来了。"

钦所长，就是天荒镇派出所钦佩所长，之前宋国明就担心现场会闹事，让蔡少华通知了钦所长，让他带一批民警过来，用来压阵。现在派出所的人到了，宋国明心里也更加有底气了。

宋国明转向陆群超说："陆县长，照现在这个情况看，要让这些矿工和村民自行下山，恐怕没那么容易。我的意思，是让派出所出面，谁要是阻拦，就抓谁。"

陆县长略显犹豫，他一方面想尽快平息矿山上的事态；另一方面又不想把事情闹大。他道："宋书记，你有多少把握，能一下子把这里的事情摆平?"宋国明神情笃定地道："不用多久。"

有民工似乎听到了陆县长和宋国明正在讨论的事情，喊道："他们把民警叫来了，是要抓我们了! 我们不是这么好惹的，钱赔不够，我们绝不下山!""绝不下山! 绝不下山!"

有的矿工和村民，拿起了撬棍、铲子等作业工具，一副随时准备干架的样子。

这时，镇长管文伟道："陆县长，我的建议是，能不动用警力就不动用警力。毕竟，这次矿难确实死了人伤了人，他们提出赔偿要求也是人之常情，算不得犯罪，抓起来也不合适啊。"

我们最好还是要深入做好群众的思想工作，了解他们的诉求。"

副县长陆群超有些下不了决定。

"了解他们的诉求？"宋国明不以为然地道，"他们的诉求就是要钱。你听到了吗？刚才他们开口一个人要一百万！他们这是在漫天要价！村里哪有那么多钱，矿上哪有那么多钱？管镇长，你认为可以做思想工作，那你带队上去做吧。给你一个小时，看能不能做下来？"

陆县长转向了管文伟："管镇长，一个小时你有信心做下来吗？这件事，书记和县长都高度关注，必须尽快解决。如果一个小时内，你能解决，现在就可以去干。如果解决不了，那要用强的时候，只能用强了。"

管文伟朝陆县长、宋国明看了一眼，说："我去试试看。"

管文伟叫上了金辉、萧峥一起到死者家属身边，弄清楚了年轻人的父母，管文伟就对他们道："老哥、老姐，今天发生了这样的惨剧，我们也很悲痛。我们今天来，也是很想解决问题。至于赔偿的问题，你们已经提出了要求，我们镇上会集体研究，按照规定能赔偿的，肯定赔给你们，但可能没有一百万那么多，但是我保证能给都给。我是镇长，请你们相信我。"

死者的父母已经哭了许久，因为山上的石粉黏着眼泪，脸上都污了。他们看上去也都是老实人。可旁边那个死者的舅舅，却嚷嚷起来："一百万，就是一百万。没有一百万，我们就不下山。"

死者父母听那个舅舅根山老二这么说，也跟着说："没有一百万，我们不下山。我们的后半辈子，是要靠我们的儿子养啊，现在他没了，以后谁来给我们养老，谁来给我们送终啊？"

管文伟说："镇政府能考虑的，肯定要给你们考虑。但是我一个人说了不算。"

那个舅舅说："你说了不算，因为你只是一个镇长，那边的人，我知道有镇党委书记，也有副县长，他们说了算，你让他们来说！"

这个舅舅自认为是见过点世面的。

管文伟很是无奈。他的劝说，这些人不愿意听啊。他朝副镇长金辉看了看，金辉也只是朝他看看，显然没有什么好的主意。

萧峥觉得这个时候，自己应该说点什么，就冲根山二老说："您是舅舅吧，那边的两位的确比我们管镇长的官大，但是我可以跟你们保证，那两位领导想的绝对不是给你们一百万。那两位领导刚才说，你们谁再阻止死者下山，就动用警察抓人。我们管镇长是希望你们能先送死者下山，然后再好好商量。"

那位舅舅听萧峥这么一说，朝宋国明和陆群超看去，那两位老实的父母显然也害怕警察。

萧峥又道："我姓萧，我是镇干部，也是咱们凤栖村的，我家在绿水自然村，我一定不会骗你们的。大叔、大妈，你们儿子生前在矿山工作，已经够辛苦了。现在没了，不应该让他再暴露在这矿山上啊，得早点安顿，让他早点得到安息啊。我们生者的事情，我们再商量，我保证我也一定会尽我一切所能帮助你们的！否则你们到绿水村来找我！"

死者的舅舅和死者父母，相互看了看，心里有些松动。

的确，让自己在矿上遇害的孩子，暴露在光天化日之下，他们也于心不忍，良心也是过不去。主要没有办法了，才会想到这样的招数。现在，管镇长也承诺了，同村的镇干部萧峥也承诺了，或许真的可以信任他们？

　　正在管镇长、萧峥做死者家属思想工作的时候，党政办主任蔡少华，却来到了另外一个受伤矿工家属的身边。蔡少华看到萧峥快说服那些死者家属了，那可是一件功劳。

　　蔡少华不想看到萧峥在这件事情上立功，在那个矿工家属身边说了一句："他们是要被忽悠了，等下了山，别说一百万，就是十万都休想拿到。你们家的人，只是受伤，恐怕一万块都拿不到。"

　　说完这句话，蔡少华就走开了。

　　那受伤矿工家属一听就着急了，喊了起来："别被这些镇干部忽悠了，刚才有人说了，你们就这么下山，别说一百万，十万都拿不到！我们一万都拿不到！""是啊，现在不解决，等到了山下，屁都休想拿到！"

　　旁边的矿工和村民又被激了起来。那死者的舅舅和父母觉得自己差点被骗，更加愤怒了，他们都大声喊道："不当场解决，我们绝不下山！"

第 24 章　易兵换将

管文伟和萧峥的努力，马上就要见效果了，却因为蔡少华的一挑拨，尽数付之流水。

萧峥朝蔡少华愤怒地瞪了瞪眼睛，蔡少华却朝萧峥冷冷一笑。然后，走到了宋、陆两位领导面前，道："陆县长、宋书记，我刚才过去看了，管镇长他们失败了，根本说服不了那些人。"

陆县长也朝管文伟他们看来，只见矿工、村民更加愤怒了，冲着管文伟、萧峥、金辉他们喊叫，要求赔钱！死者一定要一百万。声浪一浪高过一浪。陆县长顿时也感到失望了，他说："看来，思想工作是做不通了。"

这也正是宋国明想看到的结果。要是管文伟真做通了思想工作，就会显得他宋国明的思路是错误的。现在管文伟没成功，正好可以衬托宋国明处事的"老辣"。宋国明绝对不会错过这样的机会，他对陆县长道："我早就料到，这个凤栖村的村民都是刁民。对待刁民，是不能讲道理的，只能用强的，他们就吃这一套。"

"看来是这样，"陆县长点点头，但心里还是有点不稳，转向宋国明道："宋书记，如果用派出所的力量，多少时间可以搞定？"宋国明朝不远处那些矿工和村民看看道："陆县长，半小时吧。半个小时，我叫这座矿山上找不到一个矿工和村民的影子。"

陆县长道："宋书记，你群众工作经验丰富，那就速战速决吧。"

宋国明双手叉腰，往前望去，他高大身躯、宽阔的肩膀，浑身都张扬着霸气，转头道："陆县长，你在这里先休息一下。接下去的工作，就交给我。"

宋国明轻轻晃了晃手腕上的劳伦斯，对身旁的派出所所长道："钦所长，跟我走一趟。"钦佩所长道："好啊，宋书记，这些村民就是欠。我刚才已经打了电话，把所里其他三十个民警、协警都调过来了。"宋国明满意地点了下头说："钦所长做事，总是想在前面。不过，用不上这么多人吧？"钦佩道："有备无患、有备无患。"

宋国明、钦佩、蒋节春和蔡少华等人，在村干部帮助下，一起靠近了矿工和村民。这时候，管镇长、金辉和萧峥等人已经被逼到了外围，那些矿工手里有撬棍、铲子等工具，现在被当作了武器，管文伟等人只好跟他们保持距离。

宋国明走近之后，对管文伟说："管镇长，你说要做思想工作，现在有用吗？"管文伟无话可说，他没有看到蔡少华挑拨离间的行为。可萧峥却看到，他说："宋书记，刚才我们做思想工作差点就成功了，可蔡少华主任却跟受伤者家属说了什么，激发了他们的怒气，才会变成这样的。"

蔡少华怒道："萧峥，你们自己工作没做好，怪我哦？"萧峥道："你做了什么，自己心里清楚得很。"宋国明道："萧峥，你现在是领导干部了，说话要有根据，你有证据吗？"萧峥道：

"我看到了。"宋国明道："看到了，能算什么？我还说我没有看到蔡少华有你说的情况呢！好了，你们的办法不可行，现在可以到边上去休息了。"

宋国明毕竟是党委书记，他这么说了，其他人也不好再说什么。管镇长再朝那些矿工和村民看了一眼，他们对他气势汹汹，似乎一点都不信任他。管镇长也颇为寒心，他是真为这些老百姓着想，可这些老百姓却偏偏不买账。

管镇长叹了一口气，对萧峥和金辉道："我们到旁边去吧。"说完，管镇长就朝陆县长那边走去。

可萧峥只走了两步，就停住了脚步，转过身来，要看看宋国明到底是如何处置。

金辉拉了他一把，说："萧峥，你还站在这里干吗？还嫌被那些矿民骂得不够惨吗？"萧峥道："我再看看。"金辉觉得萧峥有点多余："你要看，你看，我跟管镇长过去了，渴死了，那边有矿泉水！"

矿泉水是镇上后勤新送上来的。萧峥尽管口渴，但他不想离开。他心里还是好奇的，宋国明将如何处置这种疑难问题。

金辉走后，萧峥反而靠近了宋国明、钦佩等人一步。

只见宋国明朝钦佩扫了一眼，钦佩就朝前走上一步，大声地喊道："按照镇党委的要求，现在要求大家马上散了，人死了就该送殡仪馆，早日入土为安；受伤了就该送医院，早日治疗康复，其他赔偿问题再议。任何想要以死亡、受伤敲诈勒索的行为，都将受到法律的制裁。大家听明白了没有。"

钦佩身穿警服，态度强硬而严肃，关键在他身后还有民警助阵，那些矿工和家属都大受震撼。但是，他们都还想坚持，根山老二先跳了出来说："不赔钱，我们不下山。死人了没有一百万，我们不下山。"

萧峥发现宋国明一直不作声，眼光就如鹰隼一样锐利。根山老二这么一说，宋国明又朝钦佩所长使了一个眼神。钦佩所长会意之后，又喊道："现在是给大家机会，要是还有人做着敲诈勒索的美梦，我们派出所就要行动了！到时候别说没有给你们机会！"

除了根山老二，在另外一群家属中，也有人跳出来说："你这个派出所所长，别给我们扣帽子。我们矿工死了人，受了伤，是镇上、村里的安全措施没到位，就是要赔偿！你们不赔偿，我们不下山。"

"你们不赔偿，我们不下山！""派出所所长，别乱扣帽子！""不赔偿，不下山！"

几十号矿工和家属都喊了起来，一副绝不退让的声势。

这时，镇党委书记忽然抖了抖手上的劳伦斯，往前一步，对派出所所长道："抓住那个叫根山老二的。"钦佩所长立刻领命："好！"然后朝身后的民警道："你们过去五个人，抓住那个叫根山老二的，另外十五个人做好其他人的阻拦工作。"

五个民警带着警棍冲进去，其他民警掩护。因为目标明确，其他矿工和村民还没有完全反应过来，两个民警已经按住了根山老二，另外几个民警将他铐住了。根山老二喊道："救命啊，派出所打人啦，救命啊！"这么喊起来，旁边死者家属也喊起来"救命啊，帮帮我们啊！""帮帮我们啊！派出所乱抓人了！"

但是，在其他民警的掩护下，根山老二还是被带走了。

"还有王法吗！""还有天理吗！"之前那个被蔡少华挑拨的家属也喊叫了起来。

这时候，宋国明又抖了抖手腕上的劳伦斯，朝那家属一指道："把这个人也抓起来。"

又一拨民警冲了过去，像带走根山老二一样，以迅雷不及掩耳之势，将那个家属也逮捕了，铐上了手铐。

老百姓还是老百姓，有百条心，他们开始考虑，自己如果被抓了、被打了，又能怎么样？大家心里就害怕了起来。

正在众矿工和家属震撼之时，宋国明又一抖手表，道："抬走尸体，弄走伤者。"又一拨民警到了，他们冲上去，后面是殡仪馆和医院的担架。

这次，只有哭声，已经没有了抵抗。

十分钟内，那具年轻人的尸体已经被塞入了殡葬车，另外那些伤员被塞入了救护车，只容许家人陪同，其他人被命令就地散了。

矿山上，只剩下看热闹的矿工和一些伤者的远亲。这时候派出所所长钦佩，又走上一步喊道："今天，我们马上要封矿，限大家五分钟内离开，否则一起带回派出所。"

众人又怒又惧，但是也没有办法，在轻声地骂骂咧咧中，离开了矿山。整个过程只用了二十五分钟，宋国明和钦佩等人就已经回到了陆县长的身边。

镇长管文伟，脸色很是不好看。

宋国明笑着对陆县长说："好了，已经解决了。只要这些人离开了矿山，后续就好办了，我们镇上都能摆平。陆县长，你就放心去向县委、县政府领导汇报吧。"

陆县长拿过旁边的一瓶矿泉水，竟然亲自拧开，递给了宋国明："宋书记，雷霆手段，在处理基层复杂矛盾问题上，是真没的说。今天的情况，我会好好向县里两位主要领导汇报。我先走了。"

陆县长走出一步，又转向旁边的管文伟："管镇长，宋书记的有些工作方法，还是值得你学习啊。"

宋国明也得意地转向管文伟。

管文伟神情尴尬，但还是道："是的，要向宋书记学习。"宋国明道："管镇长其实也不错，只是从县级机关下来，处理复杂问题的时候，有时候还是太软了些，其他没什么。"

"太软了些"，这是说给陆县长听的。管文伟心里很不痛快，但是今天事实摆在面前，他也不知如何反驳。

一旁的萧峥陷入沉思，今天的处事方式，管文伟也不是错，宋国明也不是对。

第 25 章　事后处理

萧峥心里问自己，假如自己坐在镇党委书记或镇长的位置上，万一碰上了今天这么棘手的问题将会怎么办？会选择哪一种方式呢？

萧峥给出的回答是，恐怕两种都不是。

矿山事故以宋国明一方的速战速决、"独领风骚"而结束。年轻死者被送去了殡仪馆，其他伤者被送去了县医院，镇上组织了专人值班看护。镇党委书记宋国明要求副镇长金辉也去殡仪馆掌握情况，金辉不敢违抗，只好去了。

众人都离开后，矿山脚下只剩下了镇长管文伟和萧峥，吹着矿山上伴随尘土的风。最后他们也离开了。

到了镇上之后，萧峥又回了副楼的办公室，中午他去食堂吃午饭，没有看到镇长管文伟。

这天下午整个镇政府都是相当的安静，就如打了一仗之后，所有人都筋疲力尽，需要休养生息一般。快下班的时候，萧峥站在走廊上，感受着西晒头的热量，看着镇政府的院子，心里想的是，接下去凤栖村的矿山问题将朝哪个方向走呢？是继续开，还是停矿整顿？

这时候，他忽然瞥见主楼二楼的走廊上，多了一个人，正是镇长管文伟，随后萧峥的手机就响起来了，萧峥掏出一看，竟然是管文伟在给自己打电话。萧峥马上接了起来，道："管镇长好。"管文伟道："下班儿了坐我的车吧。"

萧峥就住在镇上，走到宿舍撑死了十多分钟，根本不需要坐车。管文伟却让他坐车，这是什么意思呢？"管镇长，我们要去哪里吗？"管文伟道："等会儿你就知道了。"萧峥想，可能是因为他在走廊上不方便说，就道："好。"

下班时间到了，镇政府院子里，可以看到陆续离开的车子、摩托和步行的人。又过了十分钟，院子里又安静了下来。萧峥走到楼下，看到镇长管文伟的大众帕萨特正停在大厅面前，萧峥就走过去，坐入了副驾驶内。

管文伟的司机小冯跟萧峥打了招呼："萧委员好。"萧峥也说了一句"好"，又问道："小冯，等会儿管镇长要去哪里？你知道吗？"小冯说："我也不知道啊。可能是去县城吧？"萧峥有些愕然，去县城干什么？显然，小冯看上去也是真的了解不多，萧峥也就不再多问。

很快，镇长管文伟就从楼上下来了，他手中提着一个黑色的公文包。这个公文包皮质不是光滑的，而是有一粒粒的细小颗粒，是当前挺流行的款式。管文伟坐入了后座，对驾驶员说："小冯，我们到县里去吧。"小冯道："好，管镇长。"

因为车内有驾驶员，萧峥以前跟小冯的接触又不多，不知什么该说，什么不该说，因而索性就不说话。管镇长也不说话。驾驶员就打开了收音机，只听里面正在播放着新闻："为进一步加强党的执政能力建设，全面推进党的建设新的伟大工程，确保党始终走在前列，更好肩负起历史责任……决定开展保持共产党员先进性教育活动……"

这则新闻播了许久，萧峥从后视镜中，看到镇长管文伟似乎在认真听着。

"管镇长，我们现在去哪里？我们已经在县城了。"小冯问道。

管文伟这才回过神来，道："哦，到了啊？就到'老县城土菜'吧。"小冯说："好的。"

萧峥以前到县城吃饭的机会不多，他知道"安县土鸡馆"，但并不知道"老县城土菜"在哪里。小冯在县城的街道上兜了一圈，萧峥瞧见了"安县国际大酒店"，这就是上次小月请萧峥吃饭的地方。

萧峥想，今天难道管镇长也要带自己到这里来吃饭吗？然而，说好的不是"老县城土菜"吗？不过，驾驶员小冯并没有驶入"安县国际大酒店"，而是往前开了一段，在旁边停下来。原来在"安县国际大酒店"斜对面的一片绿化内，藏着一家小饭馆，就是"老县城土菜"。

进了土菜馆，到了二楼，取了一个小包厢，竟然正好可以越过绿化，瞧见对面安县国际大酒店的门厅。那里灯火辉煌、高端大气，人来人往。

管文伟发现了萧峥的眼神，就问道："萧委员，是不是很羡慕能进入安县国际大酒店的人？"萧峥回过头来，摇摇头道："没有。"管文伟一笑道："其实，那国际大酒店的菜，没有这家'老县城土菜'美味、地道。"萧峥道："管镇长，我知道国际里的菜很一般。"

"你知道？"管镇长微微眯了眯眼睛，"萧委员去吃过了？是矿山老板请你吃的？"萧峥一笑摇头说："不是。是我一个朋友，省城来的。"萧峥没有隐瞒。管文伟点点头道："我差点忘了，萧委员是杭城大学毕业的高才生，省城自然有很多同学，你的有些同学应该都混得不错吧？"

萧峥笑笑说："管镇长，说实话，大多应该比我混得好。"管文伟又问："听说，你本来也可以留在省级机关或者大国企，现在回来了，后不后悔？"

萧峥摇头："不后悔。这次，县里也给我解决了副科，算是对我们的关心了，我也挺满足的。"管文伟点点头："知足常乐。萧委员能这么想，就不错了。我也是，组织上将我从县级机关派下来当镇长，我也很满足了。"

酒上来了，这里的小菜，还真是有些特色的，酱鸭、碎炒花鲢、炒牛尾等都是特色菜。管文伟问道："萧委员，我还是第一次请你吃饭吧？我都不知道你喜欢喝什么酒？"萧峥说："管镇长，我不胜酒力，就陪你喝一点，什么酒都可以。"管文伟说："你等一等。"

说着，管文伟就给驾驶员小冯打了一个电话，说："后备厢里的酒拿一瓶上来吧。"因为知道管镇长和萧委员要说事，小冯就在大厅叫了一菜一汤自己吃。过了一会儿之后，他拿着一瓶酒上来了。

这酒是一个玻璃瓶，红色标签，外面用透明的塑料罩子罩着，是一瓶五粮酒。在陈虹家里，陈光明请萧峥喝的也是这个酒。

小冯将包装打开，才交给了管文伟，自己离开了。

管文伟握着酒瓶道："萧委员，今天我们俩就分了这一瓶吧。"萧峥点了点头说："管镇长，我恐怕喝不了半斤，您多喝点。"管文伟也不多说，将酒斟了，举起了酒杯说："萧委员，谢谢你陪着我来喝这杯闷酒了。"

管文伟说这是"闷酒"，萧峥自然明白这是什么意思，他说："管镇长，今天矿山上的事情，我觉得你做的没有错。要不是蔡少华捣了鬼，我们真的有可能做通老百姓的思想工作。"
管文伟道："可是，我们终归没有成功。领导是看结果的。我
猜想，这次的事情以后，我恐怕在镇上也待不了多长时间了。"

萧峥很诧异："为什么这么说？"在萧峥的印象中，管文伟
从县级机关到镇上也不过一年多时间吧，这么快就要走？

管文伟道："你也看到了，我和宋书记的做事方式很不一
样，我们两人的群众观也不同。以前，上面应该也觉得没怎么
样。可是这次的矿山事故处置中，宋书记的处事方法显然更加
符合陆县长的胃口。"

萧峥道："管镇长，陆县长也只是一个副县长，他应该决
定不了您的去留吧？"管文伟道："陆县长是决定不了，可陆县
长这次是代表县委书记和县长来的，而且陆县长跟我们方县长
的关系是非常铁的。"

管文伟说的"方县长"，就是现任安县县长，方也同。

"就算陆县长跟方县长关系铁，县领导也应该看到，今天
宋书记的手段，并没有从根本上解决问题。"萧峥道，"那只是
暂时压制了老百姓而已，矛盾依然存在。今天压制住了，明天
还是要爆发的。"

管文伟抬眼瞧着萧峥，道："萧峥同志，看来我今天对你
的观察，并没有错。你看问题是有一定深度的。"

上午从镇上赶往凤栖村的路上，萧峥就建议要向上级领导
及时报告事故情况，其次对矿山的情况萧峥也比金辉更了解，
此刻他又提出，宋国明的处事方法只是压制了问题，并没有解
决问题。

管文伟再次对萧峥刮目相看，随即他不由得一叹："萧峥同志，可惜我能力不够，如果我是镇党委书记，我肯定会重用你！"

萧峥道："管镇长，这好办啊，那你就当镇党委书记啊。"

第 26 章　被人设计

管文伟无奈一笑道："萧峥同志，你要是县委书记，我恐怕还有点希望。现在这种情况，这镇长我能当到什么时候，还不一定呢，更别提什么党委书记了！趁我现在还是镇长，奖金比你高，还喝得起这个五粮酒，我们干了这一杯吧。"

萧峥端起酒杯，说："管镇长，我敬你一杯吧。感谢你信得过我，跟我说了这么多。"管文伟跟萧峥碰了碰杯子，"其实，我也要跟你说一句抱歉。以前没有发现你是个好苗子，也没有帮到你。今天我发现我们恐怕有一个共同点，就是对老百姓狠不起来，这在基层其实也是很麻烦的事。我这人性格已经定型了，恐怕也改不了了。兄弟，你的话，我想劝你一句，该对老百姓狠的时候，还是得狠。"

这是无奈之言。

萧峥听到喝了两杯酒的管文伟，开始称呼自己"兄弟"。在镇上，几乎没有哪位领导这么称呼自己，萧峥微微有些感动。

他说:"管镇长,我也不是那种把老百姓踩在脚下谋求上升的人,以前不是,以后也不会。管镇长,今天的事情,的确有些令人愤恨,但我们还是按照自己的做事方式去做吧,这样的话心里不会愧疚,晚上也不会睡不着。"

管镇长抬起头来,看了萧峥好一会儿,道:"兄弟啊,从今天起,在这个镇上我最能说得来话的人,就是你了。"

萧峥握起了那个略沉的五粮酒瓶子,给管文伟斟满了一盅酒,又给自己斟了一盅酒,举起杯道:"管镇长,我敬你一杯。"

管镇长道:"萧峥同志,以后我们这样吧,私下里,你就叫我大哥吧,我就叫你兄弟,如何?"

萧峥一笑说:"行。不过,大哥你要答应我一个事。"管文伟问:"什么事?"萧峥道:"不当到镇党委书记,不要离开天荒镇。天荒镇需要你这样对老百姓有感情的领导。"

管文伟无奈地道:"可这个事情不随我啊,万一县里的领导最终决定要调走我,我也只能服从组织安排啊。"

萧峥却道:"大哥,那你就趁上面领导还没有决定之前,去活动啊。既然大哥你能从县级部门下派到天荒当镇长,我不相信大哥就没有人脉。"管镇长眨了眨眼睛,道:"人脉是有一些的。"

萧峥一听,就喜道:"大哥,那就别放着人脉不用啊!现在可是关键时期,把每一条可以用的人脉都用起来吧!只要大哥能稳住镇长的位置,接下去,我们就在天荒镇的发展上想出一条另外的路子来,只要引起了上面的关注和认可,我们就有生存的希望了!"

管文伟想了想，道："好，我去试一试。到时候，你要全力支持我。"萧峥道："我肯定支持。"

说着，两人又干了一盅酒。

放下酒杯的时候，萧峥无意之间瞥了眼对面安县国际大酒店的大堂。好巧不巧，他竟然瞧见了两个熟悉的身影，一个正是镇党委书记宋国明；另一个就是副县长陆群超。他们正在大堂门口候着，似乎在等着什么人。

萧峥想，要不要告诉管文伟，他朝管文伟转头，没想管文伟也已经发现了，正朝那边眺望。

这时候，一辆轿车在安县国际大酒店门口停了下来，车牌竟然是"00002"，奥迪。管文伟道："应该是方县长了。"

果然从车上下来一个身材矮胖、白短袖衬衣和藏青色裤子的领导，此人正是安县县长方也同。

陆县长和宋国明上前热情跟方也同握手，然后将方也同迎入了宾馆之内。看来，今天方县长的出现，明显是对宋国明上午处理矿山事故的认可，难道是给他庆功吗？萧峥忍不住朝管文伟看去。

管文伟的神色却是沉着的，等看到方陆宋等人进入了酒店之后，管文伟问萧峥："吃饱了吗？"萧峥笑了笑道："吃饱喝足了。"

管文伟道："那跟我去一个地方吧？"萧峥道："好。"萧峥是有些担心管文伟心情有所起伏，所以想再陪陪他。

管文伟掏出了手机，给谁打了一个电话，问道："你在哪里？"对方应该是回答了，管文伟就说："我们一会儿就到。"

随后，就朝外走去，萧峥也跟了上去。

小冯在大厅看到领导出来，立马去开车。管文伟对司机小冯说："到县殡仪馆。"

萧峥一愣，怎么去殡仪馆？这才想到，副镇长金辉被宋国明安排去了殡仪馆看护死者的家属，其实就是监控这些家属，不让他们乱跑。

没想到这么晚了，管镇长却要去那个地方。萧峥心里觉得奇怪，问道："管镇长，那里有金镇长和镇干部看着，应该不会有问题的。"管镇长道："人家一个小年轻，因为矿山上的安全问题，就这样死于非命，我作为镇长也该去悼念一下。"

殡仪馆在县城郊外，汽车驶入后就被一种阴沉的气氛所笼罩，只有两个灵堂有灯火。在乡下农村人死了都停在家里三日，才会火化。但为了防止这家人闹事，镇上不允许他们回去，就直接送到了殡仪馆。

萧峥是农村长大的，几乎没有来过县城的殡仪馆，这会儿进来，感觉有些瘆人。可他毕竟肚子里有几两五粮酒打底来着，用力憋了一口气，就感觉胆子来了，陪同镇长管文伟一起走了进去，同时一边给副镇长金辉打电话。

金辉倒是很快就接了起来，萧峥道："我们到了。"金辉迎了出来，带着他们过去。因为死者被直接带过来，那些家属也都没有回家，其他亲戚朋友家要么觉得不方便，要么害怕镇上不允许，都没怎么来人。除了死者的三个家属，还有五个镇村干部在陪同。

这些干部见镇长管文伟来了，都站了起来，但是都面露疲怠。管文伟上前，朝死者鞠了三次躬。萧峥也跟着鞠躬。管文伟道："死者为大。这年轻人，是因为意外事故而死的，但还是要好好地送一送。"

说着，管文伟从口袋里掏出了两千块钱，放在死者前面的贡桌上。萧峥身上没有两千，只有几百也都拿出来了。其他镇干部看到镇长如此，之前没有鞠躬的也鞠了躬，没有出钱的就出了一份白份子。气氛热闹了一些。

管文伟又对金辉道："金镇长，你打电话给党政办蔡少华，镇干部、村干部排个班，轮流到这里值班，直到事情解决，每人加五十块钱一天的加班费。另外，从镇政府开支一万块钱，用于这里办丧事。"

管镇长这么一吩咐，金辉也有了底气，说："好，管镇长我这就去安排。"金辉立刻给蔡少华去了电话，蔡少华起初还说宋书记没有吩咐，金辉就道："你是党政办主任，管镇长吩咐的事情，你就不办了吗？"管镇长在干部提拔上毕竟也有话语权，蔡少华也不敢太得罪管文伟，就道："我没有说不办，好的，我这就去排班。"

蔡少华一边让李海燕排班，一边又向宋国明电话进行了汇报。宋国明听了之后，觉得在这个事情上，管文伟做的也没什么错，他此刻又忙着陪方县长吃饭，饭桌上也不宜说这个事情，怕影响领导心情，就道："情况我知道了，你该做什么就做什么吧。"

死者家属看到镇长亲自来鞠躬，又掏钱出来慰问，还先拨了一万块的费用来治丧，还让镇村干部来值班，心里的悲伤委屈好受了些。老百姓总是善良的，他们没有再骂镇上，只是在那里哭。

死者的父亲，此时觉得人死不能复生，对来吊唁的人也不肯失了礼数，站起来给管镇长、萧峥敬了一支烟。管文伟和萧峥都点着抽了。

金辉走到了管文伟身边道："管镇长，今天晚上我和其他干部就陪在这里不走了。不过这殡仪馆也怪冷清的，我们这几个干部能整点夜宵，喝点烧酒吗？"在农村的习俗中，丧事是可以喝酒的，也该喝酒，可以冲冲邪气，管文伟道："凡是习俗允许的，都可以搞，只要你们不喝醉就可以了！"

金辉道："这个你放心，我们也就暖暖身子。管镇长，这里没什么事了。你和萧委员可以回去了，我们在。"管镇长道："有什么事情，电话联系。"

管文伟和萧峥又坐车离开了殡仪馆。

当天晚上萧峥没有睡好，脑海中总是浮现死者的样子。他想，这种惨剧以后不能再发生了。那么村里就必须停矿！

接下去的两天，镇上一直在忙着处理矿难事故的问题。县里要求镇上成立专门的事故处置组，跟村里一起上门做工作。因为之前镇上采取了强制措施，老百姓也不敢反抗，最终死者以三十万进行了赔偿，残障的以十万赔偿，受伤可以治疗康复的以三万以下赔偿。事故就这么处理了。

事故处理完毕之后，县里却派监察部门、安监部门来进行追责了，首当其冲就是副镇长金辉，没想到的是，追责的对象还包括了曾经是安监站一般干部的萧峥。

第 27 章　秋后算账

只要出了安全生产事故，追责是必须的。此次，从县里下来的调查组是两辆车，在镇上找主要领导和相关人员都谈了，还去矿山进行了实地调查，也找村干部、矿工、村民等了解情况，还请有关专家进行了责任评估，最终认定：凤栖村此次造成一人死亡、四人残疾、六人受伤的安全事故，意外成分占了少数，安全举措不到位占了主要部分，必须追究相关责任人的责任。

首先，是村支部书记、村主任。因为凤栖村的石矿都是村集体所有，村主任兼了矿长。这些年来，大大小小安全事故不断，可村里和矿上都未采取有力的整改措施，没有将安全隐患消灭在萌芽状态，才导致惨剧的不断发生。

其次，是副镇长金辉的责任。金辉作为分管领导，尽管长期到村、到矿山进行检查，但督促整改的力度不够，工作上存在"蜻蜓点水"的情况，没有一抓到底，严格督促整改落实。所以，应该承担监督和管理不到位的责任。

调查组跟金辉谈话之后，金辉立刻跑到了镇党委书记宋国明那里，希望宋国明能替自己说一句话。毕竟他之所以在矿山上有些方面抓得不够严格，也是因为宋国明的亲戚在矿上入股，宋国明也几次给金辉打电话，金辉是看在宋国明的面子上，才没有也不敢管得那么严格。

宋国明一听，立刻从椅子里站起来，表情极其严肃："你说我亲戚在矿山入股，我哪个亲戚在矿山入股了？"金辉回答道："不是您的堂弟宋国亮吗？有一次在'安县土鸡馆'里吃晚饭，那天是您堂弟请客。宋书记你还交代我，矿山的事情能关照就多关照一下。宋书记你不会不记得了吧？"

宋国明盯着金辉，辩解道："没错，这个事情我记得。可那是好几年前的事情了！我堂弟在矿山的股份，也早就转给了别人。而且，你是分管安全生产的副镇长，你履行监管责任是岗位职责，难道因为我一句话，你就不管了？你这是不负责任！我私下里说的话，不一定都经过深思熟虑，如果我说错了，跟你的岗位职责不符合，你应该提醒我才对，否则要你这个副镇长干什么！"

宋国明的一席话，让金辉震惊了。出事之后，宋国明竟然就这样将责任推得一干二净！

金辉从宋国明那里出来，立刻去查矿山股份名单，发现宋国亮的股份真的在一年前已经转给了一个叫作林小凤的人。林小凤是谁？再一查，竟然是宋国亮老婆的表妹，这层关系就远了。

金辉很后悔，这两年来一直顾忌宋国明的权威，在矿山管理上点到为止，许多安全举措都没有完全落实。这次矿山崩塌的山头，其实金辉和萧峥前两次去矿山检查的时候，就发现是个隐患，告诫过村里和矿山，以后爆破山体的时候，人绝对不能隐藏在这个山头下面。

可矿山认为，他们以前搞爆破都是藏在这个山头下面，从来没出过事。而且从这个山头下面，到爆破现场距离最近，也最方便。因而矿山一直没有投入资金，建一个相对安全的爆破隐藏点，结果现在就出事了，而且一出就是大事。

金辉不由得想起萧峥多次向自己建议，要督促村里和矿山整改这些隐患。可自己当时告诉萧峥，胳膊拗不过大腿，还是要给宋国明的面子。结果现在出事了，宋国明有没有给自己面子啊？金辉非常后悔，当初没有听萧峥的建议，可现在一切都已经晚了。

调查组除了要对金辉追责，还要对之前在安监站工作的萧峥追责。

在找萧峥谈话的时候，调查组指出："萧峥同志，你长期在安监站岗位上工作，凤栖村矿山的安全事故，你也要承担安全监管不到位的责任。"

萧峥道："调查组的各位领导，我希望你们能搞清楚，早在一两个星期之前，我已经提拔为党委委员，我已经不能算是安监站的一员了。我不在一个岗位上，你们却要我承担这个岗位的责任，不科学吧？"

调查组成员道："你们镇上有同志反映，你虽然提拔了，但是镇上并没有就你的分工下过文。所以，安监站的工作，还是你的工作之一。"萧峥一听，就怒了："什么！是哪个人这么说的？"

调查组成员被愤怒的萧峥震了下，相互看了看，随后调查组组长稳住了气，道："至于谁说的，我们不能告诉你。"其实，有关萧峥也该承担责任的建议，是镇党政办主任蔡少华提出来的。

"人名都不敢说，还在这里扯什么淡！"萧峥说得非常不客气。镇上有的人针对自己，这个县调查组的人要查自己，对这些人没必要客气。

这些调查组成员还是头一次碰到这种情况。一般人在调查组面前，都是小心翼翼、赔着笑脸。所以，调查组组长忍不住喝道："萧峥，你说话能不能文明点？能不能不要这么嚣张？"

萧峥道："要我文明点，可以；要我态度好一点，也不是不可以。但有一个条件，你们调查组先要搞清楚状况。情况都没有搞清楚，就要对我追责，你让我态度怎么好？就像我如果现在没搞清楚情况，我就指着你们说，你们犯了罪，让你们伏法，你们能接受吗？"

调查组组长脸色有些难看，道："这根本不是一回事。你以前的确在安监站工作，镇上也的确没有下文让你分管其他工作，那么安监站的工作你不是还在参与吗？"

萧峥道："两周之前，我就已经完全离开了安监站，关于这一点，我有证明。"调查组组长问："你有什么证明？"萧峥从口袋里掏出一张纸，摊平，从桌面上往组长那边推了推，道："这就是证明。"

组长奇怪地拿过了那张纸，一看，竟然是镇上各科室人员的表格，还有镇政府党委的盖章。虽然这盖章是复印的，可应该是真实的。

这就是几天前，萧峥特意去组织委员章清那里打的证明。

当时，萧峥隐隐感觉安监站的工作是一个烫手山芋，自己既然已经提拔了，就应该彻底脱开，当时就担心出事之后有人会找自己麻烦，特意让章清必须给自己一个证明。章清觉得这也没什么，就把萧峥的名字从安监站删除，还盖了章，上面还有明确的日期。

萧峥当时也是抱着以防万一的心态，复印了一份，没想到今天还真派上了用场。看来，有备无患这句话，说得是真对。

组长问道："为什么是复印件？"萧峥道："我怕被有些小人拿去，把这纸给撕了，我到时候向谁哭去？"旁边的组员一听，嚷道："萧峥，你说话好听一点，你说谁'小人'？"萧峥却淡然一笑道："谁觉得自己是小人，我就说的是谁！而且，我敢肯定，小人肯定存在。我都已经提拔为党委委员了，还有人想让我承担安监站的责任，这就是小人！"

组长很清楚，萧峥指的是蔡少华，可他也不好说。组长对旁边的组员说："这张纸，虽然看上去也没什么问题，但严谨起见，我们还是要跟镇党委核实一下。"萧峥道："你们可以跟组织委员章清核实，是他亲手操办的。"

组长就对组员说："拿去核实一下。"

那个组员立刻拿着去核实了，十来分钟之后来回复道，这份镇机关各办公室名单是真实的，组织委员章清确认，几天之前，萧峥就已经完全不在安监站工作了。这么一来，萧峥对这次事故可以完全不用承担责任了。

组长语气温和地道："萧委员，既然事情已经搞清楚，那就请回吧，耽误你时间了，抱歉。"

萧峰道："这倒无所谓，反正我的分工还没下来，暂时没什么大事情。既然今天见到了调查组，我也要反映一个情况。那就是，之前我向镇分管领导多次提出建议，想要减少我们镇上的矿山事故，只有一个办法，那就是停矿。可是，这个建议一直没有被接受。现在，我希望调查组能把我的建议，带给县领导，我们安县要可持续发展，一定要停矿，谋求新的绿色发展之路。现在死人的事情发生了，这个事情不能再等了。"

组长颇有些为难地道："我们这次来，只是来调查事故原因，为问责提供依据，仅此而已。"

萧峰微微摇头道："组长，我们追责的目的是什么？难道仅仅是为了追责吗？还不是为了杜绝这些惨剧的再次发生？如果组长的调查结果中，有问责的依据，又能提供从根本上解决安全事故的对策建议，岂不是一举两得？领导会不会更喜欢？"

组长朝萧峰凝视了片刻，道："萧委员，你说得很有道理，能不能再耽误你一点时间，我们再聊聊？"萧峰道："就算再耽误一小时也没有关系。"

第 28 章　调查结果

这一谈，还真谈了一个多小时。

其间，镇党政办主任蔡少华，还来谈话的小会议室这边张望过。这次的调查组是县政府派下来的，因而接待都有镇政府办公室对应接待，蔡少华让李海燕负责叫人。

李海燕搬了一把椅子，放在小会议门口，貌似是在玩着诺基亚手机上的"贪吃蛇"小游戏，可事实上等萧峥进去之后，她的耳朵就竖起来，一直贴着门缝，想要听听里面的情况。她心里还不停祈祷着："师父一定不要有事啊，师父一定不要有事！"

听了一会儿之后，发现蔡少华上来了，李海燕忙把耳朵从门口移开，装作又专心致志地玩"贪吃蛇"。

蔡少华来到李海燕旁边，压低声音问道："里面怎么样了？谈多久了？"李海燕道："至少一个多小时了！"蔡少华嘴边按捺不住地笑了笑："这么久了？这次萧峥肯定要'吃牢'了。"

在镜州市、安县这边，"吃牢"就是"要倒霉"的意思。

李海燕问道："为什么？我师父不是提拔了吗？他已经不是安监站的人了，关他何事？"蔡少华道："他之前不是一直在安监站，难道没有一点责任？而且，他在安监站的工作镇上又没有明确让他不干，呵呵……"

蔡少华呵呵了一下之后，转身下楼去了，仿佛等着看萧峥的好戏了。

李海燕朝蔡少华的背影瞪了一眼，她感觉跟自己师父相比，蔡少华就是一个小人。李海燕又将耳朵贴在门缝边，仔细听着里面的动静，之前，她还隐隐约约地听到有争吵的声音，似乎还听到考察组恐吓萧峥的声音，可现在不知怎么回事，里面的说话，好似变得和风细雨，有商有量了？难道情况变了？

李海燕颇为不解。不过，她现在心里只有一个念头，就是希望师父没事。之前，她对萧峥说过，等他提拔之后，一定要罩着自己。可现在她都已经没有这个想法了，只要师父没事就行了。

又过了十来分钟，谈话室的门打开了。调查组的成员从里面出来，几个人的脸上似乎还带着点笑意。李海燕心里有点发沉，有觉得有些奇怪，这个调查组本来给她的印象，个个都是板着脸、生人勿近的样子，现在怎么突然显得平易近人了？

萧峥是最后一个出来的，说道："各位领导，慢走。"

调查组组长忽地转过身来，从公文包里取出一张白色的名片，递给了萧峥道："萧委员，这是我的名片，方便以后联系。"萧峥接过名片，才知道调查组组长是监察局的副局长，名为谭锋。

萧峥道："谭局长，不好意思啊，我刚担任党委委员，办公室还没给我印名片。"谭副局长道："没事，你拨一下我的电话，我存一下。"萧峥按谭锋的意思操作了下，谭副局长当场将萧峥的电话存了起来，然后又跟萧峥握了握手，才带着下属走了。

等调查组的领导都离开了，李海燕吃惊地问萧峥："谈了这么久，情况怎么样？"萧峥道："没事了。"李海燕不敢相信，瞅着萧峥问："没事了？师父，你真的没事了？"萧峥笑笑道："没事了，我真的没事了。"

"太好了。"李海燕高兴地跳起来，还抱了萧峥一下。萧峥甚至明显感觉到，她圆而坚实的小胸脯撞到了他的身上。这小妮子看来是真关心自己，以至于听到自己的好消息，高兴得有些忘形了。

萧峥抱了她一下，随即便松开了。被萧峥这么一抱，李海燕忽然感到了跟师父之间，好像不能这么亲昵，顿时双颊都红了。萧峥对她说："今天晚上，我请你吃个饭怎么样啊？我提拔之后，还没请你吃饭呢。"

李海燕一听，就道："太好了，我等师父这顿饭已经等了好久了。"

萧峥在李海燕肩头拍了拍，说："下班之后见，现在去好好工作吧。"李海燕笑着跟萧峥一同下楼。

萧峥心里想，李海燕这小妮子是真对自己不错，又年轻，长得也不错，关键是人实诚。假如陈虹真不要自己了，李海燕肯定会要自己。但回头一想，觉得自己不厚道，不应该把李海燕当成备胎，李海燕是个好女孩，她值得拥有自己的幸福。

萧峥把这个念头给踢了，回自己办公室去了。

李海燕回自己办公室不久，党政办主任蔡少华又走了进来，问道："上面谈得怎么样了？"李海燕因为高兴，脱口而出："已经谈好了，我师父没事了，太好了！"蔡少华不相信，也斜着眼睛道："什么？没事了？不可能吧？"李海燕少了点心眼，继续道："调查组的领导，还跟我师父交换了名片，组长好像还挺喜欢我师父的。"

蔡少华一听就非常不爽，他跑了出去，问了有关的领导，果然调查组已经离开了，没打算对萧峥问责。蔡少华回到党政办，冲李海燕道："你整天叫萧峥'师父''师父'的，你也太随便了吧？这是办公室，不是私人场合，请你以后称呼的时候正规一点！"

李海燕意识到蔡少华借题发挥，她忍着道："哦，知道了。"

蔡少华将手中的一份文件，扔给李海燕："宋书记过几天有一个发言，你今天晚上把这个整出来。"

李海燕眉头皱了皱，今天她和萧峥约好了一起去吃晚饭的，她拿过文件看了看，那个发言再过三天都来得及，就说："蔡主任，这个我能不能明天弄？今天晚上有点事。"蔡少华却一口拒绝："不行！必须今天弄好，我明天要修改，后面几天我都没空。"

李海燕道："可我今天真的有事。"蔡少华却道："谁没事？但必须以事业为重知道吗？你不搞也可以，去跟组织上打申请，离开我这个党政办就好！"

李海燕眼中泪水有些打滚，这蔡少华明显就是故意为难自己，可是她却没有办法。

正在李海燕心里委屈的时候，蔡少华还不忘逼问一句："小李，你今天到底写不写，放一句话在这里。"李海燕闭了下眼睛，哼了一声，道："写，写，好了吧。"李海燕在镇上没有什么背景，家人也都是没权没势的普通镇民，父母的身体也都不怎么样，她是家里赚钱最多的人了，她不能意气用事，丢了工作。

所以，很多事情李海燕都只能忍了。

蔡少华见李海燕屈服了，才满意地道："晚上写完了，用邮箱发给我。"说完，蔡少华才走了出去。

到了下班时间，萧峥办公室的电话响了，他接了起来，只听李海燕的声音传来："师父，不好意思啊，今天晚饭吃不成了。"萧峥奇怪地问："怎么了？"李海燕道："要加班了。"萧峥道："有什么急事要加班的？"李海燕："一个稿子，蔡少华布置的，一定要我晚上完成，发给他。"

萧峥一下子就有些不平了："他是不是故意为难你？"这是可以肯定的，但是李海燕担心萧峥会冲动，去找蔡少华，把事情复杂化，李海燕就自己把委屈咽了下去，道："没有，可能稿子的确有点急。师父，我们下次再一起吃饭吧。"萧峥听李海燕这么说，就道："那好吧。"

下班之后，萧峥就回去了。李海燕只能用泡面打发了晚餐，在党政办里开始写稿子。

到了晚上九点多，稿子总算是完成了，她点开电子邮箱，将稿子发给了蔡少华，又给他发了一条短信。然后，她伸了伸懒腰，自言自语地叹道："终于完成了。可是，师父的那顿饭却没了。"

"谁说饭没了？"忽然从走廊外传来了萧峥的声音。

李海燕一惊："师父。你怎么来了？"萧峥朝门口的泡面盒子瞄了眼道："我就知道你晚上只吃了泡面，肯定没吃好。师父打包了几个小菜，还带了一瓶酒，来，咱们把这个给干了。"

李海燕喜出望外，道："师父，你可真够意思！"

"那是，否则我怎么能当你师父呢？"萧峥一边把这几个小菜打开，一边用一次性杯子倒酒。两个人就在办公桌旁边喝了起来。

弄了一个晚上的稿子，李海燕先前吃的泡面早就消化光了，她一边喝酒，一边吃菜，还说："小菜味道不错，是从哪里弄来的？"萧峥说："就旁边那个荒菜馆。"李海燕问道："你是不是打算就用这几个菜打发我了，以后不再请我吃饭了？"

萧峥道："哪能啊，你师父有这么小气吗？这是消夜，晚饭以后再补。"李海燕一脸幸福地道："师父，你真的太好了。"

吃过晚饭，两人从办公室出来，萧峥送李海燕回去。

到了距离李海燕家附近的岔路口，萧峥说："我就送你到这里了，否则人家要误会了。"

"误会啥？我才不怕呢。"李海燕道，"师父，我现在还不想回家。"萧峥一怔："那你想去哪？"李海燕道："到你宿舍去。"

第 29 章　　岗位突变

"到我宿舍？"萧峥睁大眼睛，瞧着李海燕。孤男寡女同处一舍，加上两人又同是年轻血性，很容易发生不该发生的事啊。

李海燕也瞧着萧峥，略微带着点挑衅："师父，你是不是怕了？"被李海燕这么一说，借着点酒劲，萧峥说："怕？我怕什么？走，去我宿舍就去我宿舍。"谁怕谁！

李海燕莞尔一笑道："跟你开玩笑呢！"说着就迈开腿，朝自己屋子的方向小跑去了。走了几步，李海燕又转过身来，在橘黄的路灯光下，朝萧峥挥挥手，以示告别。镇上一切都是简陋的，可李海燕回过身来的样子，那么单纯、那么可爱、那么美。

萧峥突然有种冲动想叫住她，让她不要回去了。不过，这也只是一闪而过的念头而已，他肯定不能这么做，他不能伤害陈虹。

萧峥没有开口，任由那个念头消失在小镇暗夜的灯火里。

回到宿舍，萧峥感觉还是蛮孤寂的，想给陈虹打个电话，可又担心陈虹问他分工和办公室的落实情况，觉得有点烦，便没打电话。

这两天萧峥一直都没怎么见到镇长管文伟。有几次，萧峥假装去政府办取报纸，问李海燕："你有没有注意到，这两天管镇长在做什么？"李海燕摇摇头说："不知道。有时候，管镇长一大早就来了，在办公室忙公务，上午九点多就坐车出去了。"

萧峥是真心希望管文伟不会动，也不会受到任何处分。很多处分一下来，是一年乃至几年都没办法提拔的。虽然管镇长是安全生产的第一责任人，但这次的安全事故等级，应该不至于直接对管文伟追责，如果仅仅因为在现场处置力度不够，被处分，那就太冤了。

萧峥本想给管文伟打个电话，问问情况。可自己除了安慰一句，又能帮管文伟做些什么？说白了，什么都做不了。他知道，现在管文伟需要的不是安慰，而是切实地解决问题。

他现在职位太低了，空有好心肠，却帮不了管文伟任何忙。

这个电话，萧峥也就没有打，还是打算静等消息。

调查组回县里之后的第四天，关于矿山事故责任的处罚决定就下来了。给予副镇长金辉行政记过处分，在受处分的十二个月期间，不得晋升职务和级别，不得晋升工资档次。同时，将金辉交流到县红十字会副会长岗位工作。

同时，责成镇党委、镇政府对村干部进行相应处罚。因为村不属于行政单位，无法适用行政处分，因而对是党员的村支部书记、村主任都给予了党内警告处分。

县安监局还责成凤栖村矿山停业整顿，对安全措施进行整改，确保不再出现类似安全事故。

这样一来，天荒镇就少了分管安监的副镇长了。接下去，到底是县里直接派人下来，还是从镇上产生，大家都不免猜测。尽管这安监副镇长也是副科级领导干部，可镇上的领导干部中，还真没几个人想做。

只要矿山还在，安全事故就在所难免，金辉就是前车之鉴。

至于萧峥，尽管也接受了事故调查组的调查，可因为他提供了自己不属于安监站干部的书面证明，没有受到任何的党政处分。

这天午前，组织委员章清忽然给萧峥打了电话："萧委员，下午两点班子会议。"萧峥问道："章委员，是什么事啊？"章清道："有好几个议题，其中关于班子成员的分工调整，还有你的办公室问题也都会在班子会议上一并讨论掉。"萧峥想，这事终于有着落了，心里多少有些欢快，道："好，我到时候会准时参加，谢谢章委员。"

下午两点，萧峥准时来到了四楼的班子会议室。已经有六七个班子成员坐在会议室内抽烟。在长方形的会议桌上，还放置了红底黑字的小桌牌，萧峥也看到了自己的名字，竟然不是在最后。

萧峥的位置被放在党委书记、镇长、人大主席、副书记、组纪宣委员之后，也就是排第八，不是党委委员的副镇长都排在萧峥的后面。

镇党委书记宋国明、镇长管文伟都还没有到，人大主席高正平倒是已经在了，正在跟其他几个班子成员聊天，他们桌上都有茶杯，是自带的。

萧峥初来乍到，跟大家打了一个招呼："各位领导好。"其他几个班子成员，朝萧峥看看，有的点点头，有的笑了笑，还有的没啥反应，只有高正平笑着道："欢迎啊，萧委员，我们班子里又加入了新鲜血液啊。萧委员，是第一次正式参加班子会议吧?"

旁边的党委委员、工业副镇长蒋节春说："那也不是吧，上次宣布干部，萧峥同志就参加了。"高正平道："那次不能算，我是说正式开会，商量问题。"萧峥道："那是第一次。"蒋节春又笑着道："大姑娘上花轿，头一次，感觉肯定很不错的。"萧峥笑了笑，不再接话。他坐了下来，将本子和笔都搁在了桌子上。

党委委员、工业副镇长蒋节春冲在门口等候领导到来的李海燕道："海燕啊，高主席茶杯没水了！来给倒点水。"李海燕答应了一声好。

李海燕跑到了茶水柜，拿起了热水壶，给高正平倒了水，然后又给其他领导的杯子里一一倒满了水。然后，李海燕瞧见萧峥没有带水杯，就道："师父，我给你去倒杯茶。"萧峥道："我自己来。"说着，就跟着李海燕到茶水柜那边去。

萧峥瞧着李海燕给班子成员搞服务，心里微微有些舍不得。可在镇上，总是要有人搞服务，党政办中李海燕什么杂活都干，端茶倒水是分内之事。萧峥只是不想让她多干，就打算自己去倒水。

可李海燕不让，还是给萧峥倒了一杯水，然后低声道："今天的桌牌，是管镇长让放的。"萧峥有些茫然，然后想起自己在党政办的时候，确实是不放桌牌的。只听李海燕又道："这次，本来也不放，可是管镇长明确要求要放。最初，章委员还是把你放在最后的，但是管镇长明确说，按照规矩，党委委员必须放在前面。"

萧峥这才明白了，为什么今天自己的位置能排在那些副镇长前面。

此时，管文伟正好端着一个玻璃杯、胳膊夹着一个笔记本走了进来。看到萧峥之后，管文伟笑笑说："萧委员已经到啦？"萧峥点头道："是啊，管镇长。"李海燕瞧见管文伟的杯子中只有茶叶，没有水，就伸手道："管镇长，杯子给我吧，我给您倒水。"

管文伟爽快地将杯子交给了李海燕道："麻烦小李了。"说着就朝自己的位置走去。

萧峥发现管文伟精神气爽，步履轻快，可见心情不错。

管文伟刚坐下不久，其他班子成员也都差不多到齐了，这时党政办主任蔡少华拨了一个电话："宋书记，人都齐了。"以前每次班子会议，宋书记都要等到人齐了，才会到。

又过了一会儿，宋国明进来了，在上首管文伟的旁边坐了下来。其他人也都欠了欠身，坐坐正，表示进入了会议状态。

蔡少华一个人坐在桌子的最末尾，负责会议记录，他是没有桌牌的。

萧峥朝他看去，蔡少华的目光也正好碰上萧峥，马上就移开了。可蔡少华的目光中，还是掩饰不了那份嫉妒。

宋国明主持会议道："今天，我们开个班子会议。主要有几项议题，第一项是传达县政府关于要求我镇矿山安全工作进行整改的意见，请管镇长来传达。"

这些意见大体是针对此次事故中发现的问题来提出的。

萧峥听了之后，并不满意。因为这些举措，在县里以前的矿山安全工作意见中，都是有的。可镇上、村里就是没有做到，才会发生惨剧。萧峥认为，石矿产业本身就是通过滥用资源、破坏生态来获取财富和财政的低端产业，已经不适应天荒镇的发展需求了，就应该立刻关停，加快转型发展。

可按照县里的整改意见，还是没有要从根本上解决问题的决心。不过，现在是传达环节，并没有给讨论的机会，所以萧峥也不能说什么。

议题继续下去，最后宋国明道："最后一项议题是，我们班子里，以前的副镇长金辉已经调任红十字会工作，我们又新提拔了萧峥同志进入班子，所以在分工上也应该进行相应地调整。经过我和管镇长商量，决定让萧峥同志分管安监工作。"

萧峥一愣，很是意外，让我分管安监？我从安监站岗位上才刚脱身，现在又让我分管安监？

第 30 章　镇长之谋

班子成员之间，相互看了看，神色显得有些诡秘。有的人，似乎在强忍着笑。坐在末尾记录的党政办主任蔡少华，更是掩饰不住地无声笑起来。

宋国明又问道："党委的这个决定，大家应该都没有问题吧？"

关于班子的分工，起到关键作用的也就两个层面，一个就是上级组织部门；另一个就是"一把手"。现在，组织部门不在，镇党委书记这么说，其他人自然也没什么意见，在他们看来，这个烫手山芋只要不到自己手中就好。

副职们一个个表态说"没有意见"，镇人大主席高正平也说没意见，还说："萧委员以前是安监站的干部，对安监和矿山工作都很熟悉，让他分管，我相信镇党委政府是可以放心的。"

萧峥心想，我自己都不放心，镇党委政府又如何放心？

宋国明又转向了镇长管文伟："管镇长，我们之前商量定了，现在也没有其他意见吧？"管镇长没有看萧峥，点头说："宋书记，我没有别的意见，我认为让萧峥同志分管安监工作是合适的。"

"那好，"宋国明看向了萧峥，"萧委员，大家都一致同意，你本人应该也不会有意见吧？"

萧峥朝镇长管文伟看去，但是管文伟依然没有朝他看。

萧峥心想，管文伟把自己卖了吗？分管安监工作，绝对是一个烫手山芋，金辉因为这个事情被行政处分，自己现在接手，前景也好不到哪里去……

但是，之前李海燕说，他的桌牌是管文伟特意交代放到前面去的。这又作何解释？萧峥真是有些迷惑了。

不过，这些疑问都得放一放，萧峥现在得回答宋国明的问题："宋书记，说实话，我本人是有点意见的。我在安监岗位上待了四年了，如果可以的话，请镇党委考虑让我换一个条线锻炼锻炼，比如组织条线。"

萧峥此话一出，众人都露出了诧异的神情，又都看向了组织委员章清。章清神色有些尴尬，他没想到萧峥会说出这种话来，就道："萧委员，你这是要抢我的饭碗啊？"镇党委委员、工业副镇长笑道："跟着组织部，年年有进步嘛，我也想到组织部呢。"

其他班子成员，除了宋国明、管文伟，都笑了起来。

萧峥之所以说想到组织线上，也不过是开个玩笑而已。

"好了，大家别开玩笑了。"宋国明朝众人扫了一眼，其他班子成员就收起了笑声。宋国明又盯着萧峥道："萧峥同志，让你分管安监工作的事情，就这样定了。我相信作为一名新的班子成员，你应该会服从镇党委政府的决定吧?"

萧峥只能接受下来："宋书记，我服从组织安排。"

宋国明的表情一松，道："那好，就这么定了。"

"宋书记，我突然想到一个问题。"镇长管文伟忽然说话了。其他人都看向管文伟，宋国明的目光也转向了他："管镇长，还有什么事，你说。"

管文伟道："萧峥同志现在是党委委员，但要分管安监工作，最好同时能担任副镇长，这样开展工作才会顺。"

宋国明眼睛眯了眯，道："管镇长，这个问题，之前我们商量过了，等后续再说。"宋国明作为党委书记，当然知道，分管安监是副镇长的工作职责。

可要是帮萧峥向上申请副镇长，那就是"双副"了，这对其以后的仕途是绝对有好处的。

会前跟管文伟沟通的时候，宋国明就说明，副镇长这个岗位，先不帮萧峥去申请，等后续他干得好了再考虑，其实是不考虑的意思。只想让萧峥担责任，不给他位置。

然而，此刻在会上，管文伟却又提出来，这让宋国明很不高兴。

但是，管文伟却没有退让的意思，他解释说："宋书记，各位班子成员都在。我跟大家说个实话，我也是为自己考虑。大家都知道，在其位谋其职，不在其位不谋其政。萧委员如果不同时担任副镇长，他是不能分管安监工作的，因为安监本身就是政府条线的工作。就算我们党委说让他来分管，其实也是不符合机构设置和领导岗位设置规定的。

"到时候万一出点问题，也无法对萧峥同志追责，这些责任岂不是都要我来承担？因为我是镇长，下面没有配好分管副镇长，责任就在我啊！

"宋书记，我可能考虑得自私一点，但这的确也是实际情况啊。之前我没有考虑那么周到，现在想想，才发现了这个重要的问题，所以赶紧提出来了。"

宋国明侧身审视着管文伟，不知道他是真的之前没想到，还是故意放到班子会上来说？

宋国明也看不出所以然，就道："管镇长，现在立刻报请组织上同意萧峥担任副镇长，恐怕是有点难度的。"

管文伟道："对，肯定有难度。宋书记，要不这样吧？萧委员，还是单纯担任党委相关工作，我们这里还有五位副镇长，安监工作可以给其中任何一位副镇长，比如给蒋节春副镇长，他管工业，把安监兼过去，也是顺的。"

蒋节春一听，忙道："哦哦，这不行，这不行。我工业这块工作就已经忙不过来，安监工作更是要花大量时间精力，我本来辛苦一点无所谓，可万一出了点纰漏，影响的可是两位主要领导啊！这个事情不能开玩笑，我肯定不行。"

管文伟又道："那么，周镇长也行啊。周镇长分管城乡建设，兼一下安监工作。"管文伟所说的周镇长，名为周先进，分管城乡建设和交通。周先进一听说让他分管安监，差点跳起来："这个使不得，我没有安监工作方面的经验。我认为，最好的办法还是把萧峥同志的副镇长搞搞好。"

"对，我也同意，把萧委员的副镇长一并配上吧。"

"是啊，我也同意。"

这帮人都把分管安监视为烫手山芋，也都不想引火上身。

反正给萧峥加上一个副镇长职务对他们也没有任何损失。

所以，萧峥是否加上一个副镇长的头衔，对他们来说，几乎没有什么影响。

机关里就是这么现实，只要不影响自己，都无所谓。

这个时候，镇人大主席高正平道："宋书记，我倒也是认为，我们其他党委委员、副镇长肩上的工作都已经很重了，基本上没有一个人能既顾好本职工作，又干好安监工作的。不妨向县委和组织部要求，给萧委员加一个副镇长，这样大家的工作也都顺了。"

宋国明看看众人，又看了看萧峥。萧峥立刻道："宋书记，其实我真没想要这个副镇长。"

宋国明道："好了，别多说了。我们镇党委向县委、县委组织部打一个报告吧，就说因为工作需要，希望县委同意增选一名副镇长。章委员，报告就你去操作。"

组织委员章清答应道："好。"

宋国明又加了一句："报告我们镇党委可以打上去，但恐怕也没那么快批下来。萧峥同志，这两天，你的工作就可以开始动起来了。金辉走了之后，安监上几乎就没人了，这是不行的。"萧峥也只是答应了一句："我尽量。另外，宋书记，我的办公室怎么办？我还是在副楼吗？"

萧峥还惦记着自己的办公室。

宋国明道："金辉的办公室空出来了，你就到那里吧。"

金辉的办公室？萧峥感觉，金辉都被处分了，还被调到红十字会去了，这个办公室稍有点不祥，可毕竟也是主楼的办公室，挑三拣四也没有理由，萧峥也就没有挑剔。

会议结束之后，萧峥就回自己安监站的办公室去整理东西。他心道，自己差点误会了管镇长。

第 31 章　根本之策

既然在主楼有了自己的办公室，萧峥就简单收拾了下东西，然后一身轻松地搬入了新办公室。

所谓的"新办公室"也新不到哪里去。主楼本身就是20世纪90年代的建筑，南北都有窗子，前面一条走廊，还装了茶色玻璃，就跟暖棚一样。萧峥不喜欢走廊上的这种玻璃棚，感觉不透气。还好的一点是，后窗望出去，能望见山坡和那株老茶树，这或许是这间办公室最好的福利了。

萧峥想起上次跟小月一起喝普洱茶的时候，说起过镇政府后山的老茶叶，小月还说什么时候想尝一尝呢。

萧峥在后窗口站着，这时有人敲了敲门。"师父。"萧峥转过身来，只见是政府办的徒弟李海燕。她怀里竟然抱着高档热水壶、茶叶、香烟、餐巾纸等一摞东西。

萧峥有点奇怪："这是干什么？"李海燕笑着道："师父，你别是忘了吧？镇领导是有些特殊待遇的呀。"萧峥愣了愣，才记起来。

正好办公室里现在没其他人，萧峥就拆开了一条中华烟，拿出五包，塞给李海燕："你老爸应该也抽烟吧？这几包烟你拿去给他抽。本想给你一条，我看你不好拿。"

李海燕笑着道："你给我五包，我也不好拿啊，你留着自己抽吧。"萧峥一瞧李海燕，只见她穿着白色 T 恤，下身是紧身牛仔裙。牛仔裙上有两个口袋，但只要塞一包香烟进去，恐怕就要凸起来，他说："那这样，下班之后，再给你。"李海燕道："师父，你就别为我老爸考虑了，我还想让他戒烟呢！"

萧峥道："在你爸戒烟之前，让他也抽几包好烟嘛。好烟总比差的香烟，对身体伤害小一点。"李海燕想想道："这倒也是。"萧峥道："下班之后，我在办公室等你。"李海燕说："那好吧，不过下次你别给我烟了。"萧峥笑笑说："下次再说。"

萧峥的目光又瞥见了后山的老茶树，忽然想起了小月想喝这种老茶的事情，就问道："海燕，后山上这株老茶树上的茶叶，你知道我们镇上哪个大妈那里还有啊？"李海燕笑道："师父，你都有龙井喝了，还管这个老茶树干吗？"萧峥道："我不是自己要喝，我上次跟省城的一位朋友说起老茶树，我那位朋友很感兴趣。她龙井喝多了，喜欢喝点新鲜的茶。"

李海燕眨眨眼道："我帮你去问问，说不定哪个阿姨那里还有呢。我先去忙了，否则蔡主任恐怕又要找我麻烦了。"萧峥道："那你赶紧去吧。"

下班之后，萧峥在办公室等李海燕，大概过了二十分钟，李海燕才来。她背着一个白色单肩帆布包，样子轻松愉快，看来下午没有被蔡少华批评。

萧峥从抽屉里，将一整条华烟取出来，要往李海燕的帆布包里塞。李海燕道："等等，看我给你带了什么来？"

李海燕站在萧峥身旁，将帆布包拉开，萧峥能微微嗅到李海燕身上的体香。

李海燕从帆布包里取出一小罐东西，递给萧峥："师父，这就是老茶树上的茶叶。"萧峥很惊讶："这么快就搞到了？"

"我问了其他办公室的几个阿姨都没了，正巧碰上食堂的许大妈，她竟然还有，就去拿了一罐给我。"李海燕笑着道，"你闻闻这味儿对不对？"萧峥打开那个罐子，一种略带干爽的清香从罐子里浮上来。

萧峥用手指夹了两片茶叶看了看，形似凤羽、茎脉清晰、墨绿鲜活，在茶叶表面，布满白毫，犹如冬日之晨霜，里面富含着茶多酚、氨基酸等好东西。

萧峥笑道："错不了，就是这老树茶了！"李海燕也笑了："你满意就好。"萧峥问："多少钱？"李海燕笑着道："不用钱。我说，是你想要送人，许大妈就更不肯收了。她说她能在食堂干活，还多亏了你几年前帮忙。"

萧峥这才想起那时候食堂里要找些帮忙的老妈子，自己见许妈为人随和，干活也麻利，就强烈推荐她。最后许妈就留在食堂干活了，一干已经四五年了。

萧峥道："那好吧。我到时候亲自谢谢许妈。对了，这烟，你塞进去。"一整条华烟，塞入了李海燕那个帆布包，帆布包就变得有棱有角了。

李海燕道："师父，这样好像不太好看吧。"萧峥将她的包拿过来，又理了理，就变得不那么明显了。李海燕道："那就先谢谢师父了，我先回去了。"

等李海燕走了之后，萧峥想到了陈虹。之前，陈虹一直在催自己搬办公室的事情，现在终于大功告成，可以告诉陈虹了。于是，萧峥就给陈虹打了电话："陈虹，我的办公室已经搬到主楼了。"陈虹听了也很高兴："是吗？太好了，我找时间给你送绿植过去。"萧峥道："别找时间了，明天就来吧。"

陈虹道："等等，我看看明天的课和其他工作。"陈虹既是县一中的教师，又是办公室主任，平时工作也很忙。一会儿之后，陈虹在电话那头道："明天下午只有一堂课，校领导那里也没什么事，我请个假，早点来看你。"萧峥内心欢悦："那我等你。"

萧峥想，明天陈虹来自己办公室看好了，一定要让她一起到宿舍去一趟。想想陈虹苗条的身体，精力旺盛的萧峥不由得有些上火。

萧峥打算关了办公室门，回去了。这时，他的手机响起来，一看是管镇长。萧峥忙接了起来，只听管镇长的声音传来："打算下班啦？"萧峥有些奇怪，管镇长怎么知道？"是啊，管镇。"

管文伟道："到我办公室坐坐吧。"萧峥这才知道，原来管镇长也还在办公室。管镇长应该是听到了碰门声，猜是萧峥，所以给他打了电话。萧峥回答道："我马上过来。"

萧峥到了管镇长办公室门口，又朝前面的一扇办公室门瞧了瞧。那是宋国明的办公室，里面没有什么声音，很是寂静，宋国明应该已经下班了。

萧峥就推门而入，又将门带上了。

管文伟说："萧委员，你坐，我给你倒杯茶。"萧峥忙说："管镇，你跟我别客气了，等会儿也要吃晚饭了，不喝茶了吧。"管文伟道："不喝茶，就喝开水吧。"管文伟执意给萧峥倒了一杯开水。

萧峥道："管镇，今天关于副镇长的事情，谢谢你了。"管文伟笑了笑道："你不用谢我。关于让你分管安监的事情，我起初是不同意的，这个岗位实在不怎么样。可是，你也知道宋书记，他是一把手，他已经这么考虑，我一定要反驳，他肯定不容许。后来，我想，或许可以把这个坏事，变成好事，那就是把你的副镇长也搞好。这样一来，你进步会快一点。因此，我才会在会议上坚持。"

萧峥道："会议上，那些副镇长都能同意帮我申请副镇长岗位，跟今天会议座位的排名也有关系。在那些副职看来，我反正排在党委委员之后，副镇长之前，就算再加上一个副镇长职位，对他们也都没有影响。小李跟我说了，这是你的意思。"

管文伟微微点头说："是我让她这么放的。当时也只是动点小心思，没想到还真管了点用。不过，萧委员，分管安监，确实是一个烫手山芋，我们还是得想办法，要确保万无一失啊。"

萧峥想了想道："管镇，我认为，我们还是得想办法，争取县里的支持，推动'停矿复绿'工作，这才是解决生产安全、改善生态环境的根本之策。"

管文伟道："我也是这个想法，可最近我听说，县领导层面，对这项工作的态度还未统一啊。这才是问题所在。"

第 32 章　陈虹到镇

萧峥道："管镇，我们或许可以先做起来。县里领导，肯定比我们想得多。我们其实可以先做，如果我们能做出效果来了，我想县里领导也能看得见，到时候说不定就能支持我们。"

管文伟道："好，等你的副镇长职务落实之后，我们可以在镇党政人大联席会议上先提出来。"萧峥问道："管镇，我这个增选副镇长的申请，不知什么时候会批下来？"管文伟道："我已经催章清今天下午就将请示报县委组织部了，就看他们什么时候能批下来了。"

关于组织上的程序，萧峥真不是特别了解，他问道："一般会是多少时间？"管文伟道："给乡镇增选一名副镇长，看起来是很简单的事，但也必须上部委会、县委常委会，所以得看部委会、县委常委会什么时候开，是否能安排干部议题了。所以，快点一两个星期，慢一点两三个月也是有可能的。"

两三个月？萧峥吃惊了："这么长时间？也太久了吧？"管文伟笑着道："组织上的事情，有时候着急不来的。"

萧峥想，可工作有时候等不起。管文伟看出了萧峥的着急，他就道："不过说不定一个星期就能搞定。兄弟，在你的副镇长职务落实之前，安监工作你先不要沾手，万一有什么问题，也追责不到你的头上。"萧峥道："管镇，不追责到我的头上，那不就得你来承担责任吗？在没有分管副镇长的情况下，镇长肯定要负责的。"

管文伟道："我的话，总归好一点。"萧峥能感觉到，管文伟是在替他萧峥考虑。

萧峥还是希望这个副镇长职务能早点批下来，该自己承担的责任，他也不想推。更重要的一点是，他想早点推进镇上的"停矿复绿"工作，这项工作不推进，凤栖村也好，其他村子也好，是没有未来可言的。

那天未能聊出一个所以然来，两人看时间不早了，也就下班了。管文伟说自己在县城还有一个应酬，问萧峥愿不愿意一起去？萧峥想了想说："还是算了，喝了酒回来，又不能开摩托车，县里到镇上的车子少得可怜，太不方便，今天就不去了。"

管文伟道："那我今天就不勉强你了。不过，兄弟，我对你有一个建议。什么时候在县城买个房子吧。"

萧峥道："是啊，管镇，你说得是。我最近也在考虑，要在县城买个房子。"管文伟见自己的建议被接纳，很高兴："是吗？那太好了。你看好哪个楼盘跟大哥说，不少开发商我都认识，至少每平方米可以给你便宜一两百。"萧峥道："那先谢谢大哥了。"

两人来到了走廊上，管文伟又问："对了，兄弟，你女朋友怎么样了？我听人说，你以前有个女朋友，是在县城教书的吧？家里条件似乎还不错，现在情况如何了？"这个问题，也是最近让萧峥蛮头疼的问题，他也不好多说，道："有些小波折，不过总体向好。"

"哈哈，总体向好？你这个总结好。"管文伟笑着说，"我本来还有一个想法呢。其实，我们镇上小李，李海燕这姑娘也不错。我听她老是'师父前师父后'那么叫你，看你的时候，也是满眼的崇拜啊。关键是这姑娘实诚，人好。当然，我也只是这么一说。"

萧峥愣了下，没想到管文伟观察到了李海燕和自己那一层不同寻常的关系。但他心里终归是将有九年感情的陈虹摆在更重要的位置，所以他跟李海燕应该是不太可能的。

他怕自己影响李海燕，让人误会自己和李海燕真的有什么，这会影响李海燕以后找对象。萧峥忙解释道："大哥，我和海燕，只是普通的同事关系啊。"

管文伟笑着："好、好，我也只是这么一说，这个你自己肯定清楚。你放心，我也不会随便到外面说的。"萧峥道："谢谢大哥。"管文伟道："那我们下班吧。"管文伟锁了办公室的门，跟萧峥一起往楼梯方向走。

这时候，东面的门忽然咔嗒一声响了。管文伟和萧峥都愣了下，转身，只见宋国明正从他的办公室里走出来。

萧峥以为宋国明已经下班了，没想到他竟还在办公室里。那么刚才他和管镇长在走廊上聊天，他恐怕也都听到了。管镇长的反应比较快，他说："宋书记，也才下班啊？""嗯。"宋国明应了一声，道，"你们商量什么，也商量得这么晚？"

宋国明瞥了一眼萧峥。萧峥也称呼了一声："宋书记。"宋国明连个"嗯"都没回，就从管文伟和萧峥之间往前走去。至于他刚问的问题，宋国明似乎并不需要他们回答。

等管文伟和萧峥走到一楼的时候，宋国明已经坐上了他的专车，绝尘而去。

管文伟的驾驶员小冯看到他们下来，也将车子开到了管文伟的跟前，管文伟上了车，说："明天见了。"萧峥道："管镇，明天见。"管文伟的车子也驶出了镇政府的大门。

萧峥没有骑摩托，从镇政府直接走向宿舍。

之前，萧峥是不想再和安监工作沾边了，可现在既然必须得干，萧峥反而希望县委组织部能把他的副镇长职务早点批下来。

这天晚上，萧峥在镇上一家小面馆要了一碗炸酱刀削面，加了一个荷包蛋和青菜。但总觉寡淡了些，萧峥想，这会儿镇长管文伟应该正和县里的领导觥筹交错。萧峥并不是太热衷应酬，只是一个人吃饭，就真的变成了进食，似乎太无味了一些。

或许可以给自己增添点乐趣？萧峥就对老板娘道："给我来两瓶啤酒吧。"徐娘半老风韵犹存的小镇老板娘，立即拿了两瓶啤酒过来，还拿了两个杯子，道："小伙子，你一个人喝酒，也太无聊了。我陪你喝一杯。"

说着，在两个杯子里都斟满了啤酒，她斟酒的时候，"杯壁下流"这一套玩得很溜，瞬间两个杯子都斟满了酒，还不带泡沫的。

"来，我们干一个。"老板娘将其中一杯啤酒递给萧峥，另外一杯自己拿起来，跟萧峥响亮地碰了一个杯。萧峥瞬间感觉到这家小面馆，也有了些许的温度，他说："干了。"

两人都将满满一杯啤酒，给整了下去。老板娘又给萧峥斟满了啤酒，说："这一瓶是我送你的，另外一瓶，你自己埋单。"

萧峥笑着道："谢谢老板娘了。"老板娘又道："小伙子，我经常见你在这条街上走来走去，你也常来我这店里吃面。以前都没见你喝酒，我想你应该还是个毛头小子，也就没跟你说话。今天见你喝酒，看来也是个爷们了，我才过来跟你聊一句。你在镇上哪里干活？"

萧峥在这街上住了这许多年，但长期在安监站这种边缘的办公室工作，萧峥一直很郁闷，也就没有跟镇民认识的欲望。

今天，萧峥喝了几口酒，心情也放开了，答道："我就在镇政府工作。"老板娘有些惊讶，道："原来是国家干部啊，工作很不错嘛！"镇上这些开小店的女人，对镇干部天然就有种敬畏，她笑着说："今天认识了，以后到镇政府办事，就方便多了。"萧峥笑笑说："以后有什么事，是可以找我的。"

老板娘道："太好了，你叫什么名字？"萧峥也不隐瞒，告诉了她。

喝了啤酒，吃了晚饭，萧峥要付钱的时候，老板娘却说什么都不肯收了："今天，这顿饭我一定要请。你可是我在镇政府认识的唯一一个镇干部！以后咱们普通老百姓，可要你帮助罩着呢。"

萧峥心想，老百姓把干部想得太有能耐了，很多时候，一个小干部连自己都罩不住，更别说别人了。可是老板娘执意不肯收饭钱，他也没有办法，想想这顿饭最多也就是十几块钱，萧峥说："下次我来，你一定要收钱，否则我不来了。"老板娘道："下次你来，要付钱，我一定不拦着你。"

喝了一瓶多啤酒的萧峥，回到老宿舍里，洗漱，躺在床上翻翻闲书，也就睡着了。

第二天下午，陈虹果然到了。她是由她父亲陈光明的专车送来的，还让司机从后备厢里搬了五六盆绿植出来，有绿萝、红掌和吊兰。

下班时间还没到，镇上有些干部也看到了坐专车来的陈虹，不由得羡慕嫉妒恨："萧峥最近当上了党委委员，还有一个有汽车接送的女朋友，他是要时来运转了？"

蔡少华从办公室出来，正要去二楼书记办公室的时候，认出了送陈虹来的车子，心里的嫉妒之情，更是火烧火燎了起来。

第 33 章　海燕委屈

　　陈虹在萧峥的办公室转了一圈，又往后窗外的山坡望了望，道："这间办公室还是蛮不错的。"

　　萧峥微微笑着道："要是没有前面的遮阳玻璃棚，会更通透。"陈虹道："把玻璃棚的窗子经常开一开，就通风了，影响不大。你现在是镇上的党委委员，是正式领导了。现在大家对你是不是都毕恭毕敬了？"

　　萧峥说："我没感觉啊。"陈虹道："没感觉就不对了。你是不是对下属太和善了？都没什么架子啊？"萧峥道："我是没什么架子，大家都是干部，也都是朋友，我不喜欢端架子啊。"

　　陈虹道："萧峥，你当了领导，就必须有点领导的架子，否则下面的人就不会把你当领导。"

　　萧峥看着陈虹笑道："看来，你比我更适合当领导啊！"陈虹道："那把你的领导给我当吧。你去给我当老师去。"萧峥道："我还真希望能跟你换一下。"

　　"师父。"忽然，一个甜美的声音，在萧峥办公室门口响起，"这是你今天的报纸。"

　　李海燕起初没发现陈虹，之前她一直在忙，因而没发现有车子将陈虹送到了镇上。此刻在萧峥办公室猛然看到陈虹，李海燕表情很是意外。

李海燕在镇上也有几年了，以前她和萧峥一起在党政办的时候，陈虹还时不时来镇上看萧峥。可后来，萧峥被贬到安监站之后，李海燕就没见陈虹来过镇上了。李海燕还以为因为萧峥工作的变动，陈虹已经和萧峥吹了。

没想到，今天陈虹又出现了。从陈虹的神情看，她和萧峥之间的关系还是一如以前。这让李海燕微微有些失望。这一丝失望非常微妙，连她自己都搞不清楚是怎么回事。但李海燕还是称呼道："陈姐，你来啦？"

陈虹也是一个敏感的女子，她似乎感觉到了李海燕看到她之后，声音和表情里那一丝微妙的变化，不是热起来，而是凉下去。她忍不住想，这女孩子是不是对萧峥有什么意思？

陈虹又朝萧峥瞧了一眼，没见萧峥在看李海燕时，有什么特别的表示，才放心下来，道："是啊，我来看看你们萧委员。"

陈虹故意用了"萧委员"的称呼。这让萧峥有些不适，他刚刚喝下去的一口茶，差点呛到了。李海燕也明显感觉到了陈虹对自己的敌意，她微微一笑道："陈姐，你和师父慢慢聊，我先不打扰你们了。"

"小李，等等。"陈虹忽然叫住了李海燕，"以后，还是请你不要叫萧峥'师父'了，就叫萧委员吧。"李海燕朝萧峥瞧了瞧，她心里有些不情愿，她心想，我要怎么称呼，是我自己的事情。李海燕就道："陈姐，我不是今天才称呼'师父'的，我是一直就这么叫的。"

陈虹神情认真地道:"所以,现在要改一改了。如果你是为了萧峥好,就叫他'萧委员'吧。他是刚当领导,不容易,需要正规的称呼。"

萧峥有点看不下去了,说:"陈虹,这称呼真无所谓……"

不等萧峥说完,陈虹就打断了他:"怎么能无所谓呢?萧委员,就是萧委员。其他的称呼,在工作上都是不合适的。"萧峥还想说什么,李海燕却道:"好的,没问题的,我称呼'萧委员'就好。"陈虹笑了下道:"谢谢。"

"你们慢慢聊,我先出去了。"李海燕道。然而,陈虹却又叫住了她:"小李,你能给我们把茶水续满吗?"李海燕一愣,站住了脚步,她是背对着他们的,猛然之间眼眶有些发红,但她强忍着,说:"当然可以。"

李海燕又转过身来,走到茶水柜旁边,拿起热水壶,给陈虹和萧峥的茶杯都续满了水,然后才离开了。萧峥忙走到门口说:"海燕,谢谢啊。"他真感觉有些莫名其妙,陈虹为什么要为难李海燕?

李海燕在下楼梯的时候,眼泪忍不住飙了出来,可是下面正巧有人上楼来,她忙擦了一把双眼。

"小李。"上楼的人,正是党政办主任蔡少华,"你去哪里了?"李海燕道:"二楼,给领导送报纸。"送不送报纸什么的,蔡少华倒不是很在意,只是瞧见李海燕眼睛有些发红,就问:"你眼睛怎么了?"

"进沙子了。"李海燕说完,就跑下面办公室去了。蔡少华朝李海燕瞧瞧,摇摇头,继续上二楼了。

等李海燕走了之后，萧峥道："陈虹，海燕是我的徒弟，她对我也很关心，没有必要这么对她啊。"陈虹看着萧峥，不以为然地道："如果她真的把自己当成你的徒弟，真的关心你这个师父，那就应该叫你'萧委员'，就算别人不叫，她首先就得叫。整天'师父''师父'的，只会对她自己好，让人觉得她可以沾你的光，对你有什么好处呢？一点好处都没有，只会让别的镇干部觉得你很好弄。

"萧峥，你现在是镇领导了，千万别让人觉得你太好糊弄。上次，镇领导就觉得你好弄，所以没有给你安排办公室。现在你去提要求了，办公室不就给你了吗？在这个系统里，没有办法的。资源是自己争取来的，威信也要靠平时树立起来的。萧峥，你现在有个好的开始了，这副牌一定不能打烂，就得从细节开始注意起来。"

陈虹的这些话，很现实，萧峥并不喜欢，但是他也知道她说得没错，因而也无法反驳。而且，关于陈虹和李海燕，也不可能经常见面，自己到时候跟海燕道个歉，也就完事了。

萧峥就说："说到领导理论，你总是能说出一套一套来，我也是服了。不过，海燕这小姑娘比较单纯，说起来你还是师母呢，以后对人家小姑娘客气一点吧。"

"师母？谁要当她的师母？"陈虹一听就娇声道，"我又没答应嫁给你。"萧峥笑着道："你没打算嫁给我，为什么今天来看我？"陈虹道："来看你，只不过是觉得你最近比较努力，来看看你而已，距离嫁给你还有距离呢。"萧峥靠近陈虹道："那你到底要考察到什么时候？"

萧峥靠近之后，身上散发的男人气息，让陈虹心里也不由得怦怦跳。可现在是在办公室，陈虹忙退开了一步，说："对了，萧峥，你的办公室安排好了，分工怎么样了？是不是也安排了？"

"萧峥同志的分工当然安排好哦！"一个不阴不阳的声音不合时宜地在门口响起来。

只闻其声，萧峥当然就知道是蔡少华。陈虹也颇有些惊讶："蔡少华？你怎么来了？"蔡少华笑着道，"这话应该我问你才对吧？天荒镇可是我的大本营啊。我倒是想问，是什么风把咱们陈局长的千金给吹来了？我刚才看到陈局长的专车，还以为是陈局长本尊来了，没想到是千金驾到了。"

蔡少华一张口就是什么"千金"，什么"专车"，尽是些讨好的话。萧峥本人是有些讨厌的，可他发现陈虹却很受用的样子。陈虹笑着道："我哪里是什么千金，我只是一个人民教师而已。不过，今天的确是我老爸的车子送我来的，我已经让车子回去了。"

蔡少华道："那你等会儿怎么回县里？要不要我安排一辆车送你回去？"陈虹朝萧峥看了看，发现萧峥对蔡少华的感觉似乎并不好，她就婉拒道："谢了，不用了，等会儿我们自己想办法。"萧峥道："蔡主任，我现在用车是跟哪位领导一起？"

只要是镇上的领导干部，都可以用车。除了党委书记、镇长每人一辆专车之外，其他班子成员都是两三人合用一辆车，早上一起接，晚上一起送，工作时间谁要用谁用。

萧峥因为住在镇上，他的分管工作也还未正式开展，因而也还未确定跟哪位领导合用一辆车。其实，这事情这两天应该要安排好了，萧峥怀疑是蔡少华故意拖延。用车问题，也是体现一个领导待遇的重要问题。要说镇上，谁最不想看到萧峥当领导，应该就是蔡少华了。

"我之前听章委员说，可能是跟人大高主席一起。"蔡少华道，"不过还没完全定下来。"

萧峥道："那好，等会儿我跟高主席说一声好了，等会儿先借下高主席的车，送陈虹回去。"

"陈虹不吃了晚饭再走吗？"蔡少华表示惊讶地道，"还是吃饭再走吧，我请你们，也给我一次表示一下的机会嘛。"

第34章 当作下人

萧峥不知蔡少华为什么突然提出要吃晚饭，是真的要尽地主之谊，还是为讨好陈虹？

无论是哪种，萧峥都没胃口跟蔡少华一起用餐。没想到，陈虹却道："好啊，那我就不客气了。据说，天荒镇上有一家店，竹鸡烧得特别不错。"蔡少华笑道："你说得一点不错，'天荒农家'的竹鸡色香味俱全，连骨头都想吞下去。我现在就去订个位置，等会儿打电话上来。"

说着，蔡少华便去订餐了。

萧峥看着蔡少华离开，便道："陈虹，你不是来看我的吗？为什么接受他的邀请，去吃这个晚饭？"陈虹笑道："蔡少华是办公室主任，让他去安排好了。这样就省得你安排了，就算你现在是领导，在外面吃饭能签字的吧，但能少签一个是一个。"

萧峥道："不签字，我可以直接自己付钱请你吃啊，我们两个人又吃不了多少钱。"陈虹看着他，认真地道："自己掏钱，那就更不行了。你现在是党委委员了，吃顿小饭，还要自己掏钱，那还当什么党委委员？况且，你不是要在县城买房子吗？钱该省下来，以后用在刀口上。"

萧峥没想到，就是吃一顿便饭，陈虹竟然能想这么多，盘算这么多。萧峥一方面觉得陈虹很会"算"；另外一方面，他又觉得这样会不会活得太累了，等于说为了节省一顿饭钱，你还得跟自己不喜欢的人一起吃。

萧峥办公室的电话响了起来，萧峥接起来，一听就是蔡少华的声音："萧委员啊，等会儿下班之后，我们一起到'天荒农家'，三号包厢。"既然陈虹已经答应他了，现在也不好拒绝，萧峥只好道："好。"说着，放下了电话。

剩下的时间，陈虹给刚搬进来的绿植喷了点水。陈虹今天穿了一件淡绿色上衣配白色高腰直筒半裙，弯腰给绿植喷水时，背影便形成一个完美的弧度，萧峥在后面瞧着，有种忍不住上前抱住的冲动。可现在，是在办公室，自己又是党委委员的身份，显然不能这么做。

萧峥有点口干舌燥，提议道："陈虹，要不要去我宿舍参观一下？"萧峥打着自己的小算盘，把陈虹引到小宿舍里，就算不能有什么实质性的动作，至少也可以亲昵一番。都二十九岁的人了，同龄的男人们，小孩都上幼儿园了，可自己连女子的滋味都还没有真正尝过。陈虹却转过身来，摇摇头道："你那个小破宿舍，我又不是没去过，又小又潮又阴暗，整一层楼里就住你一个人，想想都怪可怕的，我才不要去呢。以后，你在县城买了一百平方米以上的商品房，你叫我，我才去。"

萧峥一阵落寞，看来今天的企图是无法得逞了。所谓"金屋藏娇"这个词还真是不错啊，一个男人只有有了"金屋"，"娇女"才会去啊。小破屋，人家进都不愿意进。

这时候，电话又响起来，萧峥接起来，竟然又是蔡少华："萧委员，已经下班了，差不多可以下来了。"蔡少华现在口口声声称呼自己为"萧委员"，之前一直都称呼萧峥为"萧峥"或者"萧峥同志"，难道蔡少华对自己的态度改变了？打算不再跟自己对着干，而是要靠近自己？

但是，萧峥也告诫自己，蔡少华这个人不是那种简单的人。这种人心里一直藏着野心，他能屈能伸，也是为他心里的野心服务的。萧峥觉得在跟他交往的时候，还是要留着一个心眼。

"知道了。"萧峥口头上答应了一声，"我们现在就下来。"

陈虹放下了喷水壶，站直了亭亭玉立的身姿，问道："是蔡少华打来的？"萧峥点点头说："他催我们下去吃晚饭了。"陈虹背上了她那个小巧的单肩包："那好吧，我们下去吧。"

萧峥陪同陈虹走到门口，又折回办公桌，从抽屉里拿了一包华烟，塞入了裤子口袋，和陈虹一起往外走去。

到了镇人大高主席办公室门口，萧峥看门是关着的。萧峥拿香烟，本来是要给高正平主任敬烟的，为的是把晚上送陈虹的车子给落实了。

可现在高主席不在，可能去县城了，那么他应该是在用车。萧峥想，送陈虹回去的车子问题，等会儿再想办法吧。

到了楼下，却见蔡少华和李海燕一起等在门厅。萧峥心里奇怪，李海燕怎么也在？便问："蔡主任，海燕也跟我们一起吗？"蔡少华道："是啊。海燕跟我们一起去，帮忙搞搞服务。"萧峥道："我们就这几个熟人，还搞什么服务啊？让海燕下班回家吧。"

萧峥是担心陈虹又要使唤李海燕，让李海燕产生低人一等的感觉。

蔡少华道："当然需要！陈虹是县一中的办公室主任，又是陈局长的千金，我可是当作贵宾接待呢！让海燕服务一下，又有什么不好？这不给海燕一个机会，认识陈主任吗？"

蔡少华这会儿又称呼陈虹为"陈主任"了。陈虹道："我是什么主任啊！我就是一个学校的教师而已。"蔡少华道："陈主任就不要客气了，县一中的级别跟我们乡镇一样，你这个主任和我这个主任，也是一样的。好了，不多说这些，竹香鸡在等着我们呢。"

陈虹喜形于色，道："好啊，咱们吃鸡去。李海燕的话，她是蔡主任的人，蔡主任让她做什么，就让她做什么吧。萧委员，你就不要操心了。"

陈虹平时是娇生惯养的，不太顾及别人的感受，说完她就朝前走了。

萧峥朝李海燕看看，李海燕苦笑一下说："萧委员，我没什么。反正我晚上也没事，我给你们搞搞服务吧。"萧峥说："你还是叫我'师父'吧。"李海燕朝前面的陈虹看了一眼，道："我还是叫你'萧委员'吧，我怕你女朋友不高兴。"萧峥道："我们不用管别人高不高兴，还是按照我们自己那一套来吧。"

　　李海燕笑了笑说："先去吃饭吧。"

　　四人到了天荒农家饭店。

　　这家饭店的竹香鸡，萧峥自然吃过，味道是不错的。可今天的饭，萧峥吃得并不开心。蔡少华把李海燕当成"下人"一般使唤，又让她斟茶倒酒，又让她去把筷子重新洗一遍，还让她去催菜换碟等。李海燕几乎都没时间坐下来好好吃一顿饭。

　　萧峥实在有些看不过去了，对李海燕道："海燕，你坐下来，好好吃点菜。"李海燕刚要坐下，蔡少华又道："海燕，我香烟没了，你到老板娘那里拿一包，记账吧。"萧峥忍不住了，就道："蔡主任，你还是自己去吧，让海燕吃点东西。"

　　蔡少华却道："让她再去跑一趟，再来吃。"萧峥脸色不好看了，将酒杯顿在了桌子上："蔡少华，我跟你说了，你自己去！我是镇领导，还是你是镇领导！"蔡少华本在跟陈虹聊天，只好停了下来，脸上一紧，随后又笑道："当然你是镇领导，好，我自己去拿。萧委员，还真是怜香惜玉啊。我想说明一点，其实我是在锻炼海燕，只有这样她才能快速成长啊。萧委员既然不给我锻炼她的机会，那我也没办法。"

　　说着，蔡少华就走出了包厢。

陈虹听到蔡少华说萧峥"怜香惜玉"，心里又多了一个想法，难不成李海燕跟萧峥，真的有什么吗？这么一想，陈虹心里就不痛快了，对萧峥道："萧峥，你跟蔡少华闹意见干什么啊？今天可是他做东，请我们吃饭呢。"

萧峥道："他是拿镇上的钱请我们吃饭，我本就不稀罕。"

陈虹朝李海燕瞥了眼，道："不管他是花谁的钱，总之是他请我们吃饭。最起码的面子，我们还是要给他的。此外，他也说了，他让小李做事，无非是想多锻炼锻炼她，你又何必多此一举？"

萧峥道："这是哪门子的锻炼啊？让人端茶送水，当牛当马地使唤，能叫锻炼吗？"陈虹微微摇头道："萧峥，你这就狭隘了，普通干部想要上去，如果没有背景，哪个人不是这么上去的？如果这点都不能忍，还能有什么前途？"

"这些有什么好忍……"萧峥不同意陈虹的观点。

"萧委员，陈姐，"李海燕忽然说话了，"你们不要争了。我觉得陈姐说得对，如果这点都不能忍，那我还能做什么？而且，能为你们搞服务，我也是心甘情愿的，就算今天晚上不吃不喝，我也高兴的。"

李海燕这话，恐怕不完全是假话。可萧峥觉得，这未免也太为难海燕了。

"你们聊得很开心啊。"蔡少华回进来，手里拿着三包烟，一包给陈虹、一包给萧峥、一包放在自己的面前，唯独少了李海燕。

萧峥把这包华烟重新让给了蔡少华："我不用烟。"他想，陈虹应该也会还回去。

蔡少华拿起萧峥那包烟，一起放到了陈虹的面前，道："我想，萧委员不缺烟，肯定是想把这包烟给陈主任，陈主任可以拿回去孝敬陈局长。"

陈虹看看萧峥，笑着道："那就谢谢蔡主任了。"陈虹将两包烟都塞入了自己的小包里。

这一切都让萧峥很不舒服，他忽然感觉眼前的陈虹，有点陌生。

陈虹却看着萧峥问道："之前，我在办公室里问的问题，你还没回答我呢。"萧峥有点茫然："什么问题？"陈虹："你现在新办公室安排好了，分工应该也安排好了吧？你接下去会分管什么？"

不等萧峥回答，蔡少华抢答道："萧委员，分管安监工作。"

陈虹一愣："什么？安监工作？怎么还是安监工作？"

第 35 章　再次迟疑

蔡少华笑着道："安监工作很重要。萧委员又长期在安监站工作，镇党委认为由萧委员来分管安监工作，最合适，镇党委政府也最放心。"

萧峥朝蔡少华瞪了眼，心道，这些需要你来多嘴多舌吗？可现在毕竟是在桌面上，不客气的话，说出来也没意思。

陈虹最不希望萧峥继续接管安监工作，这个工作风险系数太大，她又问："安监工作不是有金镇长分管吗？为什么又让萧峥来管？"蔡少华这回没抢答，而是道："这个还是让萧委员自己来说吧。"

陈虹看向萧峥，等着他回答。萧峥只好说："金镇长因为之前的事故被处分了，调到了县红十字会担任副会长。"陈虹道："又是处分，又是调到不重要的岗位上去了？所以说，分管安监工作，就是风险太大。"

萧峥道："工作总是要有人干的，我不干，也总得有人干啊。"陈虹道："就是这个道理啊，工作大家都可以干，为什么偏偏是你干，不是别人干呢？"

"镇上还是很关心敢于担当的同志，所以把安监工作分给我之后，还提出申请副镇长职务给我。"

陈虹听到这个消息，眼前倒是微微亮了亮，她说："这么说，你是'双副'了！"

萧峥点头道："是的，是'双副'。"

旁边的蔡少华神色就不好看了。就这么短的一段时间里，萧峥已经变成了"双副"镇领导，可他自己呢，还只是一个中层正职，原地踏步。盘桓在心底的嫉妒，犹如一条毒蛇般跃跃欲试。蔡少华道："我听章委员说，这个'副镇长'还得等县委组织部批下来。"

"还没批啊？"陈虹一听，又有点忧虑了，"那能不能批下来呢？什么时候能批下来？"萧峥道："我想应该能够批下来，具体时间，现在还不是很清楚。"

蔡少华又道："我听章委员说，这操作起来，是有点麻烦的。最快恐怕也要个把月，如果遇上点麻烦，恐怕一个季度也未必能批下来。"陈虹道："这么久啊。"几个月内，可以发生多少事情？夜长梦多啊。

萧峥也不能反驳蔡少华，毕竟这个事情得县委组织部、县委开会定，什么时候开会，也是不确定的，所以萧峥自己也不知道，自己这个"副镇长"的批复什么时候才能下来。

这时候，包厢里有手机铃声响起。是萧峥的手机响了，萧峥拿起来一看，竟然是镇长管文伟。这个时候，管镇长打电话来，不知是什么情况？萧峥接了起来，"喂？管镇，您找我啊？"

私下里，萧峥本来称呼管文伟为"大哥"，可今天蔡少华在这里，他不能这么称呼。只听管文伟在电话那头道："兄弟，给你送来一个好消息。"萧峥疑惑地问："什么好消息啊？"他想自己最近应该没什么好事了。

管文伟道："镇上打给县委、县委组织部关于增选你为副镇长的请示批复下来了。"萧峥一愣，忙问道："这么快？是同意了，还是不同意啊？"管文伟道："兄弟，我都说给你送来好消息，那当然是同意了。"萧峥很是惊讶："这次怎么会这么快啊？不是说，最快也要一周，慢则要几个月？"

管镇长笑着道："我也在纳闷呢。这次县委、县委组织部的工作，快得有些惊人呢。我还在怀疑呢，兄弟你，是否在县里有什么大靠山啊？连我都隐瞒了。"萧峥愣了下，自己除了让小月帮过忙之外，根本就不认识其他县领导啊。难道小月认识的那个大领导，还在一如既往地帮助自己？

那他是给小月多大的情面啊！这种事情，基本就没多大的可能。那么，到底是怎么回事呢？萧峥是真想不明白。

管文伟听萧峥这边陷入了沉默，笑着道："兄弟，我开玩笑的。你如果县里有什么大靠山，在镇上也不会处处被打压了。"萧峥道："是啊，管镇我真没认识什么县里的大领导。"管镇长道："那只能说明，兄弟你现在是时来运转了！各方面的运气都好起来了。所以，你的'副镇长'能这么快批下来。"

萧峥道："谢谢管镇美言。"管文伟问道："我怎么听到你身边有其他人的声音，你现在哪里？"萧峥如实说道："我在镇上的'天荒农家'，今天我女朋友来了。蔡少华主任，也跟我女友认识，他请我们吃饭呢。"管文伟一听就道："兄弟，你这就不把我当大哥了，你女朋友来，理应让大哥出面好好款待款待，让蔡少华请客，档次是不是低了一点？"

萧峥道："我是担心管镇太忙，不敢惊动。"管文伟道："惊动什么呀！好了，我现在过来，我正好还没吃饭。"萧峥讶然："管镇，你还没有吃饭？"管文伟道："下班的时候，章清来向我汇报你那个副镇长的批复意见，我又通过人去组织部核实了一下，确认无误了，才给你打这个电话。"

没想到管镇长没吃饭，还是因为自己的事，萧峥心里过意不去："让管镇费心了。你赶紧过来吧，我给你倒酒。"管文伟道："我现在就过来，几号包厢？"萧峥道："三号。"

萧峥这个电话，打得时间不短。等他打完，陈虹就问："是谁的电话啊？"萧峥道："是我们管镇长，不是副的。"陈虹有些吃惊："管镇长啊，跟你说了这么久，聊的什么啊？"萧峥道："他告诉我，我那个增选'副镇长'的请示，已经批下来了。"

"太好了，师父，不，萧委员。"李海燕忍不住先叫了起来。

陈虹又看了李海燕一眼，但没说什么，毕竟这的确是个好消息，陈虹道："太好了。刚才蔡主任还说要很久，没想到这么快。"

蔡少华这时心里有种说不出的滋味。他心里其实是希望，萧峥的这个"副镇长"批不下来，没想到这么快就给落实了。

萧峥又道："管镇长说，他要过来，敬你酒。"陈虹更惊讶了："这需要吗？管镇长也太客气了。"蔡少华也很惊讶，管镇长竟然要来，这显然是看在萧峥的面子上。这么看来，管镇长和萧峥的同盟关系已经是非常紧密的了。

反观自己和宋国明，尽管他服务宋国明已经是鞍前马后、尽心尽力，可自己在宋国明的眼中，应该还只是一个下属吧，还远远没到同盟这个级别吧？

蔡少华就冲李海燕道："海燕，管镇长要过来，你快让服务员收拾一下碗筷。我把位置让出来，给管镇长。"

李海燕就出去了，不一会儿服务员就来收拾，刚重新排了一下位置，管文伟就进来了，身后跟着驾驶员小冯。

萧峥和蔡少华就邀请管镇长坐下，包厢不小，还有位置，小冯也就坐下来一起吃了。

管文伟坐下后，举起酒杯，道："今天，萧委员的女朋友过来，我说一定要过来敬一杯酒的。"萧峥和陈虹都道："谢谢管镇长。"三人将杯子中的啤酒都喝干了。

管文伟又转向了蔡少华、李海燕道："少华、海燕都是党政办的骨干，我也敬敬你们。好好干，会有进步的。"

蔡少华见管镇长把他和李海燕放在一起敬酒，心里有些不满意。他向来认为自己是高李海燕一等的。不过，他也不敢表示不满，只得说："谢谢管镇长。"

管文伟连自己的驾驶员也没有忘记，敬了敬，然后又来敬萧峥："萧委员，还是要恭喜你一下，增选副镇长的请示下来了，我最近就让镇人大高主席安排一下，最近什么时候就安排增选会议，把程序给走掉。这样你就是名副其实的'双副'了。在全县，分管安监，同时又是党委委员，你是头一个。"

萧峥道："都是管镇长关心。"

因为有蔡少华在，今天喝酒聊天，说的大多也是场面话。管文伟多次敬了陈虹，还夸了萧峥，一个多小时之后，晚饭结束。

蔡少华问萧峥："萧委员，你帮陈主任安排回去的车了吗？跟高主席说过了吗？"

蔡少华之所以这么问，是他知道，高主席今天去市里开会了，明天才会回来，萧峥根本叫不到车。

萧峥道："我还没有联系过，我现在打。"

"不用打了，高主席的车子到市里去了，今天回不来。"管文伟清楚情况，道，"用我的车送吧，萧委员，来，你也一起到县城走一趟，把你女朋友安全送到家。"车子的问题，就这么解决了。

第 36 章　一起干事

蔡少华本想看到萧峥为难的神色，然后他再想办法帮助陈虹解决用车问题，这样一来，陈虹会觉得，他蔡少华有些地方比萧峥还能干。可没想，镇长管文伟主动提出用他的车子。蔡少华又一次丧失了表现的机会，心里不免不爽。

萧峥一起上了镇长管文伟的车子，和管镇长一起坐在后座，让陈虹坐在了副驾驶室，她一个女生可以坐得舒服一些。

路上，陈虹聊起了她的父亲陈光明。管文伟道："我们萧委员，藏得太深了，女朋友是陈局长的千金，却一直不透露。"陈虹道："萧峥，他比较内向，不大会说话，以后还要请管镇长多多帮助。"管文伟道："这其实也说明萧峥是个很实诚的人，他没有把你父亲放在嘴上，也就是不想借你父亲的光，想要靠自己拼搏，这样的男人才有出息，才靠谱。陈主任，你别看我们萧委员，前期进步可能慢一点，经历的坎坷多一点，后期说不定是个潜力股。"

陈虹不由得朝后视镜中看了一眼，正好瞧见萧峥的脸，她不由得笑笑，心里有点甜，但嘴上却说："还要靠管镇长关心啊。"

管文伟也没推辞，他说："我和萧委员是兄弟，我们肯定会相互帮助。"

驾驶员事先问了路线，发现镇长管文伟的家最近，就在去陈虹家的半路上。于是，管文伟就先下车了，对驾驶员说："小冯，你把陈主任安全送到家，再送咱们萧委员回镇上。今天辛苦你了。"小冯马上道："不辛苦，管镇长，你放心，我一定安全送到。"

管文伟拎着他的公文包，走入了小区，今天酒不多，步子也很稳。车子再次启动，过了十来分钟，陈虹家的小区也到了。萧峥对小冯道："麻烦你等我一下，我稍微送一送。"小冯道："萧委员，不着急，你们慢慢来。"

这话听起来，怎么好像有点别样的意思？萧峥和陈虹互视一眼，尴尬地笑笑。

萧峥送陈虹进小区。走了几步之后，陈虹道："之前，听说你当了党委委员、新办公室也安排好了，我老爸听了还蛮高兴，今天我去看你，他也没什么意见。可现在你又分管安监了，我估计我爸和我妈又要担心了。不过，这次你的'双副'弄好了，却也是个好消息。"

萧峥拉了下陈虹纤柔的手，笑着道："你父母那边的工作，需要你去做了。我这边，会努力在县城买一个房子的，把我们以后的家安顿好。"

陈虹想要甩开萧峥的手，挣了挣没挣脱，也就任由他拉着，说："如果你真想买房子，买之前，一定要让我去看看。如果我不满意的话，以后我不住的哦。"

萧峥笑道："那当然要请你一起去看，最后还是要女主人来拍板的嘛。"陈虹朝萧峥瞟了一眼道："你知道就好了。"

"就送到这里吧。"到了小区楼下，陈虹道，"我爸妈应该休息了，我不想打扰他们，所以今天你就别上去了。"萧峥忽然一把将陈虹往自己身前一拉，陈虹猝不及防，整个身子撞过来，紧紧贴在了萧峥的身上。萧峥的身子结实而火热，陈虹心里一阵狂跳，身子却有些发软，她忙将萧峥推开："你又这样！"

萧峥笑笑说："你上楼吧，我听到你的关门声，我再回去。""对了。"

陈虹忽然像是想到了什么，从小包中，把之前蔡少华发的华烟，塞给了萧峥。

萧峥奇怪地问道："这是干什么?"陈虹道："我老爸不缺烟。我之前拿了，就是为了给你爸抽的。不过，现在小冯司机送我们，你等会儿给他一包，另外一包给你爸爸了。你不要两包全部给小冯。"

萧峥说："我知道了。你赶紧上去吧。"陈虹朝楼道走了两步，又回过头来，看了萧峥一眼，忽然就跑上来，给了萧峥一个拥抱。陈虹的身材是真的很好，凹凸有致，柔软而饱满，紧贴着他的时候，他的身体犹如一只小兽一般瞬间激动起来，可陈虹却再次灵活地跑开了，跨上了楼梯。

萧峥感觉意犹未尽，却也只能听任她调皮地跑开，不一会儿之后，就听到楼道上传来"嘭"的一声关门声。萧峥给陈虹发了一条短信："到家了？"很快陈虹就回复道："到了。我爸妈都还没睡。"

萧峥这才放心了，走出小区，坐入了镇长专车的副驾驶室，将一包华烟塞给了驾驶员小冯。

"萧委员，你太客气了！"小冯脸上带笑接了过去，"萧委员，以后镇长下班之后，你要用车，就给我打电话。"此时，距离公车改革还很遥远，用车也比较随意。

萧峥道："好，谢谢你。"萧峥心想，陈虹还是对的，在普通人的生活中，一点小恩小惠，就可以让别人对你有所期待，愿意跟你交往，乐意帮你做事。

还有将近半个小时的车程，小冯打开了收音机，是张国荣的一首《风继续吹》："悠悠海风吹，冷却了野火堆……让风继续吹，不忍远离……"

萧峥感受着夏日的山风从车窗灌了进来，突然有种伤感的情绪。人生短促，"哥哥"离开眨眼之间也已经两三年了。

可萧峥目前还在这个小镇上打拼，那么他这一辈子，难道就在这个小乡镇吗？不，此时的他，已经决定不能就如此虚度。

外面肯定还有更广阔的世界，更绚烂的人生。他得去见识见识。

当然这一切，都以干好当前的工作为基础。就算现在，他是分管安监工作，或许风险系数很大，但只要转变了思路，成效也能很大。

路上这几十分钟时间，萧峥思绪纷飞，一个念头却在萧峥的脑海之中，越来越清晰，那就是必须推进"停矿复绿"，发展生态绿色产业，这是村子的振兴之路，也是乡镇的前进之路，也是个人的成长之路。萧峥几乎有些盲目地相信这一点。

车子停在了宿舍楼下，萧峥心情澎湃，他打算回到宿舍之后，就开始起草一个"停矿复绿"的建议，明天就拿给镇长管文伟看，希望能上镇长办公会议、镇联席会议，再提交县里。

萧峥快步上楼，刚走到楼道里，便看到黑黢黢的宿舍楼门口站着一个窈窕的身影，借着月光，还有远处昏暗的路灯光，可以看清那个身影，是李海燕！

萧峥微微一愣，不由得顿住了脚步。李海燕穿着T恤、牛仔裤，还是之前的装扮，应该并没有回过家，此刻双肘支撑着阳台，望着远处，应该是在想什么事情，并没有注意到他。她怎么会在这里？难道出什么事了吗？

萧峥一边走上前，一边问道："海燕，你怎么在这里？发生什么事了吗？"李海燕肩膀一动，转过身来，神色看起来黯淡。她指了指脚边的东西，说："萧委员，我买了几瓶啤酒，你还能喝吗？能喝的话，就陪我喝两瓶；不能喝的话，我这就带回去。"

萧峥这才注意到她脚边的啤酒，又想起今晚吃饭的时候，李海燕被蔡少华呼来唤去，并没有好好坐下来吃东西，更没有喝酒。此刻，瞧见她一脸落寞又低落的样子，萧峥怎么忍心让她就这么把这几瓶啤酒提回去？毕竟，在他最失落的日子里，李海燕是为数不多的关心他的人。

萧峥弯下身子提起啤酒，道："进来吧，徒弟想喝酒，师父就是舍命陪君子，也要喝。"李海燕脸上一亮，低落的神色淡了一些，说："谢谢师父。"

萧峥一听也挺高兴，今天因为陈虹的要求，李海燕一直称呼他为"萧委员"，现在她终于恢复了之前的称呼，叫回"师父"了，萧峥还是觉得这一声"师父"更顺耳。萧峥开了房门，打开灯，让李海燕进来，顺手把六瓶易拉罐啤酒放在了小写字台上，李海燕将一包花生米、几根火腿肠也搁在了小写字台上。

萧峥拿出两个玻璃杯，用早上烧的开水泡了下，开了两瓶啤酒，给两人的杯子里都倒满酒，响亮地碰了一下杯子，两人将杯中酒一口干了。放下杯子，萧峥看着李海燕，说道："今天蔡少华让你搞服务，把你给郁闷了吧，晚饭也没好好吃吧？"

李海燕道："我不怪蔡少华，像蔡少华这样的人，只要你在体制内，总是会遇上的。我只怪我自己，没有关系，没有能力，没有办法改变现状。"萧峥听着李海燕说的这些话，就好像听到之前的自己说的一样。

萧峥现在情况改变了，心态也就不同。他说："海燕，没有关系，不能怪你；没有能力，就更不是了，你能力其实很强，我和你在一个办公室共事过，难道还不知道吗？你动作快，写作能力也强，思路也挺清晰，我觉得都不错。你现在缺少的就是一个机会。"

李海燕微微低着头道："只要在蔡少华下面做事，我估计他不会给我机会。"

李海燕这话，说得也不是没有道理。蔡少华这人，萧峥了解，他向来将别人当成自己的阶梯，有机会也是自己拿走，不会给下属的，除非下属拿什么东西跟他交换。

萧峥也有些替李海燕担心，忽然一个念头闪过脑海："海燕，我最近要做一个大事情，你愿不愿意过来跟我一起干？"

第 37 章　同处一舍

李海燕听到萧峥说要干一件"大事"，心里有些疑惑，镇上能有什么大事？她一双黑眼睛憧憬又带点茫然地看着萧峥，问："师父，你要干什么大事？"

萧峥就把自己想要推动"停矿复绿"的想法说了，李海燕听了，脸色也亮了："师父，这是个好想法。绿色经济是未来的趋势。我有时候看报纸，看到国家的大政方针都是支持可持续发展的，可依赖矿产为支柱产业的乡镇，还找不出一条路子来呢。假如我们天荒镇能率先走出这样的路子，无论对老百姓来说，对镇上的发展来说，都是大好事。师父，我愿意跟着你一起干。"

萧峥没想到李海燕能说出这样的道理，这说明李海燕平时虽然杂事缠身，却也没有放弃学习。萧峥道："我明天就跟管镇去说，看看能不能尽快把你从党政办弄出来。可是，从党政办到安监站，你愿意吗？我当时是被流放到安监站的。到了安监站地位降低了不说，还会被人看不起，不行，不行！"

安监站和党政办相比，相对来说，还是党政办的机会更多啊，萧峥不想害了李海燕。

李海燕却不以为然地道："师父，你不就是在安监站提拔起来的吗？在乡镇也干了这么多年了，我现在感觉，有没有机会，看的不是你在哪个办公室，而是看你跟着谁。我愿意跟着师父一起干事业，就算以后发展不好，我也认了。自己选择的路，自己努力过，我也绝不会后悔。"

看得出李海燕不是说说的，而是下了决心，萧峥就道："那好。师父答应过你，等师父我提拔了，一定罩着你，我绝对不食言。"

李海燕双目盈盈地瞧着萧峥。在这个镇上，那么多男人，她认为，也就师父萧峥能说出这么血性的话来。镇上很多男人，包括那些班子成员，便宜想要沾你，可从来不会想着对你负责！与他们相比，萧峥向来是说到做到。

眼前的这个男人，让她感到一种说不出的安全感。这辈子如果能跟这样的男人在一起，无论贫贱富贵，她都愿意。

可是，萧峥已经有女朋友了。李海燕觉得自己不可能做第三者，这样的事情，她做不出来。

李海燕只好移开了目光，将两人的杯子重新斟满，顾左右而言他："师父，这杯酒敬我们师徒重新在一起。"李海燕说的这"重新在一起"其实是有双重含义的。她多么希望萧峥能对她说"以后你就跟我在一起吧"。如果真是这样的话，她李海燕赴汤蹈火也愿意。她甚至愿意，今天就住在这里，不再回家了。

然而，萧峥却道："好，预祝我们师徒，又能重新在一起工作!"这句话明明白白，说明萧峥没有其他什么"歪心思"。李海燕心头微微有些怅然，一下子不知该说什么，只好又问了一句："师父，那么接下去，我们要做些什么呢?"

"你说到这个事情，还真提醒了我。"萧峥道，"我今天从县城回来的路上，就已经在考虑'停矿复绿'的建议，我说给你听听，你也帮我出出主意?"李海燕看到萧峥精神抖擞，她也被感染了，道："师父，你赶紧说，我听着呢。"

萧峥就把他的想法给说了出来，主要包括"停矿复绿"的重要意义、具体举措、目标要求等。说完之后，萧峥又喝了一口杯中的啤酒，问道："你觉得怎么样? 要说实话，不要只说好听的。"李海燕微微白了萧峥一眼："师父，你说我是那种只会说好话的人吗?"

萧峥笑笑道："那倒不是，海燕是有一说一，我刚才说的，你有什么建议尽管提出来，也便于我拓宽思路，完善方案。"李海燕想了想，郑重地道："师父，你这个'停矿复绿'的想法真的非常好，方向性也很不错。但是，我总觉哪些地方好像少了什么，可是我一时又说不出来。"

其实这种感觉，萧峥在讲这个建议方案的时候，自己也感受到了。可他本人也说不出哪里有问题，如果他能说得出来，早就具体化为思路了，这才是头疼的地方。李海燕道："师父，这样吧，你刚才不是讲了思路吗? 我把你说的，都整理出来，到时候我们看着方案，也许就能找到问题所在，然后再完善一次。"

　　李海燕在党政办待的这几年，也不是白待的。她也学到了不少起草方案、处理文件的方法。在机关里，就算在最基层的乡镇，办文办会也是相当重要的。萧峥就道："那好啊，等你明天有空了，你再整理。"

　　李海燕却道："为什么要等到明天？明天白天，蔡少华又会把什么活儿都交给我，我只能连轴转，没有时间的。现在还不到十一点，我现在开始梳理，十二点左右也就能完成了。"

　　萧峥和李海燕都是年轻人。年轻人最大的优势就是精力旺盛，不知疲劳，就算一两点睡，第二天也照样生龙活虎。

　　李海燕说干就干的劲头，也让萧峥精神振奋起来："那我们就干！"这句话在一个女生面前说，实在是有些尬。李海燕微微脸红，道："师父，你说话也文明一点啊。"萧峥装傻道："我说什么了？我说什么了？"

　　李海燕笑了下，不予理会，拿起写字台上的纸、笔，就开始整理起来："师父，题目就用'关于天荒镇'停矿复绿'的建议'对吧？"

　　萧峥道："嗯，目前就用这个题目吧。但这个题目也不是特别好，总觉得太直接了。"李海燕将水笔倒过来，在桌子上轻轻地敲了两下，若有所思地问道："师父，你看用'绿色乡村建设'，会不会更合适？"

　　"关于推进天荒镇'绿色乡村建设'的建议？行啊，这个题目比我的强。"萧峥兴奋地道，"'绿色乡村建设'听上去更宽泛，相比，停矿只是一项工作，不能作为目标。'绿色乡村建设'就更有想象空间了。"

得到萧峥地认可,李海燕心里也甜甜的,脸上的笑意更浓:"那我就这么写了。"萧峥道:"没问题,就这么写,就这么写。"题目写好之后,就进入了正文。两人一边写,一边讨论,时不时还干上一杯啤酒。

时间在不知不觉中过去,到十二点还没有完成。或许是喝了酒,睡意袭来,萧峥打了个哈欠。李海燕见萧峥一脸睡意,便道:"师父,我还需要一会儿,你先休息一下,等我全部整理完了,我再叫你。"萧峥实在是有点困,就道:"那好,我先靠一下。"

萧峥便将头枕在手臂上,就这样靠在写字台上,不一会儿便睡了过去。不知过了多久,萧峥感觉手臂发麻,才醒了过来,一看自己趴在写字台上竟然睡了有两个半小时,自己的肩膀上还盖着一件外套。毫无疑问,肯定是李海燕帮自己盖的。

萧峥这才注意到,身边,李海燕也像自己一样趴在写字台的另一侧,睡得沉沉的,她的面前是几张纸,正是整理好的"绿色乡村建设建议"。萧峥拿过来看了看,觉得整个框架已经颇为完整了。他不由得感慨,李海燕这个女生干活真是又快又认真。

看看时间已经子夜两点多,她该回家了。萧峥轻轻在她的手臂上拍了拍:"海燕,可以回家了。海燕……"

然而,李海燕却睡得很沉,叫了几声,都没什么动静。"怎么能睡得这么沉?"萧峥心里想着,却也拿她没办法,毕竟她也是为了帮自己工作,才累成这样,萧峥也不忍心她一直这么趴在写字台上睡到天明。

刚刚自己才趴了两个多小时，手臂就麻得难受。李海燕是女孩子，这样子睡觉肯定不舒服。

这么一想，萧峥也没多想，便将双手伸到她的胳肢窝下，想把她搬到床上去。

结果当他的双臂一紧，双手竟然就碰到了她胸前异常柔软又充满弹性的地方，萧峥吓了一跳，原本残留的那点睡意都瞬间醒了。自己怎么这么不小心，直接碰到了女孩子们自视为宝的地方？好在，李海燕并没醒。

萧峥只好又换了一个姿势来抱，最后用公主抱的方式，将李海燕抱起来，放到了自己的床上。李海燕竟始终没醒。

夏夜，这栋老宿舍唯一的优点就是通风、阴凉，萧峥怕李海燕受凉，给李海燕盖上了一层薄薄的毯子。等把李海燕安顿妥当，萧峥才将两把椅子一搭，自己靠在椅子里也很快睡着了。

四五点钟的时候，李海燕在一张陌生的床上醒来，很是惊讶。扭头一看，见师父萧峥正安静地睡在不远处，就着写字台上的灯光，可以很清晰地看到他的侧脸，睫毛映在脸颊上，那样温柔而俊逸。李海燕心中微微一动，不过，她很快发现萧峥竟是睡在椅子里，把床让给了她，她心下一阵温暖，微微一笑，又转身睡了。

早上六点，李海燕起来，拍了拍萧峥的肩膀："师父，你到床上睡吧。我回去了，等会儿晚了，怕下面的人看到。"

这个晚上萧峥和李海燕并没发生任何见不得人的事，可早上如果李海燕和萧峥一同走出宿舍楼，难免会被人说道。这栋楼，萧峥这一层只有他一个住户，可下面几层还是住着人的。

萧峥是怕影响李海燕的声誉，就说："那你悄悄走吧。"

等李海燕一走，萧峥倒在床上睡了。床的感觉比椅子强太多了，而且枕头上似乎还隐隐浮动着某种香味，他翻了两个身，很快便又睡着了，到八点钟才起床，去吃了点东西，然后，拿着李海燕整理出来的那几张纸到镇上去了。

上午，萧峥在办公室里，把那几张纸上的内容打到了电脑里。萧峥干了很长时间的一般干部，自己动手能力还是非常强的，忙了一个多小时也就搞定了。

萧峥拿着这个建议稿，去找了管镇长。管镇长看了看，道："萧委员，这个稿子先放我这里。等你的副镇长选举成功，我们再坐下来好好商量这个建议方案。"萧峥道："好。"

回到办公室，找香烟的时候拉开抽屉，萧峥发现了那个后山老茶树茶叶的罐子，想起答应过小月，给她送点后山老茶的事情。

最近，萧峥工作也不是很忙，正好趁空给小月送去，于是他就拨了小月的电话。这个电话是之前她打给他时，他存下的。

第 38 章　重要任务

萧峥拨打了小月的电话，通是通了，却无人接听。萧峥又打了一次，还是没人接，心想小月应该是在忙。萧峥也就没有继续打，心想，她看到后也许会回过来。

此时，在安县县委书记的办公室内，一个戴着帽子的神秘客人，正坐在沙发里，端起白瓷茶杯喝了一口，又放到了茶几上，然后抬起头来，看看县委书记肖静宇，问道："肖书记，到县里的这段时间以来，感觉怎么样，还适应吗？"

肖静宇看了一眼对面的人。这位尊贵的客人，戴着一顶帽子，让她有些不适应。毕竟，以前他坐在主席台上，总是正襟危坐，让人肃然起敬。现在，他戴着帽子，衣着休闲的样子，总让人觉得有些陌生。

可在来之前，他就跟肖静宇说定的，他这次到安县来，不是来检查工作，也不是搞调研，而是纯粹的个人行为。为此不要接待，不要宣传，他就到她的办公室坐坐、聊聊，就离开。

鉴于这个要求，肖静宇特意选择了县长方也同去市里开会的日子，才邀请这位尊贵的客人前来。

"陆部长，这段时间以来，我主要是在熟悉工作。"肖静宇回答道。陆部长从帽檐下面看了看肖静宇："我听说，你到安县之后，连一个大型会议都没有开过，有些乡镇、街道和部门的班子成员，还没见过新书记的真面目呢。你这样，是不是太低调了一些？"

县委书记肖静宇说："我只是想把安县的底子摸摸清楚，情况掌握得深入一点，磨刀不误砍柴工啊。"陆部长的脸在帽檐下微微露出一丝笑容，仿佛霞光穿透云层似的，道："肖书记，还是很有定力，很有静气的，不愧于名字中'静宇'两个字……能让宇宙都安静下来。"

县委书记肖静宇的手机，正是在陆部长说"有静气"三个字的时候响起来的。当时陆部长的眉毛动了动，肖静宇没去管手机，继续听陆部长讲。当陆部长说道"能让宇宙都静下来"时，手机铃声又响了。这铃声似乎就是要跟陆部长作对一般，你说"安静下来"，它却偏偏不安静下来。

肖静宇已经看到了，电话是萧峥打来的。她颇有些奇怪，萧峥怎么突然给自己打电话来了？但当着陆部长的面，她不可能接萧峥的电话，便将手机放在了静音，说："一个下面的干部打来的，陆部长，我已经静音了，不好意思，请您继续说。"

"下面的干部？是谁？难道是那个救了你的乡镇干部？"陆部长目光闪了闪，问道。

陆部长果然是老领导了，心细如发，一下子就猜到了。肖静宇不会骗陆部长，就道："是的，陆部长，就是那个乡镇干部，叫作萧峥。"

陆部长道："你后来是怎么安排他的？"肖静宇道："天荒镇的班子需要调配，基层推荐了他为党委委员，最近他们分管安全生产的副镇长出了点事，县委又同意了增选他为副镇长的请示。"

"这样也就差不多了。一个基层干部，他救了你的命，你给他解决一个'双副'也说得过去了。"

陆部长听肖静宇说过，当初要是没有萧峥，她恐怕已经不在这个世界上了。

所以，陆部长也同意肖静宇提拔萧峥，这本身也在职责范围之内。尽管私与公之间界限稍微有些模糊，但萧峥救了肖静宇，本身就是挽救了一个县级主要领导的生命，这其实就是对国家的贡献，同时他本身见义勇为的行为，就值得嘉奖。

不过，陆部长还是提醒道："这个人的能力怎么样？镇党委委员、副镇长，他要能胜任所担任的工作才行，要是不能胜任，可别提拔了他，给自己带来不必要的麻烦。"

肖静宇回想了下最近跟萧峥接触的几次，回答道："据我观察，他的思路是清晰的，也有一定的工作能力，甚至还有些理想抱负。"陆部长听肖静宇这么说，目光又从帽檐下射过来，审视了下肖静宇。

肖静宇注意到了陆部长的神情，就简单地说："想要改变家乡的面貌吧。""哦，"陆部长并没有当回事，道，"那倒也是一种朴实的理想抱负。他有没有提出另外什么要求来？"肖静宇道："并没有。而且也已经承诺，不会再找我帮忙了。"陆部长道："他现在知道你是县委书记了吗？"

肖静宇想了想，道："应该还不知道。我跟他打交道的时候，一直声称自己是省里一家企业在安县分公司的老总。"陆部长又点了点头："我终于明白了，你为什么这么久都没开大会，也不上报纸、电视，都是因为这件事吧？"肖静宇也不否认："有一定的关系，但另外一方面我也的确是想多花点时间，摸清底数。"

"好，我认为在这件事的处理上，你做得还是很妥当的。现在他已经答应不会再提出别的要求，那么当他知道你是县委书记之后，也不好再说什么了。"陆部长道，"不过，你还是要警惕，人性总是贪婪的，也不能保证他知道你是县委书记之后，又来要求提拔，要求好位置。"

肖静宇道："陆部长，若真是这样，那也很好解决。我是县委书记，要摆平一个乡镇干部还不容易吗？"听到这话，陆部长才放心地点了点头："我相信你有这个能力。好了，关于那个乡镇干部的事情，我也不多说了。此外，我今天来，是关于另外那个任务的。"

肖静宇一下子就想起来，当初省里派她下来的时候，交给了她两大任务：

第一，自然是领导县域经济的发展，安县，安然吉祥之地，自古号称是曾有凤凰出没的地方，这几年下来发展真是不怎么样，前几届领导下来，经济没搞上去，还把环境给破坏了。

第二，还有一项反腐倡廉的任务，涉及一位曾经从安县出去的领导干部，他的根系很深，在安县的影响也很大，目前组织上证据还不充分。这也是组织上派肖静宇下来的一大任务。

之前谈话的时候，就是陆部长跟肖静宇谈的。此番，陆部长以私人身份下来，又重提这一任务，肖静宇自然引起高度重视，她道："陆部长，关于这个问题，我也在开始了解了。"

陆部长缓缓点头，又喝了一口茶水，道："我知道，你到了安县，肯定会立刻了解调查。不过我这次过来，主要是想再向你传达一个信息，领导对查清这一问题的时限，从之前我对你说的一年，缩短到了半年。这也是我此次专程要来一趟的原因。"

"半年？"肖静宇很有些为难，这段时间以来，她已经在抓紧了解情况了，可是跟她期望了解到的情况相比，还是远远不够。初来乍到，各方面情况还不熟悉，如何打开局面，找准切入点，这不是一件容易的事情。

肖静宇道："陆部长，这时间要求得太紧了，还有没有余地啊？"

陆部长微微摇头道："没有余地。如果有余地，我今天也不会特地跑这一趟了。"

肖静宇瞧了瞧陆部长帽檐之下的眼神，确认陆部长不是在开玩笑。她只能咬咬牙道："我尽力完成任务。"

陆部长又道："静宇同志，还有一个意思，我也必须现在就传达给你。领导的意思，如果半年之内没有查清问题，组织上可能会换人过来。"陆静宇神色一凝："换人？就是说，不让我当这个县委书记了？"

陆部长微微点头道："由此，你应该也能明白这个事情的重要性了。这件事的难度本身很大，组织上是充分了解的，所以让你也不要有太大心理负担。"

肖静宇是一个要强的人，她的性格里是不容忍铩羽而归这样的事的，她看着陆部长道："我会尽一切力量，完成组织交代的任务。这点请陆部长放心。"

陆部长又看了一眼肖静宇，心里也替她感到不容易，随后就站起来道："好了，静宇同志，今天我来安县的目的，已经达到了。这会儿，我也该返回省城了。"肖静宇道："陆部长，你得吃个饭再走吧？"

陆部长却道："我在这里多待一会儿，就多一分让人发现的可能，还是回去了。吃饭的事情，等你这里有所进展，我在省城请你吃饭。"肖静宇也就不再勉强："那好，陆部长我送送你。"陆部长道："你别送了，我自己下去。这样不容易引起别人注意。"

肖静宇只好将陆部长送到了门口。

肖静宇知道，陆部长之所以一定要走这一趟，是要确认一下肖静宇在安县的工作环境。陆部长是那种凡事要亲自看到才放心的人。

肖静宇站在窗口，瞧着陆部长的车子离开，才返回了办公桌旁。

她看到手机上，萧峥的那两个未接电话，想了想，还是回拨了过去。

第 39 章　发现异常

没一会儿，肖静宇就听到萧峥接起了电话，声音颇为热情："小月，你好，这会儿你是在安县，还是回省城了？"

肖静宇又朝窗外瞧了眼，回答道："我在安县。"只听萧峥道："那太好了，我给你送老茶叶过来。"

"老茶？"肖静宇愣了下，"老茶叶是什么？"萧峥笑着道："小月，你忘了？上次喝普洱茶的时候，我跟你说过，我们镇政府后山上，长着一株老茶树，做的茶叶泡茶可不错了。我好不容易访到少许，这就给你送来。"

肖静宇这才想起来，上次在离光茶铺请萧峥喝茶，他的确说起过老茶树的明前茶好喝，肖静宇还开玩笑说自己也想喝。那不过是她随口一句话，她怎么可能会缺茶呢？她从省城带来的东湖龙井，够她喝到明年清明之前了。

她没有想到，萧峥会把她随口一句话记得那么牢。不过，既然提起了，肖静宇还真想尝一尝这乡镇老茶树的茶叶到底什么味道，可想起陆部长告诫她的话，对萧峥也要保持警惕。他是真的不知道自己的身份？还是故意当作不知道，在靠近自己？

这一点肖静宇也不能肯定。

肖静宇道："这件小事，你还记着啊？我是随口说说的，你还是留着自己喝吧。"萧峥却道："那怎么行？我是专门从食堂大妈那里淘来的，就是为送给你尝一尝的。我萧峥说话算话，上次答应给你喝的，我就肯定给你送来。"

萧峥看不见，肖静宇的嘴角露出了一丝笑意，在肖静宇看来，萧峥有些乡镇干部的习气，不过也透露出一种在上面找不到的诚实。肖静宇道："专门送过来太不方便了。"

萧峥道："没什么不方便的，我开摩托，来去很快。你告诉我你在哪里，我这就过来。也就耽误你一两分钟，我送到就走。"

还真是盛情难却，加上肖静宇还真的被这老茶吊起了兴趣，就道："那好吧，就中午休息的时间吧。"萧峥道："也行。中午我送到哪里？"肖静宇道："安县国际大酒店吧，一点半，酒店后面有停车场，你认识我的车。我就在那里等你。"

肖静宇在安县没有房子，县里给安排在住宿条件最好的安县国际大酒店，住宿费是协议价，也就挂牌价的一半。

萧峥也没多想，猜小月是公司老板，中午在安县国际大酒店应酬也很正常，就道："那我一点半准时送到。"

在安县一中，陈虹今天上午稍稍有些烦心。

昨天晚上，是萧峥送她回家的。到了家里，陈虹发现老爸陈光明、老妈孙文敏都还没睡，正在等着她回家。陈光明和孙文敏自然知道女儿是去天荒镇见萧峥了，关于女儿和萧峥的事情，两人始终放心不下。所以他们打算等女儿回来，问个清楚再睡。

当陈光明和孙文敏听说萧峥新办公室解决了，现在一人一间办公室之后，两人都点头说："这还不错。"当听说，萧峥的职务马上要加上一个"副镇长"时，两人更是欣喜，陈光明还说："这么快'双副'就解决了！担任了两个副职乡镇领导岗位，对下一步的提拔正科是很有好处的。那么，他是副镇长了，分管什么？工业、农业，还是社会发展？"

陈虹本来不想提萧峥的分管工作，可现在陈光明问得这么清楚，她自然不好骗他，只好说："他分管安监呢。"

陈光明和孙文敏都是一愣，相互看了看。陈光明和孙文敏就开始叨唠起来。

陈虹早就知道，父母一听到萧峥又去分管安监工作，肯定会有话说，她得替萧峥说几句话，就道："爸、妈，分管什么工作，也不是萧峥能说了算的。在镇班子里，他现在资历最浅，其他领导自然会把最苦、最累、风险最高的活儿推给他。所以，这事不随他呀！"

陈光明点头道："这倒也是实话。可是，安监这块工作真不能长做。"陈虹就坐到了父亲的旁边，攀着老爸陈光明的手臂道："老爸，你现在是农业局局长，能不能帮忙跟天荒镇的宋书记打个招呼，让他帮个忙，别让萧峥分管安监了？行不行吗？"

看到女儿撒娇求情，陈光明本来是没什么抵抗力的，可在这个事情上，陈光明有些力不从心，他说："女儿，其他的乡镇党委书记，倒还好说，我这个农业局局长出面，说不定还真能说上一句话。可宋国明这个人，我跟他的关系很一般。他眼界很高，几年前有一次差点就提拔了，可镇上发生了谭小杰的贪腐案，直接就导致了宋国明的提拔也被搁置。但他心里一直认为自己早晚是要提拔为副县长的，因此也不太把我们这些部门局长们放在眼里。"

陈虹也没想到宋国明会这么难搞，她脑筋一转，又道："老爸，那你能不能求县领导帮帮忙，把萧峥调一个岗位？"

"这怎么行？"孙文敏开口了，"这肯定不行。"陈虹急问："为什么不行啊？"孙文敏道："求人帮忙，就是欠人一份人情。县里领导的人情，怎么可以随便用呢？你想想看，你老爸现在是局长，过一两年肯定是要向县领导冲的。所以，重要的人脉也要留到那时用。再说，萧峥是我们什么人？现在什么都不是啊。"

陈虹道："老妈，他现在是我的男朋友啊，怎么能说'什么都不是'?"孙文敏正色道:"男朋友算什么?今天说是男朋友,明天说不定就分手了。陈虹,妈妈有句你可能不爱听的话,今天必须跟你说。"

陈虹几乎知道孙文敏要说什么,所以她沉默了。可孙文敏还是开口了:"陈虹,萧峥虽然现在提拔了,可他现在分管的工作,风险系数太大,一个不小心被撤职的可能性都有。我和你爸,不放心你和他在一起。更何况,萧峥家的家境也太平民百姓了,他爸妈一直生活在村子里,都是干粗活的人。我们跟他们做亲家,以后也玩不到一起啊!我和你爸以为,婚姻最好还是门当户对,所以,你最好还是跟萧峥分了。就算你现在舍不得分,我也劝你冷静一下,最近与萧峥还是要减少交往。我是担心,他万一真出事。"

陈虹道:"老妈,你怎么老是担心他出事?"

孙文敏道:"不,我不是担心萧峥出事。我是担心你啊,女儿。我们希望你的这辈子,能够跟一个家境优渥、前途无限的人在一起,这样我们才能放心啊。你也要站在我们的角度,换位思考一下。我们为的都是你的幸福啊!"

陈光明也道:"陈虹,你妈妈说的也都是实话,你也别嫌我们烦,别嫌我们势利。在你的终身大事问题上,我们没有退路啊,我们必须'烦',必须'势利',来为你保驾护航!陈虹!"

陈虹朝孙文敏看看,又朝陈光明瞧瞧,她也知道父母说的都是心里话。她甚至有些感动。她也深信,父母都是为她的幸福考虑。她只好道:"爸妈,你们的话,我都会听的。我会再考虑考虑的。"

陈虹说着，便起身去洗澡，进了自己的房间。这个晚上，她都没睡好，第二天上午也反复想到关于萧峥的事情，关于父母的意见，她一下子又不知该怎么好了。到了中午，她不想一个人吃饭，就叫上县一中的两个女同事，一起去镇上新开的肯德基吃中饭。

三个人点了吮指鸡块、汉堡和饮料，在落地窗挑了个座位坐下来。其中一个女同事问道："陈虹，我听说你男朋友提拔为副镇长了？是吧？"陈虹点点头说："是的。"因为昨晚上父母的话，陈虹这会儿都高兴不起来。另外一位女同事道："那就是当官了，你以后结婚了，直接就是官太太了。"

之前的女同事道："陈虹可能不稀罕呢，毕竟陈虹老爸就是局长，自己就是千金小姐。不像我们，老爸老妈都是平民百姓，如果老公能有一官半职，肯定开心得上天了。""那你让陈虹的男朋友，也给你介绍一个当官的。"

听着恭维的话，陈虹也只是笑笑，不太高兴得起来。她朝落地窗外看去，无意间，忽然瞧见一个骑着摩托车的身影，在眼前一晃。

萧峥！陈虹回过神来，刚才开着摩托车，从街上飞掠过去的，不就是萧峥吗？

刚刚同事说起他，他忽然就开过去了。难道真有说曹操曹操就到的事情？还是她刚才看花眼了？

陈虹确信自己没有看花眼。她掏出手机，给萧峥打电话。

萧峥很快接起了电话："哎，陈虹？"陈虹问："你现在哪儿啊？”

萧峥道："我在县城，刚经过你们学校附近呢。"陈虹问："你去哪儿？"

萧峥想了想，觉得实话实说给小月送茶，好像不大好，就道："我去县里呢，有任务。"陈虹听萧峥并没骗自己，才放心了，道："哦，好的，那你去忙吧。我刚刚好像看到你了，所以给你打个电话，没其他事情了，你去县里吧，不耽搁你了。"

第 40 章　势利之极

陈虹刚放下电话，旁边两位女同事，就笑着问："你男朋友来了？"陈虹摇摇头道："不是，他去县里办事。"两位女同事又问："什么时候请我们吃喜糖？"陈虹想到父母的话，对两人的未来也是茫然，道："我也不知道啊，不过他说最近要买房子呢。"

两位女同事的眼眸都为之一亮，其中一位道："你们要买房子啦？看来当了副镇长就是不一样，工资多了，马上就能买房子了呢！"另外一位道："对了，你们看好哪个楼盘了吗？"

陈虹摇摇头道："还没看好。"其中一女同事颇为兴奋地推荐道："宏达花园很不错，就在县政府旁边，建成后应该是我们县城最新、最高档的小区了。"

陈虹很少操心家里的事情，对房地产也关注得少，这个"宏达花园"她听人说起过，但并不了解。这会儿听女同事说，是县城最新、最高档的小区，她就忍不住多问了一句。三个人一边吃肯德基，一边又聊了不少房子的事情，才回了学校。

这时候，萧峥已经快到安县国际大酒店了。在国际大酒店后面的一辆奥迪车内，县委书记肖静宇正等着萧峥。他们说好了碰头的时间，是在下午一点半，还剩下十来分钟。肖静宇今天中午在这里休息，打算拿到了萧峥的茶之后，就直接回县委工作。

在距离安县国际大酒店剩下一个路口的时候，萧峥手机突然又响了起来。

萧峥起初不想接的，可手机一直响，萧峥只好停下了摩托车，掏出手机一看，竟然是家里打来的电话。

萧峥心里有些疑惑，绿水村的父母这个时间点，本来应该是在矿上干活才对，中午他们是没有休息时间的。可这个电话的确是家里打来的，难道出了什么事？萧峥忙接了电话。

只听老妈费青妹焦急的声音传来："萧峥，你爸爸出事了。"萧峥一听，心脏就砰地震了一下，急问："出什么事了？"

费青妹道："你爸爸今天早上就咳嗽、胸闷，呼吸很难的样子，我让他休息一天，他不肯，就又去上工了。可到了中午，他咳嗽得更厉害了，还咳出血来了！"

父亲咳嗽的事情，萧峥是知道的，上次还劝他去县城医院看看，他坚持说没什么大问题，也就没去。

萧峥刚才听费青妹说爸爸出事，还以为出了矿难。现在听来，人总算是没事，萧峥又问："其他还有什么事吗？"费青妹在电话那端有些急："其他，还要什么事啊？他都咳出血来了，现在躺在床上，呼吸起来跟拉风箱一样，困难得很啊，还动不动就咳嗽，眼泪鼻涕都咳出来，毛巾擦一下都是血丝。"

萧峥一听，觉得问题有些严重，脑袋里不由得冒出"肺癌"两个恐怖的字眼。萧峥忙道："我现在就回家，带爸爸来县城医院看。"费青妹说："可是你只有摩托车啊，你老爸现在这个样子，坐不住摩托车啊。"

萧峥道："老妈，你别担心，我们镇上有车。"从电话那头又传来了咳嗽声，毫无疑问就是老爸在剧烈咳嗽。费青妹又慌起来，声音中都带着哭腔了："萧峥，那你马上回来吧。"

萧峥心头焦灼，但他知道，老爸一旦出事，他就是家里的顶梁柱，老妈可以慌，他不能慌。萧峥立刻就给镇人大主席高正平打了电话："高主席，今天下午你要用车吗？"

现在，萧峥和高正平是合用一辆公务车的，所以他打给了高正平。

高正平本打算坐车出去晃晃，听萧峥这么问，高正平就说，你如果要用车就拿去用。萧峥就对高正平解释了一下，说自己老父身体有点问题，要去县城看看。高正平倒也善解人意，道："那你拿去用吧！家里的事情很重要，不要耽搁了。"

萧峥就给驾驶员小钟去了电话，让他在镇上等自己。

车子的问题解决了。萧峥就往镇上赶，开了两三公里之后，萧峥才想起来，今天到县城来的目的，是给小月送茶叶的。刚才被老妈的电话一急，事情没办就掉头回镇上了。

萧峥一边开车，一边掏出手机，给小月打电话："小月，不好意思啊，刚才都已经到安县国际大酒店门口了，可接到家里电话，我老爸咳嗽很重，呼吸困难，我这会儿得马上赶回去，送他去医院。老茶叶，我只能换个时间再给你了。"

肖静宇在车里已经等了十来分钟，没想到萧峥说不来就不来了。到安县之后，肖静宇还是头一次被人放鸽子，她说："你该不是骗我吧？"萧峥道："我现在就骑着摩托车，如果我骗你，马上就摔死！"

肖静宇一怔，他这样的毒誓都敢发！再一听从手机那头，的确传来呼呼的风声，看来没骗人，刚才她也只是因为干等了十来分钟，随口一句而已，此时听他这样发誓，便说："好吧，你先去忙。不过，你这个茶叶，我一定要喝到。"都等了这么久了，肖静宇想为了这浪费掉的十来分钟，也要喝到这个老茶叶了。

萧峥道："等我把老爸在医院安顿好，就给你送去。"听到"医院"两字，肖静宇不由得想起萧峥曾把她安顿在医院的事情，就道："这样，你到县城医院之后，给我打个电话，我帮你找个好医生。"

萧峥有些吃惊："医院的医生，你也认识？"小月道："我们什么人都要熟悉。"萧峥听她说得笃定，就道："那我就先谢谢了。"

萧峥回到镇上，停好摩托，立刻就钻入了公务车，让驾驶员小钟直奔绿水村。咳嗽出血的老爸萧荣荣显得很虚弱，在萧峥的搀扶下，好不容易上了车后座。老妈费青妹也坐在了旁边，照顾他。

小钟车子开得很快、很老练，颠簸了几十分钟就到了县人民医院。因为整个县也就这么一家大医院，看病的人挤破头，忙得晕头转向的护士也没什么耐性，你问一句，她们就不耐烦地怼你一句。萧峥想要挂个专家号，可专家号已经没有了。

萧峥想起了小月的话，让他可以找她。但萧峥想，他曾经承诺过小月不会再对她提什么要求，也不会再随便找她帮忙。况且，小月毕竟是外地来办企业的，她要找县城的医生，必然要让朋友帮忙，这就得欠人情。

与其找小月，还不如让女友陈虹帮忙问问，毕竟陈虹父亲是农业局局长，在县城是有头有脸有资源的人物，认识县医院的领导或某个专家医生，也是很正常的事。

萧峥就给陈虹打了电话。陈虹刚刚上完一堂课，回到办公室处理学校的行政事务，就接到了萧峥的电话。

一听萧峥老爸出事了，陈虹也替萧峥着急，忙道："萧峥，我在县医院里没有认识的专家，但是我爸爸肯定有的。上次我妈妈那边的亲戚生病了，也是我老爸帮助联系的。你别着急，我马上打电话给我爸。"

萧峥说："那太好了，我等你的电话。"挂断电话，萧峥对爸妈说："陈虹说她爸爸，有认识的医生，她去问了。"费青妹点头说："那就好，那就好。"萧荣荣又剧烈咳了一阵，整张脸都涨得通红，说不出话来。

医院大厅、走廊里，人来人往，拥挤不堪，萧峥等得焦急，大约过去了十几分钟，陈虹的电话却一直没有回过来。

陈虹在办公室里也等得很焦灼。陈虹已经给她老爸去了电话，陈光明也接了电话。只是，陈光明一直没有回电话过来。

陈虹不知道的是，陈光明听陈虹说了情况之后，并没有马上帮助联系医院和医生，而是给老婆孙文敏去了电话。

孙文敏一听，有点大惊小怪："都咯血了啊？那会不会是肺癌？"陈光明道："他们天荒镇凤栖村现在是尘肺病的高发地带，得怪病的人不少。"孙文敏道："萧家，真的是事情接二连三。光明，我现在的想法是，女儿不能嫁给萧峥。他们这种农村家庭，就算儿子有出息，可家庭状况摆在那里，以后不是这个事，就是那个事，肯定拖后腿！我们女儿真不能嫁给这样的人家。"

陈光明本来也在为萧峥分管安监的事情不满意，如今又听说了萧父的肺病，对萧峥和他家人敬而远之的想法更甚了。他说："那么，他们家这个忙我就不帮了。毕竟，如果真是肺癌的话，找了专家也治不好。"

孙文敏也道："对，不帮了。你也对陈虹说一声，让她委婉地回绝吧，也让她不要去医院看萧峥爸爸。就这样断掉算了。"

陈虹见父亲迟迟没有回电，等不及了，又给父亲打了电话："老爸，你帮助问得怎么样了？"陈光明道："陈虹，有个事情我想对你说，也是你妈妈的意思。萧峥和他家里的事情，你最好别去管了。他们家，跟我们家门不当户不对，以后会拖你后腿的。"

陈虹很有些吃惊，道："老爸，你们怎么又扯到这事情上去了。现在，萧峥只是想让你帮个忙，联系一个专家医生啊。"

陈光明说："这个忙，我不能帮。你知道吗？萧峥的父亲，很有可能是肺癌，以后治疗起来，可能倾家荡产，就算他是个副科领导，也不顶用。我看这样吧，趁这个机会，你和萧峥也就算了吧，在我们县里按照你的条件，以后找个正科领导结婚也一点问题都没有。"

第41章　突然转折

陈虹听了父亲说的话，很是为难："老爸，我都跟萧峥说了，你认识县人民医院的领导和专家。可以帮上忙的，萧峥他们一家人，现在就在医院等着我的回音呢。"

陈光明道："那你就给他们打个电话吧，就说我认识的领导调走了，只能靠他们自己的了。陈虹，你也放心好了，既然他们已经在县人民医院，医院是不会不管的，早晚能看上医生。如果真的病重住院了，要动手术什么的，专家医生也会介入的。"

陈虹觉得爸妈未免太功利了，她忍不住说："老爸，就算萧峥只是我一个普通朋友，你应该也会帮忙啊。可他跟我的关系，不只普通朋友啊。现在他老爸有事，难道你就见死不救吗？"

陈虹这么说的时候，眼圈都有些发红了。

没想到，陈光明却道："女儿，如果萧峥真是你的普通朋友，我还真的就帮忙了。可正因为萧峥和你不是很一般的关系，所以我不能帮这个忙。我不想让他对你抱太大的希望。陈虹，你也知道，爸妈是很疼你的。但是，我们不希望你过得不幸福。可从现在的情况看，萧峥是那个唯一可能会让你不幸福的人。"

陈虹心情沉重，都不知道怎么说了。她能理解，父母肯定是为她好，可是她又放不下与萧峥九年的感情。但是，她也听出来了，老爸是不会帮助萧峥他们家了。

在县人民医院。萧峥已经等了二十多分钟，可始终没有接到陈虹的电话。

萧峥的母亲费青妹有些着急了，她忍不住问道："萧峥，你给陈虹打电话，也有二十多分钟了。怎么还没有电话回过来？"萧峥不想催陈虹，就道："可能过一会儿就打电话来了，妈，你别太着急。"

萧峥的话刚说完，老爸萧荣荣的咳嗽更加剧烈了，一阵猛咳之后，纸巾中都是血。萧峥也知道不能再等了，又拿起手机，拨了陈虹的号码。陈虹正在办公室里走来走去，不知道该如何跟萧峥解释，可萧峥的电话就过来了。

陈虹先是没接，她真不知道该说什么、如何说。可萧峥的电话一直不停，她只好接了起来。只听萧峥的声音像是从手机里跳出来的一般："陈虹，陈叔叔怎么说？他能帮助找到专家医生吗？"

陈虹不好说老爸拒绝了，她只好说："我爸一直在帮助联系。可是他以前认识的院领导，已经调走了，所以他得找其他领导，这需要一段时间。"

陈虹说得诚恳，萧峥也就相信了，他说："陈虹，麻烦陈叔叔了。既然他认识的领导已经调走了，我再找找其他人帮帮忙。"陈虹只好道："那也好，反正到时候哪边快，就先看哪边的医生。"

只有陈虹自己知道，自己这边是永远不会有专家医生推荐给萧峥的了。

萧峥挂断电话，便听到父亲萧荣荣又是一阵猛咳，母亲费青妹手足无措："萧峥，怎么办？陈虹那边有好消息吗？"萧峥道："老妈，陈虹老爸认识的院领导调走了，那也没办法。但是，我还有其他认识的人。"费青妹将信将疑地问："还有其他认识的人？管用吗？"

萧峥看到母亲犹豫的眼神，他只好点头说："有的，肯定有的。"

这是事关老爸的重大家事，萧峥没得选择，必须得处理好。

尽管以前想好了，不再劳烦小月，可他现在已经没有其他路可走了，而且小月之前也对他说过，到了医院给她打电话。自己只是以为陈光明是自己的一条路，所以才没有麻烦小月。

可事实证明，陈光明这条路，没帮上忙。萧峥只好硬着头皮，给小月打了电话。没想，小月很快就接起了电话，问道："萧峥，我一直在等你的电话呢！你怎么到医院花了这么久的时间？"萧峥道："一言难尽，一时半会儿也解释不清楚。"

小月爽快地说："那你就不用解释了！直说吧，要我做什么？"萧峥道："帮我找县人民医院最好的呼吸科专家。"小月一口答应："没问题，等我电话。"

萧峥放下手机之后，母亲费青妹还是不放心："要等多久啊？"之前，萧峥给陈虹打电话，等了快半小时，却毫无结果。

那么萧峥这个电话，到底还要等多久？平时等一等也就等一等了，可萧荣荣现在的状况，真的不好等啊。费青妹心急如焚，道："能不能让你朋友快点。"

萧峥也没有办法，这不是他能说了算的。他也不知道，小月需要多久能帮自己搞定？

就在此时，萧峥的电话响了，一看手机，却是一个陌生电话，是座机。萧峥犹豫了下，本来不打算接的，可最后想想还是接了起来，从对面传来一个异常热情的声音："是萧委员吗？"

萧峥愣了下，不知道对方是谁，只好说："没错，我是。"

"萧委员，我是县人民医院的院长朱江。"那边的声音道，"萧委员，我接到上级指令，你父亲咳血了，现在你在哪里？我马上带专家过来。"萧峥一听，院长竟然亲自给自己打电话，不由意外："我和我爸妈，在医院大厅，谢谢朱院长了。"

挂断电话，费青妹马上问萧峥："怎么样？"萧峥道："找到人了，医院的院长，会带着专家亲自过来。"费青妹有点不敢相信："真的吗？"萧峥点头道："应该是真的。"本来，已经颓废无神的萧荣荣，听了萧峥和费青妹的话，精神似乎都好了一点："院长亲自过来吗？"

萧峥道："是的，老爸，院长亲自过来。"

很快，萧峥便看到从过道中，一众穿着白大褂的医生正向这边赶来，为首的是一位中年医生，尽管头发稀疏，但精神振奋，颇有领导派头，在他身后是呈三角形排开的五位医生。

他们走来的时候，其他人纷纷让道。

随后，这些人就停在了萧峥他们面前，为首的中年医生道："请问，是萧委员吗？"

果然是为他们而来，萧峥点点头："是，我就是萧峥。"

"我是院长朱江，让你们久等了。"朱江道，又转向身后的医生，"马上帮助办理手续，按程序进行检查。"他身后的医生领命，马上道："是，朱院长！"

那些医生就用担架，将萧荣荣推走了，费青妹也跟着去了。萧峥也想跟着去，朱院长却拉着他道："萧委员，到我办公室喝点茶，检查让他们去吧。"

萧峥却还是担心："我怕我老爸有事。"院长朱江却说："萧委员，我刚才观察了一下你老爸的状况，应该就是早中期的尘肺病。这样的病人，我每个月要接诊十来位，清楚得很，你不用太担心。"

萧峥朝朱院长看看："真是这样？"朱院长笑笑说："如果检查出来不好，我这个院长就不当了。我就是可以这么肯定。"

院长都这么说了，萧峥心里总算安定些，便跟着朱院长去了办公室喝茶。

朱院长对萧峥非常客气，问了萧峥的工作，又问了萧荣荣的工作情况和病情，可见虽然是喝茶，朱院长却从病人家属的口述中，掌握病人的生活状况。萧峥不得不佩服，其实朱院长在看病上的确自有一套。

一会儿之后，检查结果就出来了，朱院长一看，就道："萧委员，你放心，到目前为止，都无甚大碍。但你爸爸的确是尘肺病，假如工作环境能改变，就可以好转，但要是工作环境不改变，这病只会越来越重。当前，我们可以给他用点药，先控制住咳嗽。"

听到不是坏毛病，萧峥已经十分满意，他用力握着朱院长的手，道："太感谢了。"

接下去，就是安排父亲住院。有院长操心，一切都变得简单、顺畅。假如没有小月的帮忙，现在他们很可能还在大厅候着呢。

萧峥将父亲安顿好，医院帮助把费青妹陪护的床榻也准备了，一应俱全之后，萧峥对费青妹说："老妈，之前帮我介绍专家的朋友，我要去谢谢她。"

费青妹一听，马上说："应该的，应该的，你赶紧去。"

这一番折腾之后，已经是晚上六点多了。萧峥给小月打了电话。

肖静宇晚上有应酬，她一看是萧峥的电话，就到卫生间接听。只听萧峥道："小月，太谢谢你了。我爸爸没什么大事，是尘肺病早期，目前已经安排住院了。现在，你有空吗？我把茶叶送过来。"

肖静宇看看时间，道："那就八点钟吧，还是老地点。"

挂断电话，萧峥猛然想起来，老茶叶在摩托车的车斗里，摩托车还停在镇上。不过，既然答应了小月要送茶叶过去，这次无论如何也要办到，更何况，这一次小月还帮了大忙。

萧峥给驾驶员小钟打电话，之前，小钟开车将他们送到医院后，萧峥便让小钟离开了。幸运的是，晚上，小钟正好送高正平到县城，还没离开，萧峥便让他将车子开到医院门口，他走出医院买了点生煎包，钻进小钟的车子，一边给小钟一份解解饥饿，一边让小钟往镇上赶。

小钟接过萧峥买的生煎包，有点疑惑地问："萧委员急着回镇上，是有什么急事吗？"

萧峥吃了一个生煎，说道："去镇上拿点东西。就一会儿，你把我送到镇上，就回去休息好了，今天谢谢你了。"

晚上八点，萧峥骑着摩托赶到了安县国际大酒店。

他把摩托车停在大酒店门口的人行道上，提着装了那罐老茶叶的袋子，进入了安县国际大酒店。萧峥想起，小月对他说过，她的车子在酒店后面。萧峥就在酒店灯光中，提着袋子往后面走。

也就是在这个时候，从安县国际大酒店中，走出一批客人来，其中一人就是农业局局长陈光明。今天市农业局的一位副局长来检查工作，陈光明一起陪同，这会儿刚吃过晚饭。陈光明出门时，无意之间瞥见一个人影，还颇为熟悉，再一看，竟然是萧峥！

萧峥到这里来干什么？陈光明不禁有些好奇。萧峥是女儿的男朋友，是可能影响女儿幸福的人，陈光明自然不免多一分关心。陈光明让驾驶员稍等，自己跟随着萧峥的身影，绕到了酒店后面。

第 42 章　态度剧变

安县国际大酒店是县城最高的酒店，地面上绿植覆盖率也比较高，灯光掩映中，前面的人不大容易发现有人尾随。

陈光明是县农业局局长，现在跟着萧峥，让他感觉自己像是在做贼一般，这种感觉很不好。可为弄清楚萧峥这么晚来这里干什么，他也顾不上这么多了。

到了酒店后面，陈光明瞧见萧峥提着一个相当普通的袋子，走向一辆黑色锃亮的奥迪车子。那辆奥迪车的驾驶室车窗摇了下来，里面是一个女子，接过了萧峥递上去的袋子，收起来，似乎说了一声谢谢，而萧峥站在车窗外，说了一些什么，车内的女子微微一笑。

虽然有路灯，但从陈光明的角度看过去，并看不清车内人的面目。陈光明心里有些发烧，作为县农业局局长，他看过不少男人女人之间不正当的把戏。萧峥，难道一边缠着陈虹，一边又搭上了什么女人？

不过，他心绪烦乱地站了片刻，便见萧峥朝车内的女人挥挥手，往回走。陈光明立刻闪身进入了树丛之中。等萧峥走过去之后，陈光明才又从树丛中出来，再去看那辆奥迪车。这个时候，车内的女人正好从车里下来，手里就提着萧峥给的那个袋子。

陈光明定睛朝那女子一看，不由大为吃惊，这不是肖书记？没错，这应该就是县委书记肖静宇啊！

陈光明此时已经否定了之前对萧峥在男女关系上的判断。此时，他更好奇，萧峥什么时候竟认识了肖书记？还到了能送东西的地步？而且，两人说话的时候，还那么的随意，应该不是第一次接触。

陈光明脑子转得飞快，只见县委书记肖静宇关上车门，低头看了看手里的东西，似乎有些好奇，在灯光下，从袋子里取出一个罐子，将罐子打开，嗅了嗅里面的香味，有点不由自主地点点头，然后走进酒店去了。

从外包装来看，萧峥给肖静宇送的，应该是茶叶什么的小东西，而且还不是正规包装的。

饶是如此，这一发现还是让陈光明吃惊不小。

不过，他此刻心跳有些急促，也不想在这里被肖静宇看到，便转身走回自己的专车，然后让司机送他回家。一路上，陈光明满脑子都是萧峥认识肖静宇的事情。

陈光明回到了家里，见女儿在房间，陈光明就把老婆带到了书房，一起商量。孙文敏起初还不信，说从来没听萧峥说有什么达官贵人的亲戚。但是，陈光明给孙文敏分析了一下，孙文敏也有些信了，可她还是问："既然肖书记要提携萧峥，为什么还把他放在安监岗位上？还不如直接将他调入县里工作算了？"

陈光明想了想道："文敏，这你还不懂吗？这不就是'先抑后扬'吗？不想让人猜到他和肖书记的关系，先到一个艰苦的岗位上，然后再一举提拔到正职岗位上，否则为什么这么快给他安排'双副'呢？"

听陈光明这么一说，孙文敏也相信了："你这么一说，我也觉得有道理了。"

陈光明又说："如果我能通过萧峥，和肖书记搞好关系，下一步我要想更上一层楼肯定更为容易，县委书记对班子成员配备有很大的建议权。"

孙文敏看了看陈光明，两人的心里都有了新的主意。尽管这会儿已经晚上十点左右，孙文敏却还是去敲了女儿的门。陈虹起初没声音，孙文敏又敲了几下，陈虹才应了一声"请进"。看到妈妈进去，陈虹才问："老妈，有什么事吗？"

今天因为萧峥的事，陈虹心情不好，老爸那么狠心，不愿意帮萧峥他们家，真是太势利。

可陈光明和孙文敏是自己的父母，她又不能因此责备他们，毕竟他们都是爱她的。然而，心情不好，就是心情不好，刚刚她还昏昏沉沉地睡着了，是被孙文敏的敲门声吵醒的。

孙文敏脸上露出了笑意，对女儿说："陈虹，你爸在外面，让你出去一下，我们一起聊聊。"陈虹道："有什么好聊的？要聊让我和萧峥分手的事吧？能不能让我冷静地考虑考虑？"

孙文敏马上道："陈虹，你误会了，不是分手的事情。我和你爸打算啊，明天一早去医院看看萧峥的爸爸。"

"什么？"陈虹简直有点不敢相信自己的耳朵，"你们要去看萧峥的爸爸？"孙文敏道："你快出来吧，你爸爸在客厅等你呢，我们一起商量一下。"

陈虹穿着家居服，到了客厅，看到父亲已经泡了一壶工夫茶，三个杯子，给孙文敏和陈虹都斟了点茶，说："你们喝喝看，这是一个企业老板送的，他们家一直是做红茶的。"

陈虹对茶不是太感兴趣，喝一口，便放下了杯子，问道："妈妈说，你们明天打算去看萧峥的爸爸？为什么？今天让你帮忙找个医生，你不是没有答应吗？"

陈光明端起杯子，喝了一口说："陈虹，我后来想想，毕竟萧峥和你也交往了九年，这也是一段缘分。尽管你们现在也没结婚，但现在萧峥遇上了困难，能帮个忙的，我们还是得帮一下。"

陈虹瞧瞧陈光明，又瞧瞧孙文敏，心道，老爸老妈是良心发现了？还是怎么回事？

她又问："爸、妈，你们不是说，让我最好跟萧峥分手吗？既然要分手，我觉得也没必要再去看他爸爸了。"

陈光明、孙文敏相互瞧了瞧，不知如何回答。这时，陈虹的手机响了，低头一看是萧峥的电话，陈光明和孙文敏示意陈虹先接起来。陈虹接了起来，听萧峥在那边说，经过医生的检查，他老爸是尘肺病初期，不是肺癌。

听完，陈光明和孙文敏也松了一口气，他们说："你看，吉人自有天相！萧峥爸爸没什么大事了。明天一早，我们就去看看，你马上跟萧峥说啊。"陈虹听说萧峥的爸爸没什么大事，心情也好了不少，对萧峥说："我爸妈说，明天一早就来看叔叔。"萧峥道："不用麻烦了吧。"

陈光明接过了电话，说："萧峥啊，明天早上我和你阿姨，一定会过来的。你爸爸住院，是件大事，现在没什么大毛病，是最好的消息了。可尘肺病也要引起重视，明天早上见了。"

萧峥听着陈光明的声音，心里总是有些奇怪，陈光明对自己的态度似乎好了许多。既然陈光明和孙文敏坚持要来，萧峥也不好拒绝，就道："那就先谢谢陈局长了。"

陈光明道："我们现在都是准一家人，你还叫我陈局长？叫我陈叔叔。"萧峥又是一惊，他本来还以为陈光明喜欢"陈局长"这个称呼呢，没想到人家已经把自己当成自家人了。萧峥心情瞬间好了许多，便道："是，陈叔叔。明天一早我在医院等你们。"

结束了与萧峥的通话，陈虹心里还是有不少疑问，她问陈光明："老爸，我还是很奇怪，为什么对萧峥和他家里的态度，突然就变了？还有妈妈，你的态度也变了。"

作为女儿，陈虹对自己的父母还是有些了解的。可这会儿他们的做法，却与他们的性格和喜好是相违背的。

陈光明和孙文敏脸上也颇为尴尬，可他们不会告诉陈虹这一切变化的原因。

可这一切，陈光明都不会告诉女儿，否则他们在女儿面前的形象实在堪忧了。

陈光明只好找了借口道："我和你妈妈想了又想，觉得，或许我们不能因为萧峥出身农民，就看不起。毕竟我自己也是农民出身，现在也当局长了。最终一个人能不能走好，还是要看自己的努力。你和萧峥都是很努力的孩子，我和你妈，决定相信你和萧峥，相信你们能创造自己的幸福生活。"

陈光明这话，说得振振有词，他差点自己都相信了。孙文敏也感觉，老公是真的很会说。

陈虹自然也被说服了，她满脸喜悦地说："谢谢老爸、老妈，你们终于肯相信我和萧峥了。"

第二天一早，陈光明、孙文敏、陈虹都到了医院，看望住院的萧荣荣。

第 43 章　好处双收

萧峥也是一早就在医院门口等了，也有一些病人家属或是在候诊，或是到外面来透气。

萧峥站在"安县人民医院"这块白色牌子下面，旁边有个蓬头的小年轻在啃着包子、抽烟。这小年轻是个自来熟，无聊之间跟萧峥攀谈了几句，还从萧峥这边顺了一根烟过去。

萧峥等了没一会儿，陈光明的专车就到了。陈光明、孙文敏和陈虹从车子上下来。

蹲在萧峥身旁的那个小年轻，包子都不啃了，缓缓站起来，眼睛直勾勾瞅着刚下车的陈虹。

今天的陈虹，身穿藕荷色无袖连衣裙，编着鱼骨辫，足蹬白色高跟鞋，在这医院门口，犹如天女下凡一般。小年轻见了，推了推身边的萧峥，喃喃道："谁要是有这样的女人，这辈子少活二十年都值了。"

萧峥朝小年轻瞪瞪道："别瞎说，这是我女朋友。我可不想少活二十年，该活几年就是几年。"

说着，萧峥就走上前去，跟陈光明、孙文敏、陈虹都打了招呼，领着他们走入了医院。陈虹跟萧峥显得很亲昵，与他并肩走着，细嫩的胳膊，时不时碰到萧峥的胳膊。

那个啃包子的小年轻，眼睁睁瞪着他们走入里面，嘴上说："人和人，怎么就这么不一样呢！看那家伙，长得也没比我帅嘛，为什么就能有这么漂亮的女朋友？"说完，又狠狠地啃起了包子，似是要发泄对世界的愤懑。

今天的陈光明和孙文敏也都衣着光鲜，说是来看病人，其实更像是来参加宴会的。萧峥知道陈虹父母向来注重仪表，也就见怪不怪。萧峥带着他们来到了五楼父亲的病房。陈光明和孙文敏进入之后，倒是一怔，这病房跟他们想象得有些不太一样。

县医院是县里最忙、最闹的医院，他们本来以为，萧峥父亲的病房肯定也是三四个病人挤在一起，杂乱不堪的样子。这点他们也是做好了心理准备的。没想到，萧荣荣的病房只有他一个人，旁边一张床空着，可以供陪客休息。病房里也是窗明几净，井井有条。

陈光明跟萧峥父母打过招呼后，忍不住就问："萧峥啊，昨天我没能帮上忙，实在是抱歉啊。后来你是挂了哪个专家的号，给你们安排得这么好？"萧峥回答道："陈叔叔，你不用抱歉，你认识的领导不是调走了吗？那也没有办法。昨天，后来我给一个朋友打了电话，她帮我安排的。"

陈光明和孙文敏相互看了看，心里想，能帮助把病房安排得这么好，萧峥的这个朋友肯定不一般。

陈光明和孙文敏又程序化地问了萧荣荣的病情，嘱咐他要多休息，多静养。萧荣荣和费青妹没想到陈虹的父母会来看他们，一个劲儿地说着感谢。费青妹掰了三根香蕉，让陈光明等人吃。他们自然婉言谢绝，没有吃。

后来，陈光明朝孙文敏使了一个眼色，孙文敏就从手提小包中，取出一个红包来，塞给费青妹，说："费姐啊，今天我们来得早，也没来得及买什么东西，这是我们的一点心意，你们自己买点东西，给萧哥补一补。"费青妹起初不肯收，可孙文敏一定要塞给她，说："你如果不收，那我们现在就去买东西，送过来了。"

萧峥看着这情况，不收显然不大行，就对费青妹说："老妈，这是叔叔、阿姨的一片心意，你就收下吧。"费青妹只好接了过去，只感觉这红包中鼓鼓囊囊的。

陈光明道："这病房安排得也蛮好，又有专家医生负责，我们也就放心了。我们还要去上班，就先告辞了，祝萧老哥能早日康复啊。"孙文敏也道："祝早日康复。"陈虹道："叔叔、阿姨，你们这两天住在县城医院，我会和萧峥经常过来看你们的。"

萧荣荣和费青妹忙说："你们今天能来，我们已经很高兴了。陈虹工作也忙，不用再过来了。"陈虹坚持道："我还会来的。"

萧峥陪同着陈光明他们下楼，来到了专车旁，又有许多人用又羡慕又嫉妒的目光瞧着他们。

陈光明忽然问道："萧峥，帮你安排住院和专家医生的朋友，是谁啊?"被这么一问，萧峥自然就想到了小月，他回答道："是一个做企业的朋友，从省城来的。"陈光明微微眯了下眼睛，问道："她姓什么?"萧峥尴尬一笑说："说实话，我还真不知道她姓什么，我只知道她叫小月。"

"小月?"陈光明若有所思地重复了一句，道："好，那你去忙吧。我们也去上班了。"萧峥朝他们挥挥手："陈叔叔、孙阿姨再见。"萧峥又朝陈虹做了一个打电话的手势。陈虹朝他笑着点点头。

陈光明先将女儿送去了县一中，然后再送老婆孙文敏。孙文敏问道："刚才，你问萧峥什么?"陈光明道："我问了他，病房和专家医生是谁帮助安排的。我在猜，是不是肖书记帮助安排的。"孙文敏问道："他怎么说?"陈光明道："他说是一个叫作小月的朋友帮助安排的。"

孙文敏疑惑："不是肖书记帮助安排的?"陈光明笑着摇摇头道："老婆，'小''月'，可以拼成一个什么字?"孙文敏想了想，恍然大悟地道："'小''月'，就是'肖'字!"陈光明得意地笑笑，道："没错，他说的小月，应该就是肖书记。"

孙文敏道："萧峥这小子，原来是在跟你打哑谜啊!我本来还以为萧峥是那种老实巴交的小伙子，没想到，他还能不动声色让你猜谜语。"陈光明道："或许，以前我们都小看他了。

他能跟肖书记建立那么好的关系，就不一般了。萧峥身上，应该有我们所不知道的秘密。以后，我们不能再小看他了。"

孙文敏道："嗯，希望他跟肖书记的关系，能够帮助你更上一层楼。还有我们女儿，她不是一直说，想离开教育系统，到机关工作吗？你上次不是说，有几个好单位的编制都满了，能不能让萧峥去帮助想想办法？说不定就能成呢？"

陈虹参加工作之后，就一直在县一中当教师。但按照陈虹的个性和能力，她更想到机关里来发展。陈虹私下里，也跟陈光明提起过，让老爸帮助想想办法，能否调动一下。陈光明想，女儿要到机关工作也是好事，他就动了点关系，打听了一下，可几个好单位目前编制都满了，让他等，其他不怎么样的单位，陈光明也不想让女儿去。因而，这个事情也就搁置下来了。

现在老婆重新提起来，陈光明道："老婆，你说得没错。找个机会，向萧峥提一提，让他去想想办法。有肖书记这层关系在，他在县里要办点事，比我方便。"

萧峥回到病房里，老妈费青妹马上站起来，神色有点紧张地将红包递给萧峥："萧峥，你看看，这个红包里这么多钱。"毫无疑问，这个红包就是孙文敏给的。萧峥疑惑地接了过去，将里面的钱抽出来，稍稍点了一下，竟然有五六千！

在房价才两三千的时代，一个红包竟然装了五六千，萧峥也被震惊了："怎么给了这么多啊？"躺在床上的萧荣荣，因为医院采取了医疗措施，咳嗽也缓解了不少，他道："萧峥……我……觉得……陈家对我们……好了很多啊……怎么回事啊……"

费青妹也道："萧峥，以前陈虹的父母都不愿意见我们的。

今天，非但一大早就来看我们，还称呼我'费姐'，称呼你爸'萧老哥'，客气得让人有点不敢相信啊。到底发生了什么？让他们对我们转变了态度？"

萧峥想了想道："可能他们已经接受我了吧，觉得我和陈虹不大可能分开，所以态度也转变了。"费青妹摇摇头道："我觉得，最大的可能，还是因为你提拔了。他们觉得你以后有前途，所以连带也对我们客气了。"

萧荣荣在床上道："一准是这样……咳咳……"萧荣荣偶尔还是要咳嗽一阵。萧峥道："老爸，你先别说话了，静养身体为主。反正不管什么原因，都是好事。"费青妹道："是好事，是好事！"

山村人也是要面子的，现在陈家尊重他们，让他们比赚了大钱还高兴。这次他们非但有了面子，还得到了一个大红包。费青妹道："萧峥，这钱，你拿着还给陈家吧？"萧峥道："老妈，这个红包，是陈虹父母给你们的，再去还给人家，不合适。礼尚往来，下次找个机会，我会还礼的。"费青妹想想道："那也好，你可要记着，可别让人家觉得我们占了他们便宜。"

正和老妈聊着，镇人大主席高正平的电话打来了。萧峥忙接了起来："高主席，昨天用车太感谢了。现在我爸在县医院接受治疗，一切都比较顺利。"

高正平一听就道："这就好！另外，你根本就不用谢我，这车，本来就是我们俩合用嘛，你有事要用，很正常嘛。"萧峥道："还是要感谢高主席的，您是主席，用车还是以你为主。"

萧峥说话客气，高正平心里也就高兴，他又道："对了，萧委员，你爸爸既然病情稳定，你那个副镇长的选举程序，要不这两天就走掉吧？"

高正平是人大主席，副镇长是需要过人大选举程序的，这事对萧峥来说也很重要，他就道："我听高主席的。"

第44章　重要通知

高正平也是想早点把这事给过了，反正早做晚做都得做，还可以卖萧峥一个人情，就道："萧委员，你这个副镇长早点过了程序，档案里担任'双副'的时间也就早一天，所以事不宜迟，咱们明天就走程序吧？"

萧峥道："行，我这里没有问题，就是要辛苦高主席了。"高正平道："这算什么辛苦，分内的事儿嘛，晚走是走，早走也是走，就定在明天把它给走掉。"

萧荣荣和费青妹见萧峥有事要做，就让他回镇上去工作。萧峥见父亲病情明显好转，医院里有院长亲自过问，不会有什么大事，也就放心地回镇上了。

一到办公室，镇长管文伟正好走过来，问起了萧峥家里的事情。原来高正平得知萧峥父亲进医院的事情之后，就把这个消息告诉了管文伟，故管文伟特意来过问一声。萧峥说已经没什么大碍，管镇长就说，让办公室去看看，送点东西过去。萧峥说，没什么大问题，办公室就不用去人了。

管文伟却执意道："我们镇上领导班子成员家属有恙，办公室本来就要去一趟的，这是老规矩了，也不是专门为你一个人设的。"萧峥知道管文伟也是一片诚意，不好拒绝："那就麻烦管镇了。"管文伟当场就给办公室打了电话，是李海燕接的，管文伟就吩咐了李海燕。

本来可以要求党政办主任蔡少华去，但管文伟知道蔡少华跟萧峥关系不怎么样，就算去了肯定也不情不愿反而给两老添堵。还不如让李海燕去，李海燕办事干练、心细温柔，又一直叫萧峥师父，让她去办这事更妥。

当天下班之后，李海燕就坐上了高正平和萧峥的公务用车一起前往县城，将高正平送去了一家酒店晚餐之后，李海燕去超市和水果铺买了不少东西，总价值不少于六百元。萧峥道："不用买这么多！"李海燕道，"这是你当领导应得的福利，不要白不要，你也不用跟我客气，花的是镇上的钱。"萧峥笑笑道："能省还是要省一点。"

到了医院，走在走道里，李海燕忽然想起了一个事情，问萧峥："师父，我们上次一起做的那个天荒镇推进'绿色乡村建设'的建议，镇长那边看过了吗？怎么样啊？"李海燕还记挂着这事，希望能尽快到萧峥手下工作。萧峥道："管镇长说，等我的副镇长选举过了之后，他会亲自找我好好商量一下。"

李海燕道："高主席已经对我们办公室吩咐过了，明天进行副镇长的人大代表选举，应该就是你的事情了吧。"萧峥道："是的，明天选举。"李海燕道："明天选举顺利通过之后，'绿色乡村建设'这个事情,也就可以提上日程了。"萧峥道:"我也正拭目以待呢!"

两人有说有笑地走入了病房,刚一进门,李海燕不由一愣。因为除了看到萧峥的父母之外,李海燕还看到了一个女子,那就是陈虹。

李海燕并不喜欢陈虹,之前在萧峥的办公室里,陈虹就在她面前摆架子,后来在蔡少华组织的饭局上,又把她当成服务员用,这让李海燕多多少少有些不舒服。

陈虹也很意外,今天竟然在病房看到李海燕和萧峥一起进来。陈虹在学校工作,下班比较早,她之所以没给萧峥打电话说自己会来医院,是想给萧峥一个惊喜。可没想到,萧峥是和李海燕一起来的,而且两个人还有说有笑,很是高兴的样子。陈虹心头不由涌起一丝醋意。

但脸上的不快,只是一闪即逝,陈虹便道:"萧峥你来了?"她故意没有跟李海燕打招呼。

萧峥说:"是啊,你这么早就到了?"陈虹就道:"我来陪叔叔、阿姨聊聊天,他们一整天都待在医院,肯定很闷。"陈虹表露了善解人意的一面。

萧峥点了点头,又对父母说:"爸妈,镇上领导知道老爸住院,特意让办公室过来慰问一下,这是我们镇上的规矩。"李海燕就将买的两大袋东西放在了旁边的柜子上,微笑着道:"叔叔,婶婶我们管镇长特意关照的,一定让我们办公室来一趟。这些东西,也是镇上开支买的。"

萧荣荣直了直身子,费青妹站了起来,说了些"感谢镇上的关心""感谢管镇长""谢谢你特意去买东西"之类的话。

陈虹听说李海燕是代表镇上过来慰问的，并非她个人行为，对李海燕的敌意也减弱了一分。不过，她还是不喜欢李海燕在萧峥身边多待，故意对萧峥道："等会儿，你到我家里吃晚饭吧？"

这意思等于是告诉萧峥，不能留李海燕在县城吃饭。

李海燕也是个乖巧的女孩子，她能听出陈虹是在下逐客令，就对萧峥道："师父，东西我送到了，也看到叔叔身体状况不错，我可以回去交差了，就不打扰你们吃晚饭了，我先回了。"

陈虹听到李海燕在称呼萧峥的时候，又用"师父"这个称呼，刚淡下去的那点敌意又冒起来了，李海燕是故意的吧！

于是，不等萧峥回答，陈虹就道："好啊，我和萧峥一起送送你。"被陈虹这么一说，萧峥还真不好留李海燕了，只好跟陈虹一起送李海燕下楼。

到了公务车旁边，萧峥交代驾驶员小钟把李海燕安全送回镇上。驾驶员领命，开动了汽车。

李海燕在车子里，从后视镜中，瞧着陈虹挽住萧峥的胳膊，又回进医院去了。

当天晚上，萧峥和陈虹并没有真到陈虹家里去吃饭，而是萧峥请陈虹在一家小饭馆里吃了晚饭。

第二日下午，镇上举行了人大代表的选举，应到代表六十八人，实到代表六十六人，萧峥得六十四票，顺利当选为天荒镇副镇长。萧峥的"双副"岗位经历，自此正式开始了。

管文伟、高正平等班子成员，向萧峥表示了祝贺。但是，镇党委书记宋国明会议结束之后，连看都不看萧峥，就离开了会场。

会后，萧峥立刻跑到了镇长管文伟的办公室。

管文伟瞧着萧峥，笑道："萧镇长，你刚刚当选，就马上想要履职了？是要跟我讨论'绿色乡村建设'的建议方案？"萧峥笑笑说："这事情，能早一天就早一天。我老爸就因为尘肺病住院了，幸好还不是肺癌，可我知道村上，跟我老爸一样得这种病，甚至比我老爸更严重的村民多得是！"

管文伟想了想道："好，我们坐下来商量，现在是三点半，我们商量两个小时，到五点半怎么样？"萧峥道："没问题啊。"管文伟又道："不过，我有一个条件。"萧峥奇怪："什么条件？"管文伟："晚饭得你请，今天你不是当选副镇长了吗？让你请个客，不过分吧？"

原来是这个事，萧峥笑笑说："不过分，我请。"管文伟道："你先去跟高主席、章委员都说一下，晚上我们这几个人聚聚，人大和组织上为了你的事情忙了一整天了。"

萧峥想想道："高主席没问题，不过，章清委员，他愿意吗？"管文伟道："你就说我这个镇长叫他一起吃饭，他应该会答应。萧镇长，团结好了章委员，很多事情都会很方便。"

萧峥有些明白了，管镇长是要拉拢组织委员章清，就道："好，管镇，我这就去跟他们打个招呼。"

萧峥来到了高主席的办公室，跟他说了晚上一块儿吃饭的事，高主席笑着道："好啊，今天是要给你庆祝庆祝。"

萧峥又去了组织委员章清的办公室。章清抬头瞧见萧峥，有些意外："萧镇长有什么事找我啊？"萧峥道："来感谢一下章委员，我知道这次选举都是组织办帮助在操作啊。"章清笑笑说："都是分内事。"萧峥就邀请章清晚上一起吃饭。

章清起初有点犹豫，萧峥就说："管镇也去，管镇说，他希望你也一起参加呢。"章清这才道："那好，等会儿你把地点发我短信就好了。"

邀请了高正平、章清两人，萧峥又回到了镇长办公室，两人就"绿色乡村建设"的方案商量了一会儿。方案起初看似已经比较完善，但真商量起来，萧峥才发现管镇长的思路明显要比自己高了一个层面。

最后，管文伟道："好了，今天就商量到这里，你明天再改一稿，然后我们再看看。"

"好的。"萧峥答应了下来，然后又道，"管镇，我手下现在没人，是光杆司令，我能不能跟您要个人？让李海燕到我安监站工作行不行？"

管文伟看着萧峥："让李海燕从党政办到安监站，她本人愿不愿意？"萧峥："她本人愿意。我也打算培养她。"管文伟想了想道："今天等会儿吃晚饭，章清不是也在吗？你等会儿提出来，我也帮你说一声。你那边的确是需要人，光杆司令可不行，其他愿意到安监站的人，恐怕也不多。"

正这么说的时候，萧峥的手机短信响起来，一看竟然是党政办发来的消息："后天（8月7日）上午九点领导班子会议，主题：县委书记来镇调研。全体班子成员，没有特殊情况一律不得请假。党政办。8月5日。"

第45章　惊人艳丽

萧峥看完这条短信，抬起头，瞧见镇长管文伟也在低头看手机，想来也是收到了与他相同的短信。

果然，管文伟看完，抬头瞧着萧峥："你也收到开会通知了？"萧峥点头道："是的。"管文伟若有所思地道："看来肖书记终于开始走乡镇，搞调研了。"萧峥道："这是个好机会啊。如果我们能在此次调研中，向肖书记汇报我们要搞'绿色乡村建设'的设想，肯定可以引起肖书记的关注。"

管文伟点点头道："没错。不过，这件事得先向宋书记汇报，最好是能先开一个班子会议，我们镇上先形成初步的建议之后，再向肖书记汇报，这样更加符合议事规则。"萧峥道："可现在时间太紧张了。而且，宋书记也不一定会同意吧？"

萧峥曾从金辉那里了解到，宋书记的亲戚参与了矿山投资，宋书记会同意停矿复绿、搞绿色乡村建设吗？

管文伟道："不管同不同意，还是得先向宋书记汇报。你在这里等一等，我去看看宋书记在不在。"管文伟是那种说干就干的人，他站起身，就朝外面走去。宋书记的办公室，就在管文伟办公室的东面，走两步就到。

萧峥想，今天下午宋书记也参加了会议，这会儿应该还在办公室。然而，没一会儿，管文伟就回来了："宋书记已经出去了，看来只能明天再向他汇报了。"

萧峥一看时间不早了，就说："那我们先去吃晚饭吧？我们是在镇上吃，还是去县城？"管文伟道："今天不是你请客吗？那你说了算。"萧峥想了想道："我们就在镇上吃吧？有家小面馆，味道还不错的。"

管文伟眨了眨眼睛，笑道："小面馆？萧镇长，你就打算请我们吃碗面？这未免也太抠门了吧？"萧峥忙道："这家小面馆也做菜，炒菜味道还挺不错，还有一个风韵犹存的老板娘。"管文伟笑了："是吗？那就听你的吧。我还不知道，咱们镇上有这么一家面馆。"

萧峥想起之前独自一人吃过晚饭的面馆，老板娘还陪他喝了一瓶啤酒。今天要请客吃饭，这家小面馆莫名就出现在了脑海里。

萧峥拿起电话，翻出了"秀水面馆简老板娘"的电话，打了过去。那家面馆的老板娘就叫简秀水，上次萧峥和老板娘是互留了电话的。

没一会儿，老板娘就接起了电话，声音中透着喜色："萧干部，想来我这里吃面了吗？"萧峥道："不是吃面，我们镇上五六个人，来吃晚饭。你那里有小包厢吗？"简秀水道："我这里是小面馆，只有一个包厢，可以坐六个人，你们愿意过来的话，我给你们留着。"

小面馆果然是"小"，不过既然已经和管镇长说好，萧峥不打算再换地方了，就道："小包厢给我们留着，我们一会儿就过来。"老板娘道："好，我给你们准备几个小菜。"萧峥问道："酒有吗？好一点的酒。"

请管镇长他们吃饭，菜家常一点无所谓，但酒不能太差。老板娘有些为难地道："我们这里都是很平民的酒啊，五星酒、泰酒、牛栏酒，还有哈酒，行不行啊？"这些酒，的确是太平民化了，但没有其他的酒，也没办法。

不等萧峥回答，管文伟就道："酒没关系，我车子后备厢里有，等会儿我们整点酱酒。"萧峥一听，就对简秀水道："酒没问题了。"简秀水也像松了一口气，"那就好，我让厨房先准备吃的了。"

定好了晚饭的地方，萧峥立刻给镇人大主席高正平、组织委员章清都发了短信，两人很快就回复了。高正平的回复是："我在办公室等很久了，还以为你忘记请我吃饭的事了。"章清的回复是："我一会儿自己过去。"

萧峥放下手机，又想起了一个人，道："我想喊上李海燕一起，你看怎么样？"管文伟点头道："好好，只有我们四个光头喝酒也没意思。你不是要调李海燕吗？今天章清也在，让海燕多敬一敬章清，这事就成了一半了。"

萧峥就给李海燕打了电话，把请她吃晚饭的事情说了，问她有没有时间，李海燕爽快地答应："师父叫我吃饭，我肯定去啊。"

一下班，萧峥先去"秀水面馆"，没一会儿，李海燕也到了。管镇长等人，晚了二十来分钟才到，他们是等镇上干部都下班之后才过来的。镇上吃饭也都是圈子化的，没参加的人，少一个人知道就好一分。

章清走进来，看到萧峥和李海燕，就笑着道："你们这么早就来了？"萧峥感觉，章清在饭店里和在办公室的言行举止，有些不太一样。在办公室，章清一直给人颇为严肃、颇为严谨、不苟言笑的样子，但走入这个小包厢之后，明显轻松自在多了。

李海燕道："是啊，我们早点来做准备嘛。章委员，你上座。"章清笑着道："我刚才还在担心，这么一家小面馆，能吃得好吗？可现在我们的大内总管都在，我相信就没问题了。"镇上把党政办的人，称为"大内总管"，是负责领导后勤的意思。

李海燕道："章委员，'大内总管'是蔡主任，我只是小喽啰。"章清却道："蔡主任啊？算了，他就围着宋书记一个人。我们这些人，还是要靠海燕来照顾的。"章清随口一句话，似乎透露出对蔡少华的些许不满。但章清很快转移了话题，道："管镇长和高主席，你们上坐。"

管文伟客气道："今天是萧镇长请客，让萧镇长坐主位吧。"

萧镇长忙道："这怎么行，当然是管镇长坐主位。"高正平也道："管镇长，你别客气了。肯定是你坐。"管文伟笑着道："咱们国家的文化，有时候就太讲究这个了，是不是？"章清却道："这叫尊卑有序。如果真没有了排序，也会乱套的。"

高正平笑道："看看，组织委员说的话，就是不一样！所以，管镇长，你赶紧坐吧。"管文伟微笑着坐了下来，高正平、章清也按序坐了下来。

管文伟的驾驶员小冯拿了三瓶白色瓷瓶的白酒进来了。高正平一看，就道："茅酒！今天我们可有好酒喝了。"

　　章清见是三瓶茅酒，眼睛也是亮了亮，道："萧镇长，这酒是你准备的?"萧峥道："我哪里有这么好的酒，刚才我问这家店里有没有好酒，老板娘说只有五星酒这种档次的。正好管镇长说他有好酒，我也就没拦着管镇长拿来。"

　　高正平道："萧镇长啊，管镇长对你可真好。你在小面馆请客，他却拿这么好的酒出来！你的一顿饭，说不定都没这一瓶酒贵呀。"管文伟却道："哎，不能这么说。萧镇长请我们吃饭，是他的一片心意，酒好不好其实无所谓。可是，我觉得今天是高兴的日子，值得庆祝的日子，所以既然车厢里正好有好酒，就拿出来大家一起喝啊！"

　　高正平道："说到底，还是大家有口福。"章清也说是。

　　管文伟道："今天，咱们也不多喝，就把这三瓶喝了。"三瓶茅酒，五十二度的，真干下去，就算是平分，恐怕萧峥都得醉。

　　管文伟、高正平、章清坐在上首，萧峥谦虚地坐在了下首，他对旁边的李海燕道："海燕，今天你啥都不用做，就坐着喝酒。以前都是你搞服务，今天我来搞服务。"

　　李海燕这才意识到，为何今天萧峥主动坐在门边，这里正是上菜的地方。李海燕心头不由得一阵感动，还是"师父"对自己好。

　　萧峥越是对自己好，她越不忍心让萧峥来搞服务，忙说："不行，还是我来搞服务，而且，我本来就是党政办的。"萧峥板着脸，道："不听师父话了？乖，今天让你好好吃顿饭，你就好好吃顿饭！听不听师父的话？"

这一刻，李海燕内心有些涌动，眼眸也微微有些泛潮："好吧，我当然听师父的。"

这时候，老板娘简秀水来上菜了。一个竹林土鸡煲、一盘老笋干烧肉、一盆香辣小龙虾。这张小小的圆桌上，刹那就色香味俱全了，众人的食欲也被勾了起来。

然而，高正平和章清的目光，没有被这些新上的美食所吸引，却是被端菜进来的老板娘给黏住了。

今天萧峥给镇长介绍这家面馆的时候，说这家面馆的老板娘"风韵犹存"。然而，萧峥也发现，今天的老板娘似乎打扮过，竟然惊人的艳丽。

第 46 章　秀水经验

今天的简秀水身穿一套大红旗袍连衣裙，下摆有点鱼尾裙的感觉，走动间摇曳多姿，头发往后梳了起来，露出洁白的耳根。简秀水身材匀称，颇见丰腴，此时，腰间缠着一条黑色的腰带，更使她的身材显得凹凸有致。

天荒小镇，距离县城有些路程，距离市里和省城更是路远迢迢，因而与潮流基本没什么关系。可今天简秀水的打扮，却很不一般，还真有几分时髦之感，不知道的人，恐怕会以为她是刚从大城市来的。

再加上简秀水一张干净的鹅蛋脸，五官分明，让在座的男人都不由得多看她一眼。管文伟起初也是一愣，但他意识到自己的身份是镇长，也就只看了几眼，努力将目光移开了。

萧峥也颇惊讶，显然简秀水今天是打扮了一番的。但萧峥也并不反感简秀水的这种刻意打扮，这只能说明简秀水对自己来吃饭，是相当重视的。这让萧峥对简秀水也高看一眼，这个老板娘虽然只拥有这么家小店，可她却懂礼节，会做生意。

但萧峥毕竟是见过真正美女的人，就如自己的女朋友陈虹，无论是相貌和身材，在县城都是佼佼者。还有最近认识的小月，容貌和气质更是上上之选，人家还来自省城，又是老总，简秀水跟她比，还是相差一些的。此外，就算身边坐着的李海燕，虽然从不刻意打扮，可胜在娇小可爱，特别是脸蛋，有种天然不经雕琢的细腻美感。不过，简秀水身上有一股强烈的女人的妖娆，却是陈虹她们所没有的。

这样的妖娆，自有一种吸引人的魅力。不过，萧峥并不会睁大眼睛盯着看。相比之下，镇人大主席高正平和组织委员章清的眼神，在简秀水摆放菜盘和给大家斟茶的时候，就一直随着她转动。简秀水似乎也感觉到了，脸上微带羞涩，朝大家扫了一眼，道："各位镇上的领导，你们慢慢吃，慢慢喝。"

镇长管文伟道："今天，萧峥同志说要请我们到这里来吃饭，我们说面馆有什么好吃，他说，这里的老板娘可漂亮了，所以我们就来了。"

萧峥给管文伟介绍的时候，说的是"风韵犹存"，可从管文伟嘴里说出来，却变成了"可漂亮了"，这里面误差还是有些大，可萧峥没办法解释。

简秀水看一眼萧峥，面带羞涩地道："我都超三十了，都老了，还哪里能称得上漂亮啊。萧干部是关照我家小店。"

"哎，三十就说老了，那我这种老头，岂不是老得烧不熟了！"高正平插话进来，"老板娘是真的漂亮，可以说是我们的镇花！章委员，你说是不是？"

章清愣了下，也跟着说："镇花当之无愧啊！对了，我们以前怎么就没有发现呢？"简秀水道："我这种平民百姓，怎么会引起各位官老爷的注意呢！"

"老板娘，你这话就不对！"管镇长说，"我们可不是官老爷，我们是镇上的干部。以后，我们可能会经常来这里，不能再叫我们'官老爷'了。"

简秀水用手在自己的嘴前挥了挥，道："对不起，我嘴笨，以后还是叫你们'领导'吧。"高正平道："什么领导不领导的，到你这里，就只有大哥和小妹。以后，就叫我'高哥'好了。"简秀水朝高正平瞧了一眼，长睫毛眨了眨，甜甜地道："谢谢高哥看得起，我能不能借你们的好酒，敬一敬大家？"

高正平道："那当然可以了。来，你先敬我们管镇长。"高正平透露了管文伟的头衔，不过，管文伟也无所谓，道："老板娘，你要敬酒，就每个人都敬一敬吧。"章清也道："是啊，加深一点印象。"

萧峥以为简秀水不会答应，只会斟上一杯给众人一起敬了。

没想，简秀水还真的听了章清的话，一个个开始敬酒，甚至跟李海燕也干了一盅子，童叟无欺。敬完酒，简秀水道："啊呀呀，只顾喝酒了，我得给大家端菜去了。"高正平道："你让服务员端嘛，干吗自己端啊。"

大家也都看到，这家小面馆还养着一个服务员的。可简秀水却道："今天是萧干部带大家到我这里来，我们小店蓬荜生辉呢，所以我今天肯定要亲自替大家服务的。我去端菜了，你们慢慢吃。"

高正平道："你等会空了，再来吃酒。"简秀水喝了点酒，面若桃花："我等会肯定再来敬酒，你们的酒这么好喝！"章清也道："那我们等你。"

等简秀水一走，高正平就道："萧镇长，今天要不是你带我们来，我们还不知道在咱们小镇上，还有这么漂亮的老板娘呢！"

萧峥见大家高兴，也就开玩笑道："高主席，我能不能说，你深入基层、深入群众不够啊?"高正平端起了酒杯，笑着道："萧镇长批评得对哦！"

这时候李海燕道："秀水姐也很不容易，她丈夫本来是给水泥厂做运输的，两年前发生了车祸人没了。以前秀水姐是不干活的，后来只能出来开面馆，不过这两年开下来，面馆也够糊口吧。秀水姐还有一个女儿，马上小学了，也要她养活呢……"

李海燕和简秀水一起生活在镇上，对简秀水的家庭情况也有所了解。高正平听后道："没想到，老板娘竟然还有这样的经历，挺不容易啊。所以，萧镇长今天带我们来这里，绝对是正确的，也算是对老板娘的支持啊。一个女人带着一个女儿，想想都不容易啊。"

章清笑着道："我怎么听出来，咱们高主席有些怜香惜玉啊！"高正平道："这怎么叫怜香惜玉呢，这叫同情心。她这么一个女人家，在镇上讨生活，你说能容易吗？"章清道："不容易，是不容易。以后咱们有客人，就多来来。就是这店面太小了，包厢也不够大，人多了，根本没法坐。"

高正平道："章委员可以投资一下，帮助老板娘把店面扩大一下，不就行了？"章清笑笑说："我？算了吧，最近不是出台了领导干部不能投资入股的规定了吗？我们都不能入股到别人的公司去。上面也马上要对这项规定的执行情况进行检查了。"

"哎，章委员，你就是太讲规矩，太讲原则了。"高正平佯装不满地道，"在你这里，要做点事情干点事业，根本就不可能。"章清道："本来，做领导干部就不可以兼职拿好处啊，还是得专心把上级交给的任务做好。"

萧峥听了后，问道："章委员，我们领导干部不能投资入股，那领导干部的亲戚可不可以？"章清道："那要看这个领导干部的亲戚，跟这位领导的关系有多亲，是否在领导干部管辖范围之内了。怎么，萧镇长自己有投资入股，还是你的亲戚在哪里投资了？"

萧峥笑笑说："暂时还没有，只是问问，多了解一些规定。"章清道："萧镇长还是很注重学习的！来，我敬敬你，我要向萧镇长学习。"

于是，话题便转移了，大家都给萧峥敬酒，毕竟今天的主题是替萧峥庆祝成功选上了副镇长。萧峥也敬了众人。

高正平忽然想到了一个事情，问道："后天上午要开班子会议，短信上说，是县委书记肖静宇来调研，据说我们天荒镇是她调研的第一个乡镇，章委员是不是这样？"

章清是组织委员，消息也比较灵通，加上他平时又爱打听各种消息，所以高正平才问他。果然章清是知道一些，他说："没错。这段时间以来，据说肖书记一直没有出去调研过。在宣布干部的大会上，据说肖书记还不让县里的报纸刊登她的照片。她也没有开过全区性的大会，大多数时候，都在找各单位的一把手谈话，了解情况。"

高正平转向了管文伟："管镇长，您有没有被肖书记召见过啊？"管文伟略带遗憾地道："说出来，也挺丢人。新县委书记到任了这么久，我还没有正式跟肖书记说上一句话。肖书记，应该是只找了宋书记去谈了。"

喝了点酒的章清，插话道："我听说，宋书记也没谈。"

这话让管文伟、高正平、萧峥等人都大感惊讶，不是说找各单位的一把手都谈了吗？宋国明是天荒镇的一把手，为什么他也没谈？"这是什么原因啊？发生什么事了？"

章清一看大家都很在意这个问题，忽然觉得自己话多了，就道："我也只是听说。不过，乡镇第一站就到我们天荒镇，就足见对天荒镇的重视了。"

重视是没错，但到底是认为天荒镇工作干得好还是不好，这是一个未知数。众人心里也存着一份疑问。

萧峥想起今天请吃饭，还有一个重要任务，他就端起了手中的酒杯，站起来敬章清酒："章委员，我有一个事情想请您帮忙啊。"

章清见萧峥如此郑重其事，就道："萧镇长干吗这么客气？有事情，先说出来嘛。能帮的话，我肯定帮啊。"萧峥就道："章委员，你也知道，虽然组织上给了我党委委员、副镇长的职务，可是我实际上就是个光杆司令，下面一个人都没有。所以，希望组织上能给我派个干部，以前我在党政办当副主任的时候，海燕就在我手下干过，她的工作我很满意。所以，希望组织上能考虑我条线上的困难，把海燕派给我了。"

章清一听，转向李海燕："海燕，你愿意去安监上工作？今天我们都是自己人，我们也不说虚的，安监上可都是苦活累活，而且还吃力不讨好。你这么过去，会不会太亏了？"

不等李海燕回答，萧峥就道："章委员，要是觉得海燕吃亏，可以给她安排一个安监站副主任的岗位呀！"

第 47 章　酒场规矩

章清一听，忙说："萧镇长，这事情，我说了可不算啊。你也知道，我们镇上所有人事问题，最后都是宋书记说了算的。"

镇长管文伟插话道："章委员啊，萧镇长那边的工作，的确有实际困难。他那边如果没人，工作就很难开展，安监工作也就很难监管到位，万一最后又出什么问题，对我们整个班子都不好。所以，还必须得章委员照顾照顾啊。"

"是，这情况我也知道。"章清见管镇长也说话了，也没法再推了，"管镇长，我尽力去宋书记那里建议。但是，最后同不同意还得看宋书记啊！"

"这个肯定，我们也清楚，"管文伟表示理解，这种情况他这个镇长当然也很清楚，"不过，我们知道章委员如果强烈建议的话，也是很管用的。来，萧镇长，我们一起敬一敬章委员啊。"

说着，管文伟也站了起来，和萧峥一起来敬章清。

此时，镇人大主席高正平也站起来："我也一起敬章委员。对了，海燕，你不一起来吗?"李海燕忙站起来，道："我也敬章委员。章委员，我是真心想到安监站工作，从参加工作以来，我就一直在党政办，没从事过具体的业务工作，所以希望章委员能给我这个机会，让我到其他岗位上历练一下。"

章清见大家都站起来了，给足了他面子，就道："管镇长、高主席，你们都站起来，我实在不敢当啊。这样吧，这件事我尽力去办就是了。"

在镇上，镇长"一支笔"，管的是钱。章清是组织委员，平时基层党建要花钱。跟管镇长关系不搞好，章清在花钱上也会很难过。

　　为此，章清非常清楚，宋书记那边不能得罪，管镇长这边也一样要照顾好。

　　至于镇人大主席高正平，手中虽然没有什么实权，可人家毕竟是正职，在党政联席会议上也是有些话语权的，你跟镇人大主席搞不好，人家在班子会议上跟你对着干，或者平时在班子里对你说三道四，也是很麻烦的事情。此外，高正平也将镇人大代表、县人大代表的推荐权，牢牢抓在手中的。章清还不是县、市人大代表，他很想通过高正平来搞到一个县级以上的人大代表，这虽然只是荣誉，但对一名干部的提拔也是非常加分的。

　　所以，章清对高正平也颇为客气。

　　今天管文伟、高正平都替萧峥、李海燕说话，他也不能视而不见，嘴上便答应了下来，站着将一盅茅酒喝了下去。

　　坐下后，章清还故意道："管镇长、高主席，明天我去向宋书记汇报这个事情的时候，就按照刚才萧镇长说的方案，我会建议让海燕到安监站当副站长。这样即便宋书记不同意她当副站长，说不定也能同意海燕调安监站。"

　　这的确是一个办法，跟领导汇报工作，先把要求提得高一点，就算领导不同意，但你原本的目的却有可能达到。这也是汇报工作的一种方法。

　　高主席道："章委员工作还是有一套方法的。海燕，你还不快再敬敬章委员？"

　　李海燕其实酒量一般，刚才喝了几杯酒之后，本来白皙的脸蛋，此时两腮已经浮起了明显的红霞，增添了两分妩媚之感，这是在李海燕不喝酒时看不到的。但萧峥知道，李海燕不胜酒力，就道："章委员，我来替海燕敬一敬你吧?"

章清却不愿意，他说："萧镇长，你怜香惜玉了不是? 这可不行! 她现在都还没到你手下，你就呵护得这么好，以后到了你手下，你不得捧在掌心里? 这杯酒，要么海燕自己喝，要么就不要喝了。"

这话，带着似真似假的威胁，萧峥有些为难了。

李海燕不想让萧峥尴尬，马上站起来道："章委员，我师父也是关心我，他以为我酒量不行。可事实上，经过这几年在党政办锻炼，我的酒量还是有进步的。我先敬章委员，等会儿再敬其他领导。"

章清笑道："哎! 海燕同志今天拿出态度来了!"管文伟和高正平的脸上也都露出了笑容来。

萧峥却有些替李海燕担心，他怕她这么喝，一会儿会醉酒。但按照现在的情况，不让李海燕喝，也不太行。

李海燕又敬了一轮，她的酒量差不多到了极限。

这个时候，老板娘简秀水又来了，她手中拿着一个杯子，另外一只手中还拿了一瓶白酒。这也是一瓶酱酒，竟然还是茅酒。

高正平带着浓浓酒意，满面通红地问道："妹子，你这么长时间不来，刚才干什么去了?"简秀水笑颜如花地道："高哥，我刚喝了你们那么多好酒。一直想着还给你们，所以在镇上的小卖部、超市转了一圈，才买到这一瓶茅酒。等会儿，我还给大家准备了几盒葡萄，现在夏天，正好吃葡萄，大家等会儿带回去。"

萧峥听了为之一愣，一瓶茅酒、几盒葡萄，这得多少钱？今天他在她这里吃一顿，酒也是管镇长的，她应该赚不了多少钱。她这么做，难道不会亏本吗？

可在座的其他人，似乎并没有替简秀水考虑这么多。章清道："老板娘，你可太够意思了。"高正平也笑道："章委员，秀水妹子太客气了，以后我们可要多来啊。"

简秀水也不多说，将酒给众人都斟上，又来敬大家。

当这瓶酒喝完，所有人的酒都到位了。管文伟酒量最好，但酒意也已经颇浓，他说："明天还有工作，今天的酒就到这里了。"章清道："是啊，不能再喝了。后天肖书记还要来，明天我们还要准备汇报材料。若明天头昏脑涨，材料都搞不好。"

宴席就这么散了。管文伟、高正平、章清都住在县城。管镇长说："你们都坐我的车，等会儿让小冯一起送了。"高正平道："这最好了，今天坐镇长的车了！"管文伟三人就钻入了车内。

老板娘简秀水将四盒葡萄捧出来。她这么一个长相妖娆的女人，搬东西却挺有力气。但萧峥见了，还是马上接了过来，放入了管镇长后备厢，又隔着玻璃窗道："管镇长、高主席、章委员，还有小冯，你们的葡萄都放在后备厢了。"他们道："好，好，谢谢了。""明天见了！"

随后小冯启动了车子，车子朝县城方向驶去了。

萧峥、简秀水、李海燕回到了小面馆里。李海燕忽然一屁股坐到凳子上，说："我喝醉了，我要休息一会儿。"然后，双臂横在桌子上，脑袋枕在上面，就这么靠着一张饭桌睡着了。

萧峥只好对简秀水道："不好意思啊，让海燕休息一会儿。"简秀水道："你跟我客气什么？她今天喝了不少吧？我去给她泡点醋梨解酒水，解解酒。"随后，简秀水一边做解酒水，一边让厨师和服务员早点将包厢收拾一下，赶紧回家。

自从这家小面馆开张以来，今天恐怕算得上是最热闹的一天，厨师和服务员倒也没有怨言，反而说："我们没关系，只要咱们小店生意好就行了。"看来，平时简秀水待两个员工还不错，人家才不会跟她斤斤计较工作时长。

半小时之后，厨师和服务员忙完了，跟他们打了招呼，回去了。

简秀水拿了用醋和蜂蜜调的梨子水，让李海燕喝了。

萧峥掏出一千块钱，递给简秀水："这是今天的饭钱。"简秀水朝他看看："哪要这么多！今天一桌菜，两百块钱，足够了！"萧峥道："还有酒，还有葡萄。"简秀水道："我不是说了嘛，这酒，这葡萄都是我请你们的。"萧峥道："这怎么可以，不能让你亏本啊。"简秀水将萧峥那刀钱拿去，从中抽出了两百块，再将其他八百块塞回了萧峥的口袋里，道："你看得起我，就收回去。"

萧铮看着简秀水，感觉这个女人，并不是那种贪心的女人。但萧峥还是不好意思，毕竟她的生意算得上小打小闹，赚不了多少钱，一瓶茅酒和几盒葡萄的钱，搞不好她半个月就只能赚这么点，萧峥道："这样不行。"

简秀水道："这样吧，萧干部，如果你觉得过意不去，那你帮我出个主意吧。我这两天一直在想一个事情，可就是拿不定主意。"萧峥问："想什么事情？"

简秀水道："我想把咱这家面馆，改成一家饭馆。你也知道，小镇上，面馆真赚不了多少钱。我想赚更多的钱，否则过不上像样的日子。"萧峥瞅着简秀水，发现简秀水黑黢黢的眸子中闪着光。

萧峥这时才感觉到，眼前的这个面馆老板娘，恐怕不是那种安之若素的普通小镇妇女，而是有点想法、有点野心的女人。萧峥心里就多了一丝好奇，问道："简姐，你想赚多少钱？"简秀水脱口而出："越多越好，到底是多少我也不知道，总之能让我和闺女可以过上体面日子。我还想让我闺女读高中、读大学，以后到大城市工作、生活。"

萧峥心头不由得对简秀水多了一丝敬意，一个没了老公的小镇寡妇，不甘命运的安排，想要改变自己的人生、改变闺女的命运，这样的女人，萧峥是佩服的。

他说："简姐，如果你这么想，那你得开饭店。"简秀水的眸子亮了亮，她瞅着萧峥："萧干部，我把这个想法，问过好几个亲戚了，他们都说我这样的女人，折腾什么，让我别开，会亏本。只有你鼓励我。"

第 48 章　路上意外

　　萧峥喝了一口桌上的解酒水，道："会不会亏本，我也不知道。但是，我只知道要改变人生，就要冒风险。"

　　这话，萧峥是说给简秀水听的，也是说给自己听的。

　　简秀水忽然将一只手放在萧峥的手上。简秀水虽然三十来岁了，可肌肤还是细腻柔软，似乎这手，似乎不是抚在萧峥手上，而是抚在他的心头，让他的身体有种莫名的躁动。不过，萧峥还是清醒的，他克制着身体的感觉，疑惑地看了看简秀水。

　　简秀水马上就抽回了手，说道："假如我能有你这样的兄弟就好了。"简秀水说得有些动情。萧峥也是性情中人，听到简秀水这么说，他差点就道，那我就做你的兄弟好了。

　　此时，李海燕的声音忽然响了起来："谁都想要有我们师父这样的兄弟……"李海燕勉力撑起了身子，酒意依旧浓重。可李海燕终归还是醒过来了，否则都不知要等到几点才能回家了。

　　简秀水和萧峥的话头也就被打断了。萧峥道："海燕，时间不早了，我送你回家吧。"简秀水道："萧干部，我这里也已经打烊了。我和你一起送海燕过去吧，否则你一个大男人送喝多了的女生回去，海燕家里人恐怕有想法。"

萧峥、李海燕也都觉得有道理，李海燕就道："那就谢谢秀水姐了。"简秀水道："跟我客气啥?"于是三人出了面馆，简秀水关上了门，一起往李海燕家走。

小镇的街道，昏黄的灯光，空寂得有些吓人。萧峥和简秀水将李海燕送到了家里，李海燕的父母看到女儿明显喝多了，还真有点紧张。"怎么喝了这么多酒啊?"看到送李海燕回来的是萧峥和简秀水两个人，两老才稍稍放心了。他们就担心李海燕会吃亏。

萧峥对李海燕道："早点休息。"李海燕也道："师父、秀水姐，你们也赶紧回去吧。咱们镇上也不太安全。"简秀水道："好，你放心吧，我们会安全回家的。我们走了，你们关门吧。"

两人就往另外一个方向走，到了一个十字路口，两人是不同的方向，萧峥想到李海燕说的"咱们镇上不太安全"，他就道："简姐，我先送你，再回去。"简秀水却道："不用，不用，我自己回去。我一直生活在这个镇上，熟悉得很，你也赶紧回去休息吧。"萧峥道："还是让我送送你吧。我一个男人，回去晚一点也没什么关系。"

"谢谢你的好意了。"简秀水在一盏破旧的路灯下停下来，道，"不好看啊。"萧峥奇怪地问道："什么不好看?"简秀水道："我一个寡妇，你是镇干部，我不想连累你。咱镇上的人，喜欢多嘴多舌，看到你和我在一起，或许就会说，这个镇干部不正经，或者说我在勾搭你。"

萧峥倒是没有想到这一层，他只觉得送人回家，就是送人回家这么简单。但是，简秀水说的不是没有道理。村上、镇上，越是小地方，大家就越是喜欢嚼舌根。萧峥如果执意要送，反而显得自己好像图谋不轨了。萧峥就道："简姐，那你路上小心一点。有事情，你打我电话，你有我手机号的。"

简秀水道："好，我知道了。那我走了，你也赶紧回去吧。"

简秀水穿着旗袍裙、踩着高跟鞋的背影，在这旧街的灯光下显得有些迷幻般的美。萧峥想，简秀水可能真的不属于这个小镇。

萧峥转过身，也往宿舍的方向走去。

简秀水的屋子其实在小镇最南边，接近郊外了，所以越往南走，人家也就越少，路灯也越发稀疏，有些路灯年久失修，已经不亮了。简秀水朝前走的时候，心里也就有些慌慌的，她就加快了脚步。

然而走了百来米，简秀水忽然瞧见前头隐隐有两个小红点儿，接着就听到两个男人的声音。简秀水听不大清楚，反正不关她的事，她只想安全回家，便加快了脚步。距离近了一点，简秀水便听到，其中一个男人含含糊糊地在说："今天，怎么就这么背呢，我输了整两千，敲大背的钱都输光了。"另一个男人道："强哥，别说你了，我更惨，我把我老妈的金项链都输在那里了！"

简秀水听出来，这两人好像是镇上的小混混，刚输了钱。刚才那两个小红点，是他们手中的烟头。

简秀水不想招惹这种人，尽量轻声地走在路边，不想引起他们的注意。几十米开外才有一盏路灯，他们交错而过的地方，没什么灯光。简秀水缩着身子，朝前走，那两个混混似乎都没注意到她，还在聊着"明天，我要去翻本"。一个道："什么翻本，我要那些赤佬把裤子都输给我。"另一个道："没错，没错。"

简秀水已经离开他们十多米远了，她觉得那两个混混应该注意不到她，轻轻地松了一口气，继续往前走。正在这时，忽然从她身后响起了一个混混的喊声："站住。"

简秀水浑身一震，但她就当没听见，继续快步往前走。只听身后又一个声音喊道："你这个女人，给我站住！""再不站住，老子要给你颜色看了！"

简秀水心里一紧，就跑了起来。随即就听到身后响起了脚步声，简秀水知道那两个人正在追上来，她拼尽全力往前跑，可是内心的紧张让她双脚有些软，而且她脚下穿的是高跟鞋，根本跑不快。但她还是拼命跑，她心里是有些后悔了，刚才为什么不让萧峥送一送？

"看你跑哪里去！"

简秀水忽然感觉自己脑后一疼，她往后梳起的发辫散了开来，其中一缕已经被对方抓住了，疼得她没法再跑。"你再跑！你再跑！"浓重的烟味，从对方嘴里冲出的酒气，让简秀水别过了脸去。

后面又有一人跑上来，在幽暗中，看不清简秀水的脸，就用打火机打着了火，在简秀水面前，晃了晃，呵呵笑了起来："长得不错嘛！"他冲抓住简秀水头发的男人问道："你认识这个女人？"

那人看看道："这不是镇上开面馆的寡妇！今天穿得这么

妖，去勾引汉子了？"简秀水用双手捂着头发，忍着疼痛道："我没有勾引谁。"

简秀水踩着高跟鞋的身子，因为双手捂住发根，整个身子反而更显得妩媚妖娆，饱满的地方也显得更为惹眼。看得拿打火机的那个男人，嘻嘻一笑道："你不是去勾引汉子，难道是故意来勾引我们？刚才叫你，你不停，也是勾引我们的手段吧？"

简秀水心想，这是个疯子吧？谁要去勾引他！但她不想惹怒他们，就说："我没有。"

抓住简秀水头发不放的男人道："强哥，我终于知道了，为什么我们今天这么背。"强哥问："为什么？你说说。""这还不简单，还不是因为我们今天要遇上这个寡妇吗？""说得有道理。"

简秀水一听，忍痛解释道："你们是先背，再遇上我的；不是遇上我，然后才背的。"

"还敢顶嘴！"那个男人用力扯了简秀水的头发，一阵疼痛差点让简秀水晕了过去。那个男人又道："就算我们背，现在遇上你这个寡妇之后，我们只会更背。"

简秀水知道无法跟他们讲道理，就道："求求你们放了我吧，如果你们再不放开我，我就要喊了。"这话简直是电视剧中的台词。两个男人听了，都笑起来："喊，你喊，随你喊。"

简秀水没得选择："救命啊，救命啊。"她刚喊了两声，忽然从远处射过来一束灯光，似乎是摩托车的灯光，随即，便听到摩托车的声音朝这边开了过来。简秀水心里升起了希望。

只见那辆摩托车越来越近，一个没戴头盔的男人，在他们面前停了下来，看着他们三个人。这个男人嘴角胡子拉碴，简秀水并不认识，但她还是喊着："救救我，救救我！"那个男人依然坐在摩托车上，问强哥他们："为什么扯着这个女人的头发？"强哥道："关你屁事！给我滚。"摩托车男子，微微一愣，然后便道："是不关我事，我滚，我滚。"随即，缴动离合器，就开走了。

简秀水心里刚升起的那点希望，随着摩托车渐行渐远的灯光，渐渐熄灭。

简秀水再次喊道"救命，救命"，声音里带着明显的哭腔，可再也没有人理会她了。

那两人，冷笑着冲她道："你喊叫，有用吗？"疼痛、耻辱和恐惧，让一直以来坚强的简秀水忍不住流下了泪水。

一个男人道："强哥，这个寡妇在镇上无依无靠，我们怎么玩都没关系。不会有任何后患。"强哥道："这敢情好。"男人问："强哥，那我们到哪里玩？"

强哥道："难道还开房间？你有钱吗？！当然就地解决，这黑灯瞎火的，也没人看到。"强哥显然酒喝得很大，已经到了丧心病狂的程度。另一个也好不到哪里去："强哥，你先来。我帮你抓住她的头发和手。"

被抓住了头发的简秀水疼得不能动，她挥动双手，想要推开强哥，却被强哥一拳打在了小腹上，瞬间浑身便疼得失去了力量。只见那个强哥扯去了自己的皮带，又来掀简秀水的旗袍。

他的手刚刚掀开旗袍，忽然一条腿在他左侧一闪，强哥整个人便飞了出去。强哥被踹中了腰部，整个人躺在地上，捂住腰部，站不起来了。

另一个混混慌了下，手中一松，他的右手，已经被人掰住，往后一折，咔嚓一声，他的三个手指竟然被脆生生折断了。这个混混杀猪般地尖叫一声，捂着手，半蹲下了身子。混混一边喊疼一边咒骂。

躺在地上的强哥，此时稍微缓过劲来，问道："你是谁！你知道我们是谁吗？"萧峥问道："你们是企图侵犯妇女的犯罪分子。"

强哥道："我舅舅是宋国明，天荒镇的书记。我叫林一强！"另一个捂着手的混混说："我爸是水泥厂长王贵龙，我叫王富有。"萧峥愣了下，他没想到宋国明的外甥和王贵龙的儿子，竟然是这样的混账。但他们既然这么说，还说出了自己的名字，应该假不了。

林一强、王富有见萧峥不说话，以为他怕了，喝道："你小子完蛋了。你，现在，立刻给我们道歉，把我们送医院，然后就等着进派出所吧！"

萧峥道："你们俩干这种丧尽天良的事还罢了，现在还敢冒充宋书记和王厂长的亲戚，简直是作死。"林一强道："哼，谁说我们是冒充的？我真的是宋书记的外甥，小子，你现在不照我们说得做，你就死定了！"

萧峥一听更加怒了，我们这个社会还有这种为虎作伥的混蛋！他心里忽然涌起了一股控制不了的愤怒，他一步走到林一强的身前，一脚踩在了他的裤裆里，几乎都能听到碎裂的声音。

林一强尖叫一声,直接晕了过去。

王富有一听,吓得当场尿了,捂着手想逃,萧峥又追上去,从身后给他来了一脚。萧峥在学校里练过散打,下腿极其精准。王富有一阵疼痛,也就昏死了过去。

终于从恐惧中回过神来的简秀水见到这一场面,撩开黏在脸上的头发,走到萧峥的身边,抓住他的手臂,担忧地道:"萧干部,你为我这么做,会给你惹大麻烦的。"萧峥能感受到,她抓着他的手,依然在颤抖。借着昏暗的路灯光,萧峥看着这个之前还妆容精致的女人,此刻头发凌乱,泪痕宛然,心中不免升起同情。他说:"我不是为你这么做,而是为这个镇子。这种人如果不这么对付,他们还会祸害镇上其他女孩子。"

第 49 章　绳之以法

简秀水知道萧峥说得是对的,以前她就听说,镇上和附近村子有女孩子被混混欺负了,甚至侵犯了,事后都不敢吭声,不了了之。她当时还有点怀疑,那些事情到底是不是真的。今天的遭遇,让她意识到,这些事情假不了。

今天要不是萧峥突然出现,她简秀水后半辈子恐怕也就完了。其实,简秀水今天也真是幸运。萧峥本来已经打算回宿舍去了,都走出好几百米了,可脑海里还是响起了李海燕那句话

"咱们镇上不太安全"。

今天,简秀水的面馆开到这么晚,是因为自己,简秀水还送了茅酒和葡萄,可想而知也都是为了给自己面子。这么一想,萧峥就转过身,沿着简秀水的路往前赶,想着怎么样也得看着她安全回家吧。没想到,还真的碰上事了。

萧峥从小就觉得一个男人得会点功夫,既是防身,又能保护身边的人。所以到了大学之后,他找机会参加了一个散打班,练得非常勤快,尽管境界不是最高,但平常两三个混混他轻轻松松就能撂倒。陈虹在大学期间也有众多追求者,之所以会选中萧峥,跟他会散打也很有关系,觉得在萧峥身边会有安全感。

今天,这散打功夫又派上了用场。

被萧峥解救了,简秀水本来应该感到庆幸,可现在她却更为担忧了。她看看躺在地上的那两人,忧虑地道:"萧干部,这两人一个是宋书记的外甥,一个是王厂长的儿子,我们镇上都知道宋书记和王厂长谁也惹不起。现在,你不仅把他们打倒在地,而且他们俩的那个地方也……"

"没事,你放心,宋书记的外甥和王厂长的儿子,不可能干这种事。这两个不过是小混混,我们不用怕他们。"萧峥故意道,"我先送你回家,等会儿我还要报警,让派出所的人来抓他们。"

萧峥知道,必须先将简秀水送回家,其他的事情,他再做处理。简秀水还是有些替萧峥担忧,可萧峥再三催促她回去,她只好听萧峥的,在他的陪同下回了家。

从简秀水家的小院子里还响起了犬吠声,好像还蛮凶的。

萧峥也就不送进去了。

简秀水道:"萧干部,你一定要多加小心,我觉得这两个人,真的有可能……"萧峥朝她笑了笑,说:"不用怕。我是镇上的干部,我还怕两个小混混吗?就算他们真是宋书记和王厂长的亲戚,他们这么做也是罪不可恕,我估计宋书记和王厂长都是不知道的。你赶紧去好好照顾你的女儿吧。其他事情,我会处理的。"

萧峥让简秀水回屋之后,又回到了之前打架的地方。萧峥本想报个警,让派出所将这两个混混带走。可路上竟已经没有了这两个小混混的踪迹。

他们是自己逃走了?可按照萧峥的判断,这两个人受了这么重的伤,不可能靠自己离开。那么,就是有人接走了他们?那么,接走他们的人是谁?是宋国明,还是王贵龙?还是这两个人的狐朋狗友?

萧峥四周张望了一番,不见其他人。现在已经晚上十点多了,小镇上更显空寂,偶尔才能听到一声突兀的犬吠。

萧峥没有在原地停留,而是向着宿舍的方向走去。路上,他双耳竖起,仔细倾听着路旁的声音。他也担心,吃了大亏的林一强和王富有会咽不下这口气,找人藏在暗处对付他。要是真有一伙人冲出来,他随时准备着跑。他一人打两个没问题,打三个也没问题,但打一伙人肯定会出问题。

所以只要一听到异常的声音,萧峥决定立刻就跑,先跑到镇政府再说。

萧峥从小镇的南边,一直走到了小镇的北边,都没有发现任何异常，既没有人拦路，也没有人跟踪。萧峥安安全全地抵达了镇政府的宿舍。走到楼上，在转角处，他还停留了一下，他担心有人藏在角落，但等了一会儿也没有人。

到了门口，萧峥推了推门，看到门锁是完好的，才拿钥匙开了门，进了自己的房间。萧峥用几把椅子，将宿舍门抵住了。他今天对付的是小混混，这些小混混又不同于一般的混混，他们的背后是天荒镇上最有权、最有钱的人。

萧峥感觉到，自己因为救了简秀水，生活也许会变得复杂起来了。但自始至终，萧峥一点都不后悔救了简秀水，他更不后悔给了林一强和王富有每人一脚，他甚至希望他们从此失去那方面的功能。

现在想想，当时，冲动是冲动了一点，但还是保护了简秀水不受伤害。至于接下去，这个事情怎么处理，怎么结束，萧峥还真的不知道。

萧峥倒了一点开水，一口喝了下去。然后，想起一个事情，就给简秀水打了个电话。既然现在没有人来找自己，他们会不会去找简秀水的麻烦？

手机是通的，可就是没人接。

萧峥一下子紧张起来，简秀水会不会出事了？萧峥从椅子中站起来，心道，要不要再赶去简秀水家看看？这时候，萧峥的手机倒是响了。萧峥马上接了起来，只听简秀水的声音颇有些温柔："萧干部，我没事。我刚在洗澡，你是不是担心我会出事啊？我没事的，我已经把家门都锁好了。"萧峥这才松了一口气，道："门锁好了，你也还是要小心。"

"我知道。"简秀水道，"我家里还养着阿灰的，是一条大个子狗，对陌生人很凶的。我刚才已经解开了狗绳，放在小院里了。假如有人敢闯进来，就让他们试一试阿灰的尖牙。"萧峥道："那就好，但万一真有人闯入，你可以马上给我打电话，我今晚上不关机。"简秀水心中感激，道："谢谢，我知道了。萧干部，感谢你的关心。"

萧峥刚放下手机，李海燕的电话就进来了："师父，你回家了吗?"萧峥惊讶李海燕竟然还没睡："我刚回到宿舍。你怎么也还没睡?"李海燕道："秀水姐的解酒饮真管用，我已经感觉清醒许多了。我打个电话，想问问你和秀水姐是不是都回去了?"

李海燕其实有些担心萧峥和简秀水发生什么不该发生的事情，毕竟简秀水是一个年轻又颇好看的寡妇，两人又都喝了酒，今天简秀水又穿着漂亮旗袍，打扮颇为妖冶。

萧峥说："我们都已经回到家了。正好。我有一个事情，要跟你说。万一我身上发生了什么，你帮我告诉管镇长。"

李海燕在党政办时间长了，对很多事情具有一种天生的敏锐性，听萧峥如此说，立刻紧张了："师父，你别吓我。晚上发生了什么事?你快点说啊。"

萧峥就将晚上发生的事情，一一告诉了李海燕。李海燕听得心惊肉跳，但最后她还是宽慰萧峥："也许，那两个小混混根本不是宋书记的外甥和王贵龙的儿子，只是用来吓唬人的。"萧峥道："我也希望不是。但就算是，我也不怕。"

李海燕想，如果真是的话，这件事恐怕就没有那么容易了结。李海燕是真有些替萧峥担心，她说："师父，明天一早，你就把这个事情跟管镇长说一说，有备无患。"萧峥觉得李海燕说的有道理，就道："好，我明天一早就跟管镇说。"

结束了与李海燕的通话之后，萧峥仍保持着警觉，睡觉也不太安稳。可超过十二点之后，也许是真累了，萧峥的警觉慢慢放松了，随后就沉沉睡去。

子夜一点，在县城医院中，有两个小年轻在急救室内抢救了好一会儿，终于度过了危险期，但是医生出来之后，对家属说："他们已经没有生命危险了，不过，有一件事，你们得有心理准备，他们的生育功能遭到了破坏，想要恢复正常基本很难了。"

水泥厂老板王贵龙的老婆一听，瞬间哇的一声哭了出来："啊，我们儿子不能生孩子了，这怎么办！这怎么办！王贵龙，你不是老板吗，你倒是想办法啊！"

王贵龙牙齿咬得咯嘣响，但他强忍着愤怒，道："林一强的舅舅，就是宋书记，你着急什么！我们肯定要把打林一强和我们儿子的人给找出来，我们会让他付出两倍乃至三倍的代价！宋书记，你说是不是？"

林一强其实不是宋国明真正的外甥，林一强的老妈是林小凤，是宋国明老婆的表妹。但是，林小凤一直攀着宋国明这条大腿，自称自己和宋国明老婆比亲姐妹还亲，跟宋国明走得也很近，得到宋国明的喜爱和认可。

所以，宋国明在考虑堂弟宋国亮在矿山入股有点风险之后，他就让宋国亮将股份转给了林小凤，这样关系可以更远一层。但实际上，宋国亮还是掌控着股份，因为林小凤都听宋国明的。

林一强虽然没什么正经工作，但嘴很甜，又经常陪宋国明喝酒，"舅舅是我这辈子最佩服的人"这句话经常挂在林一强的嘴边。

事发之后，林小凤在电话中哭着喊着要让宋国明做主，再加上入股矿山这一层关系，宋国明对林一强这次的事件很关心，接到电话之后，立刻跑到了医院。他还叫上了党政办主任蔡少华和派出所所长钦佩。自从上次在矿山事件中，钦佩配合宋国明有力，现在宋国明对钦佩更加信任。

宋国明对钦佩道："钦所长，殴打我外甥和王富有的人是谁！明天必须将这个人绳之以法！"钦佩立刻道："是，宋书记，这件事交给我吧！您放心！"

第 50 章　恶人告状

钦佩意识到宋国明对这起案件的重视程度，当着宋国明的面，把派出所副所长叫了过来："现在，林一强和王富有已经醒了，你们可以进去了解情况，要利索，五分钟内问清楚情况，病人还需要休息。情况一调查清楚，立刻抓人。"

副所长李龙立刻答应："是。"

副所长李龙带着民警进入了病房，询问刚做完手术、挂着盐水的林一强、王富有两人。林一强、王富有这对同一病房的难兄难弟，一见李龙就喊道："我们要那个人死。"

副所长李龙皱了皱眉，心想，他李龙至多是把那人抓起来，送进监狱。但若那人真被送进监狱，林一强和王富有恐怕真有本事把那人弄死。但这不是李龙需要担心的事情了。李龙要做的就是完成所长钦佩交给的任务，把人逮住。

李龙道："我们也希望能早点把人抓住，现在需要你们配合一下，把那人的长相和晚上的情况描述清楚。"

在等待的这段时间内，水泥厂长王贵龙请宋国明、钦佩、蔡少华到医院对面的一家夜宵店喝酒。

王贵龙举起了酒杯，对宋国明、钦佩道："宋书记、钦所长，那人对一强、富有下这样的狠手，是要让我们断子绝孙啊！"

听到"断子绝孙"这四个字，宋国明朝王贵龙瞥了一眼。

王贵龙却继续说："这个人不逮捕，不严惩，宋书记我们以后都没法在镇上混了！宋书记，这天荒镇是您的天荒镇啊，绝对不能容许有人这样乱来，否则将来会一发不可收拾啊！"

宋国明又朝王贵龙瞥了一眼，道："王厂长，你喝高了，有点胡言乱语了。"宋国明是担心王贵龙在这个场合，说出一些不该说的事来。

然而，派出所所长钦佩却道："宋书记，我倒是觉得，王厂长说得没错，虽然话粗糙了点，不过道理是这个道理。您是书记，镇上发生如此恶性事件，必须重拳严惩，否则普通老百姓也会感觉生活没有安全感啊。我们当干部的，不就是要让老百姓有安全感吗？"宋国明朝钦佩看看，端起了酒杯，对王贵龙道："你看，钦所长说话比你有水平多了，我们一起来敬一敬钦所长，抓坏人的事情都要靠他。"

王贵龙也忙端起了酒杯："是。我敬敬钦所长。""不敢当，不敢当，谢谢宋书记和王厂长。"钦佩正要喝杯中的夜酒，没想手机响了，一看是副所长李龙，钦佩就接了起来，"喂，情况怎么样？"

钦佩听完了电话里的汇报，抬起头来，看着宋国明道："宋书记，李副所长问出了一些情况……"宋国明瞧钦佩神情有些不好看，问道："什么情况？"

钦佩道："据一强和富有回忆，当时在场的有镇上寡妇简秀水，还有一个年轻小伙子。简秀水称呼这个小伙子'萧干部'。此外，这个'萧干部'还认识宋书记您和王厂长。当林一强和王富有自报家门的时候，那个萧干部还说，宋书记不会有这样的外甥、王厂长也不会有这样的儿子，然后就把他们打成了这个样子！"

"萧干部？"宋国明、王贵龙心里疑问，"难道是萧峥？"

"萧峥？新上任的党委委员、副镇长？"派出所所长钦佩也很吃惊，"如果真是他，那怎么办？他现在是县委管理的干部，我们派出所逮捕他，恐怕不合适啊。"

钦佩是派出所所长，也就是副科级，在镇班子中的排名，还在萧峥的后面呢。让他去逮捕同级别的领导干部，恐怕有点困难。

然而，坐在一旁的蔡少华却道："钦所长，法律并没有规定基层派出所不能逮捕科级领导干部。你完全可以派三四个普通民警，就当不认识他，将他带到派出所进行审讯。不管怎么样，他的故意伤人罪，是完全可以证实的。只要这项犯罪行为坐实了，就得判刑！到时候，萧峥的副科级职务，自然也一并剥夺。"

王贵龙一听，马上道："蔡主任说得太对了。这个萧峥根本没有把宋书记和我放在眼里，一强和富有都自报家门了，他还敢这么干！宋书记，这人胆大包天，他根本没有把你这个书记看在眼里，放在心里啊！"

宋国明将手中的酒杯狠狠在桌子上一顿，杯子都震碎了，他冲钦佩道："王子犯罪和庶民同罪，不管他是谁，只要犯罪，就抓起来。还有那个寡妇，是同谋，也一并抓起来！"

钦佩想了想，既然宋书记也这么说，那他也没有什么好怕的，毕竟在天荒镇上，宋国明是一把手，他的背景和实力摆在那里，万一真有什么事，他也能搞得定！钦佩就道："宋书记，那我现在就吩咐手下去抓人，将两人一并带回派出所。"

宋国明道："好，一切从速！我们也一起到派出所去。"四人从消夜店出来，向镇派出所进发。

没过几分钟，又有两辆警车分别向着萧峥所在宿舍楼和简秀水家疾驰而去。

宋国明等四人来到了钦佩的办公室，此时已经晚上两三点钟了，他们想着要如何让萧铮认罪。

派出所的一队民警，将车子停在镇政府宿舍楼的几百米外，无声无息地进入了宿舍楼，到了萧峥所在的楼层。萧峥住在哪间房，他们已经从蔡少华那里了解清楚了。当他们确认了门牌之后，两个民警一起朝门上狠狠踹了一脚。

老宿舍楼的门锁就和门框一样是老掉牙的,一下子就被踹开了。

另外一队民警,逼近了天荒镇最南端的一栋房子。这就是简秀水和她女儿的房子。要抓捕一个寡妇对民警来说,算不上什么事。他们堂而皇之地在院门上重重敲门:"简秀水,我们是派出所的,请开门。"

没想到,回答他们的并不是简秀水,而是一阵狂躁的犬吠,把这些民警都吓了一跳。民警们在门外继续敲门,都没听到简秀水来应答,更没有看到简秀水来开门。带头的民警就道:"破门。"

几个民警立刻动手,将院门卸下,民警刚刚进入,一条黑影就扑了上来,将一个民警扑倒,旁边几个民警用电棍击打在黑狗身上,阿灰颤抖了一下,倒在地上就不动了。其他民警立刻靠近主屋,再次破门,上下搜索了一遍,都不见简秀水和她女儿的踪影。

与此同时,撞破了萧峥宿舍的民警,在他的宿舍里,并没有看到萧峥。

在钦佩所长的办公室,宋国明等刚喝了一口茶,钦佩的手机就响了起来,一看是副所长李龙,钦佩内心是有些激动的,对宋国明道:"是李龙,应该已经逮捕了。"宋国明也精神了起来:"好,你先接电话。"

钦佩迅速接起了电话:"喂,李所长,人已经抓到了吧?什么?跑了?"

宋国明、王贵龙、蔡少华等人都满脸震惊。钦佩放下手机,对宋国明道："宋书记，萧峥不在宿舍，那个寡妇也不知去向，可能都跑了。"

"跑了？"宋国明先是一阵愤怒，但随后便镇定了下来，"跑了，就说明他们自认为有罪，这对我们大有好处。"王贵龙一听也道："没错，没错。就算跑了，能跑到哪里去？他一个党委委员、副镇长，还能不来上班？"

蔡少华的脸上，更是露出了喜色："宋书记，萧峥这是在畏罪潜逃！"宋国明道："钦所长，继续追查！"

然而，此时钦佩办公室的座机忽然不合时宜地响了起来。众人都朝钦佩看去，钦佩看一眼电话，看看电话，脸上带着疑惑，但还是快走几步，接起了电话："喂，谁？"只听对面传来一个有力的声音："钦所长，我是天荒镇党委委员、副镇长萧峥，我要向你报个案。"

"你稍等。"钦佩捂住了电话，转向了宋国明，"宋书记，是萧峥！"王贵龙、蔡少华都站了起来，"萧峥？他怎么会打电话来？"钦佩道："说是要报案！"宋国明神情依然镇定，对钦佩道："你听他怎么说？"

钦佩点了下头，又对电话那头的萧峥道："萧镇长，你要报什么案子？"萧峥道："我要报两个案子。

"第一个案子是，昨天晚上，镇上有两个小混混企图强暴镇上妇女，正好被我撞见，将这两人击倒。后来，我送那个妇女回家之后，本想将那两个小混混押送到派出所，结果那两个小混混竟不见踪影，应该是畏罪潜逃了。这两个小混混，一个冒充是我们宋书记的外甥，一个冒充是水泥厂厂长王贵龙的儿子，所以我要报案，希望派出所能缉拿归案。

"第二个案子，有人擅闯我的宿舍，将我房间翻得一塌糊涂，我已经拍照了。"

钦佩的眉头皱了皱，问道："萧镇长，你现在在哪里？"萧峥道："我的宿舍被人翻了，所以我现在到镇政府办公室了。"

钦佩放下电话，对宋国明道："宋书记，萧峥正在他的办公室。"宋国明道："先抓人，审讯，其他都不用管。"钦佩有点顾虑："可是，宋书记，他说他是来报案的。"宋国明道："这是恶人先告状，不用管，抓了再说。"

宋国明心里已经下定了决心，只要先逮捕萧峥，其他的事情都好安排。

第 51 章　　两雄对峙

钦佩见宋国明的态度异常坚决，牙关都咬紧了，他只好道："是，宋书记，我们立刻行动。"

钦佩带队，七八个民警一起紧跟，直奔镇政府，瞧见主楼上萧峥的办公室果然亮着灯火，钦佩朝身后的民警道："我们上去，不用多说，直接把人带走就行。""是！"

钦佩等人快速上楼，皮鞋的声音在这黎明的楼梯上噼啪作响，声音听起来有些吓人。

办公室内，果然坐着一个人，正是萧峥。

钦佩见到萧峥就说："萧镇长，关于你报案的情况，希望你能跟我们一起去协助调查。现在就走吧。"萧峥看着钦佩，道："钦所长，能不能在这里谈？要了解情况，在这里也可以吧？"钦佩道："这里毕竟不方便，还是跟我们到派出所吧。"

萧峥道："可我不想去，还是在这里谈吧。"钦佩的脸一下子沉了下来，语气也强硬了："萧镇长，有个情况必须跟你说明一下。虽然你报案了，但同时也有两个人报案，说你故意伤人，将他们打成重伤。那两个人目前还躺在医院里。所以，这个案子，我们不能听你的一面之词，还是请你跟我们走一趟吧。"

"什么时候，派出所都来镇政府抓人了？"一个沉稳的声音，在走廊上响起。

众人朝门口望去，只见镇长管文伟、人大主席高正平，在驾驶员小冯的陪同下，走了进来。

黎明前三四点钟，东方还没有发白，外面一片漆黑。镇政府主楼，却渐渐热闹起来了。萧峥办公室的空气也慢慢热起来了。

事实上，萧峥、管文伟和高正平这时出现在镇政府，跟李海燕有关系。李海燕跟萧峥打完电话之后，心里还是不踏实，便直接打了电话给镇长管文伟。管文伟一听萧峥为救简秀水，打了宋国明的外甥和王贵龙的儿子，他立刻建议萧峥不能再待在宿舍楼了！

他说，在这个事情上不能等，要赶快报警，让萧峥也要立刻到镇政府去，管文伟怕萧峥会有意外。萧峥听了管镇长的话，刚刚出了宿舍楼，就听到了派出所警车的声音。他惊叹派出所这么快就行动了。

他躲在暗处，偷偷用相机拍下了派出所民警撞门而入的场景，虽然像素不高，但也是一个凭证。随后，萧峥立刻来到了镇政府。

管文伟给高正平打了电话，两人也一起赶来了。

钦佩见到管文伟和高正平，神色明显一变。在镇上，管文伟和高正平的职务要比钦佩这个派出所所长高，官大一级压死人，钦佩不得不赔着笑脸道："管镇长、高主席，你们怎么这么早就来了？"

"我们也想多睡一会儿啊。"管文伟故意打了个哈欠道，"可是，我听萧镇长说，我们镇上发生了一件强奸未遂的案子，萧镇长本人就是阻止歹徒行凶的当事人，所以我只好这么早爬起来了。"

高正平也道："这种事情，非同小可。我们天荒镇以前也发生过这种暴行，可最近好似平息下来了，怎么现在又出现这种人神共愤的事！这种事情，必须露头就打，否则我们这些干部，对不起天地良心，对不起百姓！"

高正平的话，绘声绘色，但又在情在理，让派出所所长钦佩，很是为难。

然而，此时走廊上又响起了另外一个声音："高主席，这件事是不是暴行，还没调查清楚；到底是谁的暴行，也还不能确定。虽然这次涉及镇领导干部，但我们还是要积极配合派出所调查啊。"

不用猜，大家都听出来了，这是镇党委书记宋国明的声音。随即，就瞧见身材敦实、表情严肃的宋国明迈着大步走了进来，身后跟着党政办主任蔡少华。这一下子，镇党委书记、镇长、人大主席、派出所所长就都出现在清晨四五点的主楼上了。

这种情况非常反常，连同跟到走廊上的保安大伯，心里都直打鼓，镇上到底发生什么事了？

"宋书记，你也来了。"管文伟招呼了一声，但还是替萧峥据理力争，"宋书记，萧峥是我们的镇领导班子成员，不应该由派出所带去吧……"

宋国明立刻打断管文伟："正因为是我们的班子成员，所以我们更不能包庇，否则外面的人，会怎么看？被打受伤的普通百姓会怎么看？"管文伟看着一脸正义的宋国明，道："这件事上，我看也没涉及什么外人，涉及的也不是什么普通百姓。我听说，被打的人，也就涉及两个，其中一个是宋书记您的外甥，另外一个是水泥厂厂长王贵龙的儿子吧，没什么普通百姓。"

萧峥没想到，管镇长会一下子把话头挑明了。

宋国明目光如炬，盯着管文伟："管镇长，我认为你这句话有问题。就算受伤的人，一个是我的外甥，另外一个是王贵龙厂长的儿子，他们就不是百姓了吗？有句话说，从群众中来到群众中去，就算我宋国明和你管文伟也都是百姓！你在思想认识上，不要犯原则性错误！"

宋国明想从气势上压倒管文伟。

可管文伟似乎并不吃这一套，而是道："宋书记，我的意思是，既然涉及你的亲戚，又涉及我们的班子成员，调查起来，就不能由镇派出所来开展。宋书记，你是镇党委书记，钦所长是你的部下，这里面公正性容易走歪，所以建议你还是要避嫌啊。"

宋国明盯着管文伟道："那你认为，由哪里调查合适？"管文伟道："应该由县公安局进行调查。"管文伟认为，县公安局的调查肯定要比镇派出所更加公正。

宋国明一听，嘴角冷冷一笑，转身对派出所所长钦佩道："钦所长，你看，管镇长对你不放心啊。那样的话，你们就向县公安局汇报，让他们派干警来介入调查吧。我也会亲自跟县公安局局长打电话，汇报这方面的情况。"

最后一句话，宋国明是说给管文伟听的，意思是，就算交给县公安局，我也有关系！

管文伟听后，心里也紧了紧。他想，宋国明作为镇党委书记，跟县公安局的主要领导关系紧密，是完全有可能的。如果宋国明利用这层关系，让县局的干警对萧峥进行拷问，萧峥恐怕也会受很大的苦。

但总归比到镇派出所要好一些，目前也只能这样了。

只听派出所所长钦佩道："我现在就向县局汇报。"宋国明又道："在县公安局来人之前，你们派出所要负责看好萧峥，万一人不见了，你们要承担责任。"钦佩看了一眼管文伟，声音洪亮地道："是，宋书记，我们留几个人在这里看着。"

宋国明离开之前，朝镇人大主席高正平道："高主席，这件事好像跟你没什么关系吧？你也来凑热闹？是闲的吧？"

高正平跟着管文伟出现，让宋国明很不爽，他也要给高正平一点颜色。

高正平尴尬地笑笑道："咱年纪大了，早上就睡不着了，便索性早点来镇上了。"高正平也不想得罪宋国明，只能说句不痛不痒的话，糊弄过去。

宋国明走了之后，派出所所长钦佩对萧峥道："萧镇长，不好意思了。在县公安局干警到来之前，请不要离开二楼。上洗手间，我们的民警也会跟着。麻烦你艰苦一下了。"萧峥道："这没什么。"钦佩就留下了四名民警看守萧峥，自己也回了派出所，他要跟上头去联系沟通。

天光已经渐渐亮了起来。

萧峥对管文伟和高正平说："管镇长、高主席，麻烦你们了，你们再去休息一下吧。"管文伟在萧峥肩膀上拍了拍，没多说什么，走了出去。高正平朝萧峥笑笑说："扛过去！"

萧峥点了点头，但他心里还是没底。刚才宋国明已经放话了，他会亲自给县公安局局长打电话。假如宋国明跟县公安局的关系好，他被县公安局带走，和被派出所带走，会有区别吗？

然而，事已至此，他也做不了什么，只能等待。

萧峥忽然又想到了简秀水。派出所既然能撞破自己宿舍的门，是否半夜里也去找简秀水了呢？宋国明如果要帮自己的外甥洗脱罪名，肯定要找到简秀水。萧峥有些替简秀水担心。

可刚才派出所的人，半句都没提到简秀水，难道他们没有找到简秀水吗？

萧峥心里装了许多的不安和疑惑，却只能待在办公室等着。四个派出所的民警，搬了凳子，守在萧峥办公室的门口，不让萧峥轻易出入。

一个镇党委委员、副镇长，竟然被派出所民警禁足，这场景还真是前所未见！上班之后，萧峥的事情，瞬间成为头条新闻，在镇干部中传扬了开去。

上午八点多，李海燕一如既往上来给萧峥送报纸，帮助他打开水。民警没有理由阻止李海燕。

李海燕还塞了一包打开的烟给萧峥。

萧峥有些奇怪，为什么是打开的香烟？但他还是收了，打开烟盒，发现烟盒盖内写着几个字："秀水姐，安全。她在为你办事。"

原来，李海燕是来给他送消息的，萧峥心里一块石头落下了。

但他不禁又有些奇怪，"她在为你办事"，这话是什么意思呢？她，又能办什么事呢？

第 52 章　不再回来

简秀水，只是带着女儿一起生活的单身女子而已，她又能为他萧峥办什么事呢？萧峥实在想不出来。

他想向李海燕问问清楚，但又怕引起那些民警的注意，反而泄露了简秀水的行踪，给简秀水带去危险。所以，萧峥强忍住了好奇，让李海燕先下去了。然后他站起身来，走到那四个民警身边，给他们递烟："今天辛苦你们了。"

萧峥这么一说，那几个民警都有点不好意思了，从凳子上站了起来。"谢谢。""不辛苦。"一看萧峥手中的是软华烟，这几个民警也都接了过去。

带头那个民警道："是我们不好意思啊，您是镇领导，我们本来不该这么做的，不过，您也知道，所长这么要求，我们也是没有办法！"另外一个也道："是啊，我们也是奉命行事。"萧峥笑笑道："没事，我知道你们也没有办法，你们是执行公务嘛。所以，你们放心，我不会怪你们的。"

那几个民警相互看看，神情尴尬。带头的民警，挂着一张笑脸道："萧镇长，你如果有什么需要，只要不离开这二楼，就直接跟我们说，能行方便的，我们肯定行方便啊。"

萧峥点了点头道："好，谢了。"

宋国明回到办公室之后，本想先给县公安局局长打电话，但想了想之后，他转而直接给县长方也同打了电话："方县长，我现在有一个紧急事情要向您汇报。"方也同听完了宋国明的汇报，道："我给马豪局长打电话，十分钟后，你再给他打电话，具体如何妥善操作，你跟他联系。"宋国明立刻道："非常感谢方县长。"方也同道："这个事速战速决。"宋国明道："是，方县长。"

几分钟后，宋国明给县公安局局长马豪打了电话。马豪对宋国明道："我已经吩咐了下面刑侦科，让他们立刻到镇上带人。"宋国明道："谢谢马局长的支持。我郑重邀请马局长吃饭。"马局长道："等方县长有空的时候，我们一起聚聚。"宋国明道："好。"

与马豪局长打过电话，宋国明又给派出所所长钦佩打了电话："我和方县长、马局长都已经通过电话，得到了领导的大力支持。"钦佩道："宋书记，就在刚才，我也接到了县局刑侦科的电话，他们已经派干警过来了。"

宋国明道："县局的速度很快，这是对我们最大的支持！在一强和富有被打案上，我们镇派出所一定要配合县公安局，在最短时间内破案，严惩肇事者。"

钦佩响亮回答道："我们一定尽力。"宋国明又叮嘱道："萧峥这个人，既然县局要带走了，就别让他再回来，钦所长，这就要靠你了！"钦佩道："是，宋书记！"

镇长管文伟到了办公室之后，也没闲着。

宋国明说的那句"我会亲自跟县公安局局长打电话"，让管文伟很不放心。如果宋国明真的说服县公安局局长，对萧峥绝对不利。管文伟觉得在这件事上，自己不能干等，还必须为萧峥再做些什么。

管文伟是从县级机关派下来的干部，当初他下来是想干一番事业的，但到了镇上之后，管文伟才发现天荒镇的重要权力都被宋国明紧紧握着，班子中绝大部分都是宋国明的人。每天替班子成员的消费账单签字，成为他最重要的工作，他这一镇之长活生生成为财务出纳。管文伟心里很是憋屈，直到最近萧峥被提拔一事，才让管文伟看到了希望。

那次在镇党委委员的民主推荐中，身为安监站一般干部的萧峥忽然脱颖而出，特别是在干部考察的环节中，管文伟接到了县委组织部部长常国梁的电话，明确要求管文伟支持萧峥，同时对管文伟的工作也给予了认可，希望他在接下去的工作中，能大胆工作、积极作为，组织上会挺他。

事后，镇人大主席高正平特意来他办公室报告，说他也接到了组织部部长常国梁的电话。由此可见，上面有人在关照萧峥，而且这个人绝不仅仅只是组织部部长这个层面，应该更高。对管文伟来说，这绝对是一个绝佳的机会。

正因如此，在后面的几件事情中，管文伟都大力支持萧峥，还帮他争取把副镇长的职务搞定。在管文伟看来，帮助萧峥，就等于是在帮助自己，只要萧峥在班子内站稳脚跟，自然也会支持他管文伟的工作。同时，他又完成了常部长和上面某领导交给的任务，这也是争得上级赏识的一次重要机会。

本来事情已经开始平稳向好，没想到突然发生了这样的事情，萧峥竟然将宋国明的外甥和王贵龙的儿子打伤，还致人不育。这件事如果处理不好，非但萧峥个人的前途到此为止，他管文伟之前的一切努力都将付诸东流。

为此，管文伟在办公室里转了两圈之后，还是决定给组织部部长常国梁打电话。之前，是常国梁吩咐管文伟支持萧峥的，现在出事了，打给常国梁应该没错。

管文伟电话打了好一会儿之后，常国梁都没有接。管文伟想，常部长恐怕是在忙，就等了一会儿。又过了好一会儿，还是没有接到常部长的回电。管文伟便又打了一个电话，常部长还是没接。

管文伟就给组织部的办公室打电话，工作人员道，常部长带队去 A 国考察了。怪不得常部长不接电话。可联系不到常部长，接下来他该怎么办？

忽然，办公室的门被敲响了，管文伟纷乱的思绪被打断，说了一句"请进"。李海燕推门进来，神色焦急地报告道："管镇长，县公安局来人了，要带走萧峥镇长。"管文伟朝自己的手机看看，并没有见到常国梁的回电，只好道："走，我跟你去看看。"

走到萧峥办公室门口，正见县公安局的人，带着萧峥从办公室出来。管文伟伸出手，虚挡了下，道："各位干警，请等一等！我是天荒镇镇长，大家能否稍候一下？"

县公安局刑侦科科长黄斌道："马局长让我们立刻带人回去调查，我们必须马上、立刻就走。"管文伟道："我在等一个电话，很重要的电话，可能情况会有变化。"刑侦科科长黄斌道："管镇长，请不要妨碍我们执法。你等电话那是你的事，如果有什么情况，你可以跟我们马局长联系。"

县公安局的刑侦科科长，还是很牛气的，他的直接领导是县委常委、公安局局长马豪，所以他并没有把一个镇长放在眼中。

萧峥不想让管镇长难堪，就道："管镇，我先跟县公安局的干警走一趟了。相信县局的干警会公正执法的，你不用担心。"

管文伟知道单凭自己是难以阻止县公安局带走人的，他只好对萧峥道："萧镇长，你放心，我会继续联系相关领导。我们相信你没有做什么违法犯罪的事，所以你一定要坚持住，相信一定会真相大白的。"

管文伟担心萧峥到了县公安局，会被上手段，挺不住的话就会承认不该承认的事，到时候一切都会变得更加复杂。因而，他这么提醒萧峥。萧峥会意，点了点头。

刑侦科科长黄斌却道："管镇长，他有没有违法，不是你说了算的。由我们根据证据进行调查才能确定！现在，请让开吧，我们要带人回去了。"管文伟再也没有任何理由阻止，只好让在了一旁。

李海燕冲萧峥喊道："师父，我们在镇上等你回来。"萧峥朝李海燕看看，见她着急得眼眶沁出泪滴来，李海燕是真心在为自己着急，萧峥朝她笑笑，点了点头，然后，跟着干警走了下去。

萧峥走到楼梯口，只见宋国明从办公室走出来，看到县公安局干警们，他快步上前跟刑侦科科长黄斌握了握手："黄科长，辛苦了。"黄斌笑笑道："不辛苦，这是我们的本职工作。"宋国明道："那就麻烦你们了。"黄斌点头，然后对干警高声喊道："带走。"

这声"带走"，似乎是故意喊给镇上的干部听的。

一个干警还故意推了萧峥的肩膀一把，道："快走。"

萧峥用肩膀反拱了那干警的手一下，怒道："你推我干吗？我没做错什么事，我打的是两个强奸犯，你们不去抓那两个人，来抓我？这个社会是有公理的，你们这么助纣为虐，会有人来收拾你们的！"

萧峥看到宋国明和黄斌说的那些话，他就已经恼了。他知道自己跟宋国明之间，已经没有任何客气好讲，两人在仕途上不是一般的矛盾，而是你存我亡的关系。所以萧峥也就豁出去了，不给宋国明面子，同时也不给那些干警面子。

旁边看热闹的镇干部，有的觉得萧峥说的这些是大话，但也有的心里暗暗替萧峥喝彩。在整个镇上，很难找出一个人和萧峥一样，敢这么明目张胆地跟宋国明对着干。

宋国明当然也已经意识到了，在天荒镇上最可能威胁自己权威的人，不是管文伟，而是萧峥。所以这个萧峥绝对不能再让他回来！

第 53 章　如此决定

萧峥被县公安局带走，是在上午九点多。

萧峥成为镇上的头号热门人物。有的人说着风凉话："萧峥才当党委委员、副镇长那么一会儿，屁股还没坐热，就被抓了！有句话说，该你的就是你的，不该你的，吃了也要吐出来。还真是有道理。"有的说："不抓才怪呢。我跟你说，萧峥不是宋书记提拔起来的，他是莫名其妙被推荐上的，宋书记能容许他在位置上久待吗？这天荒镇，还是宋书记的天荒镇，不要搞错了！"

镇党政办，蔡少华刚刚见证了萧峥被县公安干警带走的一幕，他心里真是难得这么爽，冲着情绪低落正在整理报纸的李海燕道："报纸放一放，给我倒杯茶。今天是个好日子啊！"蔡少华跷着二郎腿，点着了一根华烟，享受地抽了一口，将烟圈喷入空中。

李海燕恨恨地给蔡少华沏了一杯茶，放到了他的桌上。这时从外面进来一位老同志，萧峥被带走时，这位老同志还没来上班，这会听到这个热门消息，就跑党政办来了，一瞧见蔡少华就问："蔡主任，我们副镇长萧峥被公安带走了？"

蔡少华也正想有人来聊聊这个事情，就抽了一根华烟，扔给了这位老同志："可不是吗！领导的位置还没坐热，就被公安带走了！"那位老同志弓着身子，双手从空中接住那根烟："犯什么事了？"蔡少华不屑地道："打架，故意伤人。做的这种傻事，真的跟领导干部身份不符啊！"老同志叹道："有这种事啊？不知还能不能回来啊！"蔡少华哼了一声："回来？你看被公安请走的，有几个是能回来的？而且，这次萧峥不是被派出所请走，是县公安局的人带走的，你说还能回来吗？"

老同志点了烟，悠长地吸了一口，道："啊，那是凶多吉少，多半是回不了了。那我们镇上就又空出了一个领导位置了，蔡主任你大有希望啊！"蔡少华笑道："哪里，哪里，那还是要看组织上安排的。"

"我师父肯定会回来的！"一旁的李海燕实在忍不下去了，

脱口而出。

李海燕忽然的一句插话，让蔡少华瞬间感觉自己的权威受到了挑战。萧峥回来，是蔡少华最不愿意看到的情况，李海燕却偏偏在他和老同志面前这么说，什么意思？就是根本没把他这个主任放在眼中。

蔡少华心头一阵恼火，瞪着李海燕道："小李，你是对我这个党政办主任不满，还是对党政办不满？你是不想在党政办干了吧？"李海燕内心的倔强也被激了起来："我不是对党政办不满。我刚才只是说，我师父是会回来的，也一定会回来。"李海燕其实心里也不能肯定，萧峥被县公安局的人带走之后，还能不能回来，可她就是觉得自己必须这么想，也必须这么说。

蔡少华眼皮跳了跳，道："小李，我算是看出来了。你是不想在我手下干，是吧？那成，我会成全你的！"

这时候，旁边的老同志倒是有些替李海燕担心了，毕竟这个话头是他引起的，忙道："小李啊，快给蔡主任赔个不是。"

蔡少华闷声不说话，他想经过老同志这么一说，李海燕应该会来向他道歉。他需要这个道歉，来维持他在外人面前的权威，至于后续如何教训李海燕，机会还多得是。

然而，李海燕却还是坚持道："我没有说错，我也不会道歉。我也相信，我师父一定会回来的。"李海燕说完，继续整理报纸。

蔡少华瞬间觉得非常没面子，他从椅子里唰地站了起来，冲李海燕道："李海燕，你是不想在我手下干了，是吧？今天我就成全你！我可以告诉你，有的是人想到这个位置上来。"

说完，蔡少华就将烟头扔在地上，用脚尖碾压扁了，仿佛是在碾压李海燕，随后就快步走出了办公室。

老同志瞧了瞧门口，蔡少华的身影已经消失了，他又朝李海燕看看，说了一句："小李，还是太不懂事啊。"随后，叼着那根华烟也走出了政府办。

李海燕没有停下手头的活儿，继续将报纸一份份理好，她心里默默地念叨着："师父，肯定会回来的，肯定会回来的！"

蔡少华从党政办出来，就上了二楼，去宋国明办公室汇报工作："宋书记，咱们镇上，最不尊重您的，在班子里是萧峥，在一般干部里就是李海燕。这两个人，蛇鼠一窝，对宋书记您毫无敬意。刚才，在党政办，李海燕逢人就说，萧峥肯定会回来！她这是什么意思，说白了，就是想和宋书记您对着干。所以，尽管李海燕是我的手下，我也绝对不能包庇她。宋书记，我们得给她点颜色看看，否则这种人会一直胡言乱语，不知天高地厚！"

宋国明瞅了一眼蔡少华。宋国明了解萧峥曾经是李海燕的副主任，没想到时至今日李海燕这个丫头，还这么不明事理，看不清形势，宋国明心里不快。

这天上午，萧峥被带走之后，镇长管文伟一直很不安。他几乎可以肯定，县公安局的干警将萧峥带走之后，肯定会给萧峥上手段，逼他承认某些罪名，所以当务之急，就需要上面某位领导出面，尽快将萧峥从里面弄出来。

可就管文伟所知，对萧峥直接关心过的常国梁部长，此刻却在 A 国，怎么都联系不上。管文伟的脑海里飞快转动着，除了常国梁，还有谁是他可以找的人？

管文伟脑海里忽然冒出了一位领导，邵卫星！没错，县委组织部副部长、人社局局长邵卫星当时是带班来考察萧峥的。或许他能有所办法。

想到这一点，管文伟立刻给邵卫星打了电话。很幸运，邵卫星倒是很快就接起了电话。管文伟立刻将镇上发生的事情，向邵卫星做了说明。邵卫星一惊："发生了这样的事情？不知道常部长知道了没有？"管文伟道："听说常部长带队去了 A 国，我打了好几个电话，常部长都没接。"

邵卫星道："A 国和我们的时差，正好是黑白颠倒，常部长这会儿应该在睡觉休息。这样吧，等会儿我来打打看，联系上了常部长，我马上跟你联系。"邵卫星肯帮忙，管文伟非常高兴："感谢邵部长了。"邵卫星道："我也很高兴，管镇长能够想到我。萧峥同志不错，我们不能因为这个事情，让他出事。"

"邵部长说得太对了，我们都是惜才之人，萧峥才刚刚担任镇党委委员、副镇长，接下去正是要好好发挥能力的时候。"管镇长又补充了一句，"否则，我们镇上也对不起组织上对我们镇上干部的重视和提拔啊。"

邵卫星知道管文伟的言中之意，就道："管镇长，你等我的电话。"管镇长声音沉厚地道："好。"

蔡少华到宋国明这里告了李海燕的状，宋国明听后，道："我们镇上的人心最近有点乱，是该收一收。收人心，有两种方法，你知道是什么吗？"蔡少华马上道："宋书记的想法，一直高屋建瓴，我是够不上的，我只要听宋书记说，领会了就去拼命干好，这对我来说就已经足够了。"

蔡少华不是真的不懂，他只是善于装傻。这让宋国明永远有种高高在上的存在感，这也正是宋国明对蔡少华满意的地方。宋国明道："收人心的两种方法，一种是捧，另一种是敲。我们镇上某些人啊，经不起'捧'，所以最好的办法，还是要'敲打'。"蔡少华一听，立刻喜形于色："宋书记，您的指示，真的是一语中的，令人醍醐灌顶。有的人，就是欠敲打。"

宋国明道："你认为，你办公室的李海燕，怎么处置好？"蔡少华心里早就已经有了想法，就说出了他的想法。宋国明点点头道："好，你去把章委员叫过来。"蔡少华立刻答应："是，宋书记，我这就去叫。"

等章清进来之后，宋国明让章清在自己宽大的红木老板桌前坐下，扔了一支香烟给章清，问道："章委员，今天镇上的情况如何？"章清微微愣了下，道："宋书记，早上因为萧镇长被县公安局的人带走的事情，大家多少有些议论。"

宋国明点头道："这也难怪，毕竟我们又少了一个班子成员嘛。大家有些议论也正常，不过你也要适当做好引导工作，让大家的浮躁尽快平息下来，安心工作。"章清点头道："是，宋书记。"

宋国明又道："明天，县委肖书记来调研，相关稿子准备得如何了？"涉及重要会议，宋国明一直让章清来把关稿子。章清立刻回答道："我已经统了一遍，目前在校对错别字，等会儿就可以拿给宋书记过目了。"宋国明点点头："好。另外，有一个事情，章委员要费心处理一下。"

章清马上问道："宋书记，您吩咐。"宋国明道："党政办主任蔡少华同志来我这里说，最近他办公室的小姑娘李海燕，有点心浮气躁，工作也不肯好好干。还是缺乏艰苦岗位的锻炼，不知道珍惜现在的工作。这样吧，让她到其他岗位上锻炼锻炼吧！"

章清今天本来就想找宋书记谈李海燕的事情。可今天早上突然发生这样的事情，他觉得找宋书记谈这个事情不大合适，就没有提。没想到，这会儿宋书记先提起来。

章清知道李海燕想去安监站，但他知道，在宋书记面前不该先提出来，就道："宋书记，您想让她到哪个岗位锻炼？我去操作。"宋国明道："这本来是你组织员该考虑的事情，不过我也知道你今天比较忙，那我就提个建议吧，让她到安监站吧，现在安监站没了领导，总也需要一个干活的人，正好也可以磨磨李海燕的心性。"

章清一听，这倒是解决了管文伟他们交给他的任务，便立刻回答："好的，我按照宋书记的意思去办。"宋国明见章清态度良好，也比较满意。

萧峥被带到了县公安局，就被关入了一个狭小的屋子里，这是专门用于审讯的房间。有好一会儿，都没人理他。他的手机、手表、皮带等一切随身物品都被收缴，为此他都不知道现在是什么时间。

萧峥估摸着过了一个多小时，审讯室的门终于被推开了，走进来四个人。

第 54 章　审讯现场

萧峥认出了其中一人是刑侦科科长黄斌，另外一人萧峥也有些眼熟，细想一下，竟然是天荒镇派出所副所长李龙。

再一看天荒镇派出所还有一人，这人就是在办公室看守萧峥的带头民警，萧峥当时给他发香烟，他也是接了的。这是一位普通民警，可以看出来，他并不想得罪萧峥。

萧峥被要求坐在一个圆形树桩般的黑皮凳子上，围绕着萧峥，坐下来四个警察。刑侦科科长黄斌、天荒镇派出所副所长李龙正对着萧峥。

刑侦科科长黄斌眼袋有点厚，他盯着萧峥道："我跟你确认一下名字，你叫萧峥吧？"萧峥朝他看了一眼，道："没错，我是萧峥，我也知道，你叫黄斌。"刑侦科科长黄斌的眉头微微皱了皱，其实他并不希望审讯对象对他的情况了解太清楚。

但现在萧峥既然知道，他也无法回避，就道："根据有关人员报案，你是林一强、王富有故意伤人案的嫌疑人，我们现在依法对你审讯。"萧峥道："根据有人报案是吧？那我也已经对林一强、王富有强奸未遂案进行了报案，不知你们有没有对他们进行审讯？"

因萧峥的针锋相对，黄斌感觉有些难堪，也有些无措，他恼火地道："萧峥，你给我老实点。你报案的内容，我们会核实情况之后，再进行调查。我可以告诉你，到目前为止，我们没有找到你所谓的受害人简秀水，因此不能确定林一强、王富有是否有强奸未遂行为，所以暂时不对他们进行调查。但是，你打伤林一强、王富有两人却是事实，为此我们要先对你的犯罪事实进行调查。你听明白了吗？"

简秀水还没有找到，这对萧峥来说是一个好消息。萧峥知道，简秀水是一个无依无靠的女子，若是落到了他们手里，他们有的是办法对付她。现在他们还没有找到简秀水，说明她至少还是安全的。

萧峥就道："你们想了解什么？"黄斌道："把你所知道的一切都交代清楚。"

萧峥想，到了这里想什么都不说，肯定不行，而且在这个事情上，他并没有什么错，对待行凶作恶的林一强、王富有两人，他并没觉得自己是过分的。萧峥就把事情的经过复述了一遍。

当然，在说到关于踢伤林一强、王富有的事上，萧峥没有傻到说是自己故意这么做的。

萧峥说，造成林一强和王富有下体受伤不育，自己根本就不知道，他为救简秀水，不得不跟林一强和王富有进行搏斗，这当中拳脚无眼，没想到林一强、王富有两人这么弱。

"萧峥，你别给我在这里狡辩！"派出所副所长李龙忽然爆喊了一声，"你说的，跟林一强、王富有的说法根本不一致！他们说你有功夫，几招就把他们撂倒了，然后你还故意踩、踢他们裤裆，致使他们身受重伤，导致不育。我们现在命令你供认事实，不许胡言乱语。"

李龙之所以出现在这里，是受了派出所所长钦佩委托，一定要让萧峥认罪。所以，听到萧峥的说法，李龙就有些焦躁，冲萧峥大喊。这也是李龙一直以来的作风。

要换作是别人，被李龙这么一喊，恐怕已经吓破胆了。但萧峥不是，虽然他只是当了几天的领导干部，至少也在镇政府工作了许多年，对派出所的一些做派还是知道的。他也没那么容易被唬住。

他毫不畏惧地回盯着李龙："李龙，你刚才说命令我供认事实？你有什么资格命令我？我是天荒镇党委委员、副镇长，你是什么？你不就是派出所的副所长吗？你们所长钦佩跟我是平级，你还是我的下级，你有什么资格命令我？"萧峥故意露出藐视的表情，他是要激怒他们，打乱他们的节奏。

果然，李龙被萧峥如此一说，愤愤地伸出手指指着萧峥，嘴里说了一个"你……"，却又顿住，好一会儿才想到了反击的话："萧峥，我跟你说，你别嚣张。你现在是在公安审讯室，你就不是党委委员，也不是什么副镇长，你就是一个犯罪嫌疑人！"

萧峥却道："从你们的角度看，我是犯罪嫌疑人，但是从我自己的角度，我还是党委委员、副镇长。组织上并没有免我的职，我的职务还在，我会履行我的义务，也该享有相应的权利！所以，请你跟我说话的时候，放尊重一点。而且，我可以告诉你，你李龙黑白不分，不去查实林一强、王富有的犯罪情况，反而按照某些人的意图来调查我，你们早晚会受到法律的制裁！"

萧峥一点都不给李龙留面子。李龙、黄斌互看了一眼，他的这番话，让两人心头都掠过了一丝不安。

特别是李龙，他心里很清楚，林一强和王富有这两个人在镇上干过哪些"好事"，可因为宋国明和王贵龙的关系，有人一直在帮他们摆平麻烦，所以林一强和王富有一直没什么事。

但要是被上面知道了个中缘由，真要查起来，别说他李龙，恐怕派出所所长钦佩都要被处理。现在县里刑侦科也参与其中，波及面可能更广了。李龙心里有些慌了，他靠近刑侦科科长黄斌道："黄科长，我们能到外面商量一下吗？"

黄斌发觉一般的审讯只会被萧峥抢白得很是尴尬，就点了下头，冲旁边两个警察道："你们看好了，我们出去一下。"

来到审讯室外面的走道上，派出所副所长李龙，从口袋里掏出了一包软华烟，递给黄斌一支："郁闷死了，先抽支烟。"

黄斌口袋里只有一包二十多块的利烟，看到华烟之后，接过来在指甲盖上敲了敲，道："还是基层待遇好啊，我只能抽利烟，李所长却抽上软华烟了。"

李龙朝前倾了倾身体，悄声对黄斌道："黄科长，我们钦所长给我们每人准备了两条软华烟，在车后备厢里，我等会儿拿给你。"黄斌朝李龙瞧瞧："这怎么好意思？"李龙笑笑说："没什么不行的，这是工作烟，既不是偷，也不是抢，给我们提提神而已。"黄斌警惕地瞅瞅李龙："这就不好意思了。"

李龙道："黄科长，您太客气了。话说，萧峥这个家伙可真是又臭又硬啊！假如我们就这么跟他聊，不上点手段，恐怕什么都问不出来，我们在他眼中就是个笑话了！"

黄斌连着狠狠地抽了几口烟，眼见着一根烟快速地燃到了烟屁股上，他将烟蒂扔在地上，溅起了一点火花，却被他用脚一下碾灭了。他看一眼那烟头，仿佛那就是萧峥似的，露出坚定的表情，道："马局长给我们的时间也不多了，这是领导交办的重要案件，我们必须速战速决。"副所长李龙的眼睛也亮了亮："就是说啊。"黄斌道："上手段！"李龙一边狠狠地道："上手段！"一边将手中的烟头用指甲弹到了地上。

在审讯室内，当黄斌和李龙走出去之后，萧峥就看向了两个警察中的一个，就是那个派出所的普通民警，也就是在萧峥办公室抽过华烟的警察。萧峥感觉在所有这些警察之中，这个警察恐怕是他唯一可以从心理上攻破的，或许会用得上他。

萧峥目光看向了他，这个民警发现了萧峥的目光，略带些不安地道："萧委员，我觉得，你还是赶紧把情况交代清楚吧，否则很难出去了。"

萧峥道："我所做的，我已经都交代清楚了。真正有罪的是林一强和王富有，这一点，你在派出所这么多年，恐怕比我更清楚吧？你们应该去将那些无法无天、侵犯良家妇女的犯罪分子绳之以法，而不是坐在这里和我死耗！"

这位普通民警对林一强和王富有两人干的好事，当然是清楚的，只是派出所所长睁一只眼闭一只眼，他们这些普通民警又能做什么呢？

虽然每个人心里都有一杆秤，但生存的压力对他来说始终是第一位的。所以，他将目光从萧峥脸上移开了。因为，萧峥的目光让他感觉愧疚。

此时，审讯室的门，再次打开，黄斌和李龙又走了进来。黄斌没有坐下，站在萧峥面前，冷冷地问道："萧峥，我们再给你最后一次机会，交代犯罪事实。如果你放弃这次机会，那么对不起了，对你这种顽固不化、以为可以侥幸逃脱法律制裁的人，我们只能动用手段了。"

萧峥盯着黄斌："你们这是要刑讯逼供?"

黄斌的表情冷而且硬，道："不是刑讯逼供，我们只是给你点颜色，否则你这种狡猾的老油条，是不肯说实话的。"萧峥心里是愤怒的，道："如果你们敢刑讯逼供，我保证你们以后会被清除出警察队伍。公安机关不会容许你们这种人玷污队伍的纯洁性!"

"这话，还轮不到你来说。"黄斌喝了一声，随后就要对萧峥用刑。

第 55 章　接受炼狱

萧峥的整张脸都没入了水中，顿时感到窒息，他猛力想要抬起头来。可抓住他头发、摁住他双肩的警察们，却非常用力，不让他有机会将头抬离水面……

黄斌、李龙用尽各种方法，来折磨萧峥，目的只有一个，就是要让萧峥供认故意伤人罪，这样他们就可以将萧峥移送司法机关，定罪判刑，他们的任务也算是圆满完成了。

　　以前在对付社会上的那些犯罪嫌疑人时，恐吓、手段一上，大部分撑不过一天就都供认了。可是，今天黄斌和李龙觉得，萧峥让他们很棘手。但是，再棘手，他们两人合作，也还是会有办法！

　　镇上，管文伟一直在等县委组织部副部长、人社局局长邵卫星的电话。可到了下午三点多，邵卫星的电话也一直没来。管文伟不用想，都知道萧峥在县公安局中肯定被上手段了，时间拖得越久，情况对萧峥来说，肯定越是不利。管文伟就又给邵卫星打了电话。

　　邵卫星抱歉地道："管镇长，我也已经给常部长打了好几个电话了，可常部长还是没接。A国那里天还没亮，常部长手机应该是静音了。""那怎么办？"管文伟转念又问："邵部长，因为情况紧急，我斗胆问一句，您知道县里除了常部长，还有哪位领导在关照萧峥吗？"

　　邵卫星尴尬地道："管镇长，我不是要故意瞒你。我确实也不清楚，当初是常部长交给我的考察任务，常部长并没有说其他什么别的。"

　　邵卫星并没有说谎，让他到天荒镇推荐、考察萧峥，确实是常部长亲自交给他的任务，并叮嘱他要高度重视。仅此而已。常部长后面是哪位领导，有没有其他领导，邵部长也不好说。

　　搞了多年组织工作的邵卫星工作向来谨慎，领导不告诉他的，他自然不会随便问。

管镇长有些失望地道："那就只能等了。"邵卫星道："是啊，只能等常部长回电了。只要常部长一回电话过来，我立刻给你去电话。"管文伟也没办法，只好道："谢谢了。"

李海燕在办公室里坐立不安。

就在刚才不久，组织委员章清已经找她谈过话了，让她以后到安监站工作，党政办的事情就彻底脱开了。本来，听到这个消息，李海燕肯定会非常高兴，这样她就可以在萧峥的手下做事了。

可没想到，今天发生了这样的事情，师父萧峥被公安逮捕，带去审讯，能不能回来尚未可知，她调到安监站是福是祸，就更不清楚了。当然，她最关心的还不是工作问题，她最担忧的还是师父萧峥在县公安局到底怎么样了。

如果对方是帮宋国明的，肯定不会善待萧峥！

李海燕越想越是担心，她忽然想到了一个人，那就是萧峥的女朋友陈虹。李海燕对陈虹的印象并不怎么好。可现在遇上这种情况，她没有其他的办法，必须打电话给陈虹，或许对方有办法呢？毕竟，陈虹的爸爸区级部门的领导。

可惜李海燕并没有陈虹的手机号码，但是她知道陈虹在县一中当办公室主任，李海燕就找到了县一中的电话，打了过去。有人接起了电话，李海燕急切地问："你好，我想找你们办公室主任陈虹。"

对方微微愣了下，道："我就是陈虹，请问，你是谁？"李海燕道："太好了，陈姐，我是天荒镇的李海燕，我终于找到你了。”

"李海燕?"陈虹想起了那个有点可爱，经常叫萧峥"师父"的女生，不过，陈虹并不喜欢她，便生硬地问道："你找我什么事?"

李海燕道："陈姐，我师父，不，萧委员，被公安抓了，上午就带到县公安局去了。你一定要想办法帮帮他啊!"

"被抓了? 怎么回事!"陈虹一怔，这个消息对她来说实在太突然了。

第 56 章　亲自过问

李海燕将萧峥昨天晚上见义勇为的事情，对陈虹说了。李海燕还提到，这次派出所、县公安局之所以都针对萧峥，主要是因为萧峥打伤的对象，是镇党委书记宋国明的外甥和水泥厂长王厂长的儿子。

陈虹手中握着听筒，眉头皱成两抹细细的山峦："萧峥也真是，打的人是谁都不知道吗?"李海燕为萧峥辩解，萧峥是见义勇为，是那些人不对。陈虹却很反感李海燕护着萧峥，道："可现在，他把自己弄进公安局去了!"李海燕道："陈姐，你一定要帮帮萧委员啊。"陈虹冷冷地道："我是他女朋友，我自然会帮他!"

说完，陈虹就挂了电话。

李海燕听着发出"嘟嘟"声的电话，心里也不好受。还是自己没能力，帮不了萧峥，假如自己不是乡镇的一个无名小卒，而是在县里重要岗位上的人，现在说不定就能帮到萧峥了！李海燕心头暗暗祈祷，希望萧峥能渡过此劫，平安回来，以后她要跟着萧峥，一步一个脚印，向上攀登。她要改变自己的人生。

陈虹接到李海燕的电话之后，为核实情况，给萧峥又打了一个电话，萧峥的手机是通的。一会儿之后，有个声音响了起来："喂，你找谁？"陈虹道："应该是我问你是谁吧？这个电话应该是萧峥的。"对方道："以前是萧峥的，现在暂时被没收了。我们是安县公安局干警，萧峥因为打架伤人案件，正在接受调查询问，你是谁？"陈虹道："我是他女朋友，他什么时候可以回来？"

"这就说不准了，要看他情况。"对方道，"如果犯罪事实确凿，将直接送看守所。你还有什么问题要问吗？"陈虹直截了当地道："没有了。"

陈虹靠在椅子里，长长地叹了一口气，她知道如果给爸爸打电话，陈光明肯定又会对萧峥有意见，会责备萧峥行事鲁莽！可萧峥毕竟是自己的男朋友，自己除了老爸，也没有其他更厉害的人可以依靠。

陈虹只好硬着头皮，给陈光明打了电话。她觉得，老爸不一定会帮萧峥，但这个电话还是非打不可。

"什么？萧峥被抓进公安局了？"陈光明果然大为惊讶，"这不可能啊！"

陈虹奇怪，陈光明竟然说不可能。于是，她只好解释道，萧峥为了救一个妇女，打伤了宋国明的外甥和水泥厂长的儿子，事态很严重。可没想，陈光明又奇怪地冒出了一句："打伤了宋国明的外甥，又怎么样？打伤了水泥厂长的儿子又怎么样？这两个混子不仅在天荒镇上大家都知道，就是县城也很有名气啊，就是两个败家子。该打的！"

　　陈虹就更奇怪了，今天的陈光明竟然一点都没责怪萧峥的意思，似乎还在为萧峥说话！这绝对出乎陈虹的意料之外，但对陈虹来说当然也是好事。

　　陈虹就问："老爸，现在萧峥被县公安局抓去了，搞不好会刑讯逼供，该怎么办？"陈光明道："谁敢对萧峥刑讯逼供？难道想吃不了兜着走吗？"

　　陈光明脑海中不由自主浮现出那天在安县国际大酒店后面停车场看到的一幕，只好道："女儿，你不用太为萧峥担心。你想想看，最近这几个月来，萧峥进步很快，他比你想象的要厉害得多。所以，你就放心吧。"

　　陈虹有点将信将疑："如果真像你说的，萧峥比我想象的厉害许多，那县公安局为什么还能把他抓了去？"

　　女儿这么一说，陈光明也觉得奇怪了。难不成是因为县公安局不知道萧峥和肖书记的关系？对了，很可能是不知道。他陈光明要不是偶然间撞上了，到现在恐怕还蒙在鼓里。那么，其他人肯定更不会知道了。

　　肖静宇为什么要隐瞒和萧峥的这层关系呢？难道肖静宇和萧峥有什么感情上的牵扯？不太像，一方面肖静宇是县委书记，一直都在省城，才刚刚到安县任职，照理说两人以前可能不认识，哪来的感情？而且，一个县委书记，干吗要看上一个乡镇的一般干部？说萧峥和肖静宇在感情上有牵扯，不合逻辑！

那么为什么呢？陈光明努力思考着，忽然之间，想到了"肖静宇"的"肖"，和"萧峥"的"萧"，不是同一个发音吗？

难不成肖静宇和萧峥是本家？萧峥是肖静宇某个层面的亲戚？会不会萧峥是某个大人物的私生子，放在绿水村的萧家寄养？陈光明虽然不怎么看电视剧，可想法上却不由自主地往那方面靠了。

这其实也不怪陈光明，毕竟在他们这个系统，各种传奇都有上演。陈光明认为自己所想的，基本靠近事实。他又想，既然大家都不知道萧峥和肖书记的关系，那么县公安局抓了萧峥，自然也不会告诉肖静宇。

要是在审讯过程中，真出了点事，危及他这个未来的乘龙快婿，那吃亏的就是他陈光明了。毕竟，以后他自己和女儿的提升都得靠萧峥，所以萧峥不能出事！这么一想，陈光明认为自己在这个事情上不能无所作为。他要让肖静宇知道，自己是萧峥未来的丈人！他这个未来的丈人，是一直将他们肖（萧）家的人，放在心头的。

如此一想，陈光明赶紧从办公室出来，叫上了驾驶员，坐上了专车，向着县委大院直奔而去。

县农业局在安县这样的山区县，也算是一个大县了，近期尽管因为开矿，农业不太被重视，可一个局里该有的待遇还是有的，陈光明也有一辆专车。从局里到县委也就几分钟时间，从车里出来，陈光明直奔县委办。

县委办的人，拦住了他："陈局长，你有预约吗？"陈光明道："约是没有约，可我真的遇上急事了，必须马上向肖书记汇报。"这个工作人员笑笑说："近来，大家都说有急事要见肖书记，可后来发现也都没什么大事。所以，肖书记嘱咐了，没有预约的都不见。况且，我没记错的话，肖书记前不久就找陈局长来听过汇报了。"

想想看，一个县里有多少乡镇街道，有多少部门？假如不经预约就能见到县委书记，那么县委书记每天光见那些下级领导都来不及，还怎么工作？这陈光明是能理解的。

可今天的事情太过重要了，陈光明必须见到肖书记，就对工作人员道："今天我要汇报的这个事情，耽搁不得。一旦耽搁，不仅是我，恐怕您的工作都要受影响。"

陈光明说得郑重其事，工作人员终于有点相信了："陈局长，你可别吓我啊。"陈光明道："你就帮我去通报一下，告诉肖书记，今天的事情涉及一个人，就是天荒镇党委委员、副镇长萧峥。其他的事情，你都不用说。如果肖书记听后，仍旧说不见我，我立刻就走，绝对不会再打扰你们工作了。"

工作人员对萧峥这个名字并不熟悉，又审视了陈光明一眼，见他表情严肃，就说："你等等。"

陈光明就在原地等候了起来。工作人员去向县委书记肖静宇进行了汇报。一会儿之后，工作人员又出来，对陈光明道："陈局长，肖书记让你进办公室，但是今天肖书记工作很忙，只能给你三分钟时间，把情况汇报清楚。"

陈光明道:"谢谢了,三分钟,我能把情况说清楚。"陈光明进了肖静宇办公室,另外一个正在汇报工作的部门领导就离开了。陈光明对肖静宇还是颇有敬畏之心的,坐下之后,立刻汇报了起来。

肖静宇听完之后,身子微微靠在椅子里,看着陈光明道:"陈局长,萧峥只是一名乡镇副职,他被公安请去调查,你为什么要来向我汇报?"陈光明想了想道:"肖书记,这一方面是因为,我女儿和萧峥在谈对象,我可以说是萧峥的准岳父了,所以我希望肖书记能关心一下萧峥;另一方面,林一强和王富有在县里算得上是出了名的小混混,他们真干了不少坏事,我相信萧峥绝对不会无缘无故地打伤他们。"

陈光明没有说他在安县酒店,发现肖静宇与萧峥见面的事情,他觉得这种事情还是不说为妙。

果然肖静宇的目光,就不那么锐利了,她道:"这个情况我清楚了。既然今天陈局长亲自为准女婿跑来反映这个事情。出于对干部关心、负责的角度,我会去了解情况。你先回去吧。"

第 57 章　书记插手

等陈光明走后,肖静宇考虑了一会儿,拿起手机,拨打了一个号码。

这个号码是县委常委、组织部部长常国梁的。常国梁此次前往A国考察人才工作，带了两个手机，一个是平时的工作手机，另一个是紧急联络号码。在出发之前，县委书记肖静宇就对他说了："常部长到了A国，就安心在A国开展考察工作，县里的组织工作就暂时放给副部长们管。有什么特殊情况，我会打你的紧急联络电话。"

常国梁正在帝国大酒店休息，直到紧急电话忽然响起。常国梁稍稍迷糊了一会儿，才迷糊想起，这紧急电话也就肖书记和家里人会打来，常国梁立刻翻身坐起，拿起了手机，一看上面清晰的显示着"肖书记"三个字。

果然是肖书记的电话！常国梁脑袋瞬间清醒了，他立刻接起了电话，道："肖书记，您好啊。""常部长，我打扰你休息了吧?"肖书记的声音从对面传过来，虽隔千山万水，可常国梁还是能感受到肖书记的权威，他马上道："肖书记，我这里天还没亮。但一点都没关系，我也已经睡醒了。"

"是我不好意思，打扰你休息了。"肖静宇又道了声抱歉，然后问道，"常部长到A国一切都还顺利吧?"常国梁马上回答道："肖书记，一切正常。昨天晚上，我们这班人的时差是完全倒过来了，人也舒服了，昨天晚上就去活动了一下。"常国梁不想对肖静宇隐瞒任何事情。

作为头脑清醒的组织部部长，常国梁主动将话题拉上正轨："肖书记，您有什么吩咐，请跟我说吧。虽然我现在在国外，但县里的工作还是可以照常开展的。"

肖静宇对常国梁的回答很满意，她道："我听说，天荒镇的党委委员、副镇长萧峥同志，被县公安局抓捕了，目前正在接受调查。这个事情，你听说了吗?"这个情况常国梁是真不知道，出国前，他把工作都交代了下属，应该没什么问题。这两天他没接到这方面的消息。常国梁只好道："肖书记，不好意思，我没有了解。"

"没事，"肖静宇道，"你毕竟是在外面嘛，要不是这个事情有些紧急，我也不会打电话给你。"常国梁立刻道："肖书记，这样，我立刻打电话了解一下，然后给你回电话。"肖静宇道："好，那我等你的电话。"

肖静宇的这个电话，将常国梁从睡梦中吵醒，可常国梁却没有任何怨言。在自己出国的时候，肖书记还给自己打电话，说明什么? 说明对他充分信任。

为了解情况，常国梁先给邵卫星回了电话，然后又给管文伟回了电话。两人接到常国梁的回电，都异常惊喜，赶紧将萧峥被逮捕的情况，对常国梁汇报了。常国梁又询问了一些问题，初步把有关情况了解清楚了。

从常国梁了解到的情况看，县公安局的人带走萧峥，也不是完全没有道理。

首先，是有两个身受重伤、导致不育的人一起报案，说萧峥故意伤人，萧峥也没有否认自己跟他们打过架；其次，公安部门考虑到萧峥是乡镇班子成员，所以没有交给派出所，而是直接带到县局调查，这都做得颇为严谨；再次，到目前为止所谓的受害人简秀水不知去向，无法出来做证，证明林一强和王富有有罪，因而无法拘捕林一强和王富有。

那接下去，该怎么办？

毫无疑问，肖书记打这个电话来，不仅是希望他能了解情况，更希望他能够解决问题。

常国梁给肖静宇回了电话："肖书记，情况我大体已经了解清楚了。"

常国梁向肖静宇汇报了所掌握的情况，然后道："肖书记，我有一个想法。这个事情，涉及宋国明书记的外甥，假如宋书记肯不追究这件事，相信县公安局也不会有意见放萧峥出来。"

肖静宇对萧峥这个人还是稍有好感的，也打算培养他，不想看到他的仕途就此完结。她道："那你跟宋国明商量一下，看看他是什么意思。"常国梁道："我相信，这个面子，宋国明肯定要给肖书记的。"

肖静宇在电话中道："你现在就打个电话。有结果了，马上告诉我。""是，"宋国明立刻道，"肖书记，一有结果，我马上打电话汇报。"

肖静宇从位置上站了起来，走到了东窗，看着外面尚且有些陌生的丘陵。

明天她就要去天荒镇调研，没想到今天天荒镇还发生这样的事情！她还记起来，刚才常国梁在电话中说，宋国明的外甥和水泥厂老板王贵龙的儿子，在镇上的确做过无法无天的事情，镇上不少女孩遭受过他们的侵犯，只不过都惧怕宋国明和王贵龙的权势，敢怒而不敢言，最后不了了之。

肖静宇想，既然她到了安县，这些问题肯定是要肃清的。

不过，如果宋国明给她面子，同意不再追究萧峥的责任，关于他外甥和王贵龙儿子的事情，也可以先放一放。

肖静宇在窗口足足站了十分钟，手机响起，是常国梁。肖静宇接起了电话："常部长，情况如何？"

常国梁道："肖书记，不好意思，宋国明这次好像吃错药了，说，萧峥犯罪事实确凿，就算他想算了，可是他外甥家也不同意啊。还有，我还给马豪局长也去了电话。马豪局长的意思，萧峥的故意伤人罪，他们已经立案了，而且萧峥本人态度非常恶劣，还威胁办案人员，说出去之后不会让办案人员好过。马豪局长说，这种情况，就这么放了，于情于理都说不过去！"

第 58 章　众人行动

肖静宇从这通电话中，听出了一些信息，那就是宋国明和马豪都不愿意配合。肖静宇就问道："常部长，你有没有向他们透露，这是我的意思？"

常国梁略做沉吟，道："肖书记，他们表示不愿意放人之后，我就跟他们明说了。可他们的态度没有变化，还说，除非肖书记明确要求放人，最好是亲自批示要求，否则他们觉得该惩罚的犯罪，就该惩罚。"

肖静宇道："我知道了。"肖静宇心里掂量着，宋国明和马豪到底是什么意思。

这事情没办好，常国梁心里有点不安，他道："肖书记，是我的面子不够大，没把事情办好。"肖静宇却简单地回了一句："这跟面子没关系，主要是我们对情况的掌握不够深入。县里很多人都知道，林一强和王富有两个人，做了不少侵害群众利益的坏事，有的领导却一直睁一只眼闭一只眼，才会把宋国明等人养得这么傲娇！"

肖静宇本来不想和宋国明以及他背后的人，这么快就撕破脸皮。但，萧峥这事她一管，就没有退路了。

在这件事情上，肖静宇一退让，那将对马豪、宋国明以及他们背后的势力一退再退、一让再让。这种情况绝对不能发生！

所以，肖静宇决定要出手了，现在唯一的问题，就是她初来乍到，身边的得力干将还不够。

常国梁听到肖静宇那句"林一强和王富有两人，做了不少侵害群众利益的坏事，有的领导却一直睁一只眼闭一只眼，才会把宋国明等人养得这么傲娇"，常国梁已经明显地感觉到肖静宇的决心。

于是，常国梁不失时机地附和道："是，肖书记。基层现在某些人真的是太不像话。我个人认为，萧峥同志看到犯罪行为，见义勇为，既展现了人性善良的一面，也表现出了身为一名党员心系百姓的情怀和素质，敢于为正义、为百姓站出来。这样的干部我们要保护好！"

肖静宇听常国梁这么说，细长的眉梢微微挑了挑，道："常部长，你说得很不错。那我们怎么保护？"

作为组织部部长，常国梁还是相当有能力的，此时被问，脑海中电光火石般地闪过，他立即回答："肖书记，现在公安还不肯放人，说要肖书记亲自批示才能放，我认为肖书记绝对不能这么做。一旦批示，就会将把柄落入他人手中。或许不轨分子还会说，你包庇干部。"肖静宇道："没错，常部长你考虑得周到。但是，我不批示，又如何让他们放人？"

常国梁心头已经想好了一计："肖书记，我认为，他山之石可以攻玉。我们不用强行要求公安放人，可我们可以从侧面敲打他们。首先，可以开展对林一强和王富有的调查，这两个人身后必定做了不少恶事，只要深入调查，肯定能查出问题；其次，尽快将萧峥所救的面馆老板娘简秀水找到，让她出来做证，证明林一强和王富有的恶行。有了两方面的证据，就可以拘留林一强和王富有进行审查，只要能证明林一强和王富有的犯罪行为，萧峥的问题自然就迎刃而解了。"

肖静宇嘴角微微一扬，夸赞道："常部长，你这个办法逻辑性很强，我认为可以一试。那么这件事就麻烦你遥控指挥了。我明天上午九点左右到天荒镇调研，到时会召开班子会议。我希望在这之前，关于林一强和王富有的调查会有结果，简秀水也能找到。这件事办好了，你从 A 国回来，我亲自给你接风洗尘！"

最后一句，对常国梁来说，就是莫大的激励。他立刻在电话里答道："谢谢肖书记。"

放下手机，常国梁心道，这两件事要做成，必须让最得力、最靠谱的人去做。这个节骨眼上，谁能当此大任？常国梁脑袋里转动着，他下意识地将杯里的咖啡一口都干了，或许是因为咖啡因的刺激作用，常国梁脑袋里出现了两个人。

时间已经到了下班时间，县委组织部副部长、人社局局长邵卫星接到了一个电话，是来自大洋彼岸的常国梁。邵卫星忙接起电话："常部长，你已经到 A 国了吧，一切都顺利吧？"常国梁道："我一切顺利，可是县里不安生啊。肖书记有个电话直接打给我，给我交代了一个重要任务。我想这个事情，只有你和小晴同志，能够办好啊。"

邵卫星一听立刻严肃了，道："是，常部长。您尽管吩咐。"常国梁就把情况对邵卫星说了，邵卫星二话不说，立刻答应道："常部长，您放心，我一定全力以赴。小晴同志那边，麻烦您亲口跟她说一声，然后我就去找她。"

常国梁道："好，我这就给小晴同志打电话。"

李小晴，县委组织部副部长，四十岁不到，在部里以能力过硬著称。萧峥提拔之后的干部谈话，就是李小晴谈的。这两天，常部长去 A 国考察，她却一点都没闲着。常部长临行前，就将好多工作都交给了李小晴暂管。李小晴也觉得常部长对自己充分信任，干事情也非常积极主动。

这会儿已经下班了，李小晴还在办公室，正当她打算收拾一下东西下班的时候，手机响了起来，一看是常部长的电话。李小晴忙接了起来，听完电话，李小晴又将自己的包放回了原来的位置，今天晚上她暂时下不了班了。

五分钟之后，邵卫星和李小晴就开始商量了起来。

晚上，陈光明家。陈虹已经早早回家了，孙文敏也已经将晚饭、白酒都准备好。

　　陈光明一开门走进来，陈虹立刻迎上去问道："老爸，怎么样？萧峥不会有事吧？"

　　"没事的。"陈光明将皮包挂在了门口的挂钩上，说："我们先坐下来吃饭吧。"陈虹陪着老爸坐下来，她还给陈光明斟了一杯香浓的白酒："老爸，你喝。"陈光明瞅瞅女儿，笑着道："今天对爸爸这么好？"

　　陈虹道："老爸，你怎么说话的嘛，我哪天对你不好了？"陈光明笑笑说："我看还是因为萧峥吧？"陈虹在老爸面前微微嘟了嘟嘴："老爸，你今天怎么对我卖关子啊？萧峥到底怎么样？会不会有事？"

　　陈光明喝了一口酒，将杯子放在桌上道："女儿，你就放心吧。我今天特意去见了肖书记，跟她汇报了情况。肖书记说，她会关照的。"陈虹有些不敢相信："老爸，你为了萧峥还特意去找了肖书记？肖书记她答应帮忙？"陈光明又喝一口酒："可不是嘛！"

　　陈虹一听肖书记都答应了，肯定不会有事，就给老爸夹菜道："老爸，太谢谢你了。你多吃点。等萧峥回来了，我一定让他买点好酒、好烟谢谢你！"

　　孙文敏在旁边也说："陈虹，你爸爸这次可是帮了萧峥大忙了。你是要让他来谢谢你老爸！"孙文敏其实心里也很清楚，陈光明无非是去肖书记那里做个人情，表明一下自己是萧峥的准丈人，其他也没帮什么忙。孙文敏听陈光明说过，萧峥和肖书记可能是亲戚关系，现在萧峥身上发生了点事，肖书记自然会摆平。

一家三口也就放宽了心，开始吃起了晚饭。

而在县公安局里，刑侦科科长黄斌和派出所副所长李龙这一天变着各种法子折磨萧峥，就是要萧峥认罪。到了晚上八九点，萧峥整个人已经疲惫不堪，精神也在崩溃的边缘。

黄斌和李龙进来，道："萧峥，你不说可以，我们能奉陪到底。还有一点，你要清楚，那就是你要指望有人来救你出去？休想！县里的大领导，已经明确指示，你的案子必须办成铁案，才会移交。"萧峥迷迷糊糊地道："你们公安只能拘留二十四小时。"黄斌笑笑说："我们早就已经办好手续，又批了二十四小时。"

萧峥心头一阵黯然，与外界失去接触，自己被折磨了这么久，也没任何人来救他，关心他，是不是真的不会有人来管他了？

他感觉自己要是再这么被折磨下去，就算以后出去了，身体恐怕也要垮掉。

第 59 章　班子会议

萧峥现在头脑昏昏沉沉、疲惫不堪，他也非常担心，自己的身体会被搞坏。之前，他们用空调和吹风机不断轮换着吹他的头，导致他的头部忽冷忽热、忽轻忽重，现在只觉得头重、头痛。还有探照灯照射眼睛，让他的眼睛极度不适，现在感觉眼睛非常干涩、莫名流眼泪。萧峥不知道这些手段最后会给他留下什么后遗症，萧峥是真的有些后怕。

黄斌站起来，冲着萧峥道："还不说是吧？好办，继续。"派出所副所长李龙也站起来道："那就再重来一遍，直到他说为止！"

萧峥不由浑身颤抖了一下，他感觉到自己的身体在害怕。萧峥当然也不想再遭受这种非人的折磨，可他没得选择。假如他把那些罪名都认了，他就会立刻被移送司法，那他这辈子也就完了。

萧峥想到他被从办公室带走的时候，镇长管文伟对他说的话。"你放心，我会继续联系相关领导。我们相信你没有做什么违法犯罪的事，所以你一定要坚持住，相信一定会真相大白。"萧峥心想，管镇长应该会帮助他吧？可为什么现在还是没有一点音讯呢？萧峥不知道自己还要坚持多久，还能坚持多久。但他知道，自己必须坚持。

"好，既然你不肯说，我们就继续开始！"县公安局的一名年轻干警站起身来，又开始将空调调到了温度最低、风力最大，他们又要给萧峥吹冷气……

萧峥朝他们扫了一眼，用力记住这些人的长相，如果他以后有机会出去，他绝对一个都不会放过他们。

然而，当他的目光无意间移到派出所的那个普通民警时，他看到那个普通民警眼中复杂的神色，有点同情，又有点担忧。萧峥心里就有了一个打算。

在安县醉龙酒楼的一个豪华包厢之中，县委常委、公安局局长马豪，天荒镇党委书记宋国明，天荒镇派出所所长钦佩都坐在位置上，但主位却空着，显然他们正在等一个重要的人。

七八分钟之后，一位身穿白短袖衬衣、矮胖敦实的男子，在一个年轻秘书的陪同下，走入了酒店的包厢，随后就笑呵呵地对众人说："让大家久等了啊。"

马豪、宋国明、钦佩都从位置上站了起来，称呼道："方县长好。"来人正是安县县长方也同。方也同大而厚的双手，在空中犹如鹅掌一般向下拍了拍，随后笑着道："大家坐。"

身材相对高大的宋国明微微弓下了身子，伸出手朝那空着的主位伸了下，道："方县长，请上坐。"方也同道："哎，今天听说是宋书记你做东啊，那你坐主位啊。"宋国明道："我做东，但是主位必须方县长坐啊，方县长不坐，我们都不会坐下来。"

方也同朝宋国明乜斜了一眼，用手指指指宋国明，道："宋书记这么客气啊，那我就不客气了!"旁边的人也都说："方县长坐下了，我们才好坐。"方县长道："以后我们自己人，就不用这么客气了。"但众人还是等方县长完全落座之后，再坐下了。

宋国明招呼方也同的秘书也一同坐了，然后吩咐服务员："上菜。"

方也同喝了一口绿茶，转向公安局局长马豪："有什么情况吗?"马豪马上回答道："方县长，我和宋书记都有事情向您汇报，在吃饭之前，我就先说了吧?"方也同点头道："说。"

马豪就道："今天我接到常部长的电话，他的意思是，肖书记希望能够放了萧峥。我就说，萧峥的故意伤人罪证据非常确凿，而且已经立案，不能说放人就放人。"方也同眼珠转了转："常国梁同志打了这个电话？你是怎么回答的？"

马豪道："我是按照我们之前商量好的策略，我说除非肖书记亲自批示，就靠他常国梁口头说一声，肯定不行。后来，常国梁也就没再打电话来。"

"我有时候不知道常国梁同志是怎么想的，我平时对他差了吗？"方也同微微摇了摇头道，"这么重要的事情，竟然也不跟我说一声，就直接给马局长你去电话，不知他眼里还有没有我这个县长。"

"是肯定没有了。"宋国明接上话头，说道，"方县长，我也不瞒您说，常部长也给我打电话了，让我和我外甥不再追究萧峥的事情。我直接告诉他，触犯了法律，就要接受法律的制裁，我外甥他们家肯定不能就这么算了。"

方也同也点了点头，女服务员从外面进来，要给大家斟酒，方也同的秘书让她出去了，他自己给各位领导斟了酒。

方也同继续说道："这次，肖书记从省里下来，其实就是来锻炼的，为以后回到省里积累一下基层工作的履历。可是，我总感觉肖书记，似乎有些太着急，总是想在短期内干出政绩。她已经找我商量过，说要停止县里的矿山开采。她是不知道我们这种县的实际情况啊。宋国明同志，你说，我们这种县要是停止了开矿，吃什么？县里那么多干部，靠什么来养？"

宋国明回答道："不开矿？镇政府恐怕都得关门了，基层干部都得喝西北风。"

方也同点头道："就是嘛。所以说嘛，停矿的事情，绝对不能干。肖书记一直在省里工作，年纪轻，又是女人，见识未免就有些不符合实际，有点浪漫主义。所以，很多事情，我们自己要有一个心眼，要有一个打算。肖书记说不定哪天，拍拍屁股就走了，可我们呢，就没那么容易走了，责任都在我们身上，我们守土有责啊！马豪同志，你说是不是？"

马豪立刻回答道："是啊，方县长。你说的这番话，让我茅塞顿开。"

方也同又转向宋国明："宋书记，你说呢？"宋国明也立刻道："方县长的这席话，完全说到我的心坎里去了。"

方也同又看了眼派出所所长，但并没问他，就转开了目光，道："好了，总之我们要有自己的打算。那个萧峥，是肖书记要提拔的，结果大家看，提拔不久就故意打人，还把人家打得不能生育，这样的人，基本素质都不过关啊，我们能让他继续坐在领导岗位上吗？"宋国明马上道："自然是不可以的。这个萧峥，当初我就是极力反对他提拔的，可是县委组织部一意孤行。"

方也同道："这就对了。宋书记，我听说肖书记明天要去你们镇上调研？"宋国明道："是的。"方也同又转向了马豪道："你们要抓紧时间，争取在明天上午前，要让萧峥认罪，这个时间点很重要。"

马豪道："方县长，时间我们一直抓得很紧，可萧峥这个人还很硬气，就是不肯承认。"

方也同道："马局长，你手下那帮人，是不是手段不行啊？会不会审啊？"

马豪听出了方也同的不满，马上道："方县长，我们一定加大力度。"方也同道："好，不要让我失望。工作上的事，就说到这里，我们可以吃饭了吧？来，不管怎么样，这两天大家都辛苦了，我敬一敬大家。"

第二天上午，艳阳高照，将山路都照得有些发白。三辆轿车从县城的方向而来，在山路上盘旋而上，来到了天荒镇。

在镇政府大厅之前，已经悬挂了"欢迎县委领导莅临指导"的横幅。镇党委书记宋国明、镇长管文伟、人大主席高正平、组织委员章清等领导在门厅里迎候着。

车子停下来，县委书记肖静宇在其他县委领导的陪同下，下了车，跟宋国明、管文伟等人一一握手。宋国明嘴上说着"欢迎"，迎着肖静宇到了会议室。

宋国明看了看陪同的领导，有县委副书记金坚强、县委办主任马飞、发改委主任杨建荣，还有组织部副部长、人社局局长邵卫星和组织部副部长李小晴，此外竟然还有检察院的副检察长周玲。

宋国明隐隐感觉，这次的陪同人员有些混乱，让宋国明有些摸不着头脑。

县委副书记金坚强个子矮小，但声音却很是响亮，他道："宋书记，你看我们会议开始吗？"

宋国明点头道："好。首先请允许我对肖书记一行来天荒镇调研表示热烈地欢迎。"宋国明带头鼓掌，其他班子成员也都鼓起掌来。

县委书记肖静宇坐直了身子，微微点了下头，脸上并没有笑意。

随后宋国明又道："下面，请允许我向肖书记介绍一下我们的各位班子成员。"肖静宇却道："还是让大家做一下自我介绍吧，我可以慢慢听，也顺便熟悉一下各位。"

宋国明只好道："那就让大家自我介绍。我自己就不介绍了，从管镇长开始吧。"肖静宇却道："不，宋书记，你也自我介绍一下。说实话，我到县里时间短，对你这个书记也不是很了解。"

肖静宇这么一说，其他班子成员不由相互看看。宋国明的表情也有些尴尬了，只好硬着头皮道："好，肖书记，我先自我介绍。"

第 60 章   局势扭转

宋国明自我介绍之后，就轮到了管文伟，接下去就是镇人大主席高正平，然后是镇党委副书记孙育才，组织委员章清等，一个个轮下去。

不仅县委书记肖静宇听得认真，她旁边的县委副书记金坚强、县委办主任马飞、发改委主任杨建荣等人都听得认认真真，还用笔在他们的笔记本上唰唰记着。

等众人自我介绍完成之后，肖静宇就道："好，大家都进行了自我介绍，从现在开始我对大家也有了初步的了解。对了，宋书记，你们天荒镇的这个班子一共是多少人？"说着，肖静宇的目光转向了右手边隔了两个位置的组织部副部长李小晴。

宋国明回答道："肖书记，我们天荒镇班子目前一共十三人。"宋国明回答了之后，肖静宇的目光仍旧看着李小晴，李小晴也就确认了一句："肖书记，天荒镇目前班子的确是十三人。"

肖静宇的目光就在天荒镇这些班子成员上很快扫了一眼，道："可今天是十二人，少了一人？"

宋国明这才有些明白了，肖静宇为何要让他们自我介绍，又为何要问他们班子一共多少人。就是为了引出现在这个问题，他们班子是十三人，可参加会议的却是十二人！

宋国明想起了昨天晚上，和县长方也同、公安局局长马豪等人一起合计的策略，就表情镇定地道："肖书记，我们有一个班子成员前天出了点事情，目前正在接受县公安局的调查审讯。"

肖静宇眉毛微微挑了挑，问道："出了点事？出了什么事？"宋国明觉得，肖静宇肯定已经知道了萧峥被调查的事情，却故意问自己。宋国明只好解释道："我们的班子成员萧峥涉嫌故意伤人，还致人不能生育……"

宋国明这话一出，镇人大主席高正平忍不住就笑了出来，还故意补充了一句"萧镇长把人家的'蛋'给踢碎"了，高正平说得粗俗，引得班子里其他人也忍不住发笑。宋国明板着脸，朝高正平瞥了一眼，又朝其他班子成员也扫了一眼，那些班子成员瞬间就不敢笑了。

宋国明继续道："因为萧峥涉嫌犯罪，所以被县公安局带走了。"肖静宇点了点头，然后若有所思了一番，道："宋书记……"肖静宇忽然目光又转到管文伟，"还有管镇长，你们有班子成员被县公安局调查审讯，我却不知道。我这个县委书记，当得不称职啊，对天荒镇的干部缺乏关心啊，你们说是不是？"

管文伟听到这里，心里不免一喜，立刻道："肖书记，不是您'不称职'，是我们工作没有做好，没有立刻将这么重大的问题，向肖书记汇报。我们该承担责任。"管文伟虽然是自我批评，但谁都听得出来，这责任其实不在管文伟，而是在镇党委书记宋国明。有班子成员出现问题，镇党委首先就要向县委汇报，显然宋国明没有走这报告程序。

宋国明却依旧保持了镇定，他解释道："肖书记，这工作里我们有不周全的地方。不过，萧峥只是一个镇党委委员、副镇长，而且主管的还是政府方面的安监工作，所以事发之后，我们第一时间向方县长做了汇报。方县长当时说，他会亲自向你报告的，可能是方县长工作忙，把这事给忘了。"

肖静宇听宋国明这么说，又点了下头，道："哦，原来已经向方县长汇报了。"肖静宇又转向了副书记金坚强："金书记，你帮我打个电话给方县长，为什么关于这个事情，他没有向我提过。方县长做事，向来有理有据、有板有眼，他肯定是有理由的。"

"是。"金坚强利索地回答了一句，然后就拿起了手机，给县长方也同去了电话。这个电话很快接通，金坚强放低姿态，问道："方县长，肖书记让我问问，天荒镇党委委员、副镇长萧峥被县公安局逮捕调查的事情，不知您了解吗?"

随后，金坚强就一直听着，然后道："好，我知道了，方县长，我这就跟肖书记解释一下。"放下了电话，金坚强朝众人看了一眼，然后向肖静宇汇报道："肖书记，方县长说他是了解萧峥的情况。不过，方县长觉得，萧峥只是镇上的副职，就不想先惊动肖书记，他打算先让县公安局调查清楚，再向肖书记汇报。"

这个解释，可以说是天衣无缝，方也同想让公安把问题调查调查清楚，然后再向肖静宇汇报，这没错啊。

组织部副部长、人社局局长邵卫星在一旁听着，感觉到方县长这理由很充分，表面上还带着替肖书记考虑的意思，让肖书记无法说什么责难之辞。

肖静宇听了，看着宋国明道："看来，宋书记确实已经向县政府做了汇报。"宋国明随即跟上一句道："是啊，镇党委绝对跟县委、县政府保持高度一致。"肖静宇道："那好，我们继续今天的调研吧……"

"肖书记，我还有一个情况要汇报一下。"镇长管文伟忽然打断了肖书记的话。

宋国明眉头紧紧一皱，冲管文伟道："管镇长，与调研无关的情况，管镇长就不要说了，以免打乱今天调研的节奏。"

管文伟却坚持道："肖书记，我要汇报的事情，涉及重大。在我们镇上，一个领导干部见义勇为，却被立案调查；这些混混因为背后势力，却能逍遥法外。这是涉及党风政风、人心向背的大事。"

宋国明自然要阻止管文伟："管镇长，你小题大做了吧？"

肖静宇嘴角微微上翘，瞧瞧宋国明，又瞧瞧管文伟，像是在思考着什么，然后道："管镇长，那你就说说看。"

管镇长就道："肖书记，关于萧峥被逮捕的事情，我非常清楚。萧峥完全是出于见义勇为，为免镇上寡妇简秀水被人强奸，才出手相助，在正当防卫过程中，打伤了林一强和王富有。当时这种情况，如果萧峥不这么做，他和简秀水都可能伤在林一强和王富有手中。萧峥作为一名党员干部，为老百姓、为弱势妇女路见不平，见义勇为，我觉得没什么错！

"可结果，却是萧峥被县公安局带去调查审讯，两个犯罪嫌疑人却没有受到任何的惩罚。而且，据我了解，林一强和王富有不是初犯，他们在镇上犯了不少事，有不少妇女遭到他们的毒手。肖书记，这样的事我实在看不下去，别说萧峥是我们的班子成员，是我们的战友，就算萧峥是一个普通路人，我也要把这个事情，向肖书记反映的。"

不等肖静宇做出反应，宋国明马上辩解道："管镇长，你是镇长，在向肖书记汇报的时候，没有根据的话，怎么能乱说？这样会误导领导的判断。这个事情，县公安局会充分调查，给出结论。而我们今天的重点，是为领导的调研做好情况汇报。"

管镇长道："宋书记，我并没有乱说。""没有乱说？"宋国明针锋相对，"你说，林一强和王富有企图强奸简秀水，有证据吗？到目前为止，简秀水这个女人还不知去向。说不定，这就是萧峥为自己脱罪编出来的理由。警察可以证明，那天萧峥喝了酒，他说不定就是喝高了，发酒疯，将林一强和王富有打伤了，就编造了简秀水被强奸这样的借口。当然，我这也是假设一下而已，总之我们说任何话，做任何事都要有根据，否则就是不负责任。"

简秀水的确是不知去向，这一点也正是管文伟头疼的，否则简秀水就可以为萧峥来做证了。

说到简秀水，县委书记肖静宇就朝邵卫星看了眼，邵卫星会意，立刻站起来，到外面去了。邵卫星是到外面打电话了，他和李小晴找到了公安系统中的某个副局长，让他在背后帮助调查简秀水的行踪，调查林一强和王富有的犯罪事实。目前还没什么反馈。所以，邵卫星就打电话去催。

邵卫星出去之后，管文伟又道："所以，我觉得我们要派人去寻找简秀水。"宋国明道："这还劳管镇长费心吗？派出所和县公安局早就派人去找了，可就是没有简秀水的踪影！所以，公安才会怀疑这一切都是萧峥编出来的，因此才要对萧峥进行调查审讯，让他说出真相！"

宋国明的口才确实很不错，能够颠倒黑白，还让人觉得无懈可击。

这时候，邵卫星回身进来了，他来到了肖静宇的身边，附耳说了一句："还没有简秀水的消息。其他的也没有结果。"

肖静宇有些失望。只要简秀水找不到，只要林一强和王富有的犯罪证据找不到，她肖静宇想要帮助萧峥也很难。

宋国明瞧了瞧肖静宇和邵卫星的表情，心头得意了一下，在这场交锋中，他知道他占据了上风。宋国明就道："肖书记，下面，我来汇报一下我们天荒镇的经济社会发展状况。"

肖静宇已经对镇上的经济社会发展没什么兴趣，可她也没有理由不让他汇报，就点了点头。

忽然，会议室的门，"哐当"一声被推开了。

从外面闯进来一个镇上的女干部，报告道："各位领导，镇上有名妇女，叫作简秀水的，听说县里有领导在这里，就冲进来了，说要让领导替她主持公道，我拦也拦不住。"

第 61 章　证人到位

天荒镇的领导班子成员当然都认识，这名推门而入的女干部就是李海燕。

在李海燕身后，跟着一名面容姣好、带着几分艳丽的女子，就是简秀水。简秀水的突然出现，让宋国明和管文伟都是一怔。简秀水是萧峥案件中的关键性人物，也是警方一直搜寻的失踪人物。

镇派出所、县公安局找了这么久，都没有找到简秀水，似乎是神秘消失了。谁都没想到，简秀水会突然出现在镇政府会

执掌风云 1 · 山青水长

议室门口。

宋国明稍一愣神，立刻意识到，要将简秀水掌控在自己这一方，当即就道："钦所长，你还愣着干吗？还不快把简秀水带走，协助调查！"只要能把简秀水掌控起来，总是有办法想让她说什么，就让她说什么。

然而，在座的检察院副检察长周玲却道："宋书记，我们检察院最近接到不少举报，涉及县管领导干部的职务犯罪问题，其中也有关妇女遭受侵犯的案子，特别是有些涉及天荒镇干部，所以这位简秀水能否让她就在这里把情况说一说？"

周玲此话一出，天荒镇的领导班子中微微骚动了起来。大家心里想的是，周检察官刚才所说的举报中，会不会涉及自己？

宋国明心里也是一凛，他目前也还是县管干部，会不会有人举报自己？

宋国明又朝周玲瞧了一眼，年轻的女检察官周玲，说话干净利落，合情合理，不像故意诬人。但宋国明绝对不能让简秀水在这里久待，就道："周检察官，今天是肖书记来我们镇上调研，议程还没开始。我们不能因为一个简秀水，就把肖书记的调研工作给耽误了。我先让派出所将简秀水带走，等会议结束之后，你如果需要，可以再慢慢开展调查。"

说完，宋国明就朝派出所所长钦佩使了一个眼神。钦佩会意，立刻站起来道："我带简秀水先过去。"

李海燕和简秀水一听，神情之中不免露出了担忧和恐惧之色。李海燕和简秀水都清楚，只要被派出所带走，后续的问题又将变得复杂。

350

"等一等。"县委书记肖静宇忽然发话了，"我此次来调研，主题就是，掌握乡镇情况、解决基层问题。如今一个涉及老百姓切实利益，涉及妇女合法权益，涉及司法执法公正的问题就摆在面前，我怎么能视而不见！今天调研的重点，就从听取镇上的情况汇报，变成解决干部群众的实际问题吧！坚强同志，你说有没有问题？"

肖静宇问的是金坚强，而不是宋国明。金坚强立刻道："没有问题。肖书记，我们县这几年就有领导接访日，肖书记本人也是有接访任务的。要不，简秀水的事情，就作为一次接访吧，这样以后也不用再特意安排了接访工作了。"

肖静宇没去看金坚强，而是看着宋国明道："宋书记，要不这样，简秀水的问题，我就作为解决基层实际问题的一个案例来接访了。等会儿如果结束得早，我们今天调研的其他议程如期进行。你看怎么样？"

宋国明见肖静宇态度坚决，就算他说不行，肖静宇肯定还是有其他理由要求进行下去，只好道："好，肖书记，只是这样临时接访，未免太匆促了一些，本来我们可以再做一些准备的。"肖静宇笑笑道："不匆促，做多了准备就不真实了。我们都别忘记我们党的优良传统，在革命初期，我们党的干部跟群众，都是吃一口锅子、睡一床被子的鱼水之情！"

肖静宇说到这个份儿上，再也无人能够反对。金坚强就冲门口的李海燕道："这位同志，你叫什么名字？"李海燕马上回答道："金书记，我叫李海燕。"

金坚强见李海燕回答利索，办事似乎也挺干练，印象不错，就道："那你就让这位简秀水同志进来吧。"李海燕答应了一句，低声对简秀水道："秀水姐，进去吧。"

一进门，李海燕就给简秀水拉了一把椅子过来，还去茶水柜给她倒了一杯水，让简秀水坐下。这一系列动作一气呵成。肖静宇看着李海燕将一个普通妇女安排得这么妥帖，暗暗点了下头，对李海燕也有了一个不错的印象。

简秀水，是第一次进入镇政府这样的会议室，也是第一次面对这么多"当官的"，心里不免有些慌。

但她告诫自己，一定要把事情反映清楚，这不仅涉及她自己，也涉及了被公安带走的萧干部。假如没有萧干部的挺身而出，现在自己早就被林一强和王富有两人毁掉了。

简秀水拿起了桌上的纸杯，喝了一口水，镇定了一下心神，道："各位领导，我要告的人，就是林一强和王富有两人，前天晚上，我在回去的路上，被他们拦住，他们要撕我的裙子……"最后简秀水又道，"其实，镇上还有不少妇女，被这些人害过……"

"你等等！"宋国明忽然打断了她，"简秀水是吧？你当着我们的面，说了这么多，我想问你，你到底有没有证据？"

宋国明又朝派出所所长钦佩使了个眼神。

钦佩立刻道："对啊，简秀水，你要告别人可以，但你不能诬告。你说林一强和王富有试图强奸你？如果罪名属实，他们是要坐牢的！所以，你也要为你说的每一句话负责。"简秀水扬了扬头，坚定地道："我为我说的每一句话负责。"

钦佩冷笑了一声道："你怎么负责？就靠你一张嘴吗？我

们公安是需要看证据的，人证、物证，或者照片，你有吗？"
简秀水想了想，眉头皱了皱，她说："当时，都已经半夜了，
发生了那样的事情，谁会想到拍照？"

镇书记宋国明和派出所所长钦佩，听到这里，都松了一口
气，这么看来，简秀水并没什么十足的证据。

钦佩盯着简秀水道："你说了这么多，其实就是说了一个
意思，就是你没有证据，可以证明林一强和王富有对你有强奸
的举动！"

肖静宇、金坚强、邵卫星等人相互看了看，假如简秀水不
能证明，那的确也不能对林一强和王富有怎么样。县委书记肖
静宇的心里很遗憾。

没想到，简秀水忽然又道："我不能证明，但有人可以
证明。"

简秀水此话一出，会场又是一阵骚动。宋国明和钦佩也是
一惊，两人本来靠在椅子里，架着二郎腿，此时都坐直身体。
钦佩盯着简秀水："谁能证明？你别给我乱说。"

简秀水的目光却瞧着县委书记肖静宇，道："他叫费根江，
那天晚上，林一强和王富有拦住我，拉住我头发不让我跑的时
候，有个人正好骑着摩托车从那边经过。后来，林一强和王富
有威胁他，让他滚，他才开着摩托车走了。这两天，我一直在
找他，现在终于找到他了。"

钦佩质疑道："真的有这么一个人？这个人在哪里？"

李海燕忽然道："就在外面。"说着，李海燕又打开了会议
室的门，从外面领进来一个人，是一个嘴角胡子拉碴的男人，

精神不是很振作。

县委副书记金坚强就开口道："你就是费根江？你能证明林一强和王富有涉嫌强奸简秀水？"费根江看看其他人，回答道："我不知道你说的'涉嫌'是什么意思，他们抓住了简秀水，不是干那种坏事，又想干什么？简秀水长得这么漂亮，又是个寡妇，他们说不定早就已经看上了，那天正好很晚了，简秀水就一个人，他们有机会下手了。"

钦佩道："按照简秀水的说法，你当时被林一强和王富有吓走了，你现在为什么又敢出来做证？这说不过去！是不是简秀水给了你钱，让你来做假证?！"费根江忙道："我没有，我没有。"

"没有？那你因为什么，现在又出来做证！"钦佩直视着费根江，"快说。"钦佩想用气势吓住费根江。

"因为什么？"费根江朝简秀水瞧瞧，又低下了头，好不容易又抬头道，"为什么？因为我良心痛啊。那天，看到这个女人被他们拦住，我都不敢上去跟他们拼，后来我好悔啊。

"我女儿当初就是被他们这么害了的啊，我女儿本来是一个高中生，成绩很好的，老师们都说她考重点大学一点没有问题的。可就是被他们盯上了，被他们强奸了，那件事以后，我女儿就没再读书了。我去找他们理论，被林一强和王富有找人打了，我在医院躺了整整一个多月。我是个没用的老爸，我是个没用的人。

"那天，我骑着摩托车走了，没管简秀水，就好像没有管我的女儿一样。我悔啊，我悔啊。这次简秀水找到了我。如果我还不出来，我就不是人了，不是人了!"

说着，这个男人，竟然泣不成声，蹲在地上哭了起来。

费根江的这番话，令在场的县委领导们十分震惊，也十分气愤。肖静宇的脸上，更是染上了一层寒霜。

第 62 章　萧峥获释

肖静宇没有想到自己主政的这个县，竟然还有这种事情发生!

没想到，派出所所长钦佩却道："费根江是吧? 我还是那句话，你有没有证据证明林一强和王富有侵犯了你的女儿? 如果没有证据，就涉嫌诬告! 我们要一并进行调查!"费根江抬起头来，迷茫地道："证据? 什么……证据? 他们害我女儿的时候，我不在场……"

宋国明道："那就是没有证据!"会场再一次小声议论起来。肖静宇的神色，更是覆上了一层阴霾，没有证据就拿林一强和王富有没有办法。事实上，在规避证据上，林一强和王富有这样的惯犯肯定早有准备。

但肖静宇还是朝金坚强看了一眼，金坚强又道："简秀水、费根江，你们再好好想想，还有没有证据? 如果没有任何证据的话，我们想要帮你们，也没有办法。"

简秀水、费根江相互看看，脸上是无奈、苦涩之色。

宋国明忽然站起来道："钦所长，你让人把简秀水、费根江带去派出所吧，说不定有人是故意要诬告林一强和王富有，你们一定要调查清楚。""是，宋书记。"钦佩又做出向县委书记肖静宇汇报的神色，道，"肖书记，这两个人，我们先带回派出所。我们不仅要对告状的人负责，也要对被告状的人负责！等我们把事情调查清楚，如果没有问题，就立刻放人。"

钦佩说得振振有词，但大家都知道，简秀水和费根江如果被带去派出所，恐怕吃一顿苦头是少不了的。但是，肖静宇也没有理由否决钦佩的提议，毕竟把情况调查清楚，也是派出所职责范围内的事情。

此时，组织部副部长、人社局局长邵卫星的电话突兀地响了起来。大家都朝邵卫星瞧过去，均觉诧异。在县委书记召开的这种调研会议上，大家都是自觉将手机置入了静音状态的，而邵卫星却开着铃声，而且声音还这么响。邵卫星这样的领导，会不懂规矩吗？不大可能。

邵卫星朝手机瞥了眼，立刻接起来。他听了几句，就站起来，跑到肖静宇耳边说了一句。

肖静宇朝宋国明、钦佩等人扫了一眼，道："大家稍等一下，县公安局找到了林一强、王富有涉嫌强奸多名妇女的证据。"

这一突然的变故，令宋国明、钦佩等人都是一惊。县公安局搜集到的证据？这到底是真的、假的？

没过多久，楼梯上就响起了杂沓的脚步声，四五位县公安局干警，带着五名女子，都只有二十来岁，其中一个女孩似乎才十八九岁，一同走入了会议室。会议室内顿时显得有些拥挤。

县公安局副局长徐昌云站在前面，向县委书记肖静宇汇报道："肖书记，我们县公安局，根据县检察院周玲副检察长提供的犯罪举报信息，对举报中涉及的人员都进行了调查，初步核实有多名女性遭到林一强和王富有等人的强奸或者骚扰，现在有五名女性愿意出来做证，就是这五名女子。"

徐昌云和周玲，一个是公安局副局长，一个是检察院副检察长。

周玲接受了任务之后，就将相关举报材料交给了徐昌云，由徐昌云迅速组织人员进行调查，并找到了一些受害者。

金坚强看了看这五名女子，问道："徐局长，你们虽然找来了五名女子，但是有没有确凿证据，可以证明林一强和王富有犯罪？"金坚强是担心，徐昌云还是没获得确凿证据。假如没有证据，别说五个，就是五十个，最终也是白搭。

徐昌云道："有证据，不过需要进一步核实。钦所长，我还需要你这里配合一下。"

徐昌云的到来，让宋国明和钦佩都大感不妙。宋国明本来以为马豪掌控的县公安局，除了对萧峥进行审讯之外，绝对不会介入其他的调查，可现在副局长徐昌云却忽然出现了。好在，他所谓的证据，还需要核实，也就是说并非确凿的证据。钦佩就问："徐局长，需要我们配合什么？"

徐昌云道："这五名女子中，有一名女子被侵犯后怀孕，她家不忍心拿掉胎儿就生了下来，是个女孩。她愿意将自己的女儿和林一强进行亲子鉴定。"

这话让现场一片哗然。竟然有这样的事情！假如亲子鉴定结果符合就可以直接拿人了。

"徐局长做得好。"肖静宇当即表扬了一句，道，"徐局长，事不宜迟，赶紧将林一强，跟这位女同志的女儿进行亲子鉴定吧。"宋国明和钦佩神情都变了，但在这种场合，却也是无计可施。

何况徐昌云又道："肖书记，我们在来的时候，就已经派下属带着这位女同志的女儿，跟林一强去做亲子鉴定了，我们知道林一强就在县人民医院，因而非常方便。现在，应该要出结果了。"

肖静宇眼睛里透出一丝亮色，道："那我们就等结果。"会场顿时就静默了起来。

没一会儿，徐昌云的手机果然响了。徐昌云接起来，听完之后，就转向了肖静宇："肖书记，我向您报告结果，经过亲子鉴定，林一强和那个女孩可以确定为亲子关系。"众人又是一片哗然。

肖静宇手掌在桌面上轻轻一拍，道："抓人，你们好好审一审！"徐昌云立刻道："是。"

宋国明和钦佩相互看看，既然有确凿的证据，他们也没有办法了。

肖静宇又道："徐局长、周检察长，今天有这么多妇女来报案，这是一起要案大案，恐怕涉嫌犯罪的绝对不仅仅是林一强和王富有两个人，背后还涉及多少人，你们一定要深入调查，争取将这帮目无法纪的犯罪分子，连根拔起！"

徐昌云和周玲都站直身子，异口同声说"是"，正要带人去办案，天荒镇女干部李海燕忽然道："肖书记，我师父，不，萧镇长，还被关在县公安局！既然林一强是真的犯罪，萧镇长就应该释放啊！"

李海燕心里一直记挂着自己的师父萧峥。

肖静宇看了看李海燕，虽然在这样的场合，没有李海燕说话的资格，但她能够在这样的场合，为萧峥发声，说明这个干部是有正气的。肖静宇倒也蛮欣赏她娇小外表下隐藏的力量，转向徐昌云道："徐局长，这位干部说得对，那你就先处理这件事吧。"徐昌云领命："我马上去办。"

等徐昌云等人都离开之后，会议室内又只剩下天荒镇的班子成员，以及县委来调研的领导。

肖静宇稍稍整理了下衣领，平静如水地道："宋书记，还有时间，今天调研的议程继续，你先来汇报吧。"

宋国明心里已经忐忑难安，可县委书记现在要听情况，他作为镇党委书记，自然无可推脱，只好强打精神："好，肖书记，下面我们天荒镇的总体情况，以及经济社会发展情况……"

在县公安局的审讯室内，从昨天晚上至今，审讯萧峥的警员连续给他上手段，还不让他睡觉。萧峥的神智都已经迷糊了。因为连续变换的冷热吹风，萧峥现在头疼不已，他猜想以后恐怕要落下偏头疼的毛病了；还有猛烈的光照，让他的眼睛不停流泪，看东西都模糊、晃动。

刑侦科科长黄斌对派出所副所长李龙道："马局长给我们

的时限，马上就要到了。"李龙点头道："是啊，黄科长，我们必须抓紧了。"黄斌道："那些能够不留下痕迹的手段，我们差不多都用了，他能挺到现在，我还是头一次看到。"

李龙朝头发凌乱、身子消瘦许多、躺在地上席梦思上的萧峥看了看，道："他是不见棺材不流泪!"黄斌转向李龙："还有没有其他手段，不能留下伤痕，但又足够有杀伤力的?!"

李龙道："黄科长，还真有一样。"黄斌瞧向李龙："什么?"李龙随后拿起了旁边一包方便面，上面写着"李师父香辣牛肉面"，李龙撕开包装，将里面的酱料包取出来，在黄斌面前一晃道："给他灌点香辣酱汤。"黄斌问："灌嘴巴里? 是很难受。"李龙却笑出了声来，摇头道："灌嘴巴里，不够刺激，对付这种硬骨头，不来点新鲜刺激的，他不会有感觉的。灌鼻孔。"

旁边派出所的普通警员忽然道："李所长，灌鼻孔，容易出事，哈城市有警察这么干过，结果把人弄死了!"李龙朝那个普通警员瞧了眼，不屑地道："你新闻看仔细了没有? 人家是灌鼻孔，又进行了电击，我们有电击吗?"普通警员只好道："没有。"李龙道："那就死不了!"普通警员还想说什么，但李龙狠狠地瞪了他一眼，他没敢再开头，只是低垂下眼睛朝萧峥看了看，他觉得萧峥如果再被折磨下去，恐怕真的有危险。

这种香辣酱料被灌入鼻孔，不仅会对鼻炎膜造成巨大伤害，恐怕会引发支气管疾病。

李龙看到这位派出所的普通警员，似乎对萧峥还有些同情，就道："老赵，你来!"普通警员赵友根推托道："李所长，这个我没干过，我不会弄啊。"李龙盯着赵友根："赵友根，你别给我偷懒，动作快!"说着，就将调料包，塞入了赵友根的手中。

赵友根被李龙逼得没有办法，只好拿着调料包，向萧峥走去。

第63章　罪有应得

旁边的两个干警，也跟着赵友根走到萧峥的身旁。席梦思是直接铺在地上的，萧峥迷迷糊糊地躺在席梦思上，手被铐在身后。

其中一个干警抓住萧峥凌乱的头发，让他的脸完全朝上露出来；另外一个干警，压住萧峥的肩膀。旁边又有一个干警铐住了萧峥的双腿。萧峥的意识，恢复了一些，因为疼痛和疲惫，他已经反抗不了。

副所长李龙走近一步："最后再给你一次机会，承不承认你的罪行？如果继续对抗公安调查，就让你鼻子吸点香辣酱汤。"萧峥迷迷糊糊中瞧见那袋酱料包，刺激的味道，在平时是香味，但如果灌入鼻子，他不知道自己会是什么反应，会不会呛死？

李龙这样的人，穿着派出所的警服，却什么事都干得出来！

他能想出这种灌泡面料包的事情，萧峥也不会觉得奇怪。萧峥用力晃了晃自己的脑袋，让自己清醒一些，说道："李龙，你现在这么整我，没问题。但肯定也会有人来收拾你！"

"都这个样子了，还嘴硬！"李龙听了萧峥的话，立马上火了，冲赵友根喝道："老赵，给他灌香辣汤！快灌！我倒要看看，他还能不能嘴硬！"

赵友根的手，往前伸了伸，另外一个人将萧峥的头发抓得牢牢的，对赵友根道："老赵，你灌，我不会让他动的。"

萧峥的眼红着，他看了看赵友根。赵友根的目光，也正好碰到萧峥的眼神。赵友根忽然站直身体，冲李龙道："李所长，这事我干不了。我们做的这些事，太过分了。"

内部竟然也有人反对自己，这让李龙更加恼火："老赵，你搞什么！这次让你参加审讯，是看得起你，你也不想想，在派出所里，你被多少人嫌弃，有补贴的活儿哪项轮得到你?！我是看你可怜，才让你参加这次行动的，可以拿点生活补贴。所以，让你做什么就做什么！赶紧的！"

赵友根拿着辣油包的手，却还是没动，"李所长，这么做真的容易出事啊，可能会搞出人命。"

"你给我滚出去！"李龙一把抢过了赵友根手中的辣油包，推了他一把，骂道，"你不愿意做，就没人可以替代你了？这几天的生活补贴，你别想拿了！"

赵友根被推到了门口，回头看到躺在地上、被抓住头发抬着脸的萧峥，心里忍不住同情，可他能做的只有这些。

此时，李龙已经蹲了下去，冲旁边的干警道："把他的脸抬高点，我才能把辣油灌进去。"萧峥的脸被再次抬高，李龙将辣油包的口子对准萧峥的右边鼻孔。萧峥嗅到一阵极其刺鼻的味道，想要扭头避开，可他的头发、肩膀和腿部都被三个精壮的干警抓住，使他无法动弹。

辣椒油的味道越来越近、越来越刺鼻，李龙第一次挤出的辣椒油，没有灌入萧峥的鼻孔，而是喷到了萧峥右边的脸颊上。李龙一阵恼火，一把抓住了萧峥的耳朵，缴得萧峥感觉耳朵都要掉下来。随后，李龙将辣油包再次对准了萧峥的鼻孔："让你躲、让你躲！"

正在李龙要将辣油包灌入萧峥鼻孔之时，审讯室的门口一阵急促的敲门声。李龙手中一抖，辣油再次喷到了萧峥的右脸上。敲门声非但没有停下来，还越来越重，越来越响了。

刑侦科科长黄斌靠近门口，冲外面喊道："谁？敲这么响干吗？"外面一个声音道："我是副局长徐昌云。"刑侦科科长黄斌愣了下，问道："徐局长，有什么事吗？"黄斌的确是归徐昌云管，但这次审讯萧峥，却是局长马豪亲自交给黄斌的任务。

徐昌云在门外道："黄科长，你开下门，我有事要跟你说一声。"黄斌将信将疑地问道："徐局长，有什么重要的事情吗？如果不是特别重要的事情，我等会儿去找你怎么样？马局长交给了我重要任务，我现在正忙呢。"

徐昌云声音变得严峻："我让你现在开门，就现在开门！难道要我们撞门进来？"黄斌见徐昌云态度强硬，又加上徐昌云的确是上司，只好道："稍等。"

门一开，徐昌云就冲了进来，他的身后不仅有十多名干警，还有检察院的人。徐昌云看到被压在地上、已经被整得十分不堪的萧峥，喝道："你们在干什么？你们在刑讯逼供吗！"黄斌靠近徐昌云道："徐局长，这可不能乱说啊。我们怎么会搞刑讯逼供呢。我们只不过是在正常审讯而已。"

这时，检察院的人，忽然抬起相机拍了几张照。

手中拿着辣椒油的李龙，被拍了照；两颊上都是辣椒油的萧峥，也被拍了照；将萧峥压制在地上的干警，也被拍了照。

李龙吓了一跳，道："你们拍什么照啊！都是公检法系统里的同志，没必要这样吧？"检察院的人道："刑讯逼供是法纪严厉禁止的，谁搞刑讯逼供，谁就要受到法律制裁。"李龙一下子着急了："谁刑讯逼供了？谁刑讯逼供了？不要乱说！"

"你刑讯逼供了！"普通民警赵友根，从角落里走上前一步，说道，"我可以做证。这里哪位是检察院的领导？我这里有证据。"

周玲从后面走上来，道："我是检察院副检察长周玲，根据县委要求，我们来调查相关事情。你有什么证据？"老赵从口袋里掏出一个手机："这里，是这两天里对萧峥刑讯逼供的照片。"周玲接了过去："谢谢。"

当时，手机的照相功能还很差，但的确可以作为证据。

这些照片，将会是非常重要的证据。这些照片，是老赵这两天装作在发短信，偷偷拍的。他也是为了给自己留条后路。

李龙指着赵友根："老赵，你吃里扒外！你这个叛徒！"赵友根看着李龙，说道："李所长，我跟你说过的，这么搞是要出事的，你就是不听我的意见。"李龙要上前打赵友根："你这老货，你要害我们！"

徐昌云冲旁边的干警道："都带走，配合检察院进行调查。"

刑侦科科长黄斌靠近徐昌云，低声道："徐局长，你这么做，马豪局长知道吗？我们的行动，是马局长亲自授意的。"徐昌云朗声道："你的意思是，马局长授意你们刑讯逼供？"黄斌愣了下，只好道："没有。"徐昌云没再管黄斌："都带走！"

徐昌云手下的干警，立刻控制了黄斌、李龙以及他们手下的几个干警，一同带往检察院，接受职务犯罪地调查，又吩咐了人，立刻将萧峥送往医院。

到了医院之后，医生立刻给萧峥做了检查，血检、尿检、心电图等一系列检查做下来，并没有特别大的毛病。当听萧峥说头疼、眼睛很不舒服之后，医生解释说，好在没有继续下去，目前还没有破坏神经和视网膜，如果再继续一段时候，恐怕真会落下重病。萧峥年轻，以前身体条件也不错，只要静静修养几天，应该就能很快恢复。

听了医生的话，萧峥终于放下心来，在病床上沉沉睡去。因为县委高度重视，萧峥在县人民医院得到了一间单独的病房，还派了一名护士长和一名护士进行专门的护理。

挂着药水的萧峥，睡得很沉。但其被噩梦惊醒了好几次，都是遭遇刑讯逼供的场景，一会儿梦到李龙等人要害死自己，一会儿梦到自己支撑不住什么都承认了……总之各种各样奇怪的梦境。

一次醒来，他看到了李海燕。

窗外的天色已经黑了，李海燕看到他醒来，激动地握住了萧峥的手："师父，你总算醒了。"萧峥感受着李海燕小手的温暖，笑笑道："海燕，你什么时候来的？"李海燕道："我一下班就过来了，大概有三个小时了。管镇长、高主席、章委员都来看过你了，见你睡得很沉，他们就没叫醒你，让我跟你说一声。等你醒了，让我给他们打电话。"

"谢谢你们。"萧峥又问道，"我奇怪的是，县公安局的徐局长和检察院的周检察长为什么会突然来帮我？我还以为我出不了那间审讯室了呢。"

"你还不知道吗？"李海燕道，"县委肖书记，亲自到天荒镇过问你的案件。当时我在现场，真是惊心动魄呢！"

"肖书记？"萧峥觉得奇怪。他知道肖书记要来天荒镇调研，可没想到肖书记会亲自过问自己的案件，还帮了自己。

李海燕又道："除了肖书记，县委的副书记金坚强，组织部副部长、人社局局长邵卫星，组织部副部长李小晴等领导，都来了。我感觉他们都是为你的事情来的。还有，我们镇上的管镇长、高主席他们都为你说了不少话。"

萧峥没想到，自己被关在审讯室，外面竟然有那么多人在帮助自己。萧峥头一次感觉到一股暖流从心底涌起。

"萧镇长已经醒了？"从外面传入一个女子的声音，萧峥感觉有些熟悉，又有些陌生。

第 64 章　事后处置

　　萧峥和李海燕都有些吃惊，目光一同朝门口望去，只见从外面走进来两个人。

　　萧峥先是一愣，随后便认出了这两人，竟然是县委组织部副部长、人社局局长邵卫星，还有组织部的副部长李小晴。刚刚李海燕还说到这两位领导，没想到，这两位领导就出现在这里了。

　　萧峥忙强撑起身子，道："邵部长、李部长，你们两位领导怎么来啦？"

　　邵部长的手往下拍拍，说："你躺着吧，这两天在县公安局肯定吃了不少苦头。"李部长也柔和地问道："怎么样，检查结果出来，身体还好吗？"李海燕在一旁回答道："邵部长、李部长，萧镇长的检查报告，都是好的，就是头疼、眼干等可能会留下慢性病。"

　　邵部长和李小晴相互看了看，邵部长道："那这两天好好休息，以后定期到医院检查一下。"萧峥道："谢谢两位领导，也谢谢组织部。"李小晴笑笑说："我和邵部长虽然都是组织部的，可这次，我们也是代表县委肖书记来问候你的。"

　　"肖书记？"萧峥怔了下，心里很意外，"本来上午的班子会议上可以见到肖书记。我都不知道肖书记长什么样，可肖书记却这么关心我、关心我们基层干部，真不知如何感谢肖书记。"

邵部长和李小晴相互看了一眼。萧峥没有见过肖书记？这怎么可能！根据邵卫星和李小晴了解到的情况，肖书记一到安县，就过问了萧峥的情况，并在后续提拔使用干部中，实实在在地提携了萧峥。否则，像萧峥这样在安监站工作的小干部，一辈子窝在镇上提不了的，多了去了。

萧峥的提拔，是因为肖书记。肖书记为什么会提拔萧峥？那肯定是跟萧峥之间，有一层不为人知的关系。可今天，萧峥却对他们说，他没见过肖书记。这怎么可能？

邵部长和李部长根本不会相信。或许，萧峥只是不想在外面宣称与肖书记熟悉，看来这小伙子还是蛮低调的。

邵部长道："萧峥，等你出院了，确实要去谢谢肖书记。"萧峥道："我是想当面谢谢肖书记，可肖书记日理万机，恐怕没时间见我这种乡镇小干部。"作为党委委员、副镇长平时能够见到副县长就已经很不错了，想要见县长、县委书记，一般也只有全县大会，或是领导下来调研的时候了。

邵部长却笑了笑说："那倒也不至于，最近就有一个很好的机会，李部长你跟萧峥说吧。"萧峥和李海燕都有些好奇地看向了李小晴。

李小晴笑了笑道："今天我们过来，还有一个事情要告知萧镇长，还有李海燕同志。"萧峥和李海燕都期待地瞧着李小晴。

李部长继续道："肖书记到了安县之后，一直没有确定联络员，也就是我们俗话说的秘书。这次肖书记在天荒镇调研过程中，发现李海燕同志各方面能力素质都不错，她就跟我们组织部提了，让我们了解一下，李海燕同志是不是愿意当肖书记的联络员？"

李小晴此话一出，萧峥和李海燕都是一阵惊喜，他们怎么都没想到，两位副部长带来的竟然是这样的好消息。萧峥立刻道："海燕肯定愿意啊。"邵部长却道："萧镇长，在这件事上，你说了不算，得李海燕同志自己说了才算。当书记的秘书，使命光荣，但也责任重大，除非自己愿意全心全意付出，很难做得好。"

萧峥点了点头，道："那也是，海燕，你赶紧表个态吧。"李海燕起初很是惊喜，可现在要她表态，她却有点迟疑了："师父，我本来答应你去安监站的。你安监站不正是缺人的时候吗？我现在要是走了，你那里就没人了，你一个光杆司令接下去的工作怎么开展啊？"

邵卫星和李小晴相互看了一眼，他们感觉到李海燕这个女生，跟政府系统里很多女生有些不同。其他基层的女生，如果得到这个机会，恐怕早就下定决心要走了，如果萧峥不放，她恐怕求也要求他放自己。可李海燕没有，她还在为萧峥考虑，还在担心萧峥分管的安监站，缺人怎么办。

这一方面，可以看出李海燕跟萧峥的关系很不错；另外一方面也看出李海燕不是那种急功近利的女孩子。肖静宇也叮嘱过邵卫星和李小晴，通知李海燕这个消息的同时，还是要考察一下李海燕，她的秘书必须人品过关。

现在邵卫星和李小晴已经可以肯定，李海燕的人品没问题。

"海燕，你担心我这里干吗？如果我萧峥连个人都找不到，也就不配当你的师父了。"萧峥宽慰她道，"我安监站，肯定能找到人的。你去担任肖书记秘书，是比安监站更重要的工作。现在就答应下来吧，不要多想了。"

萧峥知道，这次机会，对李海燕来说，绝对是千载难逢的机会。李海燕在乡镇，谁都可以欺负她，萧峥也没有十足的把握，一定可以保护好她。可是，一旦做了肖书记的秘书，只要她认真、用功、尽责，就能得到领导的认可，到时候在这个县里，还有谁敢欺负她？

萧峥是不容许她错失这个机会的。这种机会，人一辈子恐怕也就遇上一次，把握住了，前程似锦，把握不住，恐怕以后就再也没有这样的机会了。萧峥再次催促道："李海燕！"

李海燕当然也知道这是一次难得的机会，她还想起，在萧峥被公安带走的时候，她当初就怪自己没实力，以后有机会一定要想办法进步。只有当你足够有实力的时候，你才能帮到别人。

这么一想，李海燕就想通了，一旦她当了县委书记的秘书，肯定能更好地帮助萧峥。

于是，李海燕声音清亮地道："两位领导，我愿意当肖书记的联络员，我会全力以赴、尽心尽责干好本职工作。"

邵卫星和李小晴脸上一笑，然后都站了起来。邵卫星道："这样的话，我们的任务就全部完成了。"李小晴又道："萧峥，既然李海燕现在还是你安监站的人，等你身体恢复了，你就把李海燕带来县委组织部吧，到时候我送她去肖书记那里报到，同时你也可以借机感谢一下肖书记。"

萧峥道："好的，非常感谢邵部长和李部长。"

"那你慢慢休息，我们先走了。"

李海燕乖巧地送他们到门外的走廊里。

等她回进病房，萧峥说："海燕，要恭喜你了。要不是没法喝酒，今天我就跟你不醉不归，好好庆祝一下。"李海燕道："喝酒不着急，以后有的是机会。"

萧峥点点头。他又想到了一件事，就对李海燕道："海燕，我老爸还在这家医院里住院，我这两天被公安带走了，一直没去看他。也不知道我爸妈怎么样了，你能帮我去看看吗？"

李海燕微笑着道："你放心吧，他们没事，伯父恢复得也很好。这两天你不在，我每天晚上都会来一下，看看他们的情况。"萧峥没想到李海燕这么细心，要知道她可是住在镇上的，每天来去很不方便。

萧峥内心感动，道："海燕，太感谢你了。"李海燕道："师父，你跟我说这种话，是不是太见外了？对了，我没有告诉伯父、伯母你被公安带走的事情，我说你出差一两天。"萧峥知道李海燕这么说，是不想让他父母担心，就道："这样说非常好。"

一会儿后，萧峥又道："不知道，我女朋友陈虹知不知道我的事？"李海燕道："师父，你被公安带走之后，我给你女朋友陈虹打过电话。这是我自作主张，师父你别怪我。"萧峥没想，李海燕做了这么多事，笑道："我哪会怪你。你肯定是为了帮我，我得感谢你呢。"

李海燕道："真的要感谢我？那能不能答应我一件事？"萧峥好笑："不要说一个，就是两个也成。"

李海燕说："师父，今天你就不要通知你女朋友过来了，时间也晚了，就让我照顾你一晚上吧。以后，我到县里之后，咱们师徒见面的机会，肯定没有现在这样多了。"萧峥朝李海燕瞧了瞧，离别在即，说实话，萧峥还真有些不舍得。

而且，现在自己这个状态，他在陈虹面前会不自然，但在李海燕面前，他一点都没这方面的顾虑，就点点头："那晚上要辛苦你了。"

第二天，医院又给萧峥做了一番检查，身体机能都已经正常了，头疼的毛病虽然没有完全好，但也好转了许多。萧峥就向医院提出了出院，他对李海燕道："我跟李部长联系一下，明天上午送你去县委肖书记那里报到。"

李海燕道："不用这么着急吧？"萧峥道："什么不用着急？这种事，自然是越早越好。"

萧峥就拿起了电话，给李小晴副部长去了电话，很快便约好了时间。

第 65 章　衣锦还镇

李小晴部长接到萧峥的电话之后，立刻向县委书记肖静宇做了汇报。肖静宇把李小晴叫到了办公室，问了问李海燕的综合素质情况。

李小晴回答道："肖书记，李海燕也是我们省内重点大学毕业的，参加工作之后一直在乡镇工作，是普通的乡镇居民，关系比较单纯。我们这两天从正面和侧面都进行了考察了解，她群众基础好，大家对她的评价都是任劳任怨、做事干练，思想素质也很不错，就连镇党委书记宋国明也没说出李海燕比较突出的不足。"

肖静宇点点头道："这就好。还有，关于萧峥，在县公安局接受调查审讯时，他的表现如何？"

李小晴脸上微微一笑："肖书记，他的表现用两个字来形容，就是'顽强'，用一个字来形容就是'硬'。不管用什么手段，审讯人员想要让他按照他们想要的承认问题，可萧峥就是不合作，他认为自己没做的，就是不承认。"

肖静宇点点头，有意问李小晴："李部长，你知道萧峥为什么这么'硬气'吗？"李小晴显然也考虑过这个问题，脱口而出道："因为他没得选择。"肖静宇若有所思地点点头："所以，他宁可被人整坏，也不愿意就这么认输。"李小晴看了看肖静宇，道："是的，肖书记。不过，萧峥的毅力和顽强，还是让人佩服的。县检察院对那些涉事警员进行了调查，了解到他们对萧峥使用的手段，还是有些骇人听闻的，一般人不一定能扛得住。"

肖静宇听到这里，朝李小晴瞧了瞧，道："好，我了解了。李部长，辛苦你了。"李小晴也就站起身来："肖书记，那我明天带李海燕过来。"肖静宇也站起身来说："好，李部长，我送送你。"

李小晴一惊不小："不用，不用，肖书记。"李小晴虽然是组织部的副部长，但是在职务上，与肖静宇相差了好几个档次，平时常部长要是在的话，也轮不到李小晴来汇报工作。肖静宇却笑笑道："没事，没事。"

肖静宇将李小晴送到了走廊上，才返回了办公室。这一番动作，让李小晴的心里升起了暗暗的暖流。

萧峥出院了，他首先去了老爸的病房。老爸萧荣荣和老妈费青妹见萧峥去了，自然高兴。

见到萧峥带着的水果和土特产，费青妹道："儿子，你还带这些东西过来干什么？"萧峥笑道："不是出了一趟差吗？带点东西回来不是很正常。你们尝尝这些会稽的特产，女儿红和豆腐干味道都不错。对了，老爸适当喝点酒没问题的吧？医生怎么说？"

萧荣荣笑道："我这个尘肺病，主要问题还是生活环境，我们村子里烟尘太大了。适当喝点酒，没问题。"萧荣荣瞧着会稽老酒，早就有点想跃跃欲试了。以前在家，萧荣荣也是每天要喝点十来块的烧酒。费青妹瞧见老伴的眼神，赶紧将女儿红一收，道："等出院了才能喝，谁在医院里喝酒的？"萧荣荣只能摇摇头，然后又道："萧峥，你不在的这两天，你那单位的徒弟李海燕，每天都来，还给我们送晚饭。你有这样的徒弟，可是真好啊。这样的女孩子，人也真是不错。"费青妹也道："海燕这个女孩，人长得可爱，心肠也好，真是十分讨人喜欢。"萧峥笑笑道："是啊，谁叫她是我的徒弟呢。"

费青妹道："萧峥，你找个机会也要好好感谢人家。"萧峥道："还用说吗？我早感谢过了，我这次回来也给她带了好吃的。"

萧荣荣和费青妹相互看了一眼，点点头说："这就好。"

萧峥又问了一句："陈虹，她来过吗？"萧荣荣和费青妹互看了看，费青妹道："没来过。不过，我想，陈虹在学校当办公室主任，肯定很忙。"萧荣荣却道："陈虹，从小娇生惯养的，她本来就想不到这么多的。"费青妹横了萧荣荣一眼，道："你少说一句不行吗？"萧荣荣倒是没有回嘴，而是马上点头说："好，好。"

萧峥也是心头一滞，不过他想，陈虹的确是家庭条件比较好，又是独身女，从小又是被父母呵护着，很少能主动想到别人。这一点，萧峥在大学追求陈虹的时候，就是知道的，也不能怪她。

当然，萧峥也没因此就责怪陈虹，毕竟老爸现在也好好的，没什么事。萧峥就道："老爸、老妈，我单位里还有事，我得赶回去处理。你们有事情，就给我打电话，我明天再过来了。医生如果定下了出院的时间，马上告诉我。"

费青妹道："没事的，我们这里没事的，你赶紧忙自己的事吧。"

萧峥离开之后，病房里安静了一会儿，萧荣荣转向费青妹道："儿子，是真的出差了吗？"费青妹道："肯定没出差。你看到没，儿子都瘦了，而且我发现他的手腕上都是红的，他的头发也像是比以前少了一些。儿子身上一定是发生了什么事情，只是他不想让我们知道。"

萧荣荣道："我们要不要再问问他，看我们能不能帮上忙？"费青妹道："你别多事了，你现在这个样子能帮什么忙？儿子不说，就是不想让我们担心。我们不表现出担心，你好好在这里养病，不让萧峥糟心，就是对他最好的帮助了。"

"也是，我自己这身体也不中用。"萧荣荣有点自怨自艾。费青妹道："你也不能怪自己，你这身子也是矿上的工作造成的，不是你自己故意这样。你在矿上干活，也是养活了这个家，供儿子上了大学，也很不错了。"

萧荣荣的神色这才好了一点："老婆啊，看来我还有点用处的。"费青妹白了他一眼，不再说话。费青妹心里，想到了另外一个事情，那就是陈虹这两天一直没有来，是因为萧峥发生了事情，所以主动跟儿子疏远了吗？

如果真是这样，为什么李海燕却每天都来呢？是李海燕这个闺女，比陈虹实诚吗？

萧峥回到镇上时，距离下班时间也就只剩下一个多小时了。

萧峥特意让他和高正平合用的公务车，去县人民医院接了自己。从车里下来之后，萧峥特意在门厅站了一会儿，有几个班子成员和镇干部都看到了萧峥。

萧峥如没事人一般，跟他们笑着打了招呼。这些人当中，有的人曾经对萧峥被抓幸灾乐祸，有的人曾经觉得可惜，不管哪一类，现在萧峥让他们看到自己回来了，还是镇党委委员、副镇长。他想告诉大家，他萧峥并没有那么容易被整趴下，还好好地回来了，他还是镇领导！

这些人见到他之后，自然会一传十、十传百，都不用他自己多解释。

在办公室坐了一会儿，萧峥给镇长管文伟打了电话，说想去坐坐。管文伟说："这么快就出院回来了？我本来以为你还要住几天呢。"萧峥道："感觉身体没问题了，就早点回来，还有很多工作等着呢。"管文伟道："我到你办公室聊。"

或许管文伟觉得，他旁边就是宋国明的办公室，说话不方便。

萧峥就泡了一壶茶，在办公室等着管文伟。他将茶放到桌子上的时候，左半边的头皮忽然一阵抽痛。这可能就是这几天遭受刑讯逼供所留下的后遗症吧？

管文伟来了，萧峥招呼管镇长坐下，两人喝起了茶来，左半边头皮的抽疼似乎不知不觉平息了下去。

喝了几口茶，管文伟道："萧镇长，这两天在里面受苦了吧？"萧峥道："我没什么，现在挺过来了，都不是事儿了。管镇长，我知道，这两天你帮了我不少忙。"管文伟笑笑道："岂止是我一个？我不知道你哪里来的好人缘，你被公安带走之后，帮助你的人还真不少。"萧峥道："我欠大家的情，一下子不知怎么还。"

管文伟挥挥手道："你现在什么都不用还。你只要记在心里就行了。等大家需要帮助的时候，你力所能及地帮助一下，就是最好的回馈。"

萧峥想想也是，还人情不着急，只要记在心里就好。

萧峥又问："管镇长，我刚回到镇上，有些情况还不知道。林一强、王富有的情况怎么样了？"管文伟道："这个情况我了解到一些。已经被县公安局控制，并在接受调查了。因为林一强强奸其中一名妇女后留下了一个孩子，亲子鉴定结果属实，再加上镇上遭受过侵犯的妇女，现在都站出来，指控林一强和王富有，这两人进监狱是肯定的了。"

萧峥又问："那宋书记呢？他是林一强的舅舅，他也该承担责任。如果没有他这把保护伞，林一强怎么敢在镇上胡作非为？"

第 66 章　送去报到

管文伟瞧瞧门口，见办公室门是开着的，管文伟起身，将门带上，然后对萧峥道："宋书记，他应该不会有事。"

萧峥大吃一惊："没事？他的外甥林一强这么胡作非为，他都不需要承担责任？"管文伟道："现在，没有任何证据可以证明，林一强的事情跟宋书记有关系。林一强经过亲子鉴定、遭公安逮捕之后，他和王富有一起犯的罪，他们都一致承认都是他们的个人行为，与其他人无关。还有一点，你恐怕想都想不到。"

萧峥略带惊讶，问："是什么？"管文伟道："宋书记，在公安和检察院找他谈话了解的时候，拿出了与林一强家断绝关系的手书，从日期上看手书是两年前的。而且，这手书也得到了林一强的确认。"

萧峥无话可说，看来宋国明早就有所准备。由此也可以看出，宋国明这个人，是有些不择手段的。

萧峥道："管镇，接下去，我们也都要多长一个心眼啊。"管文伟道："这次，也的确让我长见识了。"萧峥又问道："关于我们镇的'绿色乡村建设'是否能提上日程？"管文伟道："前天肖书记来调研，我本来想汇报，可是宋书记一个人汇报了太长时间，直到超过下班时间，都没有留给我时间汇报工作。"

萧峥道："我猜，宋书记是故意的。"管文伟道："宋书记是不是故意，我不知道。可是，这个'绿色乡村建设'的方案，只有经过党政联席会议通过之后，才能施行，这一点是必须的。但下次的党政联席会议，恐怕还得等一段时间。"

萧峥道："管镇，我在党政办的时候，知道党政联席会议议事规则上有一条，党政联席会议可以半个月召开一次。管镇能否向宋书记提出来，下次会议尽量早点开？我呢，趁这段时间，将'绿色乡村建设'的方案再完善一下。"管文伟点头道："好，不管怎么样，我也要去争取一下。"

萧峥又道："管镇，县委肖书记看中了海燕，让她当秘书的事情，你知道了吗？"管文伟道："我已经知道了，章清已经跟我说过。海燕这次运气好，能给肖书记当秘书，当然好，我也是全力支持的。"萧峥道："县委组织部的李部长，跟我说了，明天让我送李海燕同志过去，顺便让我一起去见一下肖书记。前天她来调研，我没能参加，我都还没见过肖书记，这次终于有机会见领导了。"

管文伟有些疑惑地瞧瞧萧峥："你以前没有见过肖书记啊？"在管文伟看来，萧峥跟肖书记应该很熟悉才对。不熟悉，萧峥哪能提拔；不熟，肖书记怎能亲自将萧峥从县公安局弄出来？

萧峥却理所当然地道："是啊，我从来没有见过肖书记。"管文伟忍不住笑了出来，用手朝萧峥点了点道："你装？跟老哥还装啊？"

萧峥茫然："大哥，我真没装啊。"管文伟呵呵一笑："好啦，我也不打听你和肖书记的关系了。无论如何，这次你陪同一起去见见肖书记，也是一件大好事。顺便，你也可以跟肖书记提一提我们'绿色乡村建设'的方案，看看肖书记是否感兴趣。"萧峥点头道："好，我明天找机会就提一下。"

管文伟又道："既然明天是你送李海燕过去，恐怕今天还得带着李海燕一起分别去一趟宋书记、章委员的办公室。不管怎么样，规矩上要做的事情，还是要做到位，免得给人留下话柄。"

萧峥想了想道："好，我这就带李海燕去一下。"

管文伟先从萧峥的办公室走出去，先回了办公室。

一会儿之后，萧峥也从办公室出来，到了政府办。没想，李海燕并不在，只有党政办主任蔡少华坐在办公桌后面抽烟。蔡少华瞧见萧峥，从位置上站了起来，道："萧镇长，你已经回来了？"说着，蔡少华还主动给萧峥递了一根烟。

在蔡少华看来，萧峥如果回不来，就是阶下囚，可现在回来了，就还是领导。既然这次萧峥能回来，说明他是真的有后台，而且这后台还很硬。蔡少华犯不着这个时候去触萧峥的霉头。

萧峥点了下头，看了看蔡少华递上来的香烟，接了过来，随后问道："海燕在吗？"萧峥现在是党委委员、副镇长，在蔡少华面前也不用谨慎，该有的架子还是得有。蔡少华朝萧峥看了看，道："宋书记叫去了。"

萧峥眉头微微皱了皱，"宋书记叫去了，有什么事吗？"蔡少华道："还不是因为海燕高升了吗？她要去给县委书记当秘书了。所以说，有的人运气来了，挡也挡不住。"萧峥呵呵一笑道："可不是嘛！所以啊，我们做人不能太势利，当人家在我们手下的时候，可着劲儿的欺负，说不定人家一飞冲天，完全脱离你的魔爪了呢？"

萧峥这话，就是说给蔡少华听的。前些天，蔡少华还在欺负李海燕，没想到现在李海燕突然被县委书记看中，你蔡少华现在怎么想？对蔡少华这样的人，该说的话，就一定要说给他听，没什么好客气的。

萧峥本来以为蔡少华会反驳一句，没想到蔡少华却赔着笑脸道："萧镇长，我要解释一句啊，我可没欺负海燕啊。如果有些地方，她觉得我严厉了，语气生硬了，那也是为了她好。我可能着急了一点，可心里是善良的呀。我这也是锻炼培养她，所以，她现在基本素质过硬，才能被领导看中呀！"

萧峥心道，我信你个鬼。但是，蔡少华现在的态度，较之往常的确要低调许多，萧峥不好再强压着他说话，就道："海燕什么时候回来，你让她到我办公室来一下。"蔡少华道："好的，没问题，萧镇长，你慢走。"

萧峥上楼梯的时候心想，蔡少华对待自己的态度变得这么软、这么腻，并不能说明蔡少华是真的服了自己，更不能说明他尊重自己。蔡少华也是在保护他自己而已。这一点，萧峥觉得自己应该有清醒的认识。

萧峥又去了一趟章清的办公室，说了两句之后，萧峥知道，章清已经接到了组织部副部长李小晴的电话，说明天要让萧峥陪李海燕去县里。章清笑着道："我本来还想亲自送李海燕去呢，没想到小晴部长却亲自指名要你送。萧镇长，你现在可是我们镇上的大红人了，连组织部的领导都点名要你去。"

萧峥道："章委员，你夸张了！"章清道："大难无事，必有后福啊！"

萧峥又问了一句："宋书记知道我要送李海燕去县里吗？"章清道："已经知道了，我已经报告过了。他没有意见，说县里怎么安排，就怎么来。"

没有意见？萧峥觉得有些奇怪。这个时候，宋国明到底是怎么想的，其实萧峥很想知道。但现在既然宋国明已经说了没意见，萧峥也不好再去宋国明那里说这件事。

萧峥回到办公室没一会儿，李海燕就小跑着进来了："师父，你去党政办找我了?"萧峥看着她，见她因为跑步小脸微微有些发红，便指了指旁边的椅子，让她坐，然后道："是啊，我听说宋书记把你叫去了?"李海燕道："是啊。"萧峥看看她，道："他没有批评你吧?"萧峥唯一担心的是，宋国明会赶在李海燕离开的最后一天，还恶言批评她。

李海燕却摇摇头："完全没有批评。宋书记首先是表扬了我这些年在镇上的优秀工作表现。随后还说，他一直在培养我，所以让我在党政办工作，党政办虽然工作杂、事情多、很忙，但是很锻炼人，一定意义上，也为我被肖书记看中打下了基础、提供了机会……"

"连篇鬼话!"萧峥忍不住骂了一句。

宋国明培养李海燕? 鬼才会相信。他如果在培养李海燕，那么早就可以提拔她当党政办副主任了。而且，最近他还要将李海燕贬到安监站当一般干部，跟当初对付他萧峥是如出一辙。

李海燕却微笑着道："宋书记还说，他本来想把我安排到安监站，也是为锻炼我的综合能力。他说想等我到位之后，就提拔到副主任的岗位上，没想到我被肖书记看中了。看来，优秀的人才，大家都是抢的。他说他抢不过肖书记，只好忍痛割爱了。"

萧峥看着李海燕："这些话，你都相信吗？""相信，我当然相信。"李海燕依旧微笑着，"我相信，宋书记是担心我到了县委，会给他工作上带来不便，所以才故意说了这番话的吧？"

萧峥朝李海燕竖起了指头："眼明心亮的！"

萧峥又对李海燕道："你心里清楚就行了。明天一早，我就送你去县委报到。"李海燕道："麻烦师父了。师父，今天你身体看起来没事了，咱们要么不醉不归？"萧峥笑笑，刚想答应下来，他的电话就响了，一看是女朋友陈虹。

第 67 章　已经启程

萧峥朝李海燕看了看："是我女朋友。"李海燕莞尔一笑："那你先接电话。"

萧峥接起了陈虹的电话，陈虹问他："你已经回镇上了吧？"萧峥回答："是啊，今天刚回。"陈虹道："你在公安局他们没怎么样你吧？"

在公安局遭遇的一切，随着陈虹的这句话，又在萧峥的脑袋里浮现出来。萧峥马上抑制了那些令人痛苦的场景在脑海的回放，说："没怎么样。"

陈虹又笑着道："看来我老爸说得是对的。"萧峥奇怪的问："你老爸说什么了？"陈虹道："我爸说，你不会有事的。

你被公安局带走之后，你们乡镇的小姑娘，就是李海燕，她打电话给我了，像是出了天大的事一样。我也被她吓住了，就跟我老爸说，让他帮忙问问。没想到这次我老爸马上就答应了，还亲自去找了肖书记。我老爸回来说，肖书记答应会帮你，所以你肯定会没事。"

萧峥道："你替我感谢一下陈叔叔。"陈虹却娇笑一声道："你还让我转达？你干吗不自己当面谢谢我爸爸？他会更高兴。我爸爸说，让你晚上到家里吃饭。""这个……"萧峥有些为难了，他刚要答应李海燕晚上"不醉不归"呢。

萧峥手捂住话筒，朝李海燕看看，"是我女朋友，让我回去吃晚饭。"李海燕眸中的神情暗了暗，但还是强颜一笑道："那你当然得去女朋友家吃嘛。""可是……"萧峥感觉有点抱歉。李海燕却道："师父，我们以后吃饭的机会多着呢。你快去吧。"

萧峥只好抱歉地道："好，等你正式去县委上班了，我跟你约个时间，我们再喝。"李海燕轻快地道："好的。"

当天晚上，萧峥去了陈虹家里吃晚饭，照例是好酒好菜。萧峥端起杯子，敬陈光明夫妇酒，道："陈叔叔、孙阿姨，让你们替我担心了。特别是陈叔叔，还为了我的事情，特意去肖书记那里，给我求情。"陈光明却笑笑说："这又算得了什么？你不是我的准女婿吗？你的事情，我怎么能不上心？况且，这次你是见义勇为，这个情况必须要让肖书记知道啊。经过这一次，肖书记也已经知道了你是我的准女婿了，这些都是好事情！"

萧峥听陈光明这么说，看起来，陈光明和肖书记的关系真的很不错呢。萧峥没有想到，在陈光明看来，是他萧峥和肖书记关系好，他陈光明可以沾光的意思。

孙文敏当然也从老公那里听说了萧峥和肖书记非同一般的关系，现在她是为自己有一个跟肖书记关系这么好的准女婿而骄傲了。孙文敏还主动给萧峥夹菜，陈光明给萧峥倒酒，热情一度空前。

一旁陈虹看着脸上也挂着甜甜的笑。这么几年来，这顿饭算是最其乐融融的一顿了。

晚饭之后，萧峥告辞，陈光明和孙文敏还让陈虹送一送萧峥。这要在以前，根本是不可能的。

两人已经到了楼下，萧峥对陈虹说："你上去吧，否则你爸妈要担心了。"陈虹却道："我爸妈现在才不会担心呢，他们现在对你信任得很。走吧，我家门口开了家奶茶店，你给我买一杯吧。"

两人就牵着手走到了小区门外，在右手边果然有一家奶茶店，这个点儿了，竟然还有人排队。等了十来分钟，萧峥终于给陈虹买了一杯奶茶，然后又送她回到了小区，看着陈虹一边喝着奶茶，一边上楼回家。萧峥自己没有喝，奶茶这种东西太甜太腻，他喝不惯。

萧峥觉得，陈虹就是那种从小在县城成长的女生，对流行的东西都感兴趣，而萧峥从小生活在农村，条件也不好，所以自觉疏远了那些流行的、要让人花钱的东西，只要温饱就好。这是两种不同的思维方式，也是两种不同的生活方式，也正因为如此，萧峥有时候觉得陈虹让他好奇，也让他有些着迷。

第二天一早，六点半左右，萧峥的手机就响了。一看，竟是李海燕的电话，他忙接了起来，笑着道："这么早，急着想去报到了？县委大院都没开门呢。"李海燕道："不是。今早秀水姐说请我到她面馆吃个面条，算是送一送我。你要不要一起来？"

萧峥平时的早饭，也都是在镇上的各种早餐摊上对付的，这会儿感觉肚子还真有点饿了，一碗汤面正合胃口啊。萧峥从床上撑起来，道："来，当然来，这种蹭早饭的好机会，我怎么会放过？"李海燕道："那咱们现在就出发，秀水姐说她这会儿就下面条，我们到她那里就正好。"

当萧峥和李海燕到达简秀水那家面馆的时候，在一张方桌上，已经放了两大碗面条，都是酥肉、爆鱼、鸡蛋面，酱色的汤汁让人一下子就食欲大增。两人坐下来，大口吃了起来，嘴里还毫无顾忌地发出"哧溜哧溜"的声音。

将一大碗面吸入了肚子里，萧峥拿起两片纸巾，自己一片，给李海燕一片，擦了擦额头的汗珠。快到九月天了，吃上一碗面，出得一身汗，整个人都通透了。

李海燕道："师父，在肖书记的调研会上，秀水姐帮了不少的忙。她去找来了费根江，帮助证明林一强和王富有犯的罪。"萧峥道："我已经听管镇长说起过了。秀水姐，谢谢你了。""你谢我干吗呀？"简秀水道，"你谢我，我还要谢你呢。要不是那天晚上你救了我，现在我都不知道自己怎么样了！"萧峥笑笑说："那咱们就不谢来谢去了，心里清楚就好了。不过，有一个事情，我挺好奇，想问一问。"

简秀水看着萧峥："什么事情？"萧峥道："前几天，你躲在哪里？为什么派出所、公安局全镇搜索，都没找到你？"

萧峥被公安局审讯的那段时间内，公安方面一直在搜索简秀水，可愣是没找到。她能躲在哪里？这一直是萧峥心里的一个谜题，今天简秀水正好在这里，他想问一问，以解心底迷惑。

简秀水朝李海燕看看，神秘的一笑："这你可得问海燕，都是她出的好主意。"这是李海燕的安排？萧峥看向李海燕："是你把秀水姐藏起来了？"

萧峥再度想起，那天李海燕很明确地对萧峥说，简秀水是安全的。现在跟简秀水的话对应起来，就都通了。

李海燕却歪了歪嘴："我也是没办法，没处藏秀水姐，就把她藏在了我们党政办的小仓库里。白天秀水姐在仓库里休息，午饭我端给她吃，晚上她才出去打听费根江这个人，后来还真找到了。"

萧峥实在没想到是这么一回事，李海燕和简秀水竟然配合得这么好："你们可真是女中豪杰啊！"简秀水有些羞涩地道："那也都是因为你见义勇为的精神鼓舞的。"

萧峥笑笑说："反正现在大家都没事就好。"

李海燕道："我听说，林一强和王富有被逮捕了，可我们镇上宋书记和王贵龙都还在，所以师父你还是要多加小心。还有，在你能力范围之内，也希望师父一定要照顾一下秀水姐。我怕王贵龙不会善罢甘休。"

萧峥觉得李海燕说得有道理，就道："我知道了。我们会

照顾好自己的。当务之急，还是要送你早点去报到。"秀水姐
也道："对，萧镇长说得对，这才是正事。你当了领导身边的
人，才能说服领导多为咱们这种老百姓着想。"

李海燕心道，就怕远水解不了近渴。

萧峥站起身道："好了，时间不早了，我们也该出发了。"

两人坐了镇上的公务车，赶到县委的时候正好九点。又去
了一趟县委组织部，副部长李小晴就亲自带着他们去县委。

第 68 章　见到小月

到了县委，李小晴没有带着萧峥、李海燕直接进县委书记
办公室，而是来到了旁边的一间办公室，上面写着"主任室"。
这是县委办主任马飞的办公室。

这间主任室的门开着，李小晴在门上敲了敲，称呼了一句：
"马主任，书记忙吗？"

县委办主任马飞的办公桌就放在门右边，他靠着墙坐着，
正在签阅什么文件。被李小晴的声音打断之后，他侧了侧脸瞧
见了他们，就放下了手中的活儿，笑着站起来："李部长来啦？
书记在等你们了。"

马飞上来，跟李小晴握住了手，在李小晴的脸上和身上都
打量了一番，笑着道："李部长是越来越漂亮了？"李小晴一笑

道："马主任夸奖了，马主任也越来越帅了！"马飞满意地一笑道："李部长，你要是觉得我帅了，以后多来看看我啊。"李小晴道："前不久，咱们不就一起去天荒镇调研了吗？"马飞笑着道："一起去调研不能算。以后单独到我办公室来坐坐。"李小晴："就怕马主任日理万机，打扰了马主任的办公。"

"李部长，工作是做不完的，李部长能过来，我肯定陪李部长喝一盏茶。"马飞道，"而且，组织部的领导来，每次都是好事情。今天，这不就把我们优秀的李海燕同志送来了！"

马飞的目光又在李海燕身上打量了一下。李海燕已经不是第一次见到县委办主任马飞了，她就点头道："马主任好。"马飞笑笑道："我们海燕同志是真优秀啊，不仅人长得好，我听说能力也很强。我们肖书记将海燕同志从天荒镇挑选上来，是慧眼识珠！"

萧峥感觉这位马主任很会说，场面上的那套驾轻就熟。当这位马主任目光转到自己身上时，萧峥主动伸出了手："马主任，你好。"

马飞瞅了一眼萧峥，似是有些意外："这位是？"萧峥心里头滞了下，这位县委办主任竟然不知道他是萧峥？今天是肖书记让他来的，马主任理应知道才对啊。难道，肖书记没有交代马主任？

李小晴忙在旁解释道："马主任，这位就是天荒镇党委委员、副镇长萧峥，前两天调研过程中，肖书记亲自接访处置的事情中，萧峥就是重要人物啊。""哦哦，"马主任看似恍然大悟，笑着道，"就是见义勇为的乡镇干部！我记起来了，原来就是你啊，真是久闻大名。哈哈。"

萧峥有点搞不清楚，马主任的笑声里，到底是豪爽、开朗，还是带着点嘲笑意味？而且，萧峥的手伸在那里，马主任却没有立刻跟萧峥握手。萧峥就提醒了一声："马主任。"马主任看看萧峥的手，道："哦，哦。"这才跟萧峥握了下手，然后就马上抽回去了。

马主任的这一举动，看似是有意的，又看似是无意的。但在萧峥的感觉中，马主任并不友好。他一下子有点不放心将"徒弟"李海燕留在县委办工作了。

李小晴道："马主任，既然肖书记现在有空，我想带海燕同志，到肖书记那里去报个到。我怕肖书记等会又要忙了。"马主任道："好啊，我这就带你们进去。"

马主任就朝对门走去，李小晴、李海燕、萧峥也跟了上去。

到了肖书记办公室门口，马主任往后看了一眼，见到萧峥，道："萧委员，你能在我办公室等一等吗？"这意思是不让萧峥进办公室。李小晴马上道："马主任，肖书记说萧委员也可以一起进去。"

马主任却道："哦。不过，肖书记没有这么交代我，她说你和海燕一起来，没说到萧委员。萧委员，还是麻烦你到我办公室坐一坐，我进去问问。李部长，肖书记要求很严格，我只能小心谨慎啊。"

李小晴一笑道："理解。"她朝萧峥看过去，萧峥就道："没事，我在外面等一等。你们先进去吧，你们的才是正事。"

马飞见萧峥同意留在外面，就推门让李小晴和李海燕进去了。随后，门就带上了。

萧峥等在外面，过一会儿，只见马飞推门而出，李部长也跟着他出来，但是李海燕却留在了里面。

李部长对萧峥道："萧委员，到马主任办公室坐坐，喝口茶吧。"萧峥道："不用了，我在这外头抽根烟。"马飞朝萧峥瞧了一眼，也不招呼他，对李小晴道："李部长，现在有点时间，我这里正好有一泡好茶，福建大红袍，过来喝吧。"李小晴朝萧峥看了看，对马飞说："好，马主任，我这就过来。"

李小晴又朝萧峥看了看，就走入了马主任的办公室去了。马主任开始鼓捣他的茶具和茶叶，还时不时夸张地笑出了两声来。李部长却时不时会往外看一眼萧峥，心道，萧峥还是不够老练，在面对马主任这样的人时，不会迂回，不会掩饰自己的情绪，今后恐怕是要吃大亏的。

李海燕在肖书记的办公室里，大约谈了十分钟时间，就从里面出来了。李海燕瞧见萧峥一个人站在外面，就问："师父，你怎么不在马主任那里休息？"萧峥道："我觉得坐得太多，得站一站。有没有让我进去谈话？"李海燕摇了摇头。

萧峥一笑道："好，那也省事。我等会儿就直接回去了。你怎么样？今天回镇上，还是直接在这里工作了？"李海燕道："我先去跟马主任说一声，师父你在这里稍等我一下。"萧峥点了点头。

萧峥本来是想见一面肖书记，当面说一声谢谢，毕竟自己能从县公安局被救出来，也是肖书记主持公道的结果。可现在领导不给他这个机会，那也无所谓了。他说："我等你。"

李海燕去向马主任说了一声。马主任就从办公室出来，一边又瞅了萧峥一眼，一边走向了肖书记的办公室。

　　李海燕和李小晴也从办公室出来了。李小晴就对萧峥道："萧委员，今天海燕就留在这里了。让她熟悉一下办公室，然后再去熟悉一下县青年干部宿舍，以后当肖书记秘书，都早到晚归，不可能回镇上了。"

　　萧峥由衷地替海燕高兴，他说："这样很好，可以全心全意工作。海燕，那你赶紧熟悉情况吧，我这里也没事了，就先回去了。"

　　李海燕也没有理由挽留萧峥，就道："师父，谢谢你送我来报到。"萧峥笑道："跟师父我客气个啥?"说着，就转身，朝楼梯口走去了。李海燕看着萧峥的背影，忽然眼眶就湿润了，她心里是舍不得。

　　李小晴瞥了眼李海燕，看在眼里，却也什么都没说。

　　忽然，肖书记办公室的门被推开，县委办主任马飞从里面快步走出，看到萧峥已经快走到楼梯口，喊道："萧委员、萧委员，你等一下。肖书记请你进去谈话。"

　　萧峥却故意装作没听见，继续往楼下走去。他想，刚才不让进，现在又叫他去谈话，这什么意思?萧峥心里有气，对是不是跟县委书记谈话，也无所谓了。

　　马飞见萧峥没把他的话当回事，有点着急了。李小晴轻轻推了推李海燕："海燕，你去叫萧委员回来。"李海燕马上点头道："是，李部长。"

　　李海燕就展开两条匀称、纤细的腿，追到了楼梯口，又跑下了楼梯，拉住了萧峥："师父，肖书记叫你去谈话呢。上去吧。"

旁边有些县委的人，在走上走下，拿疑惑、疏远的眼神看看他们。基本上没有萧峥和李海燕认识的，萧峥也不很在意，他看着李海燕道："我去见肖书记，但不是为肖书记，是为了你。"李海燕阳光地笑了："我就知道师父关心我。咱们走吧。"

到肖书记办公室前，李海燕在门口报告了一声："肖书记，天荒镇萧委员进来了。"然后推开门。

"好的。"只听肖书记在里面答应了一声，"海燕，你帮倒杯茶。"

萧峥听到这个声音，不由怔了下，这声音怎么会如此熟悉？

第 69 章　书记考验

萧峥当然一下子就听出来了，这声音跟小月很像。

但是，小月怎么可能会在这里？而且，招呼李海燕倒茶，显然就是这间办公室的主人，也就是肖书记。不可能是小月！

萧峥心里飞快地转过这个念头，朝里走进去，绕过了玄关，便看到一张宽大、锃亮的办公桌后面坐着一名女子，青丝挽于脑后，露出双耳，没有耳饰，上身是白底蓝细条纹的衬衣。她的脸，清秀端丽，眉宇如波，又带着一丝不怒自威。不是小月，又是谁！

萧峥愣在当场，一会儿之后，又忍不住四下张望，像是有些不太相信自己所到的这个地方。这里到底是哪里？真的是县委吗？那眼前人又是谁？到底是肖书记，还是小月？

"萧委员，你坐呀。"李海燕瞧见萧峥有些发愣，以为他初见县委书记这样的大领导，一时半会儿有些不适应，就开始以秘书身份工作了，招呼萧峥坐下。

"好。"萧峥朝李海燕点了下头，在肖书记的对面坐下来。李海燕将茶杯放在萧峥的面前，看看肖书记的茶杯里茶水还有大半，就道："肖书记，我先出去了。"肖书记朝李海燕道："好的，有事情我会招呼你的。"

李海燕出去之后，萧峥盯着对面的女子道："小月，怎么会是你？"肖书记却道："我不是小月，我是肖静宇，现任安县县委书记。"萧峥一听，再仔细瞅一瞅肖静宇的一笑一颦，道："我不傻，你就是小月。"

肖静宇却摇摇头："小月，是你曾经救过的女子。她上次帮了你的忙，你也说不需要让她再帮什么忙了，她和你已经两清了。我呢，在这栋大楼里，就是安县县委书记。"

萧峥一下子就明白了肖静宇是什么意思了。正因为肖静宇的真实身份是县委书记，所以在泥石流中被救之后，肖静宇隐瞒了自己的身份，对萧峥说她是小月。

"小""月"，其实就是"肖"字。她之所以隐瞒身份，看来是为防备职务风险，担心萧峥以救过她为条件，要求她给他安排位置，获取利益。

　　说实话，萧峥还真从未有这种想法，也没抱着这样的期待。后来他被提拔，也是因为小月问他有什么问题，他也只是如实一说，并没指望自己真的被提拔。

　　如今，肖静宇在他的面前，又否认小月的身份，说她是肖书记。萧峥的内心，就有一种被小看的感觉。他想，或许某些人救了县委书记，就以为有资本可以提出各种各样的要求，可他萧峥绝对不是这样的人。把他看成这样的人，是不是有点以小人之心度君子之腹了？

　　萧峥就道："肖书记，我跟小月也只是普通朋友而已，我更不会向她要求什么。以后呢，我就当作从来不认识小月。今天，我来这里，纯粹就是来感谢一声，我能从县公安局中全身而退，跟肖书记的帮忙是分不开的。所以，肖书记，请容许我向你道一声'谢谢'。除此之外，我也没别的事情，我这就告辞了。"

　　萧峥说着，就站了起来，打算往外走。今天到了这县委，先是在办公室主任马飞那里受气，现在又在肖书记这里被小瞧，萧峥已经不打算在这里继续待下去了。

　　肖静宇瞧着萧峥的背影，心道，这家伙还真是个性太强，锋芒毕露，不懂得收敛、不懂得迂回，也不懂得隐藏，所以之前在乡镇才一直混得那么惨。肖静宇道："你等一等。"萧峥停下脚步，微侧身体，道："肖书记，还有什么事情吗？"

　　肖静宇盯着萧峥道："你一个乡镇干部，就这么跟县委书记说话吗？若换成是别的书记，你头上的乌纱帽戴不了多久！"萧峥冷冷一笑道："你以为我很稀罕这个党委委员、副镇长的帽子吗？我无所谓，你要是想把我这个乌纱帽要回去，随时可以收回去。"

没错，当了党委委员、副镇长之后，他的工资福利提高了，镇上的人或多或少更加尊重他了，他还有公务车可以用，陈虹的父母对待他的态度较之以前，也有了天壤之别。但是，萧峥内心总觉得，这些都是身外之物，别人并非因为他这个人，给他更多尊重，而是因为他的位置和地位。

如果真把他的这些东西都给剥夺了，萧峥恐怕会过得不好，但他也不是就不能活了。

肖静宇用手轻轻捋了下左耳的发丝，带着笑道："你对现在的这个乌纱帽，就这么无所谓？你可要知道，你的那个准丈人，可是个只看身份地位的人啊。那天，他跑到我这里来报告你被公安逮捕的事情。我琢磨出，他肯定是看出了我和你有些往来和关系，才来的。目的是让我知道，他是你的准丈人，好让我也关照他一下。"

"关照他？"萧峥重复了一句，"难道，不是肖书记和陈局长本身关系就很好吗？"萧峥一直以为，自己得到肖书记帮助，是因为陈光明帮自己求情的结果。陈光明能求情，那么肯定跟肖书记的关系很好啊。

没想到，却根本不是这么一回事。

肖静宇摇摇头道："我和陈光明的关系，就是上下级的关系。说实话，我也不看好他，他这样的人，在这个系统里太多了……我现在就替你担心，如果你的副科级帽子被拿掉，陈光明肯定不会同意她女儿嫁给你。"

现在萧峥已经完全明白了，陈光明之所以这段时间以来对自己这么好，肯定在某个场合看到他和肖静宇在一起，以为他萧峥和县委书记关系非同一般，所以对他的态度才一百八十度大转弯了。

陈家这段时间对他的"关心"，都是建立在对他和肖书记关系的误解之上。参透了这一点，萧峥心中未免就又是一阵失落。

萧峥不得不承认，要是自己这个副科级没了，陈家将会如何对待自己？以前的种种不待见，又重新浮现在了萧峥的眼前。

萧峥非常肯定，相比以前，陈家对自己的态度不会好，只会更差。因为以前自己至少还有那么点希望，可现在这次自己下去了，恐怕再无机会了。但是，萧峥说出去的话，就如泼出去的水，有时候人就是活一口气，要他现在服软，他干不出来，也不能干。

萧峥道："陈光明不愿意把女儿嫁给我，就不愿意吧。关键还是看陈虹自己，如果她觉得我配不上她，那我也不再强求。有些时候，人与人的感情，也就是一场缘分，强求不得。"

肖静宇瞅着萧峥，不易察觉地一笑，好一会儿后，道："好，既然你不在乎陈家怎么对待你、怎么看待你，那么，我再问你一句，我听说你想要为镇上、为村民办些事，没了职务，你怎么办事？你倒是给我一个合理的答案？"

这个问题，把萧峥给问住了。

没错，从杭城大学毕业之后，萧峥心里是有理想的，那就是要为村民、为地方发展办一些实事，做出一些贡献。这些年的经历告诉他，如果没有职务、没有岗位，要为地方、为老百姓做事，不是很难，而是根本不可能！

正因如此，萧峥忽然迷茫了。

肖静宇笑笑说："你现在回答不了我了吧？要想为老百姓办实事，要为地方谋发展，就必须要有职务、要有岗位吧？你现在是党委委员、副镇长，这个'双副'的职务，多好？你用好了，就能办多少实事？你心里，可能比我还清楚吧？"

萧峥抬起头来，瞧着肖静宇。肖静宇的话，非常有道理，让萧峥无法反驳。萧峥不是那种会狡辩的人，更不是那种强词夺理的人，道理上是人家对，他就会认。萧峥只好点头："肖书记，你说得没错。"

肖静宇终于开朗地笑了出来，道："看来，我没有看错你，也没有提拔错你。我现在给你一个建议，做人为官要更大气一些。刚才，在马飞主任办公室，马飞主任没对你太客气，你好像就动气了？我现在实话告诉你，是我故意让他这么做的。故意让他装作不认识你，让他怠慢你，来看看你的表现如何。你的表现，还是有点意气用事了。就算山雨欲来风满楼，也要气静神闲定乾坤。"

萧峥抬起头来，瞧着肖静宇，感觉作为县委书记，尽管肖静宇是女性，可见识果然胜过自己。萧峥道："肖书记，你说的这句话，给我很大的启示。"

肖静宇却是一笑："这句话，不是我的原创，是我领导给我的教导。"